La vallée du silence

Du même auteur aux éditions J'ai lu :

Les illusionnistes (n° 3608)
Un secret trop précieux (n° 3932)
Ennemies (n° 4080)
Meurtres au Montana (n° 4374)
La rivale (n° 5438)
Ce soir et à jamais (n° 5532)
Comme une ombre dans la nuit (n° 6224)
La villa (n°6449)
Par une nuit sans mémoire (n° 6640)
La fortune des Sullivan (n° 6664)
Bayou (n° 7394)
Un dangereux secret (n° 7808)
Les diamants du passé (n° 8058)
Les lumières du Nord (n°8162)
Douce revanche (n° 8638)
Les feux de la vengeance (n°8822)

Lieutenant Eve Dallas :
Lieutenant Eve Dallas (n° 4428)
Crimes pour l'exemple (n° 4454)
Au bénéfice du crime (n° 4481)
Crimes en cascade (n° 4711)
Cérémonie du crime (n° 4756)
Au cœur du crime (n° 4918)
Les bijoux du crime (n° 5981)
Conspiration du crime (n° 6027)
Candidat au crime (n° 6855)
Témoin du crime (n° 7323)
La loi du crime (n°7334)
Au nom du crime (n° 7393)
Fascination du crime (n° 7575)
Réunion du crime (n° 7606)
Pureté du crime (n° 7797)
Portrait du crime (n° 7953)
Imitation du crime (n° 8024)
Division du crime (n° 8128)
Visions du crime (n° 8172)
Sauvée du crime (n° 8259)
Aux sources du crime (n° 8441)
Souvenir du crime (n° 8471)
Naissance du crime (n° 8583)
Candeur du crime (n° 8685)
L'art du crime (n° 8871)

Les frères Quinn :
Dans l'océan de tes yeux (n° 5106)
Sables mouvants (n° 5215)
À l'abri des tempêtes (n° 5306)
Les rivages de l'amour (n° 6444)

Magie irlandaise :
Les joyaux du soleil (n° 6144)
Les larmes de la lune (n° 6232)
Le cœur de la mer (n° 6357)

Les trois clés :
La quête de Malory (n° 7535)
La quête de Dana (n° 7617)
La quête de Zoé (n° 7855)

Les trois sœurs :
Maggie la rebelle (n° 4102)
Douce Brianna (n° 4147)
Shannon apprivoisée (n° 4371)

Trois rêves :
Orgueilleuse Margo (n° 4560)
Kate l'indomptable (n° 4584)
La blessure de Laura (n° 4585)

L'île des trois soeurs :
Nell (n° 6533)
Ripley (n° 6654)
Mia (n° 8693)

En grand format

Le secret des fleurs :
Le dahlia bleu (et poche n° 8388)
La rose noire (et poche n° 8389)
Le lys pourpre (et poche n° 8390)

Le cercle blanc :
La croix de Morrigan (et poche n° 8905)
La danse des dieux (et poche n° 8980)
La vallée du silence

NORA ROBERTS

Le cercle blanc - 3

La vallée du silence

Traduit de l'américain par Lionel Évrard

J'ai lu

Titre original :
VALLEY OF SILENCE
A Jove book published by The Berkley Publishing Group,
a division of Penguin Group (USA) Inc.,
and by arrangement with the author

À mon propre cercle,
famille et amis.

Le bien et le mal, nous le savons, prospèrent en ce bas monde presque inséparablement.

John Milton, *Areopagitica*

Ne t'imagine pas que je sois ce que j'étais.

Shakespeare, *Henry IV*

Prologue

Le vieil homme discernait des images dans les flammes. Dragons. Démons. Guerriers. Les enfants, tout comme lui, les verraient. Seuls les très jeunes et les très vieux peuvent voir ce que la plupart ignorent – ou préfèrent ignorer.

Il leur avait déjà raconté beaucoup de choses. Le conte avait débuté avec l'histoire de Hoyt le mage. Choisi par la déesse Morrigan, Hoyt Mac Cionaoith avait été chargé par les dieux de voyager à travers le temps et les mondes pour rassembler une armée. Par la nuit de *Samhain*[1], dans la Vallée pétrifiée, au royaume de Geall, les humains devaient combattre Lilith et ses vampires afin de les empêcher d'établir un règne universel de ténèbres et de dévastation.

Il leur avait également présenté Cian, le frère jumeau de Hoyt, tué et changé en vampire par Lilith, alors âgée de plus de mille ans. Près de mille autres années s'étaient écoulées avant que les frères ne se retrouvent, pour former avec Glenna Ward, sorcière du XXIe siècle, les premiers maillons d'un cercle de six élus.

Deux habitants du mythique royaume de Geall, après être passés par le portail spatio-temporel de la

1. Les termes irlandais en italique renvoient à leur traduction figurant dans le glossaire situé en fin de volume. (*N.d.T.*)

Ronde des Dieux, les avaient rejoints ensuite. L'Érudite, héritière du trône de Geall, et son cousin, Celui qui est plus d'un, auquel les dieux avaient accordé des dons de changeforme. Blair Murphy, chasseuse de vampires et lointaine descendante des Mac Cionaoith, était venue refermer le Cercle.

Dans le conte raconté soir après soir par le vieil homme aux enfants attentifs, les combats et le courage tenaient une grande place. Mais il y était également question d'amitié et d'amour. Celui qui était né entre le mage et la sorcière, puis qui avait uni le changeforme à la guerrière. Cet amour avait soudé et fortifié le Cercle, comme seule la véritable magie peut le faire.

Mais il restait encore beaucoup à dire. Il serait question, dans la suite de l'histoire, de triomphes et de pertes, de peur et de bravoure, d'amour et de sacrifice – de tout ce qui fait qu'ombre et lumière s'opposent et se complètent.

Les enfants réunis devant le vieil homme attendaient, pendus à ses lèvres. Un instant, il chercha ses mots, de manière à débuter au mieux la dernière partie du conte.

— Ils étaient six, dit-il enfin, sans quitter des yeux le feu qui brûlait dans l'âtre.

Quand les derniers murmures d'impatience se furent tus, il enchaîna :

— Et chacun d'eux avait la possibilité d'accepter ou de refuser la mission confiée par les dieux. Car même lorsque le sort des mondes repose entre vos mains, vous avez encore le choix : soit vous faites face à ce qui cherche à les détruire, soit vous l'ignorez. Et quand ce choix est fait, tant d'autres se présentent encore…

— Ils étaient loyaux et courageux ! intervint l'un des jeunes auditeurs. Ils ne pouvaient que se battre.

Le conteur lui sourit.

— Et c'est effectivement ce qu'ils firent. Pourtant, chaque jour, chaque nuit du temps qui leur était donné, ce choix devant lequel ils étaient placés se rappelait à eux. Vous vous souvenez sans doute que l'un des membres du Cercle n'était plus un homme mais un vampire. Chaque jour, chaque nuit, celui-ci devait accepter de n'être qu'une ombre dans le monde pour lequel il avait choisi de se battre. Et dans son sommeil de vampire, un rêve revenait régulièrement le hanter…

1

Cian rêvait. Dans son rêve, il était encore un homme. Jeune, fou peut-être, imprudent sans doute. Impossible, dès lors, de rester insensible à la beauté époustouflante de celle qu'il prit tout d'abord pour une femme. Sa robe d'un rouge profond, avec ses manches longues et flottantes, était trop élégante pour la rusticité du pub. Comme un bordeaux de grand cru, elle coulait sur ses formes pour les révéler et faire éclater au regard la blancheur de sa peau. Ses cheveux, dont les boucles cascadaient sous sa coiffe, semblaient d'or.

Sa tenue, son maintien, les bijoux qui scintillaient sur sa gorge et à ses doigts, tout en elle trahissait la noblesse. Dans la pénombre de l'établissement, elle scintillait telle une flamme. Avant qu'elle ne fasse son entrée, réduisant instantanément au silence musique et conversations, deux servantes étaient venues lui réserver une chambre où elle pourrait souper. Dès le premier instant, ses yeux bleus comme un ciel d'été s'étaient rivés à ceux de Cian, et rien qu'aux siens. Aussi n'avait-il pas été surpris qu'une des deux servantes revienne lui faire part du désir de sa maîtresse de l'inviter à partager son repas.

Il avait souri des commentaires entendus des hommes en compagnie desquels il était en train de boire, et qu'il avait laissés sans regret derrière lui. Pourquoi aurait-il hésité ?

À la lueur d'un chandelier et du feu qui brûlait dans l'âtre, la jeune beauté emplissait deux coupes de vin quand il la rejoignit dans sa chambre.

— Je suis heureuse que tu aies accepté mon invitation, dit-elle. Je déteste dîner seule. Pas toi ?

Si gracieuse qu'elle paraissait flotter sur le parquet, elle vint vers lui et ajouta en lui tendant sa coupe :

— Je m'appelle Lilith.

Sa voix à l'accent et au phrasé exotiques évoquait le sable chaud et les vignes en fleur. Cian était captivé rien qu'à l'écouter. Et déjà plus qu'à moitié séduit.

Bien qu'il n'eût aucun appétit, ils partagèrent un frugal repas. S'il ne mangea pas grand-chose, il but en revanche ses paroles. Lilith évoqua pour lui les nombreux pays qu'elle avait visités, et qu'il ne connaissait que grâce aux livres. Elle lui raconta qu'elle s'était promenée sous la lune au pied des pyramides, qu'elle avait gravi les collines de Rome et contemplé les ruines de la Grèce antique.

Cian, qui n'avait jamais quitté l'Irlande, était fasciné, autant par elle que par ses paroles et les images qu'elles faisaient naître en lui. Mais il la trouvait tout de même un peu jeune pour avoir vu tant de choses...

Lorsqu'il lui fit part de son étonnement, elle le fixa par-dessus le rebord de sa coupe, un sourire énigmatique sur les lèvres.

— À quoi bon un si vaste monde, demanda-t-elle d'un ton mutin, si ce n'est pour l'explorer ? À quoi bon tant de délices, si ce n'est pour y goûter ? Tu es trop jeune pour te contenter de si peu. N'as-tu donc jamais envie de découvrir de nouveaux horizons ?

— Je pense prendre une année pour voyager, dès que cela me sera possible.

— Une année ?

Avec un grand rire caustique, Lilith fit claquer ses doigts en disant :

— Voilà ce qu'est une année. Une fraction de seconde au regard de l'éternité... Que ferais-tu, si tu avais l'éternité devant toi ?

Ses yeux étaient semblables à d'insondables lacs bleus.

Sans attendre de réponse, elle se leva et gagna la fenêtre, laissant dans son sillage une traînée de parfum.

— Ah... soupira-t-elle en contemplant le paysage. Que la nuit est douce ! Douce comme de la soie sur ma peau...

Elle se retourna pour lui faire face. Une flamme étrange dansait dans ses yeux.

— Je suis une créature de la nuit, reprit-elle. Et je pense que c'est ton cas également. C'est dans le noir que ceux qui nous ressemblent se sentent le mieux.

Cian se leva. Tandis qu'elle venait vers lui, le vin qu'il avait bu et le parfum entêtant qui émanait d'elle lui firent tourner la tête, ainsi que quelque chose d'autre, de plus indéfinissable... Un charme puissant et délétère qui, telle une drogue, lui embrumait l'esprit.

Après l'avoir rejoint, Lilith leva la tête et le fixa au fond des yeux. Puis, très doucement, elle posa ses lèvres sur les siennes.

— Puisqu'il en est ainsi, conclut-elle dans un murmure, puisque nous nous sentons si bien dans le noir, pourquoi devrions-nous y rester seuls ?

Comme tout rêve, celui-ci était brumeux et flou, et possédait l'incohérence propre à tous les songes. L'instant d'après, il se retrouvait dans le carrosse de Lilith, les mains pleines de ses seins d'une blancheur de lait, la bouche de sa compagne dévorant la sienne, brûlante et affamée.

Elle rit de voir ses mains impatientes se perdre dans les multiples replis de ses jupons et écarta les jambes en une invite suggestive.

— Tu as des mains fortes... susurra-t-elle. Et un visage des plus plaisants. Exactement ce dont j'ai besoin. Et ce dont j'ai besoin, je le prends !

Avec un nouveau rire coquin, elle lui mordilla le lobe de l'oreille et demanda :

— M'obéiras-tu, jeune et beau Cian aux mains si agiles et si fortes ? Feras-tu tout ce que je te demande ?

— *Aye !* répondit-il, le souffle court. Tout...

Il n'était plus habité à présent que par l'obsession de s'enfouir en elle au plus vite. Et lorsque ce fut fait, dans ce carrosse qui roulait à tombeau ouvert, Lilith rejeta la tête en arrière, les yeux fermés, et gémit de plaisir.

— Oh, oui ! Oui, oui ! Tu es si dur, si ardent... Donne-m'en davantage encore ! Donne-moi tout ! Je t'offrirai bien plus que tout ce que tu as jamais rêvé de posséder...

Pris de frénésie, son pouls battant à ses tympans comme un tambour, Cian sentit l'orgasme approcher.

De nouveau, Lilith rejeta la tête en arrière. Mais cette fois, ses yeux n'étaient plus clos. Ils n'étaient plus non plus d'un bleu azur, mais d'une effroyable couleur rouge.

Une peur panique s'empara de Cian, qui tenta de se libérer. Les bras de Lilith, tel un étau, se refermèrent autour de lui pour l'en empêcher, tandis que ses jambes se verrouillaient autour de sa taille, aussi solides que des chaînes, le gardant prisonnier en elle. Tandis qu'il luttait pour se soustraire à la force surnaturelle dont elle faisait preuve, elle ébaucha un sourire, et il vit luire dans la pénombre deux crocs de bête.

Il n'était même plus capable de prier pour son salut. En lui, il n'y avait plus place que pour la terreur.

— Qui es-tu ? demanda-t-il d'une voix étranglée. Qu'es-tu donc ?

Elle le chevauchait, ses hanches continuant d'aller et venir avec une habileté redoutable, l'amenant toujours plus près de la jouissance. D'une main, elle empoigna ses cheveux et lui tira la tête en arrière, exposant son cou.

— Splendeur, dit-elle. Je suis toute splendeur, et c'est ce que tu seras également.

Elle se jeta sur sa gorge. Ses crocs pénétrèrent en lui. Dans cet instant de douleur et de folie, Cian s'entendit crier. La brûlure, insupportable, consumait sa chair, coulait dans ses veines, atteignait jusqu'à la moelle de ses os. Mais à cette souffrance se mêlait un plaisir terrible – terrible et délicieux.

Cian se sentit jouir au sein de cette vertigineuse descente aux enfers, trahi par son propre corps au moment même de sa mort. Il n'en lutta pas moins pour se soustraire à la mortelle étreinte, une part de lui-même se débattant encore pour rejoindre la lumière et la vie. Mais la douleur intense et la jouissance extrême l'entraînaient inexorablement vers sa fin.

— Toi et moi, mon si bel amant… susurra Lilith, le sang de Cian coulant de ses lèvres. Rien que toi et moi.

Elle se réinstalla sur la banquette et prit entre ses bras son corps inerte. D'un ongle pointu, elle entailla la chair d'un de ses seins pour faire jaillir son propre sang.

— À toi de boire, maintenant, dit-elle avec une tendresse toute maternelle. Bois-moi, et tu auras la vie éternelle.

Non ! Les lèvres de Cian ne pouvaient plus formuler le mot, mais il se répercutait sous son crâne avec force. Alors que la vie lui échappait, il se cramponna à cette ultime volonté. Et même lorsqu'elle lui souleva la tête pour l'amener contre sa poitrine, il opposa une dérisoire et vaine résistance.

Puis le goût du sang de Lilith emplit sa bouche, riche et capiteux. Avec l'avidité d'un bébé tétant sa mère, Cian se gorgea de cet élixir toxique et vivifiant, signant ainsi son arrêt de mort... et de renaissance.

Cian se réveilla dans le noir absolu et dans un silence sépulcral. Ainsi en était-il pour lui depuis l'époque lointaine où il avait été changé en vampire. Il émergeait du sommeil au crépuscule, sans même le battement de son propre cœur pour troubler la tranquillité vespérale.

Le rêve qu'il venait de faire l'avait déjà visité un nombre incalculable de fois au cours des siècles. Il n'en continuait pas moins de le perturber. Se revoir tel qu'il avait été, revoir ce visage qu'il n'avait pu contempler dans un miroir depuis qu'il avait été vampirisé, le rendait irritable et nerveux.

Il n'était pas dans ses habitudes de se lamenter sur son sort. Non seulement il acceptait ce qu'il était devenu, mais il avait profité du temps et de la liberté sans fin dont il disposait depuis neuf cents ans pour accumuler les expériences, la fortune et les aventures. Un homme pouvait-il rêver mieux ?

Au regard de tout cela, ne plus avoir de pouls était un faible prix à payer. Tout bien considéré, avoir un cœur qui bat était même un handicap qui lui était épargné. Au fil du temps, le muscle cardiaque vieillit, s'affaiblit et finit tôt ou tard par s'arrêter. Au cours de ses neuf siècles d'existence, il avait vu plus d'êtres humains qu'il n'en pouvait compter se faner et disparaître ainsi.

Et même si aucun miroir ne reflétait son visage, il savait qu'il n'avait pas changé depuis cette nuit où Lilith l'avait engendré. Ses traits étaient toujours aussi fermes, sa peau souple et dépourvue de la moindre ride. Ses yeux avaient gardé la même acuité qu'à l'époque de sa mort, n'avaient pas pâli avec l'âge. Il n'y avait pas, il n'y aurait jamais, de cheveux gris à ses tempes.

Certes, il lui arrivait parfois, dans le secret de son lit, de partir du bout des doigts à la découverte de son propre visage. De ses pommettes hautes et saillantes. De la fossette qui ornait son menton. De ses yeux qu'il savait être d'un bleu électrique. De l'arête rectiligne de son nez et des fermes reliefs de ses lèvres. Invariablement, il constatait qu'il était resté le même. Toujours le même...

Cian se leva dans le noir, son corps nu aux muscles fins et déliés se mouvant sans effort. D'une main, il rejeta en arrière la masse de cheveux noirs qui encadrait son visage. Il était né sous le nom de Cian Mac Cionaoith et en avait depuis emprunté beaucoup d'autres. Mais pour son frère, il était retourné à son identité première. Hoyt ne l'aurait pour rien au monde appelé autrement. Et puisque cette guerre à laquelle il avait accepté de participer risquait de sonner le glas de son existence – définitivement, cette fois –, il estimait approprié de finir en portant le même nom qu'à sa naissance.

Non pas qu'il fût pressé de dire adieu à ce monde. Seuls les fous et les jeunes fats, de son point de vue, pouvaient trouver romantique l'idée du trépas. Mais s'il devait en être ainsi, la nuit de *Samhain*, dans la Vallée pétrifiée, au moins aurait-il la satisfaction de partir avec un certain style. Et si le mot justice avait un sens, il ne le ferait pas sans avoir auparavant réduit Lilith en poussière.

Sa vue, aussi affûtée que ses autres sens, lui permit d'aller ouvrir dans la pénombre la malle où il conservait les poches de sang apportées d'Irlande. Les dieux, manifestement, avaient étendu à ses provisions la faveur spéciale dont il avait bénéficié pour passer d'un monde à l'autre à travers leur cercle de pierres sacrées.

Il était vrai qu'il ne s'agissait que de sang de porc. Cela faisait des siècles que Cian n'avait pas avalé de sang humain. Question de volonté autant que de bonnes manières, songea-t-il en brisant le sceau de la poche, dont il versa le contenu dans une coupe. Puisqu'il vivait parmi les humains, faisait des affaires avec eux, couchait avec leurs femmes quand l'envie lui en prenait, continuer à se nourrir sur leur dos aurait manqué de classe.

Sans compter qu'il valait mieux, s'il voulait mener l'existence qu'il appréciait, ne pas se faire remarquer en supprimant nuit après nuit quantité de vies humaines. Même s'il était vrai que la chasse procurait des sensations fortes et donnait à la nourriture une saveur à nulle autre pareille, c'était par nature une pratique tapageuse et risquée.

Aussi s'était-il habitué au goût plus banal du sang de porc, qu'il consommait prosaïquement dans un verre au lieu de se mettre en chasse chaque fois que la faim le tourmentait. Il buvait son sang comme un homme boit son café du matin, par habitude autant que pour donner à son système nerveux l'indispensable coup de fouet.

Il ne prit pas la peine d'allumer le feu ou les bougies du chandelier pour faire un brin de toilette. Le manque de confort moderne lui pesait sans doute autant qu'à Blair ou Glenna. Même si son existence avait débuté dans une ambiance aussi médiévale que celle qu'il avait trouvée au royaume de Geall, il préférait grandement aux charmes rustiques du château de Moïra ceux de la plomberie et de l'électricité. Sa voiture lui manquait. Son lit et son four à micro-ondes aussi, ainsi que les mille commodités de la vie moderne. Le destin, en le replongeant aussi abruptement dans les conditions de vie de sa jeunesse, lui avait fait un sacré pied de nez.

Une fois habillé, Cian quitta sa chambre et se dirigea vers les écuries, où l'attendait son cheval. En chemin, les habitants du château qu'il croisa – servantes, gardes, courtisans – l'évitèrent autant que possible, fuyant son regard et accélérant le pas. Cela ne le chagrina pas outre mesure. Depuis que Moïra avait joué les gladiateurs sous les yeux de son peuple rassemblé, tous savaient à quoi s'en tenir au sujet des créatures de son espèce.

La future souveraine, songea-t-il, avait été avisée de leur demander, à lui, Blair et Larkin, de capturer les deux vampires qui avaient assassiné sa mère. Elle avait compris que ses compatriotes, qui n'avaient jamais été placés face à un tel danger, n'y croiraient que s'ils y étaient personnellement confrontés. En les combattant elle-même, sous leurs yeux, elle avait fait d'une pierre deux coups et prouvé qu'elle était une guerrière.

Dans quelques semaines, ce serait à elle de conduire tous les Gealliens à la bataille. Il fallait un chef fort et respecté pour transformer en armée un peuple de paysans et de marchands qui vivait depuis toujours en paix. Moïra serait-elle de taille à endosser un tel rôle ? Cian n'en était pas certain.

Certes, songea-t-il en traversant la cour intérieure, elle était courageuse et brillante. Il était vrai également qu'elle avait fait d'énormes progrès dans son apprentissage des techniques de combat. Et comme on l'éduquait en ce sens depuis la naissance, les affaires de l'État et les exigences du protocole n'avaient aucun secret pour elle. En temps de paix, sans doute aurait-elle fait une excellente reine. Mais en temps de guerre, un souverain devait aussi être général en chef. Aux yeux de Cian, le prince Riddock, oncle de Moïra et régent du royaume, aurait été bien plus indiqué pour tenir ce rôle. Mais comme cette affaire ne le concernait en rien, personne ne lui demandait son avis.

Il entendit Moïra avant de l'apercevoir, et il la sentit bien avant cela encore. Il faillit rebrousser chemin, tant lui pesait la perspective d'avoir à croiser la jeune femme. En fait – et c'était là le problème –, elle ne quittait jamais vraiment ses pensées. Mais l'éviter alors qu'ils étaient si étroitement associés dans la préparation de cette guerre n'était guère envisageable. En outre, tourner les talons aurait été très lâche. La fierté, comme toujours, le dissuada de choisir la solution de facilité.

Son cheval avait été installé à l'une des extrémités de l'écurie, à deux stalles de distance des autres pensionnaires. Cian comprenait que des garçons d'écurie superstitieux rechignent à s'occuper de la monture d'un démon. C'était d'autant moins un problème pour lui que Larkin et Hoyt se chargeaient tous les matins de nourrir et de soigner Vlad, son fringant étalon.

Apparemment, Moïra avait décidé elle aussi de le gâter. Cian vit qu'elle s'était munie de carottes. Elle en posa une sur son épaule et encouragea l'animal à s'en saisir.

— Je sais que tu en as envie, murmura-t-elle. Elle doit être si savoureuse... Tout ce que tu as à faire, c'est de la croquer.

Amusé, Cian songea qu'il aurait pu dire la même chose, mais pas à propos d'une carotte...

De la tenue qu'elle portait – une robe passée par-dessus un jupon de toile –, il déduisit que l'entraînement de la journée était terminé. Le vêtement de soie bleu pâle, à peine garni de dentelle au col, était des plus modestes pour une princesse. À son cou était pendue l'une des croix d'argent nées des talents magiques conjugués de Glenna et Hoyt. Ses longs cheveux châtain foncé, couronnés du fin cercle d'or de sa charge, cascadaient librement dans son dos jusqu'à ses reins.

Moïra n'était pas une beauté. Cian en faisait le constat presque aussi souvent qu'il pensait à elle. Au mieux, on pouvait la trouver mignonne. Mince et de constitution frêle, elle avait un visage aux traits délicats mangé par deux yeux immenses. D'un gris tourterelle lorsqu'elle était tranquille, pensive, à l'écoute, ils passaient à un gris de fumée quand elle se laissait aller à la colère.

Cian avait séduit nombre de très belles femmes durant son existence, ainsi que l'aurait fait à sa place tout homme disposant d'un peu de goût pour la bagatelle et de quelques siècles devant lui. Mais bien que les charmes de Moïra ne pussent se comparer aux leurs, il ne parvenait pas, en dépit de tous ses efforts, à la chasser de son esprit.

Il savait que, comme les autres, elle aurait pu être à lui s'il avait voulu s'en donner la peine. Jeune, curieuse et innocente, elle était en outre très susceptible. Ce qui, plus que tout le reste encore, devait l'inciter à choisir l'une de ses dames de compagnie plutôt qu'elle s'il avait envie d'un peu d'amusement et de détente.

Son cheval, quant à lui, n'eut pas les mêmes scrupules. Il ne fallut que quelques secondes à Vlad pour se décider à avancer la tête et à croquer la carotte sur l'épaule de Moïra. En le regardant mâcher avec gourmandise, elle se mit à rire et lui caressa le museau.

— Voilà qui est mieux, déclara-t-elle. Ce n'était pas si dur que cela, n'est-ce pas ? Nous sommes amis, toi et moi. Et je sais que tu dois te sentir seul, parfois. Comme tout le monde.

Alors qu'elle tendait une autre carotte à l'étalon, Cian fit un pas en avant pour sortir de l'ombre.

— Tu vas finir par en faire un animal de compagnie. Il aura fière allure, mon cheval, lorsque la bataille viendra !

Moïra tressaillit, puis se raidit. Mais quand elle se tourna pour lui faire face, son visage ne laissait rien paraître de son trouble.

— Dis-moi que tu ne m'en veux pas... Il a bien droit à une petite gâterie, de temps à autre.

— Comme tout le monde, murmura Cian.

Cette fois, elle ne put s'empêcher de rougir.

— L'entraînement s'est très bien passé ! s'empressa-t-elle de raconter. Les gens affluent de tout le royaume. Il y a tellement de volontaires que nous avons dû établir un autre camp d'entraînement sur les terres de mon oncle. Tynan et Niall s'en occupent.

— Il y a pénurie de logement ?

— Oui, cela commence à poser problème. Nous logeons autant de monde que possible ici, au château, et dans la demeure de mon oncle. L'auberge est bourrée à craquer, et tous les habitants des alentours accueillent amis et famille. Mais je ferai en sorte que nul ne soit renvoyé chez lui. Nous trouverons toujours un moyen de nous arranger.

Tout en parlant, elle jouait avec la croix pendue à son cou. Cian n'y voyait aucune méfiance à son égard. Tout juste un signe de nervosité.

— Le problème du ravitaillement va aussi se poser d'ici peu, ajouta-t-elle avec gravité. Tous ces gens ont dû laisser leurs récoltes et leurs bêtes derrière eux pour se réfugier ici. Mais là encore, nous nous arrangerons. As-tu mangé ?

À peine eut-elle achevé sa phrase qu'elle se mit à rougir de plus belle.

— Ce que je voulais dire, précisa-t-elle en hâte, c'est qu'un souper va être servi dans le salon familial. Si tu...

— Je sais ce que tu voulais dire, coupa-t-il. Et je n'ai pas mangé. Je tenais d'abord à m'occuper de mon cheval, mais il me paraît fort bien soigné et nourri.

Comme pour donner son assentiment, Vlad posa la tête sur l'épaule de Moïra. En le regardant faire, Cian ajouta :

— Et fort bien gâté, aussi !

Moïra fronça les sourcils.

— Ce ne sont que des carottes ! Non seulement elles ne peuvent lui faire de mal, mais en plus elles sont bonnes pour lui.

— À propos de nourriture, mes réserves s'épuisent. Je vais devoir renouveler mon stock de sang d'ici la semaine prochaine. Pourrais-tu faire en sorte que celui du prochain porc qui sera abattu me soit réservé ?

— Aucun problème.

— Vous prenez cela avec un détachement admirable, Majesté, railla Cian.

Une franche colère fit alors étinceler les yeux de Moïra.

— Chacun mange ce qui lui plaît dans le porc ! lâcha-t-elle sèchement. Moi-même, je n'ai rien contre une bonne tranche de bacon.

D'un geste brusque, elle ficha dans la main de Cian la carotte qui lui restait et fit mine de le planter là. Mais au dernier moment, elle se ravisa.

— Je ne sais pas comment tu parviens à me mettre si facilement hors de moi, ni même si tu le fais exprès.

Voyant qu'il s'apprêtait à répliquer, elle leva la main devant elle pour l'en empêcher et poursuivit sur sa lancée :

— En fait, je ne suis pas sûre d'avoir envie de le savoir. Mais j'aimerais te parler d'autre chose, si tu as un moment à me consacrer.

Non, songea Cian avec fatalisme. Il n'y avait vraiment pas moyen de lui échapper.

— J'ai un moment, répondit-il. Et même deux s'il le faut.

Sachant que les chevaux n'étaient pas les seuls à avoir de grandes oreilles dans une écurie, Moïra lança autour d'elle un regard méfiant et conclut :

— Nous pourrions peut-être sortir faire quelques pas. J'aimerais que ceci reste entre nous.

Cian haussa les épaules. Après avoir donné à Vlad la dernière carotte, il suivit Moïra et demanda :

— Secret d'État, Votre Majesté ?

— Cela t'amuse de te moquer de moi ?

— En l'occurrence, ce n'était pas le cas. Dis-moi, tu me parais quelque peu irritable, ce soir.

— Cela t'étonne ?

Moïra rejeta dans son dos la masse de cheveux qui cascadait sur son épaule et reprit :

— Avec la guerre de la fin des temps qui approche et le léger souci d'avoir à nourrir et blanchir toute une armée, j'ai quelques raisons de l'être, non ?

— Tu n'as qu'à déléguer.

— C'est ce que je fais. Mais devoir expliquer aux uns et aux autres ce que j'attends d'eux et comment ils doivent le faire me prend presque plus de temps que si je m'en chargeais moi-même. Enfin, peu importe. Ce n'est pas de cela que je voulais te parler.

— Assieds-toi.
— Pardon ?
— Asseyons-nous.
Cian la prit par le bras et, ignorant la résistance qu'elle lui opposait, la conduisit jusqu'à un banc.
— Si tu ne parviens pas à laisser en repos cinq minutes cette usine à penser qui te sert de cerveau, laisse au moins tes jambes souffler un peu.
Moïra sourit et se détendit.
— Je n'arrive pas à me rappeler la dernière fois que j'ai pu passer une heure en tête à tête avec un livre, dit-elle avec nostalgie. Encore que si, je m'en souviens... Ce devait être en Irlande, chez toi. La détente que me procurent les livres me manque.
— Cette heure que tu ne peux te permettre de prendre, tu devrais quand même te l'accorder de temps à autre. Si tu tombes dans le surmenage, tu ne seras plus bonne à grand-chose. Ni pour toi ni pour personne d'autre.
Moïra baissa les yeux sur ses mains posées dans son giron.
— Il y a tant à faire que je me demande parfois si les dieux ne se sont pas trompés en me choisissant... déclara-t-elle d'une voix songeuse. Et merde ! comme dirait Blair. Voilà que je me remets à douter.
Cian ne put retenir un rire amusé. Surprise, Moïra tourna la tête vers lui et lui sourit.
— Je suis prêt à parier que Geall n'a jamais eu de reine telle que toi ! lança-t-il avec bonne humeur.
À ces mots, Moïra se renfrogna.
— Tu n'as sans doute pas tort. Nous saurons en tout cas bientôt si je dois devenir cette drôle de reine. Demain, aux premiers rayons du soleil, j'irai tenter de tirer l'Épée des rois de son rocher.
— Je vois.

— Si je parviens à la brandir vers le ciel, comme l'a fait ma mère en son temps, et son père avant elle, et tous ceux de notre lignée, Geall m'aura pour reine.

Les yeux de Moïra voguèrent jusqu'à la limite de la cour intérieure et se posèrent sur les portes du château.

— Mon peuple n'aura pas le choix, reprit-elle d'une voix sourde. Pas plus que moi.

— Souhaiterais-tu qu'il en soit autrement ?

— Je n'en sais rien. Ou je préfère ne pas me poser la question. Tout ce que je souhaite, c'est en terminer avec cette formalité, afin de pouvoir passer... à ce que je devrai faire ensuite, quoi que cela puisse être.

Délaissant les lendemains incertains qu'ils semblaient contempler, ses yeux revinrent se river à ceux de Cian.

— Je voulais te dire... J'aurais aimé que cette cérémonie puisse se dérouler de nuit.

En soutenant son regard, Cian se demanda comment des yeux si doux pouvaient paraître également si graves.

— Trop dangereux, répondit-il. Ce ne serait pas prudent de tenir une réunion hors des murs du château après le coucher du soleil.

— Je le sais. Mais je sais également que tous ceux qui le souhaitent devraient pouvoir assister à cette cérémonie. Tu ne le peux pas et je le regrette. Il me semble que les six membres de notre cercle devraient être réunis à cette occasion.

En un geste machinal, la main de Moïra se referma sur sa croix de Morrigan.

— Je sais aussi que tu n'es pas concerné par les affaires intérieures de Geall, reprit-elle. Mais les affaires intérieures de Geall ne sont pas sans liens avec la bataille que nous devons mener.

Moïra inspira profondément.

— Jamais je n'aurais pu me douter... ajouta-t-elle d'une voix tremblante. Ils ont... ils ont également tué mon père.

— Qu'est-ce que tu dis ?

— Je n'en peux plus de rester assise ! Marchons.

Elle se leva d'un bond et traversa la cour à grands pas, sans se soucier de savoir s'il la suivait. Secouée par un frisson, elle se frotta longuement les bras. La température avait chuté avec la nuit, mais elle savait que ce n'était pas la fraîcheur de l'air qui lui glaçait le sang.

— Je n'en ai encore parlé à personne, confia-t-elle à mi-voix. Je n'avais même pas l'intention de te le dire. À quoi bon, puisque je n'ai aucune preuve ? Pourtant, j'en suis sûre.

— Qu'est-ce qui te donne cette certitude ?

Il était d'autant plus facile de se confier à Cian, réalisa-t-elle, qu'il allait droit au but, sans s'encombrer de détails.

— L'un de ceux qui ont tué ma mère. Celui contre qui je me suis battue...

Après avoir traversé la cour, ils pénétrèrent dans l'un des jardins. Du coin de l'œil, Cian observa Moïra tandis qu'elle concluait :

— Avant que je ne le tue, il a dit quelque chose qui m'a troublée. Quelque chose à propos de mon père et de... la façon dont il est mort.

— De sa part, ce n'était sans doute qu'une tactique destinée à te déconcentrer, suggéra Cian d'un ton mesuré.

— Ce en quoi il a parfaitement réussi. Mais ce qu'il m'a dit est venu confirmer un soupçon enfoui en moi.

La main posée sur le cœur, Moïra chercha son regard avant de poursuivre :

— En décapitant ce vampire, j'ai senti, j'ai su avec une quasi-certitude que je ne vengeais pas seulement ma mère mais également mon père. Je crois que Lilith a fait revenir ici ces deux monstres parce qu'ils avaient rempli leur mission avec succès une première fois lorsque j'étais enfant.

Moïra garda le silence un instant, la tête penchée, le cercle d'or brillant à la lueur des torches dans ses cheveux.

— Quand mon père est mort, reprit-elle enfin, tout le monde s'est accordé à dire qu'il avait dû tomber nez à nez avec un ours. Il était parti chasser dans les montagnes. Le plus jeune frère de ma mère a été tué avec lui. Et si mon oncle Riddock n'était pas avec eux, c'est uniquement parce que sa femme était sur le point d'accoucher. Ceux...

Elle s'interrompit en entendant un bruit de pas dans une allée voisine et ne reprit son récit que lorsque le silence fut revenu.

— Ceux qui ont découvert les corps et les ont ramenés au château ont estimé, au vu de leur état, que seuls des animaux avaient pu faire cela. Et d'une certaine manière...

La gorge nouée, Moïra marqua une nouvelle pause.

— D'une certaine manière, reprit-elle d'une voix plus tranchante, c'était bien de bêtes qu'il s'agissait, même si elles ressemblaient à des hommes.

Son visage était pâle et résolu quand elle se tourna vers Cian.

— Et si Lilith s'est donné la peine d'envoyer des tueurs pour éliminer mon père, poursuivit-elle, c'est pour qu'il n'y ait pas d'autre prétendant à la couronne que moi. Peut-être, à cette époque-là, savait-elle déjà que seul le souverain de Geall pourrait intégrer notre cercle. Ou peut-être mon père était-il plus facile à tuer que moi, qui n'étais encore qu'un bébé sous surveillance constante. Elle devait penser qu'elle aurait le temps de m'éliminer plus tard. Mais quand elle a voulu le faire, ses sbires se sont trompés et ont tué ma mère.

— Ceux qui ont fait ça ne sont plus là pour s'en réjouir.

— Est-ce une consolation ?

Si ce n'en était pas vraiment une, Moïra lui était en tout cas reconnaissante de chercher à la réconforter.

— J'ai du mal à déterminer ce que je ressens, reconnut-elle. Mais ce que je sais, c'est que Lilith m'a privée de mes parents. Elle a fait ça pour tenter d'arrêter ce qui ne peut être arrêté. Aucune de ses manœuvres ne nous empêchera de la combattre dans la Vallée pétrifiée, quand la nuit de *Samhain* sera tombée. Reine ou simple soldat, je me battrai contre elle. Elle a donc tué mes parents pour rien.

— Et rien de ce que tu aurais pu faire n'aurait été de nature à l'en empêcher.

Oui, Cian cherchait bien à la consoler, songea-t-elle. Et d'une certaine manière, il y parvenait.

— Je prie pour que ce soit vrai. Mais je sais qu'à cause de ce qui leur est arrivé, la cérémonie de demain sera bien plus qu'un simple rituel. Quiconque brandira l'Épée des rois aura à mener cette guerre contre Lilith.

Moïra recula d'un pas et leva les yeux vers les étendards qui claquaient au vent en haut des tours.

— Le *claddaugh* et le dragon sont les emblèmes de ce royaume depuis sa fondation, expliqua-t-elle. Si je deviens reine de Geall, l'une de mes premières décisions consistera à en faire ajouter un troisième.

Cian songea d'abord à une arme – une épée, un pieu, une flèche –, mais devina bien vite qu'il se trompait. Telle qu'il la connaissait, Moïra ne pouvait avoir choisi qu'un symbole d'endurance et d'espoir.

— Un soleil, dit-il. Pour rayonner sur le monde.

Une expression de joie et de surprise mêlées illumina le visage de Moïra.

— *Aye !* Je vois que tu me comprends. Un soleil d'or, sur fond blanc, pour symboliser la lumière qui nous fait vivre et pour laquelle nous lutterons. Ce soleil, doré comme notre avenir, constituera le troisième emblème de Geall et un pied de nez à Lilith et à ceux qu'elle a amenés ici.

Les joues rouges, les yeux brillants d'excitation, Moïra poussa un soupir et adressa à Cian un sourire d'excuse.

— Tu es un interlocuteur attentif, dit-elle. Et je parle trop. Rentrons. Les autres doivent nous attendre pour le souper.

Cian l'arrêta en posant la main sur son avant-bras.

— Tout à l'heure, je me disais que tu ferais une piètre reine pour mener ton peuple à la guerre. Ce doit être l'une des rares fois où je me suis trompé.

— Si l'Épée des rois doit être à moi, corrigea-t-elle, tu te seras trompé.

Comme ils rebroussaient chemin vers le château, Cian réalisa qu'ils n'avaient sans doute jamais eu de conversation aussi longue, bien qu'ils se connussent depuis plus de deux mois.

— Tu devrais raconter aux autres ce que tu viens de me dire à propos de ton père, suggéra-t-il. Si nous formons un cercle, rien ne doit venir affaiblir notre unité.

— Tu as raison… *Aye,* tu as raison, bien sûr.

Et lorsque Moïra prit place à table en compagnie de ses amis, elle se sentait plus sereine qu'elle ne l'avait été depuis des jours.

2

Moïra ne dormit pas cette nuit-là. Comment aurait-elle pu fermer l'œil alors qu'il lui semblait vivre ses dernières heures de femme libre ?

Si sa destinée était de tirer l'Épée des rois de sa gangue de pierre, elle deviendrait reine de Geall au petit matin. En tant que souveraine, il lui faudrait régner sur son peuple et gouverner le pays. Ces responsabilités-là, on la préparait depuis l'enfance à les exercer.

Mais dès le lendemain et jusqu'à la nuit de *Samhain*, sa nouvelle charge lui imposerait également de mener tous les Gealliens à la guerre. Et si elle ne devait pas être reine, ce serait sous le commandement d'un autre chef qu'elle irait au combat.

Aussi cette nuit était-elle la dernière de la femme qu'elle avait cru pouvoir devenir. Quoi que lui apporte l'aurore, au lever du soleil, plus rien ne serait pareil.

Avant que sa mère ne soit tuée, elle s'imaginait avoir des années devant elle pour se former à ses futures responsabilités. Elle avait vécu dans la certitude que le règne de sa mère durerait des décennies encore, lui laissant le temps de devenir une souveraine digne de monter sur le trône de Geall. Dans le secret de son cœur, elle avait même espéré qu'à cette date lointaine, l'enfant qu'elle aurait pu avoir après s'être mariée aurait l'âge de coiffer la couronne à sa place.

Tous ses espoirs avaient été réduits à néant la nuit où sa mère avait été massacrée. Plus exactement, sans qu'elle le sache, tout avait basculé le jour où son père n'était pas revenu de sa partie de chasse. À moins, songea-t-elle, que tout ne se soit déroulé ainsi que les dieux en avaient décidé de toute éternité.

À présent, il ne lui restait qu'un espoir, celui de trouver en elle la force de porter la couronne tout en brandissant l'épée.

Se battre... Cette perspective l'emplissait d'appréhension tandis que, sous un mince croissant de lune, elle se tenait au bord d'une des plus hautes terrasses du château. Lorsque le cycle lunaire serait achevé, ce serait loin d'ici, sur les contreforts d'un champ de bataille inhospitalier, qu'elle se trouverait.

Moïra s'était installée là pour bénéficier d'une bonne vue sur le terrain de joute illuminé par des torches. Ainsi lui était-il possible d'assister à l'entraînement des troupes sans déranger personne.

Cian utilisait ses heures d'éveil nocturne pour apprendre aux hommes et aux femmes de Geall à lutter contre un ennemi plus fort et plus rapide qu'aucun être humain – et surtout à le vaincre. C'était ce qu'il avait fait, nuit après nuit, avec elle et les autres membres du Cercle, durant les quelques semaines qu'ils avaient passées en Irlande. Si elle n'était plus dorénavant une faible femme sans défense, c'était principalement à lui qu'elle le devait.

La tâche de Cian était d'autant plus ardue que nombre de ses élèves ne lui faisaient pas confiance. Il y en avait même pour le craindre ouvertement – mais sans doute en valait-il mieux ainsi. Il voulait faire d'eux des guerriers, pas des amis.

Moïra avait fini par comprendre en partie pourquoi il se battait à leurs côtés. S'il s'était engagé en faveur de l'humanité, c'était à cause de cet orgueil dont elle le savait bien pourvu : jamais il n'aurait accepté de tomber sous le joug de Lilith. En outre, quoiqu'il ne fût pas prêt à l'admettre, cet engagement était également dû à sa loyauté envers son frère. Enfin, il fallait voir dans son attitude l'illustration de son courage et des émotions contradictoires qui le tiraillaient.

Car, en dépit de ce qu'on disait des vampires, Cian était capable d'émotions. Moïra n'osait imaginer le tumulte que celles-ci avaient dû générer en lui, au terme de neuf siècles d'existence. Elle-même, après seulement quelques semaines de tueries et de violence, ne se reconnaissait plus, tant les siennes étaient bouleversées.

Elle se demandait à quoi pouvait ressembler le monde aux yeux de Cian, qui l'avait tant observé, tant parcouru. Il en savait bien davantage qu'aucun homme n'en saurait jamais sur l'existence, ses potentialités infinies, les plaisirs qu'elle offrait, les douleurs qu'elle infligeait. Et elle ne parvenait pas à comprendre ce qui le poussait, après avoir accumulé tant d'expériences, de connaissances, à jouer sa survie sur un coup de dés. Ce risque qu'il acceptait de prendre, ce désintéressement dont il faisait preuve en transmettant son savoir à des humains qui ne lui étaient rien forçaient l'admiration et le respect. Mais les ressorts intimes de son attitude demeuraient un mystère qui ne cessait de fasciner Moïra.

Ce qu'il pensait d'elle était une autre énigme qu'elle ne parvenait pas à résoudre. Même lorsqu'il l'avait embrassée, au cours de ce fugitif instant de passion et de folie, elle n'avait été tout à fait certaine de ce qu'il ressentait à son égard. Or, percer les secrets qui lui résistaient était depuis toujours une irrésistible tentation pour elle...

Un bruit de pas tira Moïra de ses pensées. Elle tourna la tête et vit Larkin s'approcher d'elle.

— Tu devrais être dans ton lit, dit-il d'un ton de reproche.

— J'en avais assez de contempler mon baldaquin. D'ici, la vue est plus intéressante.

Elle tendit la main à son cousin et se sentit aussitôt rassérénée.

— Et toi ? reprit-elle. Pour quelle raison n'es-tu pas dans ton lit ?

— Je t'ai aperçue d'en bas et je n'ai pu résister à l'envie de venir t'embêter un peu. Nous avons donné un petit coup de main à Cian, Blair et moi.

Suivant celui de Moïra, son regard glissa vers le terrain de joute en contrebas.

— J'ai bien peur de ne pas être de très bonne compagnie ce soir, murmura-t-elle. Même pour moi. C'est pourquoi je suis montée jusqu'ici. Pour ruminer tout mon soûl.

Elle posa la tête sur l'épaule de Larkin et ajouta :

— Cela fait passer le temps.

— Tu veux qu'on aille dans la bibliothèque ? Je te laisserai me battre aux échecs.

— Tu me... Oh, quel toupet !

Moïra releva la tête et fixa ses yeux d'un brun doré, ourlés de longs cils comme les siens. La malice qui y pétillait ne parvenait pas à masquer tout à fait l'inquiétude qu'il se faisait pour elle.

— Et je suppose, reprit-elle d'un ton badin, que tu m'as *laissée* gagner chaque fois que je t'ai battu à plate couture depuis que nous jouons ensemble ?

— Que n'aurais-je fait pour te donner confiance en toi...

Moïra se mit à rire et lui décocha un affectueux coup de poing dans le bras.

— Tu as tellement bien réussi que tu te retrouves échec et mat neuf fois sur dix !

— Tu me lances un défi ? Je suis ton homme.

— Non. Absolument pas.

Elle se hissa sur la pointe des pieds, déposa un baiser sur sa joue et repoussa une mèche fauve qui avait glissé sur ses yeux.

— Tu es l'homme de Blair, reprit-elle. Et tu vas aller la retrouver de ce pas. Tu as mieux à faire de ta nuit que de me distraire de mes idées noires. Je rentre avec toi. Après tout, la vue assommante de mon baldaquin finira peut-être par m'ennuyer suffisamment pour que je glisse dans le sommeil.

— Tu n'auras qu'à taper à ma porte, à n'importe quelle heure, si tu veux de la compagnie.

— Je sais, et je t'en remercie.

Mais Moïra savait également qu'elle se contenterait de sa propre compagnie jusqu'à l'aube.

Et qu'elle ne dormirait pas.

Conformément à la tradition, Moïra passa la dernière heure avant le lever du soleil à se laisser habiller par ses dames de compagnie.

Résistant aux pressions de ses compagnes, elle refusa catégoriquement la robe rouge qu'on lui proposait. Elle savait que cette couleur, bien que royale, ne l'avantagerait pas. À la place, elle opta pour une tenue aux teintes sylvestres : une robe d'un vert profond sur un jupon d'un vert plus tendre.

Puisqu'ils avaient appartenu à sa mère, elle accepta en revanche les bijoux qu'on lui présentait. Mais le collier de lourdes pierres de citrine dut voisiner sur sa poitrine avec la croix de Morrigan, qu'elle n'aurait ôtée pour rien au monde. Quant à ses cheveux, elle décréta qu'elle les porterait simplement dénoués dans son dos.

Assise devant sa coiffeuse, elle dut laisser Dervil les brosser inlassablement tandis qu'autour d'elles, les autres femmes s'agitaient. Ceara, l'une d'elles, fit passer un plateau de gâteaux au miel devant elle.

— Vous ne voulez pas manger, Votre Altesse ? Juste un petit morceau...

— Après, répondit Moïra sans même un regard pour les pâtisseries. Je retrouverai sûrement l'appétit après.

Quelques instants plus tard, ce fut avec soulagement qu'elle vit Glenna se présenter sur le seuil. Elle se leva pour se porter à sa rencontre.

— Que tu es belle ! lança-t-elle en examinant son amie des pieds à la tête.

Elle avait elle-même choisi les robes de Blair et Glenna, et – du moins en ce qui concernait cette dernière – elle était heureuse de constater qu'elle ne s'était pas trompée. Mais il était vrai que Glenna avait tant de classe qu'elle aurait été époustouflante dans n'importe quelle tenue. Néanmoins, le velours bleu nuit de sa robe lui allait à ravir et mettait en valeur son teint comme sa crinière de rousse.

— Merci beaucoup pour la robe, répondit celle-ci. J'ai l'impression d'être une princesse. Mais toi, tu as tout d'une reine...

— Ah, bon ?

Moïra contempla son reflet dans un miroir mais n'y vit qu'elle-même. Elle y vit également Blair faire son entrée dans la pièce et lui sourit. Pour elle, elle avait choisi une robe couleur ocre avec un jupon vieil or.

— La métamorphose est stupéfiante, commenta-t-elle en regardant son amie la rejoindre. Je ne t'avais jamais vue en robe.

Après avoir examiné les tenues de Moïra et Glenna, Blair baissa les yeux sur la sienne et conclut :

— Sacrés costumes ! Toutes les trois, on a l'air de sortir d'un conte de fées.

Puis elle se tourna vers le miroir et entreprit du bout des doigts de mettre un peu d'ordre dans ses courts cheveux noirs.

— Ça ne t'ennuie pas de devoir t'habiller ainsi ? s'inquiéta Moïra. Ce genre de cérémonie nécessite un certain formalisme.

— Hé ! Je suis une fille, quand même ! protesta Blair. Et, de temps à autre, ça ne me déplaît pas d'être habillée en conséquence. Surtout si c'est à la mode d'autrefois.

Remarquant les gâteaux au miel abandonnés sur une table, Blair en prit un et croqua dedans tout en dévisageant Moïra en silence.

— Nerveuse ? demanda-t-elle enfin.

— Et comment !

Elle reporta son attention sur les femmes qui continuaient à s'activer dans la pièce et lança :

— Je n'ai plus besoin de vous. J'aimerais rester seule un instant avec lady Glenna et lady Blair.

Quand la dernière dame de compagnie eut fait sa révérence et fermé la porte, Moïra se laissa tomber en soupirant sur un fauteuil devant la cheminée.

— Cela fait une heure qu'elles s'agitent autour de moi. C'est fatigant.

Blair vint s'asseoir à côté d'elle, sur l'accoudoir.

— Tu as effectivement l'air crevée, dit-elle. Mais je doute que ces dames en soient seules responsables. Tu as la tête de quelqu'un qui n'a pas fermé l'œil de la nuit...

— Je n'ai pas réussi à trouver le sommeil.

— Tu n'as pas dû le chercher beaucoup, intervint Glenna. Et tu n'as pas dû non plus boire la potion que je t'ai donnée.

— J'avais besoin de réfléchir.

Détournant son regard des flammes qui s'élevaient dans l'âtre, Moïra fixa successivement ses deux amies avant de poursuivre :

— Je veux que vous marchiez avec moi, vous deux ainsi que Larkin et Hoyt, jusqu'à la pierre de l'Épée.

— Pas de problème, répondit Blair, la bouche pleine. Même si je doute que ce soit conforme à l'étiquette...

— Selon le protocole, c'est moi qui marche en tête, et seule ma plus proche famille peut me suivre, admit Moïra. Ensuite, selon leur rang et leur position, arrivent les autres membres de la cour. Étant donné que je vous considère comme mes frères et sœurs, je souhaite que vous marchiez derrière moi, avec mon oncle, ma tante et les autres membres de la famille. Je vous demande cela pour moi autant que pour le peuple de Geall. Je veux que tous puissent voir qui vous êtes et à quel point nous sommes soudés. Je regrette seulement que Cian ne puisse être des nôtres.

— Impossible de faire ça de nuit, répondit Blair en posant la main sur son épaule. Ce serait trop risqué.

— Je sais. Mais d'une certaine façon, notre cercle sera tout de même au complet, car Cian sera présent dans mes pensées.

Moïra se leva et marcha jusqu'à la fenêtre.

— L'aube arrive, murmura-t-elle. Et le jour va suivre.

Tandis que les dernières étoiles pâlissaient dans le ciel, elle se tourna vers ses amies et conclut d'un ton déterminé :

— Et moi, je suis prête pour ce que ce jour me réserve.

Dans la grande salle, sa famille rassemblée et ses dames de compagnie attendaient Moïra. Elle laissa Dervil passer la cape sur ses épaules, mais referma elle-même la broche en or à motif de dragon. Quand elle releva la tête, elle vit que Cian les avait rejoints.

Elle songea d'abord qu'il avait dû faire un crochet par la grande salle avant d'aller se retirer dans sa chambre pour la journée. Puis elle vit sur son bras la cape magique que Glenna et Hoyt lui avaient confectionnée pour bloquer les rayons du soleil.

Laissant son oncle un instant, elle alla lui parler.

— Tu es prêt à prendre ce risque ?

— Il y a longtemps que je n'ai pas eu l'occasion de faire une balade matinale.

Moïra ne fut pas dupe de l'insouciance de ses paroles.

— Je suis heureuse que tu aies choisi d'en faire une justement ce matin.

— Le soleil se lève, lança Riddock derrière eux. Et le peuple s'impatiente.

Moïra opina du chef et tira la capuche sur sa tête, comme le voulait la coutume, avant de sortir dans la lumière de l'aube.

La température était clémente et une petite brise soufflait, dissipant les brouillards matinaux. Les oiseaux, sur les branches, lançaient leurs trilles dans l'air humide pour saluer l'arrivée du nouveau jour. Traversant les bancs de brume qui s'attardaient dans la cour, Moïra gagna seule les portes du château, suivie à quelques pas de son escorte.

Elle songea à sa mère, qui avait effectué ce même trajet, par une matinée elle aussi pleine de promesses. Elle songea à tous ceux qui, avant elle, étaient sortis de l'enceinte du château, avaient traversé le chemin de terre battue, s'étaient engagés dans l'herbe, si humide de rosée qu'il lui semblait patauger dans un ruisseau. Moïra n'avait pas besoin de regarder pardessus son épaule pour savoir que s'allongeait derrière elle la longue file des marchands et des artisans, des harpistes et des bardes, des mères et des filles, des fils et des soldats.

Le ciel était strié de rose à l'est, et un ruban de brume argentée suivait le tracé de la rivière. Les narines emplies de l'odeur riche de la terre, Moïra poursuivait d'un pas décidé son ascension, sans se soucier de l'humidité qui imprégnait l'ourlet de sa robe.

La pierre de l'Épée l'attendait au sommet d'une colline, dans un site enchanteur bordé d'arbres. Au printemps éclateraient les taches orangées des lys, les têtes agitées par le vent des ancolies, et plus tard encore les flèches flamboyantes des digitales. Mais pour l'instant, les fleurs sommeillaient dans la terre, et les feuilles des arbres arboraient les couleurs annonciatrices de leur chute prochaine.

Large et si blanche qu'elle en était lumineuse, la pierre reposait comme un autel sur un ancien dolmen d'un gris terne. Transperçant la brume et la ramure, des rayons de soleil faisaient scintiller la garde de l'épée qui s'y trouvait fichée.

Moïra laissa ses yeux se poser sur elle. Il lui semblait connaître l'histoire depuis toujours. Les dieux avaient tiré l'Épée de l'éclair, de la mer, de la terre et du vent, et c'était Morrigan elle-même qui avait installé en ce lieu l'autel de pierre blanche. Après avoir planté l'Épée dans le bloc de calcaire, son doigt divin y avait gravé ce quatrain :

Forgée par les dieux,
Libérée par une main de mortel,
Cette épée sera seule à ceux
Qui régneront sur Geall.

Au pied du dolmen, Moïra marqua une pause pour relire ces lignes. Si telle était la volonté des dieux, sa main allait à son tour libérer l'Épée.

Rejetant la cape derrière ses épaules, elle fendit la brume qui s'attardait au ras du sol et contourna le dolmen pour en escalader la face accessible. Calme et déterminée, elle alla prendre place derrière la pierre de l'Épée.

Alors seulement, elle releva la tête et découvrit la foule en contrebas. Les habitants de Geall convergeaient vers la pierre par milliers, les yeux fixés sur elle, recouvrant la route et le moindre espace de terrain. Si l'Épée venait à elle, le sort de chacun d'eux, jusqu'au plus humble, relèverait de sa responsabilité. À cette idée, ses mains déjà glacées se mirent à trembler.

En laissant son regard courir sur la mer de visages levés vers elle, Moïra s'exhorta au calme et attendit qu'un trio de prêtres prenne place dans son dos. Tandis que les retardataires franchissaient en hâte la dernière crête, elle porta son attention sur ceux qui était le plus près d'elle, au premier rang.

— Votre Altesse... murmura l'un des officiants.

— Oui. Un moment.

Lentement, elle dégrafa la broche qui retenait sa cape, et le vêtement tomba à ses pieds. Les manches larges de sa robe glissèrent le long de ses bras lorsqu'elle les leva vers le ciel, mais la fraîcheur matinale ne fit pas frissonner sa peau nue. Une chaleur bienfaisante montait en elle.

— Je suis la servante de Geall ! lança-t-elle d'une voix forte. Et je suis l'enfant des dieux ! C'est pour obéir à leur volonté que je me tiens devant vous. Mon sang m'y oblige, mais aussi mon cœur et ma volonté.

Sans se laisser le temps d'hésiter, Moïra franchit le dernier pas qui la séparait de la pierre. Un silence religieux planait sur l'assemblée.

Les doigts de Moïra enserrèrent la poignée d'argent. Aussitôt, une harmonie intime s'établit entre l'arme et tout son être. Avec l'extase que lui procura cette sensation l'envahit la certitude que l'épée avait toujours été à elle.

Sans effort, la lame sortit de son fourreau de roc, l'acier glissant contre la pierre avec un bruit métallique. À deux mains, Moïra brandit l'arme vers le ciel.

Elle entendit ses sujets l'acclamer, certains pleurer. Elle savait que tous mettaient un genou en terre, mais ses yeux restaient fixés sur la pointe de la lame et l'éclair qui venait de tomber du ciel pour la frapper.

Elle le sentit déferler en elle, déflagration de lumière, de couleurs, de chaleur et de force. Une brûlure soudaine se fit sentir en haut de son bras. Comme tatoué par les dieux, le symbole du *claddaugh* y apparut, la sacrant reine de Geall.

Bouleversée et revivifiée par cette bénédiction, Moïra baissa les yeux vers la foule, dont les cris de joie ne cessaient de retentir. Le premier regard qu'elle croisa fut celui de Cian.

Tout le reste s'effaça alors pour elle. L'espace d'un instant, il n'y eut plus que lui. Dans son visage obscurci par la capuche qui lui recouvrait la tête brillaient ses yeux d'un bleu intense.

Comment était-il possible, se demanda-t-elle, qu'en ce moment solennel où la vie s'ouvrait devant elle, elle ne voie plus que lui ? Et pourquoi lui semblait-il découvrir sa propre destinée au fond de ce regard si farouche ?

— Je suis la servante de Geall ! répéta-t-elle sans détourner le regard. Et je suis l'enfant des dieux ! Cette épée est mienne. Qu'elle défende avec vaillance ceux qui s'abritent sous sa protection. Je suis Moïra, guerrière et reine de Geall ! Redressez-vous et soyez assurés, tous, que je vous aime.

Tenant toujours l'épée à bout de bras, Moïra laissa l'un des prêtres, dans son dos, déposer lentement la couronne sur sa tête.

Cian avait déjà vu la magie à l'œuvre, noire ou blanche, mais jamais il ne lui avait été donné d'assister à un rite d'une telle puissance.

Le visage de Moïra, pâle quand elle avait baissé sa capuche, avait resplendi lorsqu'elle avait brandi l'épée. Ses yeux, si lourds, si sombres, avaient étincelé autant que la lame au soleil. Et au moment où leurs regards s'étaient croisés, ils l'avaient littéralement transpercé.

Elle restait depuis immobile, aussi mince et affûtée que l'arme qu'elle brandissait, plus impressionnante qu'une Amazone, soudain royale, farouche, magnifique.

Et ce que Cian sentait s'agiter en lui n'y avait pas sa place. Il recula d'un pas et tourna les talons. Hoyt tenta de le retenir par le bras.

— Tu ne peux pas partir, dit-il. Tu dois l'attendre. Tu dois attendre la reine.

Cian haussa les sourcils et libéra son bras.

— Tu oublies que je ne suis le sujet de personne. Et je suis déjà resté trop longtemps sous cette foutue cape.

Il ne laissa pas le temps à son frère d'insister. Un seul désir l'habitait, à présent : se mettre à l'abri de la lumière, à l'abri de l'odeur de tous ces humains rassemblés, à l'abri du pouvoir insupportable que ces yeux gris avaient sur lui. Tout ce dont il avait besoin, c'était de solitude, d'obscurité et de silence.

Il s'était éloigné d'une lieue à peine lorsqu'il vit Larkin le rattraper.

— C'est Moïra qui m'envoie. Au cas où tu aurais besoin d'un cheval. Je peux même te proposer de rentrer à dos de dragon, si tu veux.

— Merci bien, mais c'est inutile.

— C'était fantastique, pas vrai ? Elle a été... brillante comme le soleil ! Je savais depuis toujours qu'elle serait reine. Mais le voir, c'était autre chose. Dès l'instant où elle a touché cette épée, elle a été sacrée reine de Geall. C'était depuis toujours en elle, mais c'est soudain devenu visible comme le nez au milieu de la figure !

— Si elle veut le rester, grommela Cian en pressant le pas, elle a intérêt à se servir de cette épée.

— C'est bien ce qu'elle compte faire.

Larkin adressa à Cian un de ses lumineux sourires.

— Allez... reprit-il d'un ton conciliant. Le jour est mal choisi pour faire la tête. Nous avons bien droit à quelques heures de joie et de fête. Sans parler du festin qui nous attend.

Avec un autre sourire à cent mille watts, il donna à Cian un petit coup de coude complice et ajouta :

— Il n'y a peut-être qu'une reine dans ce pays, mais je te garantis que nous allons tous manger comme des rois pour fêter ça.

— Tant mieux pour vous. Faites donc la fête et emplissez-vous la panse tant qu'il en est encore temps ! Demain, tout le monde, noble ou paysan, devra se retrousser les manches et se préparer à la bataille.

— Nous ne faisons pas grand-chose d'autre ces temps-ci. En fait, tous ces préparatifs commencent à me lasser. Il me tarde de passer aux choses sérieuses.

— Il me semble pourtant que tu n'as pas manqué de bagarres, ces derniers temps.

— Justement. J'ai un compte à régler avec les sbires de Lilith depuis ce qu'ils ont fait à Blair. Elle a toujours les côtes sensibles et se fatigue plus vite qu'elle ne veut bien l'admettre.

Son visage s'était rembruni. Ce fut d'une voix assourdie par la colère qu'il ajouta :

— Heureusement, elle a une bonne constitution et guérit vite, mais je ne suis pas près d'oublier qu'ils ont failli la tuer.

— Il est dangereux d'aller à la bataille avec un compte personnel à régler.

— Arrête ! Nous avons tous un compte personnel à régler. Tu ne me feras pas croire que tu iras au combat en oubliant ce que Lilith a infligé à King.

Cian ne pouvait prétendre le contraire, aussi préféra-t-il changer de sujet.

— Dis-moi, Larkin... Serais-tu, par hasard, en train de m'escorter ?

— On dirait bien, reconnut son compagnon. En fait, on m'a suggéré de me jeter sur toi pour te faire un rempart de mon corps au cas où le pouvoir magique de cette cape viendrait à faiblir.

— Excellente idée. Comme ça, nous serons deux à nous enflammer comme des torches.

Cian avait lâché la remarque d'un ton insouciant, mais il dut s'avouer qu'il se sentit mieux lorsqu'il fut enfin à l'abri des murs épais du château royal.

— Moïra m'a confié une autre mission, reprit Larkin. Celle de t'inviter à te joindre à nous dans le salon familial si tu n'es pas trop fatigué. Une petite collation nous y sera servie, et notre reine te serait reconnaissante si tu pouvais passer au moins quelques minutes avec nous.

Avec un soupir, Cian acquiesça d'un hochement de tête. Apparemment, il ne retrouverait pas de sitôt la bienfaisante solitude de sa chambre.

Moïra aurait elle aussi aimé avoir quelques instants de solitude, mais la foule la cernait. Le retour au château s'effectua dans un tumulte de mouvements, d'exclamations et de cris, qui lui parvenaient comme à travers un épais brouillard.

Elle sentit sa famille et ses amis la porter comme une vague. De partout s'élevaient des cris d'allégresse pour saluer le couronnement de la nouvelle reine de Geall.

Au pied des murailles du château, Riddock lui rappela :

— Tu dois saluer tes sujets depuis la terrasse royale. C'est la coutume.

— *Aye.* Mais je ne le ferai pas seule.

Avant que son oncle ait pu protester, elle dressa une main entre eux et poursuivit :

— La tradition l'exige, je sais. Mais à situation inédite, réponse inédite. Mon cercle se présentera au peuple à mes côtés.

Du regard, elle chercha l'approbation de Blair, Glenna et Hoyt. Lorsqu'elle l'eut obtenue, elle ajouta :

— Les Gealliens n'ont pas seulement leur nouvelle reine à accepter, mais également ceux qui mènent cette guerre à ses côtés.

— À toi de décider, répondit Riddock en s'inclinant devant elle. Mais par une telle journée, Geall ne devrait pas voir la guerre assombrir l'horizon.

— Tant que *Samhain* ne sera pas passé, Geall verra la guerre assombrir l'horizon. Et jusqu'à ce jour, les sujets de ce royaume ne doivent jamais oublier que je gouvernerai en brandissant le glaive et que je fais partie d'un cercle de six élus que les dieux ont choisis.

Quand ils franchirent côte à côte le pont-levis, Moïra posa la main sur le bras de son oncle.

— Nous ferons la fête et nous nous réjouirons, promit-elle d'un ton conciliant. J'apprécie vos conseils et j'en respecte la sagesse, comme je l'ai toujours fait. Je me montrerai au peuple et lui parlerai. Mais aujourd'hui, les dieux ont choisi en moi la reine autant que la guerrière. C'est ce que j'ai l'intention d'être. Et je me consacrerai à Geall jusqu'à mon dernier souffle. Je ne vous ferai pas honte.

Riddock prit la main que sa nièce avait posée sur son bras et la porta à ses lèvres.

— Ma tendre enfant... dit-il en la fixant gravement. Tu ne m'as jamais inspiré et tu ne m'inspireras jamais que de la fierté. À compter de ce jour, je suis le plus fidèle et le plus humble serviteur de la reine.

Tous les domestiques rassemblés s'inclinèrent à l'entrée du cortège royal dans le château. Moïra les connaissait tous personnellement, certains depuis longtemps. Il y en avait parmi eux qui avaient servi sa mère avant sa naissance.

Pourtant, elle sentit à leur attitude que tout avait changé. Elle n'était plus la fille de la maison, désormais, mais leur maîtresse.

— Redressez-vous, ordonna-t-elle. Sachez que je vous suis reconnaissante de votre fidélité et que je vous serai loyale, ainsi qu'à tous les Gealliens, tant que je serai reine.

Plus tard, il lui faudrait s'adresser à chacun d'eux personnellement, songea-t-elle en gravissant l'escalier. Mais pour l'heure, d'autres obligations l'attendaient.

Dans le salon familial, un grand feu ronflait dans l'âtre. Des fleurs fraîchement coupées dans les jardins et les serres emplissaient vases et coupes. La table était dressée avec la plus belle argenterie et la vaisselle la plus fine. Dans des carafes de cristal chambrait le vin avec lequel les proches de Moïra allaient fêter l'avènement de la nouvelle reine.

Il y eut un moment de flottement. Moïra retint son souffle, puis inspira longuement. Il ne s'agissait plus de faire des discours à la foule, mais de trouver les mots justes pour ceux qu'elle aimait le plus au monde. Glenna mit fin à cette gêne en venant simplement la serrer dans ses bras.

— Tu as été magnifique, assura-t-elle en l'embrassant sur les deux joues. Plus que magnifique – lumineuse !

— C'est étrange… confia Moïra, rassérénée. Je me sens exactement la même qu'avant, mais en même temps complètement différente. Tu vois ce que je veux dire ?

— Je ne peux que l'imaginer.

— Joli travail ! déclara Blair en la serrant à son tour contre elle. Je peux voir ?

Du regard, elle désignait l'Épée des rois. Touchée par ce geste de complicité entre guerrières, Moïra la lui confia sans rechigner.

— Splendide ! approuva Blair en soupesant l'arme. Elle est faite pour toi. Je m'attendais à une babiole en métal précieux ornée de diamants et de rubis. Je suis contente de voir que ce n'est pas le cas. Il est bon que ce ne soit pas juste un symbole, mais aussi une épée de combat.

— La poignée semble avoir été forgée tout spécialement pour moi. Dès que j'ai posé la main sur elle, j'ai su que cette épée m'appartenait… depuis toujours.

— C'est le cas, répondit Blair en la lui rendant. C'est *ton* épée.

Moïra dut pourtant s'en séparer en la posant sur la table pour laisser Hoyt l'étreindre.

— Tu es habitée par le pouvoir, lui glissa-t-il à l'oreille. Il est en toi, ferme, juste et bon. Le peuple de Geall a de la chance de t'avoir pour reine.

— Merci.

Moïra passa de l'émotion au rire quand Larkin la souleva du sol et la fit tourbillonner trois fois autour de lui.

— Regarde-toi, Majesté !

— Te moquerais-tu de ma dignité royale ?

— Et comment ! Mais jamais de toi, *a stór*.

Lorsque son cousin l'eut reposée, Moïra se tourna vers Cian.

— Merci d'être venu, lui dit-elle. Cela signifie beaucoup pour moi.

Il ne l'embrassa pas, se contentant de s'incliner devant elle.

— C'était un moment à ne pas manquer.

— Un moment d'autant plus important pour moi que tu as accepté d'en être témoin.

À l'intention des autres membres du Cercle, elle ajouta :

— Et cela vaut pour vous tous.

Moïra baissa la tête et découvrit la fille de sa cousine qui s'accrochait à ses jupes.

— Aideen ! s'exclama-t-elle en la prenant dans ses bras et en acceptant son baiser mouillé. Mais dis-moi, tu es bien jolie, aujourd'hui.

— Jolie ! répéta la fillette en tendant le bras pour toucher la couronne de Moïra.

Puis elle se tourna vers Cian et, avec un sourire timide, dit une fois encore :

— Joli !

— Tu es bien une fille, toi, plaisanta-t-il.

Voyant qu'elle cherchait à atteindre le pendentif qu'il portait autour du cou, il le tendit vers elle sans réfléchir, afin qu'elle puisse le toucher. Aideen n'eut pas le temps de s'en saisir. Fondant sur elle, sa mère l'enleva des bras de Moïra en criant :

— Aideen ! Non !

Sa fille serrée contre le ventre à l'abri duquel grandissait son troisième enfant, Sinann courut se réfugier à l'autre bout de la pièce. Dans le silence consterné qui s'ensuivit, Moïra manifesta son embarras en secouant la tête.

— Je suis affreusement désolée... commença-t-elle.

Mais Cian l'interrompit sèchement.

— Je n'ai jamais eu de goût particulier pour les enfants. À présent, si tu veux bien m'excuser...

Après avoir jeté un regard noir à Sinann, Moïra se lança à sa poursuite.

— S'il te plaît, reste encore un moment, supplia-t-elle en lui emboîtant le pas.

— Merci, mais j'ai eu ma dose de moments inoubliables pour la journée. J'aimerais retrouver mon lit.

— Accepte mes excuses !

Moïra lui saisit l'avant-bras et s'arrêta, le forçant à faire de même. Elle s'efforça de soutenir sans ciller son regard d'un bleu de glace posé sur elle.

— Ma cousine Sinann a réagi stupidement, sous le coup de l'émotion. Je lui parlerai.

— Inutile de t'en faire pour moi.

Pâle comme un linge, Sinann les rejoignit sur ces entrefaites.

— Messire... dit-elle d'un ton implorant. Je vous demande sincèrement d'excuser l'offense que je viens de vous faire. Pardonnez l'aveuglement d'une mère.

Elle regrettait l'insulte, songea Cian en l'observant avec attention, mais pas sa réaction. La preuve en était qu'avant de revenir vers lui, elle avait pris soin de confier l'enfant à son père.

— Excuses acceptées.

Sans accorder un regard supplémentaire à la mère, Cian baissa les yeux sur la main de Moïra, qui retenait son bras.

— Puis-je disposer, Majesté ? reprit-il d'un ton grinçant.

— Une dernière faveur, Cian... La tradition veut que j'aille sur la terrasse saluer le peuple. J'estime nécessaire que nous y allions tous ensemble. Je te serais infiniment reconnaissante de m'accorder encore quelques minutes.

— Sur la terrasse, répéta Cian. En plein soleil.

Moïra réprima un sourire de triomphe. Au ton sur lequel il venait de lui répondre, elle comprenait qu'il capitulait.

— Exactement, confirma-t-elle. Juste un instant. Après, tu pourras retourner à ta solitude avec la satisfaction de savoir que je t'envie.

Moïra fit en sorte d'apparaître sur la terrasse flanquée d'un côté par Larkin, connu et aimé dans tout le pays, et de l'autre par Cian, l'étranger redouté par beaucoup de ses compatriotes. Ainsi espérait-elle signifier à son peuple qu'elle les plaçait sur un pied d'égalité et que tous deux méritaient sa confiance.

La foule entra en éruption et cria son nom en la voyant paraître, et les hourras devinrent franchement assourdissants quand elle brandit l'Épée.

Avant de prendre la parole, Moïra tendit l'arme à Blair, afin que chacun puisse constater que la jeune femme avec qui Larkin venait de se fiancer était digne de la porter.

— Peuple de Geall ! cria-t-elle aussi fort qu'elle le put.

Mais les vivats reprirent de plus belle, l'empêchant de poursuivre. Ils ne cessèrent que lorsqu'elle s'approcha de la rambarde en pierre et leva les deux bras pour réclamer le silence.

— Peuple de Geall, dit-elle alors. C'est en tant que reine, en tant que citoyenne, en tant que glaive et bouclier de ce royaume que je m'adresse à vous. Je le fais comme ma mère l'a fait en son temps, et avant elle son père, et avant lui tous ceux qui se sont assis sur le trône depuis l'origine. Je m'adresse à vous également en tant que membre d'un cercle choisi par les dieux. Ceux qui le composent ne sont pas tous de Geall, mais ce sont de vaillants guerriers.

Moïra étendit les bras, englobant ses cinq amis dans un même geste.

— Voici ceux qui constituent ce cercle, poursuivit-elle. En eux je place ma confiance et mon affection. En tant que citoyenne, je vous demande de leur accorder la même loyauté et la même obéissance que vous me témoignez. Et en tant que reine, je vous l'ordonne !

De nouveau s'éleva un tonnerre d'applaudissements et de cris d'allégresse. Moïra dut marquer une pause avant de pouvoir reprendre son discours.

— Aujourd'hui, nous avons le bonheur de voir le soleil briller sur Geall. Mais le risque existe qu'il n'en soit pas toujours ainsi. Ceux qui nous menacent ont juré de vouer le monde aux ténèbres. Nous les affronterons, et nous les battrons. En ce jour, nous nous réjouissons, nous festoyons et nous remercions les dieux de notre bonne fortune. Mais dès demain reprendront nos préparatifs de guerre. Tout Geallien en état de porter une arme doit être prêt à se battre. Nous marcherons jusqu'à la Vallée pétrifiée. Nous abreuverons cette terre désolée de notre force et de notre courage. Et nous noierons dans la lumière ceux qui prétendent nous détruire !

Elle tendit la main pour récupérer son épée, puis la leva de nouveau haut vers le ciel.

— Durant mon règne, reprit-elle avec force, cette arme ne restera pas en repos comme elle l'a fait depuis que les dieux l'ont forgée. Elle brillera et chantera au bout de mon bras quand je me battrai à vos côtés, pour Geall et pour toute l'humanité !

Parmi la foule, les hourras enflèrent comme un torrent. Puis des cris d'effroi s'y mêlèrent lorsqu'une flèche fendit l'air. Avant que Moïra ait pu réagir, Cian se jeta sur elle, lui faisant un bouclier de son corps.

Ils tombèrent sur le sol. Au milieu de la confusion et des hurlements, elle entendit Cian jurer et sentit son sang se répandre sur sa main.

— Oh, non ! gémit-elle en tentant de se redresser. Tu es blessé !

— La flèche a manqué le cœur, dit-il entre ses dents serrées.

Cian s'écarta pour s'asseoir sur le sol, le visage tordu par une grimace de souffrance. Il porta la main à la flèche plantée dans son flanc, mais Glenna, qui s'était accroupie près de lui, la repoussa.

— Laisse-moi voir ça...

— Inutile, protesta-t-il avec agacement.

Se saisissant de la flèche, il la retira d'un coup sec.

— À l'intérieur ! ordonna sèchement Glenna. Rentrons.

— Pas tout de suite, répliqua Moïra.

D'une main légèrement tremblante, elle agrippa l'épaule de Cian et demanda :

— Tu peux te lever ?

— Naturellement ! Tu me prends pour une mauviette ?

Telle une aile d'oiseau frémissante, la main libre de Moïra effleura la joue de Cian.

— Alors, s'il te plaît, montrons-leur que tu n'as rien, fit-elle d'un ton pressant. Montrons-leur que nous sommes indemnes.

Spontanément, Moïra enlaça ses doigts aux siens. Il lui sembla alors qu'un contact intime s'établissait entre eux. Elle crut lire dans les yeux de Cian la même émotion que celle qui lui emplissait le cœur. Cela ne dura qu'un instant, et ce fut d'une voix tranchante qu'il répondit :

— Dans ce cas, laisse-moi la place de me relever.

Moïra se redressa. En contrebas, dans la cour du château, la cohue était indescriptible. La foule se déchaînait contre l'individu qui avait tiré la flèche. Tous ceux qui pouvaient l'atteindre le rouaient de coups de poing et de pied.

— Arrêtez ! cria-t-elle de toutes ses forces. Ne le tuez pas ! Gardes, saisissez-vous de cet homme et emmenez-le dans la grande salle.

Lorsque son intervention eut ramené un calme relatif, Moïra reprit d'une voix qui vibrait de colère :

— Peuple de Geall ! Vous venez de le constater, même en ce jour de fête, alors que le soleil brille au-dessus de nos têtes, ces forces maléfiques cherchent à nous abattre. Elles n'ont pas réussi !

Saisissant la main de Cian, à l'abri sous la manche de sa cape ensorcelée, elle la leva en l'air avec la sienne et poursuivit :

— Et elles ne réussiront pas, parce qu'il existe en ce monde de valeureux champions prêts à risquer leur vie pour en sauver une autre !

Moïra laissa retomber sa main, la glissa sous la cape de Cian et la retira poissée de sang.

— Il a versé son sang pour moi, pour nous tous ! lança-t-elle en montrant ses doigts rougis à la foule. Et pour l'en remercier, je le fais lord de Oiche !

— Oh, non ! gémit-il. Pas ça !

Sans détourner son regard de la foule, Moïra répliqua d'une voix inflexible :

— On nous regarde ! Tais-toi et souris.

3

— Un demi-vampire ! annonça Blair en regagnant le salon familial. Couvert de cicatrices de morsures. La foule ne l'a pas raté. Un humain normal serait dans le coma après la raclée qu'il a prise.

— Je demanderai qu'on le soigne dès que je lui aurai parlé, décida Moïra. Pour l'instant, c'est Cian qui a besoin de soins.

Par-dessus l'épaule de Moïra, Blair jeta un coup d'œil au blessé, dont Glenna était en train de bander le flanc.

— Comment va-t-il ? s'enquit-elle.

— Il ne décolère pas et refuse de se laisser soigner. Je suppose donc que ça peut aller.

— Nous pouvons lui être reconnaissants de ses réflexes, ajouta Blair en reportant son attention sur Moïra. Tu ne t'es pas mal débrouillée non plus. Pas évident de garder son sang-froid dans ces conditions et de conserver la situation sous contrôle. À peine couronnée, tu échappes de peu à un attentat… Pour ton premier jour de règne, tu es gâtée !

— Puisque je n'ai pas su anticiper une attaque de jour, je ne me suis pas si bien débrouillée que ça. J'aurais dû garder à l'esprit que les créatures de Lilith n'avaient pas toutes besoin d'une invitation pour pénétrer entre ces murs. Mais je ne suis pas près d'oublier la leçon.

— Et moi donc ! renchérit Blair. Ce qu'il faut à présent, c'est tirer autant d'informations que possible de ce résidu d'humanité que Lilith nous a envoyé. Le problème, c'est qu'il ne parle ni le gaélique ni l'anglais.

— Il est muet ?

— Pas du tout. Il parle, mais personne ne comprend ce qu'il raconte. On dirait une langue d'Europe de l'Est. Du tchèque, peut-être.

— Je vois.

Le regard de Moïra revint se fixer sur Cian, nu jusqu'à la taille, le torse barré d'un bandage blanc. L'exaspération, plus que la souffrance, se lisait sur son visage. À petites gorgées, il sirotait un gobelet sans doute empli de sang. Il n'était manifestement pas dans les meilleures dispositions d'esprit pour cela, mais elle allait devoir lui demander une autre faveur.

— Donne-moi un instant, murmura-t-elle à Blair.

Moïra rejoignit Cian devant la cheminée, où il était assis sur une chaise, et s'efforça de ne pas frémir sous l'intensité de son regard bleu acier.

— As-tu besoin de quelque chose d'autre ? Quoi que ce soit qui puisse te réconforter ?

— De solitude et de tranquillité.

Chacun de ses mots avait claqué avec la sécheresse d'un coup de fouet, mais Moïra ne se laissa pas impressionner.

— Désolée, répondit-elle d'un ton plaisant, ces articles ne sont pas disponibles pour l'instant. Je te promets de tout faire pour que tu puisses en bénéficier dès que possible.

— Très drôle, marmonna-t-il.

— Merci. L'homme dont tu as intercepté la flèche parle une langue étrangère, et je me rappelle avoir entendu ton frère vanter tes talents de polyglotte.

Cian porta son gobelet à ses lèvres et, sans la quitter des yeux, but longuement avant de lui répondre.

— Cela ne te suffit pas que j'aie pris à ta place la flèche qui t'était destinée ? Il faut aussi que je te serve d'interprète ?

— Je te serais reconnaissante d'essayer, au moins. Si toutefois tu connais cette langue. Après tout, il doit bien rester une ou deux choses dans ce monde que tu ignores…

Une lueur d'amusement pétilla dans le regard de Cian.

— Attention ! prévint-il. Tu deviens désagréable.

— Chacun son tour.

Il signa sa capitulation d'un soupir appuyé.

— D'accord, tu as gagné. Glenna, ma beauté, pourrais-tu cesser de t'agiter ainsi ?

— Tu as perdu beaucoup de sang ! protesta l'intéressée.

Cian leva son gobelet vide en l'air.

— Déjà remplacé.

Puis, avec une grimace vite réprimée, il se leva et lança d'une voix grondante :

— Une chemise ! J'ai besoin d'une foutue chemise !

— Blair ? fit Moïra d'un ton égal. Pourrais-tu procurer une foutue chemise à Cian ?

— C'est comme si c'était fait.

— Apparemment, reprit Moïra en s'adressant au blessé, tu t'es fait une spécialité de me sauver la vie.

— On dirait. Mais je commence à m'en lasser.

— Ce n'est pas moi qui t'en blâmerai.

— Voilà ta chemise, champion ! intervint Blair. Je pense que ce type doit être tchèque. Ou bulgare. Tu crois pouvoir faire quelque chose ?

— On va vite le savoir.

Ils rejoignirent la grande salle, où le demi-vampire, le visage ensanglanté, était assis, enchaîné et sous bonne garde. Parmi les hommes qui le surveillaient figuraient Larkin et Hoyt. Celui-ci quitta son poste et rejoignit son frère quand il le vit entrer.

— Ça va ? s'enquit-il en le dévisageant.

— Ça peut aller. Je me réjouis en tout cas de constater qu'il est dans un plus sale état que moi.

Puis il se tourna vers Moïra.

— Dites à vos hommes de s'écarter, Majesté. Il ne risque pas d'aller bien loin.

— Vous avez entendu ? lança-t-elle aux gardes. Reculez et laissez lord Cian s'occuper du prisonnier.

— Lord Cian... marmonna-t-il en s'approchant de lui. Et puis quoi encore ?

Il se mit à tourner autour de la chaise du prisonnier, prenant le temps de jauger l'individu. Pas très costaud, celui-ci portait les vêtements simples et grossiers d'un paysan ou d'un berger. Un de ses yeux tuméfiés restait clos. L'autre était en train de virer au noir. Ses pommettes avaient éclaté, et il avait aussi perdu quelques dents.

Cian lâcha un ordre bref en tchèque. L'homme sursauta, son œil valide roulant follement dans son orbite.

Mais il ne répondit pas pour autant.

— Je sais que tu me comprends, reprit Cian dans la même langue. Tu vas commencer par me dire si tu as agi seul ou si tu avais des complices. Et je ne te le demanderai pas deux fois.

Comme l'homme ne répondait pas, Cian le frappa si fort qu'il alla cogner contre le mur avec la chaise sur laquelle il était enchaîné.

— Faisons un marché, suggéra-t-il d'un ton léger. Pour chaque minute de silence, tu auras droit à deux minutes de souffrance.

— Je n'ai pas peur de souffrir.

— Alors, je vais t'apprendre à en avoir peur.

Le poing de Cian se referma sur le col de l'homme. Sans effort, il le souleva du sol avec sa chaise et approcha son visage du sien.

— Sais-tu qui je suis ? demanda-t-il.

Un rictus méprisant apparut sur les lèvres fendues du prisonnier.

— Je sais ce que tu es. Un traître !

Cian ne broncha pas.

— On peut voir les choses ainsi. Mais ce que tu ferais bien de ne pas perdre de vue, c'est que je suis capable de t'infliger des douleurs que même ceux de ton espèce ne supportent pas. Je peux te maintenir en vie pendant des jours, des semaines si tel est mon désir. Dans une agonie constante.

D'une voix à peine audible, il conclut avec un sourire menaçant :

— Et le pire, pour toi, c'est que j'aimerai ça !

Cian le laissa retomber lourdement sur le sol. Comme il l'avait annoncé, il ne répéta pas sa question.

— Quelqu'un aurait-il une cuillère ? demanda-t-il en se redressant. Cet œil gauche m'a l'air mal en point. Si j'avais une cuillère, je pourrais l'en débarrasser. Je pourrais aussi faire ça avec les doigts, mais je déteste me salir.

L'œil en question, écarquillé, s'agitait de plus belle. Son propriétaire s'efforça d'afficher une assurance crâne, que démentaient les tremblements qui le secouaient et la sueur qui coulait sur son front.

— Ne te fatigue pas ! lança-t-il d'un ton qui se voulait véhément. Je ne trahirai pas ma reine.

Cian comprit que sa résistance serait de courte durée.

— Non seulement tu la trahiras, mais tu le feras en dansant au son de la cornemuse s'il m'en prend l'envie. Assez bavardé. J'ai mieux à faire qu'à perdre mon temps en discussions stériles avec toi. Allons à l'essentiel !

Effrayé, l'homme recula la tête en voyant Cian bondir de nouveau sur lui. Mais au lieu de le frapper au visage, la main de Cian se referma sur son entrejambe et serra jusqu'à ce que les hurlements du malheureux emplissent la pièce.

— J'étais seul ! parvint-il à avouer parmi ses cris. Il n'y avait... il n'y avait que moi !

— Tu en es sûr ? insista Cian en augmentant encore la pression de sa main. Si tu mens, je le saurai. Alors, je débiterai en rondelles cette partie précieuse de ton anatomie. Centimètre après centimètre.

— Elle n'a envoyé que moi ! Je le jure !

De grosses larmes inondaient à présent ses joues bleuies par les coups. Cian desserra très légèrement son emprise.

— Pourquoi ?

Il n'eut pour toute réponse que quelques jurons étouffés entrecoupés de hoquets. Cian serra les doigts de plus belle.

— Pour quelle raison Lilith n'a-t-elle envoyé que toi ? insista-t-il.

— C'était plus facile... pour pénétrer dans le château... sans se faire repérer.

— Une réponse sensée qui t'évite pour l'instant de finir en eunuque.

Cian relâcha sa prise et alla chercher une chaise. Après l'avoir disposée face au prisonnier, il s'assit dessus à califourchon, les bras posés sur le dossier. L'homme gémissait et tentait péniblement de reprendre son souffle.

— N'est-ce pas mieux ainsi ? reprit Cian sur le ton de la conversation. Quand nous en aurons terminé tous les deux, tes blessures seront soignées.

— Je... j'ai soif. Je veux de l'eau !

— Tu en auras. Après. Pour le moment, parlons un peu de Lilith.

À peine une demi-heure plus tard, après deux autres sollicitations pressantes, Cian estima avoir soutiré au prisonnier toutes les informations que celui-ci pouvait fournir. L'homme continuait à sangloter. Peut-être autant à cause de la souffrance qui venait de lui être infligée, songea Cian, que du soulagement d'en avoir terminé.

— Que faisais-tu de ta vie avant de tomber sous les crocs de Lilith ? s'enquit-il.

— J'étais professeur.

— Tu avais une femme, une famille ?

— Ils ne comptent pas. Ce n'est que de la nourriture. J'étais faible et pauvre, mais la reine a vu autre chose en moi. Elle m'a rendu fort et elle m'a donné un but. Et quand elle vous massacrera, toi et les larves qui grouillent autour de toi, je serai récompensé. J'aurai une belle maison, toutes les femmes qui me font envie, la richesse, la puissance.

— C'est Lilith qui t'a promis tout ça, n'est-ce pas ?

— Ça, et bien plus encore ! Tu as dit que je pourrais avoir de l'eau.

— Oui. Je l'ai dit. Mais laisse-moi d'abord t'expliquer quelque chose à propos de Lilith.

Cian vint se placer derrière le prisonnier, dont il n'avait même pas demandé le nom, et se pencha pour lui murmurer à l'oreille :

— Elle ment. Et moi aussi.

Puis, serrant la tête de l'homme entre ses mains, il lui brisa le cou d'une brusque torsion.

— Mais qu'est-ce que tu as fait ? s'exclama Moïra en se précipitant vers lui, le cœur au bord des lèvres. Qu'est-ce que tu as fait ?

— Ce qui devait être fait, répondit-il calmement. Si ce spectacle heurte ta sensibilité, demande aux gardes de nous débarrasser de cette charogne, que je puisse te répéter ce que j'ai appris.

Au cours de l'interrogatoire musclé mené par Cian, Moïra avait déjà dû lutter contre un certain malaise. Mais son issue dramatique lui donnait envie de vomir.

— Tu n'avais pas le droit de l'assassiner ! protesta-t-elle. En quoi peux-tu te prétendre différent de lui si tu te permets de l'éliminer froidement, sans même qu'il ait été jugé ?

— En quoi suis-je différent de lui ? répéta-t-il en haussant les sourcils. C'est simple. Lui, contrairement à moi, était encore à moitié humain.

— La vie n'a donc aucun prix à tes yeux ?

Cian considéra Moïra en silence avant de lui répondre. Dans ses yeux, elle vit passer une émotion qu'elle ne parvint pas à interpréter.

— Détrompe-toi. C'est justement parce qu'elle en a beaucoup que je l'ai tué.

— Moïra... intervint Blair en venant se placer entre eux. Cian a raison. Ce type n'était qu'une créature de Lilith. S'il avait réussi à s'échapper, il aurait recommencé. Et il aurait tué tous ceux qui l'auraient empêché d'arriver jusqu'à toi.

— Un prisonnier de guerre a le droit...

— D'un côté comme de l'autre, il ne peut y avoir de prisonniers dans cette guerre, coupa Blair. Les gardes qu'il aurait fallu mobiliser pour le surveiller et l'empêcher de s'enfuir seront plus utiles à l'entraînement.

Avec un regard de reproche à l'intention de Cian, elle ajouta :

— Quant à dire qu'il était encore à moitié humain, je te trouve bien optimiste. Jamais il n'aurait pu redevenir un homme à part entière. S'il y avait eu un vampire sur cette chaise, Moïra, tu lui aurais plongé un pieu dans le cœur sans hésiter. La situation n'est guère différente.

Mais pour Moïra, la différence sautait tout de même aux yeux. Un vampire ne laissait pas, en mourant, un corps brisé enchaîné à une chaise.

S'efforçant de masquer son trouble, elle se tourna vers l'un des gardes et ordonna :

— Tynan, débarrasse-nous du corps du prisonnier et fais-le enterrer.

— Bien, Majesté.

Elle vit Tynan jeter un coup d'œil à Cian à la dérobée et ne découvrit aucune trace de réprobation dans son regard. Au contraire, il semblait l'approuver, et une lueur d'admiration brillait dans ses yeux.

— Retournons au salon familial, suggéra-t-elle. Aucun d'entre nous n'a encore mangé. Ainsi, Cian, tu pourras nous rapporter ce que tu as appris pendant que nous nous restaurerons.

Cian but une gorgée de thé, en regrettant amèrement le goût unique du café.

— Ce type a agi seul, commença-t-il en balayant la tablée du regard. Il n'avait pas de complice.

— Rien de surprenant à cela, ajouta Blair en se servant une généreuse tranche de jambon grillé.

— En quoi n'est-ce pas surprenant ? s'étonna Moïra.

— Je vais te l'expliquer. Lilith compte dans les rangs de son armée quelques demi-vampires entraînés au combat, comme ceux contre qui nous nous sommes battus en Irlande, Larkin et moi, le jour où nous avons attaqué son repaire. Mais cela doit lui coûter énormément de temps et d'efforts de les garder sous son contrôle.

— Et si jamais ils échappent à son emprise, que deviennent-ils ? demanda Moïra.

— Fous, répondit laconiquement Blair. Ou pire encore. On m'a rapporté le cas de demi-vampires qui s'étaient rongé la main pour se libérer et aller retrouver celui qui les avait engendrés.

— Il était donc déjà condamné, murmura Moïra. Avant même d'arriver ici.

— Dès la première seconde où Lilith a posé la main sur lui, approuva Blair. Je crois vraiment qu'elle l'a envoyé au casse-pipe. C'était une mission suicide. Il suffisait d'un soldat déterminé pour la mener à bien. Et en cas d'échec, inutile d'en sacrifier plusieurs.

Moïra réfléchit quelques instants avant de reprendre :

— Un homme, une flèche. Pour un archer habile, il n'en fallait pas davantage pour briser notre cercle. Et Geall se serait retrouvé sans monarque quelques minutes à peine après en avoir retrouvé un. Pour Lilith, cela aurait constitué un coup de maître.

— Exactement.

— Mais pourquoi avoir attendu notre retour ? Pourquoi ne pas avoir frappé tout de suite, à la pierre de l'Épée ?

— Il n'y est pas arrivé à temps pour pouvoir le faire, répondit Cian. Il a mal estimé la distance à parcourir et n'est parvenu sur les lieux qu'après le sacre. Tu étais déjà entourée par la foule et en route pour le château. Il n'avait pas la visibilité suffisante pour tirer. Aussi a-t-il décidé de se joindre au cortège et d'attendre son heure.

Hoyt, qui venait de remplir une assiette, la poussa devant Moïra.

— Mange ! ordonna-t-il d'un ton sévère, avant de se tourner vers son frère. Lilith était donc au courant que Moïra se rendrait à la pierre aujourd'hui ?

— Elle a eu vent de l'information, confirma Cian. Avait-elle planifié cet attentat avant que Blair ne décide de rectifier le maquillage de Lora à l'eau bénite ? Difficile à dire. Mais selon notre kamikaze, le sort réservé à sa favorite l'a mise dans une colère noire. Comme j'ai déjà eu l'occasion de le souligner, leur relation n'est pas sans orages, mais elle reste sincère et profonde. Lilith était encore à demi folle de rage quand elle a confié sa mission à notre lamentable archer. Elle a même accepté de lui donner un cheval pour lui faciliter la tâche, alors qu'ils ne disposent que d'un nombre limité de montures.

— Et comment se porte cette chère Lora ? s'enquit Blair d'une voix amusée.

— Défigurée et hurlant sa douleur à grands cris quand notre homme a quitté la base. C'est Lilith en personne qui se charge de la soigner.

— Plus important encore, intervint Hoyt, où se trouvent Lora, Lilith et le reste de leur clique ?

— Notre informateur, bien qu'habile archer, n'avait pas un grand sens de l'orientation ni de l'observation. Ce que j'ai pu obtenir de mieux comme information, c'est que la base de Lilith est située à quelques kilomètres du futur champ de bataille. Il m'a décrit ce qui ressemble à un petit domaine agricole, dominé par une ferme de bonne taille, quelques cottages et une sorte de manoir en pierre. Sans doute la demeure des propriétaires. Naturellement, c'est dans celle-ci que Lilith a décidé de s'établir.

— Ballycloon... murmura Larkin.

Du coin de l'œil, il vit sa cousine pâlir et ses yeux devenir plus sombres.

— Cette propriété doit être Ballycloon, reprit-il. La terre des O'Neill. Blair, tu te rappelles la famille que nous avons aidée à se tirer d'un mauvais pas, le jour où nous sommes partis en mission de reconnaissance ? Elle arrivait de Drombeg, qui se trouve un peu à l'ouest de Ballycloon. Il était prévu que nous allions dans ce coin-là vérifier le dernier piège, mais…

— L'embuscade que Lora m'a tendue nous en a empêchés, conclut Blair. Heureusement pour nous. Si Lilith avait déjà établi sa base là-bas et que nous étions tombés dessus par hasard, nous aurions été sérieusement dans le pétrin.

— Et sérieusement morts, ajouta Cian froidement. Elle s'est installée la nuit qui a précédé ton altercation avec Lora.

— Il devait encore y avoir des gens dans le coin, ou au moins sur la route, en train d'évacuer la zone.

Rien que de penser à ce qui avait pu leur arriver, Larkin était malade.

— Les O'Neill… reprit-il d'une voix nouée. J'espère qu'ils ont eu le temps de se mettre à l'abri. Comment pouvons-nous savoir combien…

— Impossible de le savoir, coupa Blair. Et inutile d'y penser.

Mais Larkin poursuivit sur sa lancée :

— Toi et Cian, vous avez essayé de nous convaincre, en Irlande, qu'il fallait évacuer, par la force si nécessaire, toute la région autour du champ de bataille et ne laisser à Lilith et son armée que des cendres. Je m'y suis opposé, et voilà qu'à présent…

— Il n'y a pas de regret à avoir, assura Moïra d'une voix ferme. Jamais je n'aurais pratiqué la politique de la terre brûlée. Je ne suis même pas sûre que l'idée aurait été bonne sur le plan tactique. En perdant leurs maisons, leurs champs, leur histoire, tous ces gens auraient aussi perdu leur courage et l'envie de se battre.

Moïra n'avait pas d'appétit. Repoussant son assiette, elle prit sa tasse de thé entre ses mains pour se réchauffer.

— Blair et Cian sont de fins stratèges, reprit-elle en s'adressant à son cousin. Hoyt et Glenna n'ignorent rien de la magie. Mais toi et moi, nous connaissons les Gealliens. En agissant ainsi, nous aurions brisé leur cœur et leur volonté.

— Lilith n'aura pas tant de scrupules, lui dit Cian. Tout ce dont elle n'aura pas l'utilité, elle le brûlera.

— *Aye*. Mais ces incendies n'auront pas été allumés par nous. C'est tout ce qui compte.

Et pour signifier que le débat était clos, Moïra passa à un autre sujet.

— Nous savons désormais où ils sont, mais avons-nous également une idée de leur nombre ? demanda-t-elle à Cian.

— Notre prisonnier a tenté de me faire croire qu'ils étaient une multitude, mais il mentait. En fait, il n'en savait rien. Lilith a beau avoir besoin de certains humains, elle ne leur fait pas confiance au point de leur confier une information aussi cruciale. Ils lui servent de nourriture, de serviteurs ou de passe-temps, mais jamais de confidents.

Glenna, qui ne s'était pas encore exprimée, suggéra d'un ton léger :

— Nous pourrions peut-être aller jeter un petit coup d'œil à leur repaire. Maintenant que nous avons une idée plus précise de l'endroit où ils se trouvent, Hoyt et moi pourrions pratiquer un sort de localisation, histoire de ramener quelques infos.

— Nous le ferons, promit Hoyt en posant la main sur celle de sa femme. Mais quel que soit le nombre de soldats que nous réussirons à réunir, Lilith en alignera toujours plus que nous. Idem pour les armes. Cela fait des décennies, des siècles peut-être, qu'elle se prépare pour cette bataille, alors que les dieux ne nous ont accordé que trois mois, dont deux sont déjà écoulés.

— Et pourtant, nous vaincrons.

En réponse à cette affirmation proférée d'une voix assurée par Moïra, Cian eut un haussement de sourcils hautain.

— Pourquoi ? s'enquit-il. Parce que tu combats pour le bien et eux pour le mal ?

— Rien d'aussi simpliste, répliqua-t-elle en soutenant son regard sans ciller. Le monde ne se décline pas qu'en noir et blanc. Toi-même, tu en es la preuve. Nous vaincrons parce que nous saurons nous montrer plus intelligents et parce que nous formons un cercle uni et solidaire.

Elle tourna les yeux vers le frère de Cian et enchaîna :

— Hoyt, tu es le premier d'entre nous. C'est toi qui nous as rassemblés.

— C'est Morrigan qui nous a choisis, précisa-t-il.

— Elle ou la destinée, approuva Moïra. Mais c'est toi qui as enclenché le processus. Toi qui as eu la force de croire, de t'engager. Et si je règne sur ce royaume, je ne dirige pas pour autant ce cercle.

— Moi non plus.

— Exactement. Aucun de nous n'est en droit de le faire. En dépit de nos différences, nous devons ne faire qu'un. Et ce qui nous manque, il nous faut le trouver chez les autres. Je suis loin d'être la plus apte d'entre nous à manier l'épée, et c'est à peine s'il y a un soupçon de magie en moi. Je n'ai pas les dons étonnants de Larkin, ni la force d'âme qui permet de tuer de sang-froid. Ce que je mets à la disposition du groupe, c'est les connaissances que j'ai accumulées et l'autorité royale qui m'est conférée.

— Tu nous apportes plus que cela, assura Glenna d'une voix douce. Bien plus.

— Merci, répondit Moïra en lui souriant. Et j'espère apporter davantage encore d'ici peu.

Sur ce, elle se leva et les engloba d'un regard circulaire en concluant :

— À présent, si vous voulez bien m'excuser, mes nouvelles obligations m'attendent. Je vous rejoindrai et me remettrai au travail avec vous dès que cela me sera possible.

— Royale jusqu'au bout des ongles, commenta Blair lorsque Moïra eut disparu.

— Avec les responsabilités que cela suppose, ajouta Glenna, avant de demander à son mari : Alors ? Quel est le programme ?

— Viser les points faibles de l'ennemi. Ce qui me vient immédiatement à l'esprit, c'est le feu. Cela reste une de nos armes principales. Il nous faut donc ensorceler autant d'épées que possible.

— N'est-ce pas un peu risqué ? s'inquiéta Blair. Certaines de nos recrues ne sont déjà pas à l'aise avec une simple épée, alors une épée lance-flammes...

— Tu as raison, approuva Hoyt. À nous de déterminer ceux et celles qui seront aptes à les utiliser. Il va également nous falloir placer des troupes entraînées dans des avant-postes aussi proches que possible de la base de Lilith. Il va de soi que ces détachements devront pouvoir disposer d'un abri sûr après le coucher du soleil.

Larkin, les yeux plissés, y réfléchit un instant.

— Il y a quelques cottages et cabanes de chasseurs qui pourront faire l'affaire. Si nécessaire, il devrait être possible de construire également des baraques provisoires durant le jour. Entre la base de Lilith et la plus proche zone habitée, il existe aussi une auberge.

Blair repoussa son assiette et s'accouda à la table.

— Pourquoi n'irions-nous pas vérifier tout ça de visu ? suggéra-t-elle. Hoyt et Glenna pourraient le faire avec leurs techniques habituelles, et Larkin et moi par la voie des airs. Prêt pour une petite chevauchée, dragon de mon cœur ?

Un sourire éclatant illumina le visage de Larkin.

— Quand c'est pour me faire chevaucher par toi, répondit-il d'une voix câline, je suis toujours prêt.

Blair poussa un soupir faussement las.

— Le sexe, encore le sexe, toujours le sexe ! Ce type est une véritable machine.

— Sur ces réjouissantes considérations, je vous laisse, lâcha sèchement Cian. Mon lit m'attend.

Avant d'emboîter le pas à son frère, Hoyt serra la main de Glenna et lui murmura :

— Je reviens.

Quand il eut rattrapé Cian, il dit d'un ton sans réplique :

— Je dois te parler.

Cian lui accorda à peine un regard.

— J'ai eu mon compte de parlotes.

— Alors, tu devras en supporter quelques-unes de plus. J'aimerais que cela reste entre nous. Ma chambre est la plus proche, mais si tu préfères, je t'accompagne jusqu'à la tienne.

— Quoi qu'il arrive, tu m'y suivras et tu me harcèleras jusqu'à ce que j'aie envie de t'arracher la langue... Autant aller dans la tienne.

En chemin, ils croisèrent nombre de serviteurs si affairés qu'ils les remarquèrent à peine, tant ils étaient absorbés par les préparatifs de la fête du couronnement.

Hoyt entra le premier dans la chambre et tendit aussitôt le bras pour bloquer le passage à son frère.

— Soleil, dit-il simplement pour expliquer son geste.

Il se hâta d'aller tirer les tentures. Puis, pour éclairer la pièce soudain obscure, il dirigea sans y penser ses doigts écartés vers un candélabre, dont les bougies s'allumèrent sur-le-champ.

— Simple et efficace, commenta Cian. Plus encore qu'une allumette.

— Un exercice des plus basiques, répliqua Hoyt. Et que tu maîtriserais depuis longtemps si tu n'avais pas laissé tes pouvoirs en friche.

— Trop fastidieux. Est-ce du whisky que je vois là ?

Cian alla droit jusqu'à la carafe et se servit une large rasade, tout en riant de la réaction scandalisée de son frère.

— Épargne-moi ta mine réprobatrice ! Je te rappelle que tes jours sont mes nuits et que je suis sur le point d'aller me coucher. Ce que j'aurais dû faire depuis longtemps, d'ailleurs.

Tout en sirotant son verre, il se mit à déambuler dans la chambre, le nez en l'air.

— Je sens la présence de Glenna même si elle n'est pas physiquement là, commenta-t-il. Les femmes laissent toujours un peu d'elles-mêmes derrière elles pour se rappeler au bon souvenir de leur homme.

Sur ces mots, Cian s'installa dans un fauteuil, étendit ses longues jambes devant lui et croisa les chevilles.

— Alors ? dit-il en toisant son frère d'un regard froid. Quel est ce sermon que tu as juré de m'infliger ?

Hoyt se rembrunit. Un muscle tressaillit dans sa mâchoire.

— Il fut un temps où tu appréciais ma compagnie, fit-il d'une voix grondante. Et où il t'arrivait même de la rechercher.

Cian haussa mollement les épaules.

— Cela signifie, je suppose, que neuf siècles de solitude n'aident pas à entretenir les liens familiaux.

Une expression de regret passa sur le visage de Hoyt, qui se détourna pour ajouter de la tourbe dans l'âtre.

— Rassure-moi... Nous n'allons pas de nouveau être à couteaux tirés, tous les deux ?

— Je ne sais pas, répondit Cian. À toi de me le dire.

— Je voulais te parler de ce que tu as fait au prisonnier.

— Je sais, je sais, riposta Cian, agacé. J'aurais dû le traiter plus humainement et lui laisser une chance de comparaître devant un tribunal – ou ce qui en tient lieu dans ce pays – afin qu'il puisse invoquer la convention de Genève.

— Je n'ai pas la moindre idée de ce que peut être cette convention. Mais il ne saurait être question d'un tribunal dans un tel cas. Ce que je voulais te dire, c'est que tu as aujourd'hui exécuté un assassin tout comme je l'aurais fait moi-même. Mais tu l'as fait avec plus de classe et d'efficacité.

— Ah ? fit Cian avec un haussement de sourcils étonné. Tu veux dire que si je n'avais pas agi, tu te serais glissé jusqu'à la cage dans laquelle ils l'auraient enfermé pour lui planter un couteau entre les côtes ? Alors, tout est pour le mieux.

— Bon sang, non, tout n'est pas pour le mieux ! Tout ne peut pas aller pour le mieux alors que nous nous débattons depuis des semaines dans un cauchemar ! Ce que j'essaie de te dire, c'est que tu as fait ce qui devait être fait. Et pour punir cet homme d'avoir tenté de tuer Moïra, que j'aime à présent comme j'aimais mes propres sœurs, pour le punir de t'avoir percé le flanc d'une flèche, j'aurais fait la même chose. Je n'ai jamais tué aucun homme, mais j'aurais tué celui-ci sans regret si tu ne m'avais devancé.

Hoyt marqua une pause pour reprendre son souffle – à défaut de son calme.

— Je voulais te le dire, conclut-il, pour que tu connaisses mon sentiment sur la question. Mais apparemment, je gaspille ma salive en pure perte puisque tu te fiches pas mal de ce que je peux ressentir.

Comme figé sur place, Cian demeura parfaitement immobile. Son seul geste, minime, fut d'écarter les yeux du visage furieux de son frère pour les fixer sur son whisky et lui cacher qu'ils étaient embués.

— Tu te trompes, grogna-t-il au terme d'un long silence. Je ne me fiche absolument pas de ce que tu ressens. Même si je le regrette. Même si je parviens encore à te faire croire le contraire. Tu as ressuscité en moi des sentiments que je croyais définitivement oubliés. Alors que je pensais ne plus avoir de famille depuis des siècles, tu m'en as redonné une.

— Que cela te plaise ou non, dit Hoyt en venant s'asseoir face à lui, nous sommes l'un pour l'autre la seule famille qui nous reste.

Cian releva la tête. Ses yeux étaient de nouveau secs quand il les riva à ceux de son frère.

— Je ne peux rien être pour personne.

— C'était peut-être vrai jusqu'à ce que je te retrouve, mais ce n'est plus le cas, insista Hoyt. Et savoir que tu ne restes plus insensible aux émotions humaines m'emplit d'admiration pour toi. Je suis fier d'être ton frère. Fier de ce que tu fais. Je sais que c'est bien plus difficile pour toi que pour aucun d'entre nous. Tu t'imagines que je ne remarque pas ces serviteurs qui font un détour pour ne pas te croiser ? Tu crois que cela m'est égal de voir Sinann se précipiter pour éloigner de toi son enfant, comme si tu t'apprêtais à lui briser le cou, ainsi que tu l'as fait à ce prisonnier ? Ces insultes qui te sont faites ne me laissent pas indifférent.

— Rien de tout cela ne compte vraiment, assura Cian d'un ton las. Ce sont des réactions instinctives, pas vraiment des insultes délibérées.

En réponse à la mine sceptique affichée par son frère, il ajouta :

— Cette croisade n'est qu'une parenthèse pour moi. Une brève péripétie. Quand tout sera terminé, à moins qu'un pieu bien manié ne m'ait transpercé le cœur, je passerai mon chemin et reprendrai mon existence là où je l'ai laissée.

— J'espère que tes pas te mèneront de temps à autre par chez nous.

— Pourquoi pas ? J'apprécie beaucoup Glenna.

Un sourire rusé étira les lèvres de Cian.

— On ne sait jamais, reprit-il. Elle finira peut-être par ouvrir les yeux et s'apercevoir qu'elle n'a pas choisi le bon jumeau. J'ai tout le temps devant moi.

— Tu peux toujours rêver. Elle est folle de moi.

Hoyt tendit le bras pour subtiliser le verre de Cian et le porta à ses lèvres.

— Il faut effectivement qu'elle soit folle, plaisanta Cian, pour ne pas se rendre compte qu'elle a misé sur le mauvais cheval. Mais les femmes sont de curieuses créatures. Tu as bien de la chance de l'avoir trouvée, Hoyt.

— Elle m'est désormais aussi essentielle que la magie, reconnut Hoyt en lui rendant son verre. C'est comme si l'univers entier s'était mis à tourner autour d'elle depuis que je l'ai rencontrée. J'aimerais que tu...

— Arrête ça tout de suite ! coupa Cian. Le grand amour n'est pas au programme en ce qui me concerne. Il paraît qu'il est éternel, mais seuls les poètes peuvent proférer de telles âneries. Comment pourrait-il l'être, quand seul un des deux partenaires a l'éternité devant soi ?

— T'est-il arrivé de tomber amoureux ?

Les yeux perdus dans la contemplation de son verre, Cian attendit un instant avant de répondre.

— Pas dans le sens où tu l'entends. Pas comme vous pouvez être amoureux l'un de l'autre, Glenna et toi. Mais j'ai été suffisamment attaché à une femme pour comprendre que l'amour ne pouvait être un choix pour moi.

— L'amour est-il affaire de choix ?

— Tout est affaire de choix.

Cian vida d'un trait le reste de son whisky et reposa le verre vide sur l'accoudoir du fauteuil.

— Par exemple, poursuivit-il, je choisis à présent d'aller au lit.

— Et tout à l'heure, lança malicieusement Hoyt en regardant son frère gagner la porte, tu as choisi de prendre cette flèche à la place de Moïra.

Cian s'arrêta et se retourna pour lui faire face.

— C'est vrai, admit-il. Quelle conclusion en tires-tu ?

— C'est à mes yeux un choix très humain.

— Ah, oui ? fit Cian avec désinvolture. Aux miens, c'est simplement un choix impulsif. Et qui m'a coûté quelque souffrance.

Mais en se glissant le long des corridors pour regagner sa chambre, qui donnait sur la façade nord du château, Cian finit par s'avouer ce qu'il n'avait pu reconnaître devant son frère.

Bien plus que sous le coup d'une impulsion, c'était en proie à une peur panique qu'il s'était jeté en travers de la trajectoire mortelle de la flèche. S'il l'avait vue une demi-seconde plus tard, s'il avait eu de moins bons réflexes, elle aurait atteint son but et Moïra ne serait plus de ce monde.

Dans ce moment de terreur intense, il l'avait vue morte. Il avait vu la flèche encore vibrante fichée dans sa poitrine. Il avait vu le sang jaillir d'elle, éclabousser d'écarlate sa robe verte et emmener avec lui sa précieuse et irremplaçable vie.

Devoir la perdre, renoncer à elle, la laisser partir où il ne pourrait jamais la rejoindre, constituait dorénavant sa plus grande peur. Grâce à cette flèche, c'était un trésor unique que Lilith aurait pu lui prendre.

Car, contrairement à ce qu'il avait affirmé à son frère et, malgré ses bonnes résolutions, il était déjà tombé amoureux. Et pas de n'importe qui, mais d'une femme qui n'était autre que la nouvelle reine de Geall. Ce qui était ridicule, impossible, irritant.

Avec le temps, il finirait par se remettre. Dans une décennie ou deux, il aurait oublié la nuance exacte de ces yeux qui, aujourd'hui, l'obsédaient jusque dans son sommeil. Ce parfum subtil qu'elle amenait avec elle et lui titillait les sens ne serait plus dans sa mémoire qu'un insaisissable souvenir. De même que le son de sa voix et ce sourire timide et sérieux qui l'intriguait tant.

Après avoir refermé la porte de sa chambre, il en tira soigneusement le verrou. Les rideaux étaient clos. Aucune lumière ne pénétrait dans la pièce. Moïra avait donné des ordres stricts et précis aux servantes chargées du ménage. Tout comme elle avait soigneusement choisi à son intention cette pièce au nord, dans laquelle le soleil n'entrait jamais que timidement. Pouvait-on rêver hôtesse plus attentionnée ?

Dans le noir, il se déshabilla, songeant avec regret à la musique qu'il avait coutume d'écouter au réveil ou quand il se couchait aux États-Unis. Une musique douce mais qui suffisait à emplir le silence. Hélas, au royaume de Geall, on ne connaissait ni les baladeurs numériques ni la radio.

Nu, il s'étendit enfin dans son lit. Et dans le silence le plus complet, dans le noir le plus absolu, il se força à dormir.

4

Dès qu'elle le put, Moïra s'éclipsa, échappant à ses dames de compagnie, à son oncle, à toutes ses obligations. En culpabilisant déjà. Avec la crainte de ne pas être à la hauteur. Pouvait-on être reine en chérissant à ce point sa solitude ?

Elle aurait volontiers échangé deux jours de nourriture et deux nuits de sommeil pour une heure en tête à tête avec ses livres. Mais il n'était pas question pour elle d'aller s'allonger en compagnie d'un livre dans un coin ensoleillé. Ce temps qu'elle volait au protocole, elle voulait l'utiliser pour une petite visite. En ce jour où elle devenait reine de Geall, elle ressentait un besoin pressant de retrouver sa mère.

Aussi, retroussant ses jupons, dévala-t-elle le plus vite possible la colline, avant de se glisser dans le cimetière par le petit portail du mur d'enceinte.

Presque instantanément, elle sentit la paix revenir dans son cœur.

Elle se rendit d'abord près de la stèle qu'elle avait fait dresser et graver à son retour. En Irlande, dans le cimetière familial où reposaient les ancêtres de Cian et Hoyt, il s'en trouvait déjà une consacrée au même homme. Mais elle avait tenu à ce qu'à Geall aussi, une autre porte le nom de cet ami et honore sa mémoire.

Après avoir déposé une poignée de fleurs au pied du monument, elle se recueillit un instant et lut les quelques mots gravés dans la pierre polie.

King
Ce brave guerrier ne repose pas ici mais dans un très lointain pays.
Il a donné sa vie pour Geall et pour tout le genre humain.

— J'espère qu'elles t'auraient plu, dit-elle à mi-voix. La pierre comme l'épitaphe. Il me semble que cela fait déjà si longtemps que tu es parti… Et pourtant, tout va si vite.

Moïra poussa un profond soupir et poursuivit :

— Je suis désolée de devoir t'annoncer qu'aujourd'hui, Cian a été blessé en se jetant sur moi pour me sauver. Mais il va bien, maintenant. La nuit dernière, nous avons parlé presque comme des amis. Mais ce matin… le ton était moins amical entre nous. Avec lui, difficile de savoir à quoi s'en tenir.

Du bout des doigts, elle éprouva le poli de la pierre.

— Je suis reine, à présent. J'ai du mal à voir en quoi ça me rend différente… J'espère que tu ne m'en veux pas d'avoir fait dresser ce monument dans ce cimetière où repose ma famille. J'ai estimé que tu y avais ta place, car durant la brève période où nous nous sommes connus, tu as été comme un frère pour moi. Tu fais partie de ma famille. J'espère que ton âme repose en paix, à présent.

Le reste des fleurs dont elle s'était munie dans le creux de son bras, Moïra traversa l'herbe haute, entre les tombes, et alla se recueillir sur celles de ses parents.

Scindant le bouquet en deux, elle en déposa la moitié sur la pierre la plus ancienne – celle de son père.

— Père... Je me souviens à peine de vous, mais ma mère m'a si souvent parlé de vous que j'ai l'impression de vous avoir bien connu. Elle vous aimait tant... Vous deviez être un homme bon. Sinon, elle n'aurait pu vous aimer. Et tous ceux qui m'ont parlé de vous se rappellent votre force, votre bonté, et votre propension à rire de tout. Comme j'aimerais avoir ce souvenir en mémoire – le souvenir de votre rire !

Entre les pierres tombales, le regard de Moïra se porta sur les montagnes qui se dressaient au loin.

— J'ai appris, reprit-elle d'une voix émue, que votre mort ne fut pas telle que nous l'avons toujours cru. Vous avez été tué par les démons qui ont débarqué dans notre royaume et qui se préparent aujourd'hui à se battre contre notre peuple. Vous n'êtes plus là pour défendre Geall, mais je suis ici-bas ce qui reste de vous, et j'espère que cela suffira.

Moïra s'agenouilla pour déposer ses dernières fleurs sur la tombe de sa mère. Et ce fut d'une voix plus émue encore qu'elle s'adressa à la défunte, les yeux voilés de larmes.

— Vous me manquez à chaque seconde, chaque minute, chaque heure de chaque jour. Comme vous l'avez sans doute vu, là où vous êtes, il m'a fallu me rendre dans une autre contrée, bien loin d'ici, pour revenir plus forte. *Mathair...*

Moïra ferma les yeux en laissant ce mot couler de ses lèvres. Derrière ses paupières closes se dessina le visage souriant de celle qui s'y associait dans son esprit depuis sa plus tendre enfance, aussi net que de son vivant.

— Je n'ai pu empêcher votre mort, poursuivit-elle. Et ce qui s'est passé cette nuit-là continue d'être noyé pour moi dans un épais brouillard. Mais ceux qui vous ont tuée ont été punis, l'un d'eux par ma propre main. C'est tout ce que j'ai pu faire pour vous. Et tout ce que je peux faire à présent, c'est combattre et conduire mon peuple à une bataille au cours de laquelle de nombreuses vies seront perdues. Je porte désormais l'Épée des rois et la couronne. J'espère m'en montrer digne. Et je ferai tout pour cela.

Vaincue par l'émotion, Moïra dut s'asseoir un instant. Elle se laissa bercer par le bruit du vent dans les hautes herbes et se délecta de la caresse du soleil sur son visage. Quand elle se redressa pour retourner au château, elle vit la déesse Morrigan qui l'attendait près du portail du mur d'enceinte.

Elle était habillée de bleu, cette fois. Un bleu doux et pâle, qui se faisait plus soutenu sur les bords de sa robe. Semblables à une coulée de lave en fusion, ses cheveux dénoués couvraient ses épaules nues.

Les mains vides de fleurs, le cœur lourd, Moïra marcha à sa rencontre.

— Ma Dame…

— Majesté.

Stupéfaite de la voir faire une révérence, Moïra joignit ses mains pour les empêcher de trembler.

— Les dieux s'inclinent donc face aux reines ? s'étonna-t-elle.

— Naturellement ! Pourquoi ne reconnaîtrions-nous pas leur royauté, puisque nous avons créé Geall et fait de ceux de ton sang les souverains de ce royaume ? Je suis satisfaite de toi, fille aimée.

Doucement, la déesse posa les mains sur les épaules de Moïra et l'embrassa sur les deux joues.

— Va en paix, dit-elle. Ma bénédiction est sur toi.

— Je préférerais qu'elle soit sur mon peuple et qu'elle lui épargne la souffrance et la mort.

— Cela dépend de toi. L'Épée a été tirée de son fourreau. Au jour où elle fut forgée, il était écrit qu'elle mènerait le peuple de Geall à la guerre. L'issue de cette bataille, également, dépend de toi.

— Notre ennemie ne recule devant rien. Elle a déjà fait couler le sang des miens.

Les yeux de la déesse demeurèrent aussi calmes et profonds que des lacs de montagne.

— Mon enfant... Le sang que Lilith a répandu emplirait un océan.

— Et celui de mes parents ne représente qu'une goutte de cet océan ?

— Chaque goutte de sang versé est précieuse. Est-ce que tu brandis cette épée uniquement pour venger ceux de ton sang ?

— Non !

D'un geste de la main, Moïra désigna la stèle de King.

— J'ai fait dresser ici une autre pierre pour honorer la mémoire d'un ami. C'est aussi pour lui et pour le monde où il est né que je me bats. Et pour tous les autres mondes. Nul homme n'est une île. Et le sort de tous les mondes est lié.

— Savoir cela est un don, et la soif de connaître, de chercher, un don plus précieux encore. Utilise ce que tu sais, et tu vaincras Lilith. Utilise ta tête comme ton cœur, Moïra. Tu es en mesure de te servir de l'une autant que de l'autre. Ton épée chantera. Ta couronne brillera. Je te le promets. Mais c'est dans ta tête, et tout au fond de ton cœur, que réside ta véritable puissance.

— Ma tête et mon cœur me semblent surtout habités par la peur...

— Il n'existe pas de courage sans la peur. Garde la foi. Va de l'avant. Apprends ce qui te reste à apprendre. Mais garde l'Épée à ton côté. Plus que celle de tous les autres, c'est ta mort que Lilith désire.

— La mienne ? Pourquoi cela ?

Mais la déesse, déjà, n'était plus là.

Pour le banquet du couronnement, Moïra dut se résoudre à revêtir une énième tenue d'apparat et à se laisser pomponner par ses dames de compagnie une autre heure durant. Trop occupée par d'autres tâches, elle avait laissé sa tante choisir sa garde-robe. Elle s'en félicita en découvrant la flatteuse robe d'un bleu océan qu'on lui présentait.

Elle appréciait les beaux vêtements et aimait prendre un peu de temps pour paraître à son avantage. Mais depuis l'aube, il lui semblait qu'on voulait la rhabiller chaque fois qu'elle tournait la tête.

Les jeans et les chemises amples qu'elle avait portés en Irlande lui manquaient, autant que le confort et la liberté qu'ils procuraient. Dès le lendemain, se promit-elle, même si cela scandalisait son entourage, elle s'habillerait ainsi que doit le faire une guerrière qui se prépare à la bataille. Mais pour quelques heures encore, elle se parerait de velours, de soie et de bijoux.

— Ceara ? s'enquit Moïra tandis qu'on s'activait autour d'elle. Comment vont tes enfants ?

— Très bien, Majesté, je vous remercie.

Debout derrière elle, la jeune femme s'appliquait à lui natter les cheveux en tresses serrées et complexes.

— Tu ne dois pas les voir beaucoup, reprit Moïra. Ton travail et ton entraînement te tiennent éloignée d'eux plus que je ne le souhaiterais.

Brièvement, leurs yeux se croisèrent dans le miroir. Des trois femmes qui se trouvaient à son service, Moïra savait que Ceara était la plus posée et la plus sensée.

— C'est ma mère qui s'occupe d'eux, répondit-elle. Elle est heureuse de le faire. Le temps que je ne passe pas avec eux est bien utilisé. Je préfère les voir moins que d'habitude plutôt que de ne pouvoir les défendre le jour venu.

— Glenna m'a dit que tu étais devenue une championne au corps à corps.

— Je me débrouille, répondit Ceara avec un sourire satisfait. Je ne suis pas très à l'aise avec une épée, mais j'espère avoir le temps de faire des progrès. Lady Glenna est un excellent professeur.

— Elle est très stricte ! renchérit Dervil. Pas autant que lady Blair, mais tout aussi exigeante. Chaque jour, nous courons, nous nous battons, et nous taillons des pieux. Et chaque soir, nous nous retrouvons épuisées et pleines de bleus.

— Que préfères-tu ? demanda sèchement Moïra. Finir pleine de bleus ou vidée de ton sang par un vampire ?

Dervil s'empourpra.

— N'y voyez aucune offense ni aucune récrimination, Majesté. J'ai changé et j'ai... beaucoup appris.

— Tu es aussi devenue, d'après ce qu'on m'a dit, une véritable diablesse avec une épée. Je suis fière de toi. Et toi, Isleen, il paraît que tu as la main sûre avec un arc ?

Isleen, la plus jeune, embarrassée par le compliment, rougit violemment et détourna le regard.

— Je fais de mon mieux, Majesté. Je préfère l'archerie au combat rapproché. Ceara a toujours le dessus sur moi.

— Ce n'est pas difficile, répliqua l'intéressée. Quand tu te mets à pousser des couinements de souris et à agiter tes mains comme une fillette, n'importe qui pourrait te battre.

— Ceara est plus grande que toi, expliqua Moïra en s'adressant à Isleen. Tu dois apprendre à être plus rapide qu'elle. Et plus rusée. Je suis fière de vous toutes, pour chaque coup que vous donnez, pour chaque bleu que vous attrapez. Demain, et tous les jours qui suivront, je vous rejoindrai au minimum pour une heure à l'entraînement.

— Mais, Majesté, vous ne pouvez... protesta Dervil.

— Non seulement je le peux, coupa Moïra, mais j'y tiens. Je veux que le but de chacune d'entre vous, et de toutes les autres femmes qui s'entraînent, soit dorénavant d'avoir le dessus sur moi. Et je vous préviens, ce ne sera pas facile.

Ceara en ayant terminé avec sa coiffure, Moïra se leva et ajouta :

— J'ai fait de gros progrès, moi aussi.

Levant la couronne entre ses mains, elle la plaça sur sa tête.

— Vous pouvez me croire quand je vous dis que toutes celles qui viendront se frotter à moi finiront sur les fesses. Celle qui réussira à me faire tomber sur les miennes ou à avoir le dessus sur moi avec n'importe quelle arme sera récompensée. La gagnante recevra l'un des talismans d'argent ensorcelés par lady Glenna et son mari pour repousser les vampires. C'est aujourd'hui le trophée le plus précieux qui puisse exister. Faites passer le message autour de vous.

La grande salle était décorée de bannières, de guirlandes de fleurs, et éclairée par de multiples chandeliers. En y faisant son entrée, Cian eut l'impression de pénétrer sur une scène de théâtre. Chevaliers et nobles du royaume arboraient pour l'occasion leurs plus riches atours et leurs bijoux les plus rutilants. Aux pieds des élégants et des élégantes, il repéra même ces drôles de souliers aux bouts recourbés très en vogue à l'époque où il était encore vivant. Quels que soient le lieu et l'époque, songea-t-il, le goût pour les modes ridicules et déplorables semblait universel.

De longues tables ployaient sous l'abondance des plats et des boissons. Sur une estrade, un harpiste tirait de ses doigts habiles une musique d'ambiance vivante et gaie. Quant aux discussions auxquelles il lui fallut bientôt se mêler, elles couvraient tout le spectre habituel – mode, politique, ragots de nature sexuelle, flirt et finance.

En somme, conclut-il avec amusement, cela ne faisait pas grande différence avec ce qu'il avait entendu nuit après nuit dans son night-club de New York – même si, à *L'Éternité*, les femmes étaient moins habillées et la musique beaucoup plus forte. En tout temps et en tout lieu, les humains partageaient la même envie de se rassembler autour d'un verre dans une ambiance festive.

Constatant avec surprise que c'était la première fois depuis bien longtemps qu'il songeait à son club, Cian se demanda si la vie nocturne, l'excitation, le bruit, la foule lui manquaient vraiment. Il lui fallut admettre honnêtement que tel n'était pas le cas. Il en conclut qu'il avait dû se lasser de cette vie sans s'en rendre compte. Même sans l'intervention de Hoyt, qui avait précipité les choses, sans doute n'aurait-il pas tardé à changer de chemin.

Mais sans la mission divine dans laquelle il avait accepté de s'embarquer à la suite de son frère, cette transformation se serait limitée à un changement de nom, de lieu de résidence et à un discret transfert de fonds. En somme, le genre d'exercice long, complexe – et intéressant – auquel il était rompu. Dans ses diverses incarnations, Cian avait eu recours à plus d'une centaine de couvertures différentes. Il trouvait pourtant toujours intéressant le défi qui consistait à changer de peau.

Où aurait-il bien pu faire échouer sa barque, cette fois ? se demanda-t-il. À Sydney, peut-être. Ou à Rio.

À moins que Rome ou Helsinki... Il y avait peu d'endroits dans le monde qu'il n'eût pas déjà visités, et il aurait pu s'établir où il voulait. Du moins, dans son monde d'origine. Au royaume de Geall, il en allait tout autrement.

Il avait déjà connu ce genre d'atmosphère médiévale et n'aimait pas se répéter. Né dans une famille aisée, il avait eu plus que son compte de riches banquets hauts en couleur. À choisir, la compagnie d'un verre de cognac et d'un bon livre lui aurait été plus agréable.

Aussi n'avait-il pas l'intention de s'attarder à la fête du couronnement de la nouvelle reine de Geall. Il n'avait décidé de s'y montrer que pour éviter qu'on ne vienne le chercher. Il aurait pu bien sûr se débarrasser sans peine du malheureux émissaire qu'on lui aurait envoyé, mais il lui aurait été difficile d'échapper le lendemain aux réprimandes de son frère. Tout compte fait, il lui avait paru plus simple de faire une apparition, de porter un toast à la nouvelle reine, avant de se retirer discrètement.

Il n'était pas allé jusqu'à revêtir l'habit de cérémonie que Moïra avait fait porter dans sa chambre. Même s'il se retrouvait plongé comme au temps de son enfance en plein Moyen Âge, il n'avait pas l'intention de s'habiller en conséquence. Et comme il n'avait pas emporté de smoking dans ses bagages, ce fut en pantalon et pull noirs qu'il accueillit Glenna, qui venait à sa rencontre. Tout sourire, elle était resplendissante dans une longue robe vert émeraude très solennelle, très élégante et très avantageuse, dont le décolleté plongeant mettait parfaitement en valeur sa très jolie poitrine.

— Voilà une vision que je préfère à celle de n'importe quelle déesse, dit-il avec un sourire rêveur.

— Je me fais presque l'impression d'en être une.

Glenna étendit les bras, de manière à déployer ses manches largement évasées.

— Mais il faut souffrir pour être belle. Je porte au moins cinq kilos de tissu à chaque bras… Je vois que tu as opté pour une tenue moins pesante.

— Je préférerais me planter un pieu dans le cœur plutôt que de me déguiser de nouveau ainsi.

— Qui te le reprocherait ? répondit-elle en riant. Mais je dois admettre que j'ai eu un coup au cœur en découvrant Hoyt : Moïra a réservé à notre sorcier préféré une tenue princière, noir et or, qui le rend encore plus impressionnant que d'habitude. Depuis ce matin, j'ai l'impression d'évoluer dans un film.

— Tout à l'heure, je songeais plutôt à une pièce de théâtre, répondit-il.

— Hollywood ou Shakespeare, résuma-t-elle. Voire les deux… Quoi qu'il en soit, cette petite sauterie royale nous offre une récréation bienvenue. Aujourd'hui, nous avons effectué une reconnaissance en territoire ennemi, Blair et Larkin par la voie des airs, Hoyt et moi grâce à la magie. Nous te raconterons ça quand…

Une sonnerie de trompettes l'interrompit.

Moïra fit son entrée, la traîne de sa robe coulant derrière elle, sa couronne scintillant de mille feux à la lueur des chandelles. Elle rayonnait, telle une reine de conte de fées. Incapable de détourner le regard, Cian sentit son cœur qui n'avait plus battu depuis neuf cents ans se serrer dans sa poitrine.

Il n'eut pas le choix. Il lui fallut se joindre aux autres à la table d'honneur. Refuser aurait été interprété comme une offense à la reine. Au moins eut-il la chance d'avoir Blair pour voisine. Ce qui lui procura à la fois une agréable compagnie et une source fiable d'informations.

— Lilith n'a encore rien brûlé, lui expliqua-t-elle. Ce qui me surprend un peu. Sans doute est-elle trop occupée à soigner sa petite chérie... À ce propos, tu pourrais peut-être éclairer ma lanterne. Cette garce de Française roule sa bosse depuis environ quatre cents ans, n'est-ce pas ? Et toi depuis plus du double. Comment se fait-il qu'après tout ce temps, vous ayez tous les deux conservé votre accent d'origine ?

— Toi aussi, tu vas pouvoir éclairer ma lanterne. Pour quelle raison les Américains s'imaginent-ils toujours que la terre entière doit parler comme eux ?

— Un point pour toi, reconnut Blair en se penchant sur le contenu de son assiette. Qu'est-ce que c'est que ça ? De la venaison ? Ce doit être de la venaison...

Du bout des dents, elle goûta la viande, avant de lâcher son verdict.

— Pas trop mauvais.

La robe d'un rouge éclatant qu'elle portait laissait nues ses épaules musclées. Aucun bijou ne brillait dans ses cheveux courts, mais deux énormes médaillons d'or, gros comme des poings de bébés, pendaient à ses oreilles.

— Comment fais-tu pour garder la tête droite avec des lests pareils ? s'étonna Cian.

— Je serre les dents, répondit-elle, avant de reprendre son compte rendu. Nous avons la confirmation que nos ennemis disposent de quelques chevaux. Deux douzaines en tout, disséminés dans différents paddocks. Peut-être y en a-t-il d'autres à l'écurie. J'ai failli proposer à Larkin de se poser, afin de profiter de notre présence pour les libérer. Nous aurions pu aussi allumer quelques incendies, histoire de rigoler un peu et de nous rendre utiles. Un jeu gagnant à tous les coups. Les vamps restent dans leur trou, ils crament. Ils en sortent, ils crament aussi...

— Bon plan, reconnut Cian. À moins que Lilith n'ait posté des sentinelles à l'intérieur, armées d'arbalètes.

— Ce n'est pas à un vieux singe qu'on apprend à faire des grimaces, assura Blair avec un clin d'œil. J'ai tout de suite pensé à cette éventualité. Je me suis donc contentée de leur balancer quelques flèches enflammées, histoire d'attirer leur attention. J'ai choisi comme cible le cottage le plus proche du grand manoir. Imagine ma surprise quand mes flèches ont rebondi en plein vol bien avant d'atteindre leur but, comme si elles avaient heurté un mur invisible.

Lentement, Cian tourna la tête vers elle, les yeux réduits à deux minces fentes.

— Attends un peu... Tu es en train de me dire qu'ils ont une espèce de champ de force ? Comme dans *Star Trek* ?

— C'est exactement ce que je suis en train de te dire, répondit-elle en soutenant tranquillement son regard. N'oublie pas que Lilith dispose des talents de ce sorcier, ce Midir dont Larkin nous a parlé. Il a dû réussir à placer leur base sous un dôme magique. Larkin s'est approché pour voir ça de plus près, ce qui nous a valu à tous les deux une sacrée décharge. Pas mortelle, mais plutôt humiliante...

— Je veux bien te croire.

— C'est à ce moment-là que le grand manitou en personne est sorti du manoir. Plutôt effrayant, le type. Robe noire bordée d'écarlate, une masse de cheveux argentés flottant au vent. Il est juste resté là, sur le perron, à nous fixer pendant que nous le regardions. J'ai fini par comprendre qu'il était aussi impuissant que nous : rien ne peut pénétrer dans leur bulle protectrice, mais rien ne peut en sortir non plus. Quand leur foutu écran est en place, ils sont enfermés à l'intérieur – et nous sommes condamnés à rester dehors. Une excellente forteresse. La meilleure, même.

— Lilith a bien des défauts, mais il faut admettre qu'elle sait tirer le meilleur de ses collaborateurs.

— Et comment ! J'en ai donc été réduite à lui adresser de haut quelques gestes obscènes. Lilith doit quand même lui demander de supprimer ce dôme lorsqu'il fait nuit, tu ne crois pas ?

— Probablement. Même s'ils ont amené des provisions avec eux, il est dans la nature de la bête de chasser. Elle ne tient vraisemblablement pas à ce que ses troupes deviennent trop nerveuses ou indisciplinées.

— Nous pourrions peut-être renouveler l'expédition de nuit. Cela mérite au moins qu'on y réfléchisse. Et ça, c'est quoi ? Du haggis[1] ?

Avec une grimace de dégoût, Blair repoussa le plat.

— Je crois que je vais m'en dispenser.

Penchée vers Cian, elle reprit en aparté :

— Larkin m'a raconté que le traitement réservé par tes soins au demi-vamp' qui a tenté de tuer Moïra avait fait forte impression. Les gardes et les chevaliers t'approuvent à cent pour cent sur ce coup-là.

— Peu m'importe.

— Tu plaisantes ? Tu sais comme moi qu'un général doit se faire respecter de ses troupes. Tu as réussi à gagner leur respect, Cian. Ce n'est pas rien... Ce truc gélatineux me paraît un peu suspect. Tu sais ce que c'est ?

Cian attendit délibérément qu'elle avale une deuxième bouchée avant de répondre.

— Des tripes en gelée. Sans doute du porc.

Lorsqu'il la vit s'étouffer et tousser précipitamment dans sa serviette, Cian ne put se retenir. Il se mit à rire aux éclats.

---

1. Plat traditionnel écossais, à base d'abats de mouton (ou de veau) et d'avoine, bouillis dans l'estomac de l'animal. (*N.d.T.*)

Ce rire attira l'attention de Moïra. Comment aurait-il pu en être autrement ? songea-t-elle. Cian riait rarement, et il avait une manière bien à lui de le faire. Son rire était étrange, un peu caustique, un peu fêlé. Et très, très attirant.

Elle avait commis une erreur en lui faisant porter des vêtements pour la soirée. Pourtant, il n'en avait pas pris ombrage, puisqu'il était venu, ce dont elle avait douté jusqu'à son arrivée. Même s'il ne lui avait pas encore adressé la parole. Pas un traître mot...

Aujourd'hui, il avait tué pour elle. Mais il ne fallait manifestement pas qu'elle attende pour autant un mot gentil de sa part. Il ne lui restait donc qu'à le chasser de ses pensées, tout comme il semblait l'avoir chassée des siennes.

Moïra n'aspirait plus qu'à voir la soirée prendre fin. Elle rêvait de sortir du carcan de velours de sa robe, de se glisser avec bonheur entre ses draps et de pouvoir enfin, dans le noir, toute une nuit, goûter à l'oubli bienfaisant du sommeil.

Mais encore et encore, il lui fallait faire honneur à la nourriture, même sans le moindre appétit, et feindre de s'intéresser aux conversations, alors que ses yeux ne demandaient qu'à se fermer.

Elle avait conscience d'avoir trop bu. Ses joues la brûlaient. Il s'écoulerait encore des heures avant qu'elle puisse poser la tête sur l'oreiller. Pour ne rien arranger, elle devait sourire, lever son verre et boire avec chacun des chevaliers qui venaient à tour de rôle lui jurer fidélité et loyauté. À ce rythme, il faudrait bientôt qu'on la porte jusqu'à son lit...

Ce fut avec un profond soulagement que Moïra put enfin déclarer le bal ouvert. Ainsi que l'exigeait la tradition, il lui fallut conduire la première danse. Avec soulagement, elle se rendit compte que cela lui faisait du bien de bouger et de s'agiter en rythme avec la musique.

Cian, lui, ne dansait pas, bien sûr. Assis à la table d'honneur, le visage fermé, il se contentait d'observer les autres danser. Comme un roi constipé, songea-t-elle avec hargne, furieuse de constater qu'elle, pour sa part, mourait d'envie de danser avec lui. La main dans sa main. Les yeux dans ses yeux.

Moïra virevolta dans les bras de Larkin, s'inclina devant son oncle, claqua ses mains dans celles de Hoyt. Et lorsque ses yeux se reportèrent sur la table d'honneur, Cian n'y était plus.

Cian avait besoin d'air. Bien plus encore, il avait besoin de la nuit. La nuit... Ce serait toujours son élément. Ce qui, en lui, se dissimulait sous l'apparence d'un homme y aspirait avec avidité et chercherait toujours à s'y perdre.

Sans savoir où il allait, il grimpa des marches et finit par émerger sur une terrasse. Les échos du banquet ne lui parvenaient plus que comme une lointaine musique. De gros nuages masquaient la lune et les étoiles. La pluie tomberait avant le lever du jour. Déjà, il la flairait dans l'air.

En contrebas, des torches éclairaient la grande cour. Des gardes étaient postés sur les remparts et à toutes les portes. Il entendit l'un d'eux tousser et cracher. Au-dessus de sa tête, une oriflamme claqua, ranimée par une saute de vent. En tendant l'oreille, il pouvait percevoir le couinement des souris nichées dans un creux du mur, ou le battement d'ailes de la chauve-souris qui virevoltait au-dessus de lui.

Ce qu'aucun humain ne pouvait entendre, Cian le percevait parfaitement. Son odorat était tout aussi développé et aurait reconnu l'odeur de l'homme entre toutes. Ce parfum de sel de la peau humaine, mêlé à celui, enivrant, des fleuves de sang qui coulaient en dessous… Une part de lui brûlait constamment du désir de s'en repaître. Une part de lui qui n'avait pas renoncé et ne renoncerait jamais à chasser, à mordre, à tuer.

Il n'avait pas oublié la sensation unique que procurait le sang lorsqu'il vous inondait la bouche et coulait dans votre gorge. Le fade et morne débit d'une poche de sang de porc ne pouvait se comparer à ce surgissement vivifiant. La première gorgée était toujours des plus brûlantes. Elle chassait le glacial engourdissement du mort vivant, emplissait celui-ci d'une énergie comparable à un choc électrique. Elle lui donnait, l'espace d'un instant, l'ombre d'une vie dont il ne pouvait que conserver la nostalgie.

Cela faisait du bien à Cian de se rappeler, de temps à autre, le plaisir dont il avait décidé de se priver. Cela lui permettait également d'avoir un aperçu de la psychologie de l'ennemi qu'aucun humain n'aurait jamais, pas même Blair, qui connaissait pourtant les vampires presque aussi bien que lui.

Pourtant, malgré ce handicap, les humains se battraient et mourraient s'il le fallait sur le champ de bataille. Ceux qui tomberaient seraient vite remplacés par d'autres, tout aussi décidés à lutter jusqu'à la mort.

Bien sûr, certains perdraient courage et chercheraient à se mettre à l'abri. Il en allait toujours ainsi. D'autres seraient paralysés par la peur et se laisseraient abattre comme des lapins sur une route hypnotisés par les phares d'une voiture.

Mais la plupart n'iraient pas se cacher et ne seraient pas tétanisés. Depuis le temps qu'il observait les humains, Cian avait appris que lorsqu'ils se retrouvaient acculés, dos au mur, ils se battaient comme des démons. Si, à *Samhain*, ils l'emportaient sur Lilith, ils s'empresseraient d'enjoliver toute l'histoire, d'en faire une source intarissable de contes et de chansons épiques.

Quelques décennies plus tard, des vieillards raconteraient encore au coin du feu leurs hauts faits d'armes en exhibant leurs cicatrices. D'autres se réveilleraient la nuit en sursaut, le front en sueur, l'esprit encore plein des horribles images de la guerre. Cian, quant à lui, ne resterait prisonnier ni des jours de gloire ni des cauchemars. Il fallait être humain pour prendre plaisir à s'attarder sur le passé.

Un très léger bruit le tira de ses pensées. Son ouïe développée reconnut immédiatement le pas de Moïra sur les marches de pierre. Déjà, son parfum flottait jusqu'à ses narines, comme pour confirmer cette impression.

Il faillit se réfugier dans l'ombre pour se soustraire à cette rencontre, puis s'en voulut de réagir ainsi. Moïra n'était qu'une femme, une humaine. Elle ne pouvait être rien d'autre pour lui.

Lorsqu'elle sortit sur la terrasse, il l'entendit soupirer bruyamment. Elle s'avança jusqu'à la rambarde en pierre, s'y appuya de ses deux bras tendus, rejeta la tête en arrière et inspira profondément, les yeux fermés.

L'animation de la danse se lisait encore sur son visage, mais la fatigue de la journée avait laissé des cernes bistre sous ses yeux. De fines tresses entrelacées de fils d'or, dans son dos, soulignaient le mouvement naturel de ses cheveux.

Cian la vit se raidir, porter discrètement la main dans les plis de sa robe et comprit qu'elle avait pris conscience de sa présence.

— Si c'est un pieu que tu cherches, dit-il tranquillement, je te serais reconnaissant de ne pas le brandir vers moi.

La main de Moïra retomba le long de son flanc, mais ses épaules ne se détendirent pas quand elle se tourna vers lui.

— Je ne t'avais pas vu. J'avais besoin d'un peu d'air. Il fait si chaud, à l'intérieur... et je crois que j'ai trop bu.

— À moins que tu n'aies pas assez mangé. Je te laisse respirer tranquillement.

— Ne t'en va pas ! protesta-t-elle en voyant qu'il s'apprêtait à partir. Je ne peux rester ici que quelques instants. Ensuite, tu auras tout l'air que tu veux...

D'un geste de défi, elle repoussa ses cheveux derrière son épaule. Cian distingua alors parfaitement son visage et comprit que l'épuisement et le manque de sommeil étaient sur le point d'avoir raison d'elle.

— Tu es monté jusqu'ici pour te plonger dans de graves et profondes pensées ? reprit-elle. Je n'arrive pas à déterminer si le grand air est plus propice à ce genre de réflexions que le confinement d'une chambre. Avec tout ce que tu as vu au cours de ton existence, ce ne sont pas les sujets de méditation qui doivent te manquer.

Moïra vacilla légèrement et se mit à rire quand il lui saisit le bras. Avant de le lâcher précipitamment.

— Tu fais tellement attention à ne pas me toucher ! s'exclama-t-elle. Sauf quand il s'agit de me sauver la vie. Ou de corriger mes erreurs, à l'entraînement. Je trouve cela intéressant. Toi, qu'en penses-tu ?

— Je n'en pense rien.

Moïra avança d'un pas vers lui et poursuivit :

— Une seule fois, tu t'es décidé à me toucher réellement. Cette fois-là, ce ne sont pas seulement tes mains qui se sont posées sur moi, mais aussi ta bouche. Je me demande bien pourquoi...

Cian faillit reculer d'un pas et eut aussitôt honte. Une telle réaction était indigne de lui.

— C'est pourtant simple, répondit-il d'une voix sourde. C'était pour te donner une leçon.

Les yeux rivés aux siens, Moïra avança d'un nouveau pas.

— J'aime étudier, reprit-elle à mi-voix. J'apprends bien mes leçons. Donne-m'en une autre...

— Le vin te fait perdre la tête, répliqua Cian.

Le ton guindé de sa propre voix lui fit horreur. Il n'en poursuivit pas moins :

— Tu devrais aller demander à tes dames de compagnie de te mettre au lit.

— Le vin ne me fait pas perdre la tête, corrigea-t-elle sans s'offusquer. Je sais ce que je suis en train de te demander, et je l'assume parfaitement. Demain, il sera bien assez tôt pour le regretter.

D'un pas, elle réduisit à néant l'espace qui les séparait encore. Cian se refusa par fierté à reculer.

— J'espérais que tu m'inviterais à danser, ce soir, avoua-t-elle à mi-voix. Et je n'ai pu m'empêcher d'imaginer ce que cela me ferait de sentir ton corps tout près du mien...

Moïra hésita un court instant, puis ajouta :

— Pour le plaisir. Rien que pour le plaisir.

— Je n'étais pas d'humeur à danser.

— Oh ! Et maintenant, quelle est ton humeur ?

Elle le dévisagea avec attention et curiosité, en prenant tout son temps.

— Je peux te le dire, reprit-elle. Tu es en colère et un peu effrayé, comme je l'étais le jour où tu m'as embrassée.

— Tu n'as pas seulement perdu la tête. Tu te fais des idées.

Une lueur de défi dans le regard, Moïra se colla contre lui et leva la tête pour lui offrir ses lèvres.

— Prouve-le ! Donne-moi une autre leçon, professeur !

Cian céda à la tentation. Sans tendresse ni douceur, il attira Moïra contre lui et la fit presque décoller du sol avant d'écraser sa bouche contre la sienne. Il goûta sur ses lèvres sa chaleur et le vin qu'elle avait bu, ainsi qu'une témérité à laquelle il ne s'était pas attendu. C'est alors qu'il comprit l'erreur qu'il venait de commettre.

Moïra était prête à recevoir ce baiser, cette fois. Et prête à y répondre. Ses doigts se refermèrent dans ses cheveux ; ses lèvres s'entrouvrirent, avides, audacieuses. Elle ne se laissa pas aller contre lui avec soumission, mais se dressa pour le conquérir, en guerrière qu'elle était devenue.

Cian se sentit assailli par un autre mauvais démon. Le désir, un désir féroce qui lui mordit les tripes.

Moïra était étonnée que leurs peaux ne s'enflamment pas au contact l'une de l'autre. Car c'était bien un feu ravageur qui courait dans son sang et jusqu'à la moelle de ses os. Comment avait-elle pu vivre jusqu'à cet instant sans connaître cette sensation merveilleuse ? Même lorsque Cian finit par la repousser, elle demeura en elle, chaude et réconfortante.

— As-tu senti ? demanda-t-elle en cherchant son regard. As-tu ressenti la même chose que moi ?

Ce que Cian avait senti, c'était qu'il était perdu. Il avait le goût de Moïra en lui, à présent. Comme il avait le goût du sang. Et il avait aussi peu de chances de s'en débarrasser un jour.

Aussi se détourna-t-il précipitamment, sans lui répondre. Avant qu'elle ait pu reprendre son souffle, il avait déjà disparu dans les ténèbres de l'escalier.

5

Moïra se réveilla tôt, pleine d'énergie.

La veille, elle avait porté un tel poids sur les épaules qu'il lui avait fallu faire appel à tout son courage pour venir à bout de la journée. Désormais, elle se sentait légère et prête à redoubler d'efforts pour faire ce qui devait être fait. Même si une pluie tenace tombait d'un ciel gris qui ne laissait filtrer aucun rayon de soleil, elle avait la lumière en elle.

Toute seule, elle revêtit ce qui resterait à ses yeux sa tenue irlandaise : jean et sweat-shirt. Le temps du décorum et des cérémonies était terminé. Et s'il lui fallait froisser quelques susceptibilités, elle s'en arrangerait jusqu'à ce qu'elle ait de nouveau le temps de les ménager.

Elle avait beau être reine, à présent, songea-t-elle en tressant sa longue chevelure en une unique natte, elle demeurait une guerrière. Après avoir lacé ses bottines, elle glissa dans le fourreau pendu à sa ceinture l'Épée des rois.

Dans son miroir, elle contempla le résultat de ses efforts et sourit à son reflet. Cette femme qu'elle contemplait était tout à la fois une femme d'action, de pouvoir et de savoir.

Satisfaite de son examen, Moïra pivota sur ses talons et observa la chambre dans laquelle elle avait passé la nuit. La chambre de la reine, songea-t-elle avec émotion. Le sanctuaire de sa mère, qui était désormais le sien.

Le lit, vaste, était magnifiquement habillé de tentures de velours bleu marine et de dentelles d'un blanc de neige. Les pilastres du baldaquin, épaisses colonnes de chêne, étaient richement sculptés de symboles gealliens. Les magnifiques tableaux qui ornaient les murs offraient des vues de Geall, de ses champs, de ses collines, de ses forêts.

Sur une petite table près du lit était disposé un portrait au cadre d'argent. Le père de Moïra, qui avait veillé nuit après nuit sur sa femme, veillerait dorénavant sur sa fille.

D'instinct, le regard de Moïra se posa sur la porte-fenêtre qui menait à la terrasse. Les rideaux y étaient étroitement tirés, et elle veillerait à ce qu'ils le demeurent. Du moins pour l'instant.

Elle n'était pas prête à rouvrir cette porte, à fouler de nouveau le dallage de pierre sur lequel sa mère avait été massacrée. Elle préférait se rappeler les moments joyeux qu'elles avaient partagés dans cette chambre.

Décidée à passer à l'action, Moïra sortit et remonta d'un pas rapide les corridors qui la séparaient de la chambre de Glenna et Hoyt. Arrivée devant leur porte, elle frappa sans hésiter.

Ce fut parce qu'on ne lui répondit pas tout de suite qu'elle prit conscience de l'heure matinale. Elle recula d'un pas et s'apprêtait à repartir, espérant que ses amis ne l'avaient pas entendue, lorsque la porte s'ouvrit.

Hoyt était en train d'ajuster ses vêtements quand il apparut dans l'entrebâillement, les cheveux emmêlés, les yeux encore lourds de sommeil.

— Pardonne-moi, dit-elle d'un ton contrit. Je n'avais pas réalisé que...

— Qu'est-ce qu'il y a ? coupa-t-il. Il s'est passé quelque chose ?

— Non, rien, rassure-toi. Je n'avais pas réalisé qu'il était trop tôt pour une visite. S'il te plaît, retourne au lit.

— Que se passe-t-il ? s'enquit Glenna, qui venait de surgir derrière son mari. Il y a un problème ?

— Uniquement avec mes manières. Je me suis levée tôt, et je n'ai pas pensé un instant que ce ne serait pas le cas de tout le monde. Surtout après le banquet d'hier soir.

Glenna posa la main sur le bras de Hoyt pour l'inciter à s'écarter, ce qu'il fit, lui cédant sa place sur le pas de la porte.

— Aucun problème, assura-t-elle en souriant à Moïra. Que voulais-tu ?

— Juste une petite discussion avec toi. Je comptais t'inviter à prendre ton petit déjeuner en ma compagnie dans les appartements de ma... dans mes appartements. Pour tout te dire, j'ai un service à te demander.

— Donne-moi dix minutes.

— Tu es sûre ? Cela ne me dérange pas d'attendre une heure plus convenable pour...

— Dix minutes, répéta fermement Glenna.

— Merci. Je vais faire préparer notre petit déjeuner.

Hoyt, qui était allé s'asseoir au bord du lit, regarda sa femme refermer la porte et se préparer à faire sa toilette.

— On dirait qu'elle a une petite idée derrière la tête, commenta-t-il.

— Voire plusieurs, renchérit Glenna en versant le contenu du broc de faïence dans la bassine.

Elle plongea les doigts dans l'eau et se concentra pour la chauffer. Pour la bonne cause, elle était prête à se passer de douche, mais pas à se laver à l'eau froide.

Avec les moyens sommaires dont elle disposait, elle se lava aussi soigneusement que possible pendant que Hoyt ranimait le feu.

S'autorisant un soupçon de coquetterie, elle fixa des boucles à ses oreilles, qu'il lui faudrait se rappeler d'ôter avant de se rendre sur le terrain de joute.

— Elle veut peut-être discuter avec moi du programme d'entraînement du jour, reprit-elle. T'ai-je dit qu'elle avait offert un prix – une de nos croix d'argent – à celle des femmes qui arriverait à avoir le dessus sur elle ?

— C'est habile de sa part, mais je ne suis pas sûr que ce soit la meilleure utilisation possible de nos croix.

— Il y en avait neuf, lui rappela Glenna en enfilant ses vêtements. Une pour chacun de nous, cela fait cinq. Six avec celle de King. Il en restait trois, et nous avons décidé de les accorder à la mère et à la sœur de Larkin, qui est enceinte. Pour la neuvième, autant laisser faire le destin.

Hoyt acquiesça d'un hochement de tête et regarda avec un sourire rêveur sa femme passer un pull gris.

— Comment se fait-il, *a ghrá*, que je te retrouve plus belle chaque matin ?

— C'est parce que tu me vois avec les yeux de l'amour.

Hoyt vint la serrer dans ses bras et déposa un baiser sur son front. Lovée contre lui, Glenna jeta un regard d'envie à leur lit défait.

— Ce serait tellement agréable de traîner une petite heure au lit avec toi... murmura-t-elle.

Elle lui offrit ses lèvres pour un baiser et conclut :

— Mais le devoir avant tout. On ne fait pas attendre une reine.

Glenna trouva Moïra dans son salon privé, plongée dans un livre, comme elle aimait tant le faire. La jeune reine l'accueillit avec un sourire coupable et lui dit :

— Honte à moi de te tirer, à une heure si matinale, de ton lit et des bras de ton mari !

— Privilège de reine.

En riant, Moïra lui désigna le fauteuil qui lui faisait face.

— Notre repas ne va pas tarder, reprit-elle. Un jour, si les pépins que j'ai plantés veulent bien germer, j'aurai du jus d'orange au petit déjeuner. J'avoue que sa saveur me manque.

— Moi, répondit Glenna, je tuerais pour un café ! D'ailleurs, d'une certaine manière, c'est déjà ce que je fais en me battant pour que l'on puisse encore se délecter de café, de chocolat, de crème glacée, et de tout ce qui rend la vie plus humaine.

En s'asseyant, elle dévisagea son amie et ajouta :

— Tu as meilleure mine. Malgré cette courte nuit, tu as l'air reposée et pleine d'énergie.

— C'est exactement ce que je ressens. Hier, cette couronne et cette épée me paraissaient si lourdes à porter… Il y a peu encore, elles appartenaient à ma mère. Et les voilà subitement miennes, uniquement parce qu'elle est morte.

— Alors que tu n'as pas eu le temps de faire ton deuil, acheva Glenna. Pas vraiment…

— Non, pas vraiment, admit Moïra d'une voix troublée. Mais je sais qu'elle m'encouragerait à faire ce que je fais, pour que survivent Geall et tout le genre humain, plutôt que de m'effondrer dans un coin pour la pleurer. Ma crainte, c'est de ne pas être à la hauteur. Quel genre de reine serai-je en ces temps de guerre ?

Avec une certaine satisfaction, Moïra baissa les yeux sur sa tenue et conclut :

— Je l'ignore, mais je sais en tout cas quel genre de reine je veux être. Une reine forte, déterminée, qui ne perdra pas de temps en débats sans fin avec des conseillers. La politique et le protocole devront être mis de côté. La cérémonie et la fête du couronnement ont eu lieu. Elles étaient nécessaires, mais place maintenant aux choses sérieuses.

Voyant qu'on apportait la nourriture, Moïra se leva pour donner ses ordres au jeune garçon tout ensommeillé qui portait un plateau et à la jeune fille qui l'accompagnait. Elle leur parla avec tact et douceur, remarqua Glenna, en les appelant l'un et l'autre par leur prénom. Et bien que les deux jeunes serviteurs aient l'air ébahis par la mise de leur reine, elle fit comme si de rien n'était et prit congé d'eux en les remerciant et en demandant que personne ne les dérange, elle et son invitée.

Elles prirent place à table et se mirent à manger. Glenna remarqua que son amie, qui ne faisait depuis des jours que chipoter dans son assiette, avait désormais un appétit qui aurait pu rivaliser avec celui de Larkin.

— Avec cette pluie, le terrain sera lourd pour l'entraînement aujourd'hui, fit remarquer Moïra. À ce propos, je tenais à te préciser que même si, à partir de maintenant, je participerai chaque jour à l'entraînement, vous êtes toujours, toi et Blair, en charge d'animer et de diriger les séances. Je veux que tout le monde constate que je m'entraîne comme tout un chacun, que je roule dans la boue et que je prends des coups.

— On dirait que tu voudrais déjà y être.

— Et comment !

Avant de poursuivre, Moïra avala quelques bouchées de ses œufs – elle avait appris au cuisinier à les préparer comme le faisait Glenna : brouillés, avec de petits dés d'oignons et de jambon frits.

— Te rappelles-tu mes débuts en Irlande ? Neuf fois sur dix, je réussissais à planter une flèche où bon me semblait, mais n'importe qui pouvait me jeter au tapis sans se donner beaucoup de peine.

— Tu t'es toujours relevée.

— Certes. Et je me suis entraînée dur pour que ce ne soit plus aussi facile de me battre. Cela, je veux que chacun puisse le constater de ses propres yeux.

— Tu as déjà fait tes preuves en éliminant l'un des deux vampires qui avaient tué ta mère.

— J'ai prouvé que j'étais une guerrière, précisa Moïra. À présent, je veux prouver à mon peuple que je suis aussi un soldat fiable et déterminé.

Rassasiée, elle reposa sa fourchette et dit en cherchant le regard de Glenna :

— Mais ce n'est pas pour te parler de tout cela que je tenais à te voir en tête à tête. Comme je te l'ai dit, j'ai un service à te demander.

Glenna leur resservit du thé à toutes deux et acquiesça d'un hochement de tête.

— Je t'écoute.

— Je n'ai jamais exploré mes dons pour la magie. Ils sont d'ailleurs plutôt limités, comme tu as pu le constater : un petit talent pour les arts guérisseurs, un pouvoir latent susceptible d'être canalisé par d'autres – comme vous avez su le faire, toi et Hoyt –, parfois des rêves prémonitoires. J'ai étudié les rêves, lu des livres sur leur interprétation. Ainsi que des livres sur la magie, bien sûr. Mais jusqu'à présent, tout cela ne m'a servi qu'à offrir un peu de réconfort aux malades et aux blessés et à savoir dans quelle direction chevaucher à la chasse pour trouver du gibier. De petites choses, tu le vois. Pratiques, tout au plus.

— Et maintenant ?

— Maintenant, j'ai besoin d'explorer mes capacités afin de les développer. Je pense que c'est non seulement utile mais nécessaire. Dans le combat qui nous attend, je vais devoir utiliser tous les talents dont je dispose. Seul celui-ci reste en friche, et j'avoue que la perspective d'aller y voir de plus près m'enthousiasme. Quand j'ai posé la main sur l'Épée des rois, j'ai senti qu'elle ne faisait qu'une avec moi, qu'elle était mienne et destinée à l'être depuis toujours. Une puissance phénoménale a en même temps déferlé en moi et, l'espace d'un instant, m'a hissée au-dessus de ma simple condition de mortelle. Tu vois ce que je veux dire ?

— Tout à fait.

Moïra reprit sa fourchette et remua distraitement ce qui restait de nourriture dans son assiette en poursuivant :

— J'ai préféré à la magie d'autres occupations. J'ai passé mon temps à lire, à étudier, à chasser avec Larkin.

— Et alors ? Pourquoi n'aurais-tu pas dû faire ce qui te plaisait le plus ? s'étonna Glenna. Tu ne pouvais pas savoir ce qui allait se produire.

— Non, c'est vrai, reconnut Moïra en baissant les yeux. Encore qu'il m'arrive de me demander si je n'aurais pas pu, en étant plus vigilante, sentir ce qui se préparait.

— Tu n'aurais pas pu sauver ta mère, Moïra.

Surprise, la jeune reine la fixa de ses grands yeux clairs.

— Tu lis donc en moi si aisément ?

— Je ne lis pas en toi. Je me dis simplement qu'à ta place, j'aurais la même réaction. Rien de ce que tu aurais pu faire n'aurait sauvé ta mère. Je pense même...

— Qu'il était écrit qu'elle devait mourir, coupa Moïra. Je suis arrivée aux mêmes conclusions, au fond de mon cœur. Il n'empêche que si je n'avais pas laissé dormir mes dons, j'aurais peut-être pressenti quelque chose. Comme Blair, il m'est arrivé de nombreuses fois de voir en rêve notre futur champ de bataille. Mais, contrairement à elle, je m'en suis détournée... Ce qui est fait est fait. Ce n'est pas pour battre ma coulpe que je reviens là-dessus. C'est parce que j'ai décidé de changer cela. Voilà pourquoi j'aimerais, si tu as un peu de temps à me consacrer, que tu m'aides à fortifier les dons magiques qui sont en moi, de la même manière que j'ai pu, en m'entraînant, améliorer mes performances physiques.

— J'en serais ravie.

— Merci.

— Ne me remercie pas. Cela va nécessiter de ta part beaucoup de travail. La magie est un don, certes, mais tu as raison de comparer son apprentissage à un entraînement. Le don que tu as reçu est un peu comme un muscle.

Glenna fit gonfler son biceps et conclut :

— Plus tu l'exerces, plus tu le fortifies.

Le visage grave, Moïra acquiesça.

— Je fortifierai donc ce muscle comme j'ai fortifié les autres, dit-elle. Aucune arme ne sera superflue pour écraser l'ennemi. Je ne veux pas seulement battre Lilith, je veux... l'écrabouiller ! Et j'ai de bonnes raisons pour cela. Mes parents, King...

Elle marqua une pause et ajouta :

— Sans oublier Cian. Cela ne lui plairait pas, n'est-ce pas, que je le considère comme une victime de Lilith ?

— Ce n'est pas ainsi qu'il se voit.

— Dis plutôt qu'il s'y refuse. C'est d'ailleurs sans doute ce qui donne un sens à son existence. Je ne dirais pas qu'il est en paix avec lui-même, car je ne pourrais jamais le décrire comme paisible, mais il me semble avoir accepté sa condition. Au point de l'avoir, en quelque sorte, sublimée.

— Je crois que tu es parvenue à le cerner autant qu'il est possible de le faire.

Moïra parut sur le point de dire quelque chose, mais joua longuement avec sa nourriture avant de reprendre finalement la parole.

— Il m'a embrassée, avoua-t-elle. De nouveau.

— Ah ! fit simplement Glenna.

Puis, après une courte pause, elle répéta plus bas :

— Ah...

— Cette fois, précisa Moïra, c'est moi qui l'y ai forcé.

— Sans vouloir minimiser ton pouvoir de séduction, personne ne peut forcer Cian à faire une chose qu'il n'a pas envie de faire.

— Je sais qu'il en avait autant envie que moi. Mais il ne se serait pas décidé si je n'avais pas insisté. Pour tout te dire... j'avais un peu bu.

— Je vois.

— Je n'étais tout de même pas ivre morte ! précisa Moïra avec un rire nerveux. Juste un peu plus effrontée que d'habitude, et très déterminée. J'étais montée sur une terrasse prendre un peu l'air. Il s'y trouvait déjà à mon arrivée.

Moïra n'eut qu'à décrire les images qui défilaient dans sa mémoire pour poursuivre son récit d'une voix rêveuse.

— Il aurait pu aller n'importe où, et je n'étais moi-même pas obligée de venir là. Mais le destin a voulu que nous nous retrouvions au même endroit au même moment, dans la pénombre de la nuit à peine troublée par quelques échos de la musique du banquet et les lumières de la cour en contrebas...

— Très romantique, commenta Glenna.

— Je suppose, oui. L'air sentait la pluie qui allait tomber avant le lever du jour. Au-dessus de nos têtes, blanc sur le noir du ciel, se découpait un mince croissant de lune. Il y a autour de Cian un mystère que je n'ai pas encore réussi à percer. Mais je ne désespère pas de découvrir un jour la clé de l'énigme.

— C'est tout à fait humain de le trouver fascinant.

Glenna n'en dit pas davantage, mais Moïra perçut sans peine le sous-entendu : si elle était humaine, ce n'était pas le cas de Cian.

— Il était sur ses gardes, reprit-elle. Raide et guindé comme il peut l'être avec moi. Cela m'a énervée, et j'admets que j'y ai vu un défi à relever. Mais il n'y avait pas que cela... Parfois, il se produit un étrange bouleversement en moi quand je suis avec lui.

Joignant le geste à la parole, Moïra posa une main sur son ventre et la fit remonter jusqu'à son cœur.

— Quelque chose s'éveille en moi depuis le centre de mon être, quelque chose qui ne demande qu'à s'épanouir. Je n'ai jamais éprouvé auparavant de sentiments forts pour un homme. Juste quelques béguins passagers, rien de sérieux. Avec Cian, c'est différent. Il est si...

— Sexy, acheva Glenna à sa place. Au point que le mot semble avoir été inventé pour lui.

— Je voulais savoir si un nouveau baiser serait aussi fort, aussi intense que le précédent, quand nous étions tous les deux bouleversés et en colère. Je l'ai poussé à bout et mis au défi de recommencer.

Comme étonnée par sa propre audace, Moïra secoua la tête et ajouta :

— J'ai fini par comprendre une chose : s'il est si raide avec moi, c'est parce que je le rends nerveux. Le constater, le voir lutter contre sa propre attirance, cela m'a enivrée plus encore que le vin...

Après avoir poussé un long soupir, Glenna porta son thé à ses lèvres.

— L'ivresse des sens, commenta-t-elle. Plus puissante mais guère moins dangereuse que l'alcool.

— Et lorsqu'il s'est enfin décidé à m'embrasser, acheva Moïra, cela a été aussi extraordinaire que la première fois. Et même plus bouleversant. Parce que cette fois, j'étais préparée à ce qui m'attendait. Et parce que Cian s'est laissé déborder autant que moi. Et qu'il n'a pas pu me le cacher.

— Dis-moi... fit Glenna, sans chercher à masquer son inquiétude. Qu'attends-tu de lui, exactement ?

— Je n'en sais rien. Peut-être juste cette ivresse des sens dont tu parlais. Ce sentiment de puissance, de communion, de fusion. Ce plaisir. Est-ce mal ?

— Je ne sais pas, avoua Glenna. Je ne sais même pas si la question se pose en ces termes. Mais tu dois comprendre qu'il ne te donnera jamais davantage. Il ne pourra pas rester là, avec toi. Et même s'il le faisait durant quelque temps, vous ne pourriez pas avoir de vie commune. Je ne serais pas une amie pour toi si je ne te mettais pas en garde. Tu t'aventures en terrain dangereux, Moïra.

— Jusqu'à ce que tombe la nuit de *Samhain*, répliqua-t-elle, le danger est partout. Je sais que tu me parles avec la voix de la sagesse et du bon sens, mais je ne peux faire une croix sur ce que je ressens. Rassure-toi : je serai prudente et je prendrai d'y voir plus clair en moi – et en lui. Mais je n'irai pas au combat en tournant le dos à ce qui pourrait être par peur de ce qui ne peut pas être.

Après avoir réfléchi un instant aux paroles de son amie, Glenna soupira.

— J'ai beau parler avec la voix de la sagesse, conclut-elle, je ne crois pas que je l'écouterais si j'étais à ta place.

Un sourire affectueux se dessina sur les lèvres de Moïra, qui se pencha pour lui serrer la main.

— Cela me fait du bien de pouvoir parler à cœur ouvert avec toi. De pouvoir, sans crainte ni retenue, dire ce que je ressens à une autre femme.

— À quoi serviraient les amies, sinon ?

Au même moment, dans une grande maison aux fenêtres soigneusement protégées de la lumière chiche de ce jour pluvieux, deux autres femmes parlaient à cœur ouvert. Pour elles, c'était l'heure d'aller se coucher et non de se lever, mais elles n'en partageaient pas moins un repas tranquille.

Tranquille, parce que l'homme qu'elles avaient entrepris de vider de son sang n'était plus en mesure de protester.

— Vous aviez raison, reconnut Lora en se redressant et en s'essuyant soigneusement les lèvres avec une serviette de table. Me lever pour prendre un repas digne de ce nom était exactement ce dont j'avais besoin.

Le visage de Lilith s'éclaira d'un sourire réjoui. Sur son ordre, on avait enchaîné l'homme sur la table entre elles, afin que sa compagne puisse prendre son repas debout et non en sirotant des coupes de sang au lit.

— Ah, tu vois ! s'exclama-t-elle.

Lora était encore gravement défigurée. L'eau bénite que cette garce de chasseuse de vampires lui avait jetée à la figure avait causé de terribles dégâts. Mais petit à petit, elle cicatrisait, et le bon repas frais qu'elle venait de prendre allait faire beaucoup pour la remettre sur pied.

— J'aimerais pourtant que tu manges encore un peu, reprit Lilith.

— C'est ce que je vais faire. Oh, Lilith... Vous êtes si bonne pour moi, alors que j'ai fait échouer la mission que vous m'aviez confiée.

— Ne dis pas de bêtises. C'était un bon plan, et il a failli fonctionner. C'est toi qui es à plaindre, pour avoir payé cette mission d'un tel prix. J'ose à peine imaginer la douleur que tu as dû ressentir.

— Sans vous, je ne m'en serais pas tirée.

Au fil du temps, elles avaient été amantes et adversaires, amies et ennemies. Mais en définitive, cela faisait quatre siècles qu'elles étaient tout l'une pour l'autre. Et la tragédie que Lora venait de connaître les avait encore rapprochées.

— Jusqu'à ce que tu sois blessée, répondit Lilith, je ne savais pas à quel point je t'aime et j'ai besoin de toi. Allez, fais-moi plaisir, ma douce. Mange encore un peu.

Docile, Lora saisit la main inerte de l'homme et plongea ses crocs dans son poignet.

Avant que l'eau bénite ne la défigure, elle était une jolie blonde à la mine effrontée. À présent, son visage était rouge et boursouflé, strié de chairs livides en cours de cicatrisation. L'éclat vitreux de la douleur avait cependant déserté son regard, et sa voix avait retrouvé son assurance coutumière.

Au bout de quelques instants, elle laissa retomber dans le vide la main du cadavre et tamponna délicatement ses lèvres.

— C'était délicieux ! assura-t-elle. Mais je vous jure que je ne peux avaler une goutte de plus.

— Alors, je vais faire débarrasser, et nous pourrons nous asseoir un moment au coin du feu avant d'aller au lit.

Lilith agita une clochette pour appeler les serviteurs. Les restes, elle le savait, ne seraient pas perdus pour tout le monde. Puis elle se leva pour aider Lora à regagner le canapé, où elle avait fait empiler des coussins et étendre un plaid.

— C'est plus confortable ici que dans notre base irlandaise, commenta-t-elle. Mais j'avoue que je serai soulagée quand nous pourrons emménager dans des locaux plus sûrs et plus adaptés.

Elle aida Lora à s'installer avant de s'asseoir à côté d'elle, royale dans sa longue robe rouge. Pour ajouter une touche de glamour, elle avait relevé ses cheveux d'or en un chignon haut et sophistiqué. Plus de deux mille ans s'étaient écoulés depuis qu'elle était morte, mais sa beauté ne s'était en rien fanée.

— Souffres-tu ? s'inquiéta-t-elle.

— Non, répondit Lora. Je me sens presque redevenue moi-même. Je suis désolée de m'être conduite de façon aussi puérile, hier, quand cette garce est venue nous narguer sur son stupide homme-dragon. Il m'a suffi de la voir pour que tout me revienne en bloc – la souffrance, la honte, la peur.

Lilith arrangea soigneusement le plaid autour d'elle.

— Nous lui avons nous aussi réservé une petite surprise, pas vrai ? dit-elle d'un ton apaisant. Imagine sa stupeur, quand elle s'est aperçue que l'écran magique de Midir arrêtait ses flèches. Tu as eu raison de me dissuader d'en finir avec lui.

— La prochaine fois que j'aurai cette garce face à moi, promit Lora d'une voix assourdie par la colère, je n'irai pas me terrer en gémissant dans mon lit comme une enfant terrorisée. Je la massacrerai de ma propre main, je le jure !

— Tu n'as donc plus envie de lui accorder le don, pour en faire ton jouet ?

— Jamais je ne lui ferai un tel cadeau !

Les lèvres de Lora se retroussèrent en un rictus mauvais.

— Tout ce que je lui offrirai, conclut-elle, c'est la mort.

Avec un soupir de bien-être, elle posa tendrement la tête sur l'épaule de Lilith et ajouta :

— De toute façon, elle n'aurait jamais pu m'apporter ce que vous m'apportez, ni être ce que vous êtes pour moi. J'imaginais simplement qu'elle me distrairait et qu'elle nous procurerait à toutes les deux un peu de piment au lit – j'étais fascinée par toute cette énergie, toute cette violence en elle. Mais je n'aurais jamais pu l'aimer comme je vous aime.

Lora releva la tête et offrit ses lèvres à Lilith pour un doux et long baiser.

— Je ne suis qu'à vous, murmura-t-elle quand leurs lèvres se séparèrent. À vous, Lilith. Éternellement.

— Ma petite chérie... répondit Lilith, attendrie, en déposant un baiser sur sa tempe. Te rappelles-tu notre rencontre ? Je t'ai découverte, à Paris, en larmes, sur un trottoir humide de pluie. J'ai tout de suite su que tu serais à moi.

— Je croyais être amoureuse d'un homme, poursuivit Lora d'une voix rêveuse. Et je m'étais imaginé que c'était réciproque. Mais bien évidemment, il s'était servi de moi et m'avait rejetée, avant de passer à une autre. Je pensais avoir le cœur brisé et je voulais en finir avec la vie. C'est alors que vous êtes apparue.

— Te souviens-tu de ce que je t'ai dit ?

— Comment pourrais-je l'oublier ? Vous m'avez dit : « Tendre et triste enfant esseulée, pourquoi pleures-tu ? » Je vous ai expliqué que ma vie était fichue. Que je serais morte de chagrin avant le lever du jour.

En riant, Lilith caressa les cheveux de Lora.

— Tout cela était si excessif, si théâtral ! dit-elle. Comment aurais-je pu te résister ?

— Et moi donc ! renchérit Lora. Vous étiez si belle – belle comme la reine que vous êtes. Et déjà habillée de rouge à l'époque.

— Et toi, tu étais si jeune et si charmante... Tellement convaincue que tu ne pourrais aimer personne d'autre que cet homme qui t'avait abandonnée !

— Je ne me rappelle même plus son nom. Ni son visage.

— Je n'ai pas eu à te convaincre de venir dans mes bras, poursuivit Lilith dans un murmure. Je t'ai demandé si tu aimerais demeurer jeune et belle à jamais. Si cela te plairait de dominer des hommes comme celui qui venait de te blesser. Tu m'as répondu oui sans hésiter. Et quand j'ai goûté à ton sang, tu t'es serrée contre moi en répétant oui, encore et encore.

Le blanc des yeux de Lora se teinta de rouge tant le souvenir de ce magnifique instant la troublait.

— Je m'en souviens comme si c'était hier, confia-t-elle. Je n'ai jamais vécu de moment plus intense.

— À la minute où tu as bu mon sang à ton tour, j'ai su que je t'aimerais comme je n'avais aimé personne avant toi.

— Et quand je me suis réveillée, vous avez traîné cet homme devant moi, pour que je puisse faire de celui qui m'avait humiliée ma première victime. Nous l'avons partagé, toutes les deux, comme nous avons partagé tant de choses depuis.

— Bientôt, nous partagerons bien plus encore, promit Lilith. Quand la nuit de *Samhain* tombera.

Alors que Lilith et Lora, serrées l'une contre l'autre, sombraient dans un sommeil de vampire, Moïra, trempée et crottée, se démenait sur le terrain de joute.

Un coup de pied avait réussi à atteindre sa hanche, qui lui faisait un mal de chien et, après l'échange qui venait de s'achever, elle n'avait pas encore repris son souffle.

En somme, elle se sentait merveilleusement bien.

Tout en tendant la main à Dervil pour l'aider à se relever, elle la félicita.

— Tu t'en es très bien tirée. Tu as presque failli m'avoir.

Dervil frotta sa croupe rebondie et grimaça.

— Je n'ai pas cette impression, maugréa-t-elle.

Les mains sur les hanches, la tête sous un chapeau de cuir à large bord à présent détrempé, Glenna observait la scène.

— Cette fois, dit-elle à Dervil avec un hochement de tête approbateur, tu es restée plus longtemps sur tes jambes. Et tu t'es remise plus vite debout. Tu fais des progrès. D'après ce qu'on m'a dit, il y a plusieurs hommes, de l'autre côté de ce terrain, dont tu pourrais triompher sans problème.

— Il y en a pas mal dont elle a déjà triomphé ! lança Isleen, suscitant l'hilarité générale.

Piquée au vif, Dervil rougit et répliqua vertement :

— En tout cas, moi, je sais comment faire pour les retenir !

— Si tu investissais un peu de cette belle énergie dans ton prochain combat, suggéra Glenna, tu le gagnerais au lieu de le terminer les fesses dans la boue. Finissons par un petit entraînement au tir à l'arc, et nous pourrons en rester là pour aujourd'hui.

D'un geste, Moïra fit taire les murmures de soulagement et d'approbation qui s'élevaient parmi les femmes.

— Je n'ai pas encore affronté Ceara au corps à corps, déclara-t-elle. Si ce qu'on m'a dit est vrai, j'ai gardé la meilleure pour la fin. Ainsi, si je la bats, je finirai la journée en championne incontestée.

— Un défi ? commenta Blair en les rejoignant. J'aime ça. Je reviens de la forge, où la production d'armes bat son plein. Laissez-moi vous dire qu'après une heure ou deux passées près de l'enclume, cette pluie est une véritable bénédiction. Où en êtes-vous, ici ?

— Moïra l'a emporté sur toutes celles qui se sont présentées, que ce soit à l'épée ou au corps à corps, résuma Glenna. Elle va maintenant affronter Ceara, puis nous passerons au tir à l'arc.

— Parfait, conclut Blair. Je peux donc emmener un groupe jusqu'aux cibles pendant que vous en terminez ici.

Un concert de protestations indignées s'éleva des rangs des femmes, qui n'auraient manqué pour rien au monde la dernière rencontre.

— Assoiffées de sang, hein ? approuva Blair. Ça aussi, ça me plaît. Fort bien, mesdames. Faites-leur de la place.

Tandis que les femmes s'écartaient, elle demanda en se penchant sur l'épaule de Glenna :

— Tu paries sur qui ?

— Moïra est en forme et motivée, répondit-elle après avoir réfléchi un instant. Elle a dominé tout le monde, aujourd'hui. Je parie sur elle.

— Et moi sur Ceara. Elle est rusée et n'a pas peur de prendre des coups.

Comme pour en apporter la preuve, Ceara s'étala face la première dans la boue, mais revint aussitôt à la charge. Elle feinta, pivotant à la dernière minute, puis lança un pied qui atteignit Moïra dans le ventre. Sous la force du coup, celle-ci fit un bond en arrière, mais réussit à reprendre suffisamment son équilibre pour contrer l'attaque suivante et lancer sa riposte.

Chargeant son adversaire tête la première, Moïra parvint à la faire passer par-dessus son épaule. Mais lorsqu'elle se retourna, Ceara s'était déjà reprise. Les bras en appui sur le sol, elle effectua un énergique moulinet des jambes et la fit s'étaler à son tour dans la boue.

Moïra se releva sans attendre.

— Eh bien, je vois que ta réputation n'est pas surfaite, dit-elle avec une réelle admiration.

Tassée sur elle-même, prête à bondir, Ceara lui tournait autour d'un air menaçant.

— Je vous préviens ! lança-t-elle d'un ton décidé. C'est le trophée que je veux.

— Alors, viens le chercher.

— Beau combat, commenta Blair tandis que poings et corps volaient de nouveau. Ceara ! Garde les coudes levés !

— Hé ! protesta Glenna. Tu triches !

Mais elle souriait. Elle était heureuse, non seulement d'assister à un beau combat, mais aussi de constater que les autres femmes, captivées par le spectacle, abreuvaient les combattantes de leurs encouragements et de leurs propres conseils. En peu de temps, elles avaient réussi à les unir en un groupe soudé.

Souplement, Moïra se laissa glisser sur le sol et fit un ciseau à Ceara, qui perdit l'équilibre. Mais au moment où Moïra se jetait sur elle pour la clouer au sol, sa dame de compagnie jeta les jambes en l'air et l'envoya valser plusieurs pas derrière elle.

Un concert de murmures de sympathie s'éleva quand Moïra heurta le sol à plat dos avec un bruit sourd. Sans lui laisser le temps de reprendre ses esprits, Ceara se précipita sur elle et appuya un coude sur son cou tout en abattant son poing serré sur sa poitrine.

— J'ai gagné, Majesté. Vous avez un pieu dans le cœur !

Le souffle court et le visage grimaçant, Moïra protesta :

— Je reconnais ma défaite, par tous les dieux ! Aie un peu pitié de ta reine et libère-moi. J'étouffe !

Pantelante, Moïra s'assit avec difficulté sur le sol et lutta pour retrouver son souffle. Dans la boue à côté d'elle, Ceara, tout aussi essoufflée, faisait de même. Les deux femmes ne se quittaient pas des yeux.

— Au combat, tu es une vraie garce ! dit enfin Moïra.

— Sauf votre respect, j'en ai autant à votre service, Majesté, répliqua Ceara. J'ai à présent des bleus tout frais pour cacher les anciens, et de nouvelles courbatures pour me faire oublier les précédentes.

Avec son avant-bras, Moïra essuya la boue qui maculait son visage avant d'ajouter :

— J'étais fatiguée par les combats précédents.

— Exact, reconnut Ceara. Mais même si vous ne l'aviez pas été, je l'aurais emporté.

— Je crois que tu as raison. Tu as gagné le prix, Ceara. À la régulière et avec panache ! Je suis fière d'avoir été battue par toi.

Moïra lui tendit la main. Après avoir serré chaleureusement celle de Ceara, elle la brandit au-dessus de leurs têtes et lança :

— Voici la championne du combat au corps à corps !

Il y eut des cris, des sifflets de joie et des embrassades.

Lorsque Ceara se releva et offrit sa main à Moïra pour l'aider, celle-ci secoua la tête.

— J'ai besoin de récupérer une ou deux minutes encore. Va te préparer pour le tir à l'arc. Je vous rejoins. Dans cette discipline, au moins, je suis sûre de ne craindre personne...

— Pour arriver à votre niveau dans ce domaine-là, un millier d'années ne nous suffirait pas.

Ceara marqua une courte pause avant d'ajouter :

— Votre Majesté ?

— *Aye ?* Oh, zut ! gémit Moïra en se massant la hanche. Je vais avoir du mal à m'asseoir pendant au moins une semaine.

— Je voulais vous dire... Je n'ai jamais été aussi fière de ma reine.

En regardant Ceara s'éloigner, Moïra sourit et fit le compte des douleurs dont son corps était perclus. Puis son regard fut attiré vers la terrasse où elle et Cian s'étaient embrassés, la nuit précédente.

Il s'y tenait, appuyé à la balustrade, protégé des rayons du soleil par le ciel d'un gris de plomb. Et il la regardait. Même à cette distance, elle percevait le magnétisme puissant qui émanait de lui, et auquel ne pouvait se comparer le charme d'aucun homme.

— Qu'est-ce que tu regardes comme ça ? grogna-t-elle entre ses dents. Ça t'amuse de me voir au tapis, les fesses dans la boue ?

Mais comment aurait-elle pu l'en blâmer ? Sans doute offrait-elle à son regard un spectacle assez cocasse. Tôt ou tard, se promit-elle, ils auraient eux aussi leur combat particulier. Et alors, on verrait bien qui aurait le dessus.

Enfin, Moïra se força à se remettre sur pied. En serrant les dents, elle parvint à le faire sans gémir ni grimacer. Ainsi put-elle s'éloigner dignement, d'un pas tranquille, et sans se retourner.

6

Après s'être nettoyée de la boue dont elle était couverte de la tête aux pieds, Moïra se joignit aux autres membres du Cercle pour une réunion de stratégie. Elle se mêla à la conversation à l'instant précis où celle-ci menaçait de virer à la dispute.

Larkin s'adressait à Blair sur un ton qui signifiait que sa patience avait depuis longtemps atteint ses limites.

— Je ne dis pas que tu es incapable de participer à cette mission ! Tout ce que je dis, c'est que Hoyt et moi pouvons très bien nous en tirer seuls.

— Et moi, répliqua Blair, je dis qu'à trois, nous irons plus vite qu'à deux.

— De quoi s'agit-il ? s'enquit Moïra.

Plusieurs voix lui fournirent simultanément la réponse, haussant le ton pour se couvrir l'une l'autre.

Après avoir pris place à table, Moïra leva la main pour faire taire la cacophonie.

— Si je vous ai bien compris, dit-elle, vous envisagez d'aller établir une base près du champ de bataille et d'en profiter pour effectuer une mission de reconnaissance.

— Nous partirions en éclaireurs, avant un premier bataillon de nos troupes qui se mettrait en marche le lendemain, précisa Hoyt. Nous avons repéré deux endroits où il serait possible de se réfugier pour la nuit.

Pointant l'index sur la carte étendue sur la table, il ajouta :

— Ici, à un jour de marche à l'est. Et là, à un autre jour de marche encore.

Blair laissa son poing s'abattre en un autre endroit de la carte et ajouta vivement :

— Mais le fait est que Lilith nous a devancés et qu'elle a eu tout le temps de s'installer et de préparer ses pièges. Si nous voulons établir une sorte de ligne de front en nous installant nous aussi près du champ de bataille, il nous faut sécuriser des bases avant d'y envoyer des hommes. Non seulement le long de la route, mais aux endroits les plus favorables aux alentours de la Vallée.

Tout en étudiant la carte, Moïra hocha la tête.

— Larkin est le mieux placé pour couvrir cette distance en un minimum de temps, conclut-elle. Je pense que nous sommes tous d'accord là-dessus.

— Il est vrai qu'il nous offre un avantage, puisqu'il a la capacité d'emprunter la voie des airs, approuva Blair. Mais si nous pouvions enrôler d'autres dragons…

— Tu recommences ? coupa Larkin. Je t'ai déjà dit qu'il ne fallait pas y compter.

— Des dragons ? s'étonna Moïra. Comment cela ?

— Lorsque Larkin se métamorphose, répondit Blair, il est capable de communiquer de manière rudimentaire avec les animaux dont il adopte la forme.

— En effet. Et alors ?

— Peut-être, en devenant l'un d'eux, pourrait-il se mêler aux autres dragons et les convaincre de le suivre et de se laisser chevaucher, comme il le fait lui-même.

— Ce sont de paisibles et inoffensives créatures ! protesta l'intéressé. Il serait criminel de les entraîner dans une bataille comme celle-ci, où ils pourraient être blessés.

— Attends ! protesta Moïra. Attends un peu...

S'adossant à son siège, elle se mit à réfléchir à haute voix à ce qu'elle venait d'entendre.

— Serait-ce possible ? Je sais qu'il est arrivé que certains jeunes dragons servent d'animaux de compagnie, mais je n'ai jamais entendu dire que quiconque ait pu chevaucher un dragon adulte. Sauf dans les contes de fées. Si un tel projet était réalisable, nous pourrions voyager rapidement et en toute sécurité, même de nuit. Et dans la bataille...

En butte au regard noir que lui lançait son cousin, Moïra s'interrompit et lui dit :

— J'en suis aussi chagrinée que toi, vraiment, mais nous ne pouvons nous permettre de faire du sentiment. Sans compter que le dragon est l'un des symboles de Geall. Or, par les temps qui courent, Geall a plus que jamais besoin de ses symboles. Nous demandons à notre peuple, aux femmes, aux jeunes, aux vieux, de combattre et de se sacrifier. Alors, si une telle chose est possible, elle doit être tentée.

— Justement, maugréa Larkin. Que cela soit possible, rien n'est moins sûr.

— C'est bien pourquoi il faut essayer, insista-t-elle patiemment. Nous aimons aussi nos chevaux. Cela ne nous empêchera pas d'aller à la bataille sur leur dos.

Puis elle se tourna vers Hoyt.

— Peux-tu me dire, honnêtement, si vous êtes capables de vous charger seuls de cette mission, Larkin et toi, ou s'il vaut mieux que Blair vous accompagne ?

— Merci de me placer entre le tigre et le loup, répondit-il, embarrassé. Larkin s'inquiète pour Blair.

Il craint qu'elle ne soit pas tout à fait remise de ses blessures.

Blair décocha un vigoureux coup de poing dans le bras de Larkin.

— Tu as envie que je te prouve le contraire ? s'exclama-t-elle. Je te prends quand tu veux à la lutte, cow-boy ! Et tu peux numéroter tes abattis...

— Ses côtes la font souffrir en fin de journée, dit-il sans se laisser impressionner. Et son épaule est encore faible.

— Je vais te montrer qui est faible !

— Du calme, les enfants ! intervint Glenna d'un ton qui se voulait léger. Pour vous mettre d'accord, je vais devoir me mêler de vos affaires. D'un point de vue médical, Blair est bonne pour le service.

À l'intention de Larkin, elle ajouta en grimaçant un sourire :

— Désolée, mais nous ne pouvons nous permettre de la laisser sur le banc de touche.

— L'avoir à nos côtés pourrait nous être utile, reconnut Hoyt. À trois, nous ne devrions pas avoir besoin de plus d'une journée. Ainsi, le premier détachement pourrait se mettre en route demain, dès le petit jour, et rejoindre la première base à temps pour le coucher du soleil.

— Ce qui laisse ici trois d'entre nous pour poursuivre les préparatifs et l'entraînement, conclut Moïra. Larkin ? Penses-tu que Tynan soit de taille à prendre la tête de ce premier détachement ?

— Tu me le demandes parce que mon avis t'intéresse ou pour poser un emplâtre sur ma fierté blessée ?

— Les deux.

La mauvaise humeur de Larkin ne résista pas au charme mutin de sa cousine.

— La réponse est oui, répondit-il en riant. Il est tout à fait de taille.

D'un regard panoramique, Blair consulta tous les autres.

— Puisque la chose est entendue, dit-elle, nous ferions aussi bien de nous mettre en route dès que possible. Grâce aux performances de Larkin Air, nous aurons nettoyé une première position – voire deux – avant le crépuscule.

— Prenez quand même le temps d'emporter tout ce dont vous aurez besoin, conseilla Moïra. Je vais aller parler à Tynan et lui demander de préparer ses hommes au départ.

— N'oubliez pas que Lilith vous attend sans doute.

Tous les regards convergèrent sur Cian, qui s'exprimait pour la première fois depuis l'arrivée de Moïra.

— Vous pouvez être sûrs qu'elle aura anticipé une telle manœuvre et placé des troupes en embuscade.

— C'est bien pourquoi il nous faut être trois et emprunter la voie des airs, approuva Blair. C'est nous qui allons les surprendre.

— Pour mettre toutes les chances de votre côté, je vous conseille d'arriver par là.

Cian pointa la carte du doigt pour illustrer son propos.

— Faites un détour pour arriver sur la position par l'est ou par le nord. Cela vous prendra plus de temps, mais vous pourrez préserver l'effet de surprise. Ils ne s'attendront pas à vous voir venir de cette direction.

— Bonne idée.

Puis, en observant Larkin d'un air songeur, Blair ajouta :

— Lorsque nous nous serons posés, nous irons nous cacher, Hoyt et moi. Mais toi, tu pourrais aller reconnaître le terrain sous la forme d'un oiseau ou d'un autre animal que les vamps ne s'étonneront pas de trouver dans le coin. Il va falloir emporter des provisions, vu l'allure à laquelle tu brûles le carburant quand tu te métamorphoses.

Cian, à son tour, s'adressa à Larkin.

— Ne vois pas trop grand. Si tu te montres à eux sous la forme d'un cerf, ils pourraient te tirer dessus juste pour le sport. J'imagine qu'ils doivent s'ennuyer, à faire le guet.

— OK ! conclut Blair en se levant. Puisque tout est dit, allons nous préparer.

— Surtout, sois prudent !

Dans la cour du château, où elle lui faisait ses adieux, Glenna arrangea de ses doigts nerveux le col du manteau de Hoyt.

— Tout ira bien, répondit-il en lui caressant les cheveux. Ne t'inquiète pas.

Glenna passa les bras autour de son cou et haussa les épaules.

— Difficile de faire autrement. Si seulement je pouvais t'accompagner !

— Tu sais bien qu'on a besoin de toi ici.

Hoyt effleura la croix de Morrigan pendue au cou de sa femme, puis la sienne, avant d'ajouter :

— Tu sauras en permanence où je suis et comment je vais. Ce ne sera pas long. Deux jours, tout au plus, et je serai de retour.

— Tu as intérêt ! Je t'aime. Fais attention à toi.

Glenna l'attira contre lui et l'embrassa passionnément.

— Je t'aime, dit Hoyt à son tour. Sois forte. Rentre, à présent. Tu vas finir par prendre froid sous cette pluie.

Mais Glenna ne tint pas compte de l'avertissement. Elle attendit que Larkin se métamorphose en dragon, puis que Blair et Hoyt chargent armes et provisions sur son dos, avant d'y prendre place à leur tour. La main levée dans un dernier signe d'adieu, elle les regarda s'élever dans les airs et disparaître peu à peu dans le ciel gris noyé de pluie.

— C'est dur, dit Moïra dans son dos. Dur d'être celle qui reste et qui attend.

— Horrible ! avoua Glenna.

Elle tendit le bras derrière elle et serra fortement la main de son amie.

— Alors, tiens-moi occupée, que je pense à autre chose, reprit-elle. Nous allons rentrer, et je vais te donner ta première leçon de magie.

Tandis qu'elles se dirigeaient vers le château, Glenna se renseigna sur les capacités de son élève.

— Te rappelles-tu quand tu t'es rendu compte pour la première fois que tu avais un don ?

— Non. Ce ne fut pas aussi net que pour Larkin. Dans mon enfance, je savais parfois des choses que je n'étais pas censée savoir – où trouver un objet perdu, où dénicher un camarade de jeu quand nous jouions à cache-cache. Mais il pouvait tout aussi bien s'agir de coups de chance.

— Ta mère avait-elle un don, elle aussi ?

— Oui. Une sorte d'affinité avec la nature qui lui permettait de faire pousser ce qu'elle voulait.

D'un geste machinal, Moïra rejeta sa natte derrière son épaule.

— Si les jardins du château sont si beaux, poursuivit-elle, c'est à elle que nous le devons. Lors d'une naissance ou au chevet d'un malade, sa présence était appréciée et apportait le réconfort. En somme, ce sont ces dons que l'on dit typiquement féminins – l'empathie, l'intuition, l'art de guérir – dont nous avons hérité, ma mère et moi.

Elles pénétrèrent dans le hall, gravirent l'escalier.

— Mais depuis que je vous connais, toi et Hoyt, je sens autre chose en moi. Comme un appel. D'abord, j'ai cru que ce n'était qu'un écho du grand pouvoir que vous partagez. Puis j'ai posé la main sur l'Épée des rois, et tout a changé.

— Cette épée a dû agir comme un catalyseur, suggéra Glenna. Elle a libéré ce qui était en toi depuis toujours.

Elle ouvrit la porte de la pièce dont Hoyt et elle avaient fait leur laboratoire et s'effaça sur le seuil pour laisser entrer Moïra. L'endroit était plus grand que celui dont les deux magiciens avaient disposé en Irlande, songea celle-ci en s'avançant. Il donnait en outre sur l'une des multiples terrasses du château. Les parfums qui flottaient dans l'air lui parurent familiers – senteurs d'herbes séchées et odeurs plus indéfinissables, à la fois métalliques et florales.

Nombre des cristaux de Glenna étaient disposés çà et là. Grimoires, mortiers et cornues occupaient tout l'espace disponible sur les tables et les coffres. Et des croix d'argent, de pierre, de bois, de cuivre pendaient dans chaque ouverture donnant sur l'extérieur.

— Il ne fait pas chaud ici, remarqua Glenna en fermant la porte. Pourquoi n'allumerais-tu pas le feu ?

— Oui, bien sûr.

Mais en voyant Moïra se diriger vers la grande cheminée en pierre, Glenna éclata de rire et la retint par le bras.

— Non, pas comme ça. Le feu est un élément de base que tout apprenti sorcier doit savoir maîtriser. Pour pratiquer la magie, il faut utiliser les éléments, la nature, et les respecter. Allume le feu dans l'âtre d'où tu es, ici, avec moi.

— J'aimerais bien… mais je ne sais pas comment m'y prendre.

— C'est très simple. Il faut faire avec ce que tu as. Avec ce que tu es. Ton esprit. Ton cœur. Tes tripes. Ton sang et tes os. Vois le feu, visualise ses couleurs et ses formes. Sens sa chaleur sur ta peau, son odeur dans tes narines. Tire-le de ta tête, du plus profond de toi, et projette-le dans le foyer de la cheminée.

Moïra se concentra et fit de son mieux pour suivre les conseils de Glenna. Elle sentit un bref picotement courir sur sa peau, mais le combustible dans l'âtre demeura désespérément éteint.

— Je suis désolée, dit-elle. Je n'y arrive pas.

— C'est normal, assura Glenna. Cela demande du temps, de la concentration, de l'énergie, et aussi une bonne dose de foi. Avant de réussir à faire tes premiers pas, combien de fois es-tu tombée ? C'est la même chose. Tu dois faire tes premiers pas dans le monde de la magie, Moïra. Tends ta main droite devant toi. Imagine le feu. Il s'élève en toi, clair et chaud. Il naît de ton ventre, se répand dans ton corps, emplit ton cœur, descend le long de ton bras, jaillit du bout de tes doigts. Vois-le. Sens-le. Lance-le où tu veux.

La chaleur qu'elle sentait monter en elle et la voix de son amie, douce et persuasive, plongèrent Moïra dans une sorte de transe. Il y eut un frémissement sur sa peau, un déclic dans sa tête, et enfin, une timide langue de flamme vint lécher un bloc de tourbe séchée.

— Ça y est ! s'émerveilla-t-elle. Mais c'est toi qui as fait le plus gros du travail.

— Détrompe-toi. Je me suis contentée de te donner un petit coup de pouce.

Moïra laissa échapper un long soupir.

— Je me sens aussi épuisée que si je venais de gravir une montagne.

— Cela deviendra plus facile avec le temps.

En regardant le feu prendre, Moïra hocha la tête.
— Apprends-moi, dit-elle.

Au bout de deux heures, Moïra savait invoquer et maîtriser en partie deux des quatre éléments. Pour conclure sa première leçon, Glenna lui donna une liste de sortilèges simples qu'elle lui demanda d'expérimenter seule. Moïra, étudiante dans l'âme, avait hâte de se pencher sur ses devoirs.

Hélas, elle avait d'autres priorités. Après avoir revêtu une tenue plus solennelle, elle glissa dans ses cheveux le cercle d'or de sa charge et alla retrouver son oncle pour une discussion consacrée aux finances.

L'argent était au sens propre le nerf de la guerre, désormais.

— La plupart des réfugiés ont dû tout laisser derrière eux, lui dit Riddock. Leurs bêtes, leurs récoltes. Et certains perdront également leur maison.

— Nous les aiderons à reconstruire. Durant deux ans, la Couronne ne lèvera ni taxes ni impôts.

— Moïra...

— Le royaume s'en remettra, mon oncle. Je ne peux demander à mon peuple de se sacrifier et rester ensuite assise sur un tas d'or et de diamants. S'il le faut, je ferai fondre la couronne royale elle-même. Et quand la guerre sera terminée, je ferai planter cent hectares de blé sur le domaine royal. Les familles de ceux qui se seront battus pour défendre Geall en bénéficieront.

Le prince Riddock se passa une main lasse sur le visage.

— Et comment discerneras-tu ceux qui auront combattu de ceux qui ne l'auront pas fait ?

— Ce ne sera pas nécessaire, répondit tranquillement Moïra. Le retour à la paix amènera un état de grâce et de confiance dans le royaume. Peut-être me trouvez-vous naïve et idéaliste, mais il me faut y croire, en ces temps difficiles. Vous-même, vous êtes retenu ici par les affaires de l'État, alors que votre demeure est envahie par des étrangers...

— Ce n'est rien.

— C'est beaucoup. Mais je dois vous demander un plus grand sacrifice encore. Oran marchera demain vers le front.

— Il m'en a parlé.

L'inquiétude se lisait dans les yeux de Riddock, mais sa voix vibrait de fierté paternelle.

— Mon cadet est à présent un homme, conclut-il. Il doit se conduire comme tel.

— Étant votre fils, il ne pourra pas en être autrement. Quoi qu'il en soit, même si nos troupes commencent à manœuvrer, il nous faut poursuivre nos préparatifs. Continuer à forger des armes. Nourrir, loger et entraîner toujours plus de soldats. Vous avez crédit illimité.

Avec un sourire entendu, elle ajouta :

— Mais si quelque marchand ou artisan cherche à profiter de la situation pour se remplir les poches, faites-le-moi savoir. Il aura droit à une audience avec sa reine.

— Parfait, répondit Riddock en lui rendant son sourire. Ta mère serait fière de toi.

— Je l'espère. Je pense à elle chaque jour.

Moïra se leva, aussitôt imitée par son oncle.

— Je dois maintenant aller voir ma tante, lui dit-elle. Je lui suis infiniment reconnaissante d'avoir bien voulu prendre en charge l'intendance du château ces dernières semaines.

— Cela lui plaît, assura Riddock.

— Heureusement pour moi. Je serais bien en peine de superviser la cuisine, la lessive, la couture, le ménage pour tant de monde à la fois. Je serais perdue sans elle.

— Elle sera heureuse de le savoir. Il paraît que tu passes chaque jour lui rendre visite pour inspecter avec elle ces cuisines et ces buanderies que tu redoutes tant. Je me suis également laissé dire que les forgerons et les jeunes chargés de tailler des pieux pouvaient compter sur tes encouragements quotidiens et qu'aux premières heures du jour, tu avais participé à l'entraînement.

— Je ne me suis jamais imaginé que ma charge serait une sinécure.

— J'en suis persuadé. Mais tu as comme tout le monde besoin de te reposer, Moïra. Tes yeux cernés te trahissent.

Mentalement, Moïra prit note de demander à Glenna de lui enseigner des rudiments de maquillage.

— Chaque chose en son temps. Je me reposerai après la bataille.

Moïra passa l'heure suivante à s'entretenir avec sa tante des tâches domestiques, puis une heure encore à parler avec ceux qui étaient chargés de s'en acquitter.

Ensuite, elle se dirigea vers le salon familial dans l'intention de prendre un repas léger et un bon thé. Mais en entendant le rire de Cian passer le seuil de la pièce, elle se figea sur place.

Elle était soulagée de savoir qu'il tenait compagnie à Glenna, mais elle n'était pas sûre d'avoir elle-même, après une si longue journée, l'énergie nécessaire pour l'affronter.

Alors qu'elle se surprenait à rebrousser chemin, elle se sentit honteuse et s'emporta contre elle-même. Était-elle poltronne au point d'avoir besoin de boire pour être capable de lui faire face ?

Se redressant de toute sa hauteur, elle franchit d'un pas digne les portes du salon et trouva Glenna et Cian assis près du feu, autour d'un thé et de quelques fruits. Ils paraissaient tellement complices, tous les deux, que Moïra s'étonna que son amie ne soit pas troublée par la ressemblance frappante qui existait entre son mari et le frère jumeau de celui-ci.

Il y avait bien sûr de subtiles différences entre eux. Cian avait, contrairement à Hoyt, une fossette au menton. Et son visage était plus allongé, ses cheveux plus courts. Il évoluait en outre avec une grâce animale que ne possédait pas son frère. Moïra ne pouvait se cacher qu'elle aimait le regarder. Il avait quelque chose de fascinant, d'exotique et de dangereux.

Elle savait qu'il était conscient de sa présence – rien ni personne ne pouvait jamais le prendre par surprise. Mais il n'en demeurait pas moins confortablement installé sur son siège, alors que la plupart des hommes, à l'entrée d'une femme – a fortiori une reine – se seraient levés pour l'accueillir. Cette indifférence délibérée était sans doute pour lui une façon d'afficher son indépendance.

Moïra ne s'en formalisait pas le moins du monde. Elle aurait simplement aimé ne pas trouver si attirante cette attitude frondeuse.

— Je vous dérange ? s'enquit-elle en traversant le salon.

— Pas du tout ! répondit Glenna avec un sourire. J'avais d'ailleurs demandé qu'on serve le thé pour trois, en espérant que tu pourrais nous rejoindre. Cian était en train de me distraire en me racontant les exploits de jeunesse de Hoyt.

— À présent que Moïra est ici, je vais vous laisser entre femmes…

Avant que Cian ait eu le temps de se lever, Glenna le retint par le bras.

— S'il te plaît, reste... Tu t'es plié en quatre pour me changer les idées.

— Si tu t'en es rendu compte, c'est que je n'y suis pas parvenu.

— Tu m'as offert une récréation bienvenue, et je t'en remercie. Si tout s'est passé comme prévu, ils doivent maintenant être arrivés à la première base. J'ai besoin d'y jeter un petit coup d'œil pour me rassurer.

La main de Glenna ne trembla pas quand elle servit à Moïra une tasse de thé.

— Je pense que ce serait mieux si nous nous y mettions à trois, ajouta-t-elle.

— Pourrais-tu les aider si jamais...

Moïra n'acheva pas sa phrase.

— J'ai quelques tours de magie dans ma manche, répondit Glenna en hochant la tête. Mais si vous voulez bien vous joindre à moi, j'y verrai plus clair et serai plus à même d'intervenir en cas de besoin. Je sais que tu as eu une longue journée, Moïra...

— Peu importe. C'est de ma famille aussi qu'il s'agit.

Glenna opina, se leva et alla chercher un sac.

— Au cas où, expliqua-t-elle, j'ai pris avec moi ce dont je vais avoir besoin.

Elle tira du sac sa boule de cristal et quelques cristaux plus petits qu'elle arrangea sur la table basse entre eux. Quand ce fut fait, elle retira sa croix de Morrigan et encercla le globe translucide avec sa chaîne.

Puis elle plaça ses deux mains à plat au-dessus, ferma les yeux et déclara :

— Bien. Voyons un peu où ils en sont.

Il n'avait pas cessé de pleuvoir sur Geall durant le vol, ce qui avait transformé en corvée ce qui aurait dû être un agréable voyage. Suivant les recommandations de Cian, Larkin et ses deux passagers avaient effectué un large détour pour rejoindre la ferme qu'ils comptaient transformer en base avancée. À égale distance du repaire de Lilith et du champ de bataille, celle-ci était idéalement située. Et parce que c'était le cas, il fallait s'attendre, comme Cian l'avait prédit, à la trouver occupée.

Après avoir mis pied à terre, Hoyt et Blair déchargèrent armes et bagages. Les murets de pierres sèches bordés d'arbres qui séparaient les champs les cachaient aux regards. Ce qui semblait bien superflu. Tout était calme aux alentours.

Le miracle habituel s'accomplit, et le dragon se changea en homme. Avec une mine dégoûtée, Larkin passa ses deux mains dans ses cheveux ruisselants de pluie.

— Pas un temps à mettre un dragon dehors, grogna-t-il. Ni même un homme. Vous arrivez à voir notre objectif ?

— Une habitation principale d'un étage, lui annonça Blair. Trois dépendances et deux paddocks. Quelques moutons. Ni fumée ni autre signe de vie. Aucun cheval en vue. S'ils sont là, dans la ferme, ils ont dû poster des gardes dans chaque bâtiment. Ils ont peut-être quelques prisonniers. À moins qu'ils n'aient mis leurs provisions en bouteilles pour voyager léger.

— Je pourrais faire une incursion à l'intérieur en me servant de mes pouvoirs, suggéra Hoyt. Mais si l'un d'eux est médium, il risque de sentir ma présence.

— Ce serait plus simple et plus sûr que j'aille y faire un tour.

Larkin marqua une pause, le temps de croquer dans une pomme à belles dents, avant de poursuivre :

— S'ils comptent nous tendre une embuscade, ils n'ont sûrement pas dressé de bouclier protecteur, comme celui qui protège leur quartier général.

— Rappelle-toi le conseil de Cian, lui dit Blair. Ne pas voir trop grand.

En achevant un quignon de pain, Larkin acquiesça d'un hochement de tête.

— Une souris fera l'affaire, dit-il, la bouche pleine. Cela a déjà fonctionné en Irlande. Tant pis s'il me faut galoper plus longtemps sous cette forme que sous celle d'un cerf ou d'un loup.

Après avoir retiré la croix de Morrigan qu'il portait autour du cou, il la tendit à Blair.

— Tu vas devoir garder ça pour moi.

— Dans ce plan, répondit-elle en grimaçant, c'est ce qui me plaît le moins. Te savoir sans défense dans un nid de vamps.

— Ainsi, tu es condamnée à avoir foi en moi.

Larkin saisit le menton de Blair, l'embrassa, recula d'un pas et se changea en une souris qui se faufila sans attendre dans le champ voisin.

— Et dire que je viens d'embrasser ça… murmura Blair.

Ses doigts se refermèrent sur la croix que Larkin avait déposée au creux de sa main.

— Le plus dur reste à faire, conclut-elle en se tournant vers Hoyt. Attendre.

— Autant prendre nos précautions, répondit-il. Je vais tracer un cercle protecteur autour de nous.

Larkin arrivait aux abords de la première dépendance quand il découvrit un grand loup noir tapi dans un buisson. L'animal ne lui prêta aucune attention, trop occupé à surveiller de ses yeux rouges la route qui venait de l'ouest.

Par mesure de précaution, Larkin fit néanmoins un détour pour l'éviter, avant de se glisser sous la porte de la bâtisse qui servait d'écurie. Deux chevaux occupaient les stalles, et deux vampires accroupis sur le sol jouaient aux dés, ce qui ne manqua pas d'étonner Larkin. Jamais il ne lui serait venu à l'idée qu'une occupation si innocente puisse distraire les sujets de Lilith. Le loup leur servait de sentinelle, conclut-il. Un signal de sa part, et les deux autres entreraient en action.

Mais pour le moment, ils étaient trop pris par le jeu pour se méfier d'une souris. Ainsi Larkin put-il tout à son aise étudier leur arsenal. Outre leurs épées, les deux compères disposaient d'arcs et de carquois pleins de flèches. Avant de quitter l'écurie, Larkin trottina jusqu'à la stalle contre laquelle les arcs étaient appuyés, et ses dents de souris entrèrent en action sur leurs cordes tendues.

L'un des joueurs de dés pestait contre la veine insolente de son adversaire lorsque Larkin se faufila de nouveau sous la porte. Il découvrit chacun des autres bâtiments pareillement occupés, le gros des troupes stationnant dans celui qui servait d'habitation. Et bien que l'odeur du sang lui ait titillé les narines, il ne repéra nulle part la présence de prisonniers. Dans la ferme, quatre vampires dormaient à l'étage, tandis que cinq autres montaient la garde au rez-de-chaussée.

À son retour, Larkin découvrit Hoyt et Blair installés sur une couverture humide autour de laquelle scintillait un cercle magique.

— Si je ne me suis pas trompé dans mes comptes, ils sont une quinzaine, leur annonça-t-il après avoir repris forme humaine. Plus un loup qui monte la garde à l'extérieur. Si nous voulons prendre les autres par surprise, nous devons d'abord nous débarrasser de lui.

— Pour ne pas alerter un loup, dit Blair en se redressant pour s'emparer d'un arc, il faut l'approcher en toute discrétion et sous le vent. Hoyt, si Larkin nous indique sa position exacte, peux-tu m'aider à le voir à distance ?

— Je donnerai sa position exacte, répliqua Larkin d'un ton sans réplique, mais pas à distance. Parce que nous y allons tous les trois. Tu as réussi à faire partie du voyage, mais je ne te laisserai pas aller te fourrer toute seule dans ce repaire de démons.

— Il a raison, intervint Hoyt. De nous trois, tu es la plus habile à l'arc. C'est donc toi qui tireras la flèche. Mais nous serons là pour te couvrir sur les flancs. Et je ferai ce que je pourrai pour t'aider à y voir plus clair.

Blair dévisagea ses deux compagnons à tour de rôle.

— Et si je vous disais que je passerais plus facilement inaperçue toute seule ?

Un silence de mort lui répondit.

— OK, message reçu ! conclut-elle avec fatalisme.

Il leur fallut contourner largement le loup pour rester hors de portée de sa vue et de son flair. Quand ils se furent approchés aussi près que possible dans le dos de l'animal, Blair secoua la tête avec dépit.

— Je ne pense pas pouvoir atteindre le cœur, murmura-t-elle. Moïra en serait peut-être capable, mais à l'arc, je ne suis pas aussi douée qu'elle.

Après avoir réfléchi un instant à la meilleure tactique à adopter, elle ajouta à l'intention de Larkin :

— Tu n'as qu'à tirer la première flèche. Quel que soit le résultat, le loup se retournera et j'aurai plus de chances de faire mouche. Si je rate mon coup… nous aviserons.

Larkin approuva d'un hochement de tête et prit le temps de viser soigneusement. L'angle de tir était mauvais et la distance trop grande, mais après avoir inspiré profondément, il tira sans hésiter.

Avec une certaine fierté, il vit la flèche se loger entre les omoplates de la bête, qui pivota d'un bond, en glapissant de colère et de douleur. Un instant plus tard, la flèche de Blair atteignit son but en sifflant.

— Beau travail, fit-elle en regardant le nuage de poussière et de fumée noire se dissiper lentement.

Hoyt s'apprêtait à ajouter un commentaire de son cru quand la voix de Glenna retentit sous son crâne, aussi nette que si elle s'était trouvée à côté de lui.

Derrière toi !

Il se retourna vivement, juste à temps pour voir un deuxième loup se jeter sur lui. Le choc le précipita à terre, et l'animal atterrit sur Larkin. Homme et loup roulèrent sur le sol, mais la mêlée fut de courte durée. Hoyt et Blair eurent à peine le temps de dégainer leurs épées que le loup se retrouva aux prises avec un ours, dont les griffes redoutables entrèrent en action, tranchant net la gorge de l'assaillant. Il y eut une giclée de sang avant que l'ours ne retombe sur ses pattes dans la poussière.

Larkin avait à peine retrouvé sa forme première que Blair s'agenouilla près de lui et laissa courir fébrilement ses mains sur son corps.

— Il t'a mordu ? s'inquiéta-t-elle d'une voix blanche.

— Non, affirma-t-il. Je n'ai que quelques égratignures.

À bout de souffle, il se dressa sur ses coudes et baissa les yeux sur sa tunique déchirée et ensanglantée.

— Enfin, de grosses égratignures, précisa-t-il.

Ses yeux se reportèrent sur Hoyt, à qui il demanda :

— Et toi ? Pas de bobo ?

— Non, répondit-il. Grâce à Glenna. Elle m'a prévenu à temps. Je suppose qu'elle doit nous observer à distance. J'ai entendu sa voix sous mon crâne.

Il tendit la main à son ami pour l'aider à se relever.

— Si tu ne te débarrasses pas de ça tout de suite, dit-il en fixant le tissu maculé de sang, ils vont nous sentir à une lieue. À moins que...

Un large sourire illumina le visage de Hoyt. En réponse aux regards interrogateurs de Larkin et Blair, il ajouta :

— J'ai une idée.

Juché sur le corps de l'homme en sang, le loup noir leva la tête et hurla à la mort. Un instant plus tard, la porte de l'écurie s'ouvrit à la volée, livrant passage à un vampire armé d'une hache d'armes.

— Devine quoi ? lança-t-il par-dessus son épaule. Un des loups nous apporte un petit cadeau.

Pour faire bonne mesure, Hoyt feignit de tenter de se dresser sur un coude en gémissant. Très excité, le premier vampire dit à son compère, qui venait de le rejoindre :

— Il est encore vivant ! Rentrons-le vite... Inutile de le partager avec les autres, pas vrai ? Je me mettrais bien sous la dent quelque chose de frais, pour changer.

Sans se méfier, ils s'approchèrent du loup et de sa proie. Le second vampire s'adressa à l'animal en souriant.

— Brave toutou ! Voyons ce que...

Atteint en plein cœur par le pieu que Blair venait de lui planter dans le dos, il partit en poussière avant d'avoir pu achever sa phrase. Surpris, son comparse ne vit pas Hoyt se redresser d'un bond et fut décapité d'un coup d'épée dans la seconde.

— C'est bien, brave toutou, railla Blair en passant les doigts dans la fourrure de Larkin. Et puisque nous tenons un plan d'enfer, je suggère de ne pas en changer.

Le même plan aboutit à des résultats identiques dans le bâtiment suivant. Mais lorsqu'ils se présentèrent devant le troisième, un seul vampire s'aventura au-dehors. Aux regards méfiants qu'il coulait derrière lui, il était évident qu'il voulait garder ce repas inattendu pour lui seul. Et quand il retourna Hoyt sur le dos, le petit en-cas inespéré lui logea proprement un pieu dans le cœur.

Par signes, Blair fit comprendre qu'elle entrerait dans le bâtiment la première, Hoyt arrivant ensuite pour la couvrir. Avec mille précautions, elle rejoignit l'entrée et se glissa à l'intérieur. En découvrant ce qui l'y attendait, elle dut se mordre l'intérieur des joues pour ne pas éclater de rire. Le deuxième vampire s'était aménagé avec quelques couvertures un petit nid douillet et s'offrait une sieste impromptue.

Blair dut ravaler les commentaires caustiques qu'elle avait sur le bout de la langue et se contenter de le décapiter dans son sommeil. En rengainant son épée, elle soupira.

— Sans vouloir jouer les blasées, cette mission devient quelque peu ennuyeuse.

— Tu es déçue que nous n'ayons pas à combattre pied à pied pour nos vies ? s'étonna Hoyt.

— Un peu, oui.

— Rassure-toi, intervint Larkin qui, sur le pas de la porte et sous sa forme humaine, surveillait les alentours. Ils sont neuf dans la ferme. Nous nous battrons à un contre trois.

— Merci, mon chéri. Tu as le chic pour trouver les mots qui me touchent.

Brandissant la hache d'armes qu'elle avait confisquée lors de leur première attaque, elle conclut joyeusement :

— Allons casser du vampire !

Accroupis derrière un abreuvoir, Blair et Hoyt observaient la ferme. La petite comédie du loup et de l'homme blessé n'allait pas fonctionner, cette fois-ci, et leur nouveau plan n'était pas sans risques.

— Il a déjà pas mal tiré sur la corde, s'inquiéta Blair à mi-voix. Cela fait beaucoup de métamorphoses.

— Il vient d'avaler quatre tranches de cake au miel, lui rappela Hoyt.

Blair hocha la tête d'un air sceptique, espérant que cela fournirait assez de carburant au dragon, qui était en train de se poser en douceur sur le toit de chaume de la ferme. Après avoir repris forme humaine, Larkin récupéra dans le harnais qui avait glissé à ses pieds son épée et son pieu. Puis il fit un petit signe à ses compagnons, avant de descendre le long du toit pour épier ce qui se passait à l'intérieur par une fenêtre du premier étage.

Apparemment, songea Blair, dont le cœur battait précipitamment, l'homme de sa vie n'avait pas besoin de se transformer en singe pour en adopter l'agilité. Levant le bras, il écarta les doigts, pouce replié.

— Quatre en haut, traduisit-elle. Ce qui fait cinq en bas. Prêt ? demanda-t-elle à Hoyt.

Pliés en deux, ils coururent se plaquer contre le mur, de part et d'autre de l'entrée de la ferme. Comme convenu, Blair compta mentalement jusqu'à dix avant d'enfoncer la porte d'un vigoureux coup de pied.

Avec la hache d'armes, elle décapita le premier vampire qui surgit sur sa droite, avant de contrer avec le manche un coup d'épée sur sa gauche. Du coin de l'œil, elle vit une boule de feu jaillir de la main de Hoyt. Un cri à glacer le sang s'éleva aussitôt après.

Larkin, juché sur un vampire, tomba alors d'une mezzanine. En ferraillant pour le rejoindre, Blair prit dans le flanc un rude coup qui réveilla la douleur dans ses côtes toujours sensibles. Le souffle coupé, elle alla valser contre une table qui se brisa sous le choc.

Elle n'eut que le temps de brandir devant elle un pied de bois brisé pour réduire en poussière le vampire qui fonçait sur elle. Puis elle lança son pieu improvisé en direction de celui qui assaillait Hoyt par-derrière. Elle manqua le cœur, jura entre ses dents et s'empressa de se remettre sur pied.

Mais Hoyt ne l'avait pas attendue pour se débarrasser de son adversaire d'un coup de pied en arrière, dont la perfection emplit de fierté le cœur de guerrière de Blair. Le vampire atterrit sur le sol les quatre fers en l'air, et Larkin n'eut qu'à finir le travail à l'épée.

— Combien ? s'écria-t-elle tout de suite. Combien en avez-vous eu ?

— Deux en ce qui me concerne, répondit Hoyt.

— Quatre, sans me vanter, fit Larkin en lui prenant doucement le bras pour l'examiner. Et toi ?

— J'ai fait piètre figure. Je n'en ai eu que deux. Ce qui en laisse encore un.

— Il a sauté d'une fenêtre du premier. Viens t'asseoir. Ton bras saigne.

Surprise, Blair baissa les yeux et découvrit le sang qui s'écoulait d'une blessure qu'elle n'avait pas eu conscience de recevoir.

— Merde ! grogna-t-elle. Et toi, tu as le nez et la bouche en sang… Hoyt ?

— Quelques bobos, dit ce dernier en boitillant pour les rejoindre. Je ne pense pas que nous ayons grand-chose à craindre de celui qui s'est échappé, mais je vais quand même faire en sorte d'interdire aux vampires l'accès de cette maison. Laisse-moi voir ce que je peux faire pour ton bras.

— Occupe-toi d'abord du sortilège.

Pour bloquer la souffrance qui montait en elle de son bras et de ses côtes meurtries, Blair respira à fond et fit diversion en taquinant Larkin.

— Quatre, hein ?

— J'ai eu de la chance, répondit-il avec une modestie qui ne lui ressemblait guère. Il se trouve que deux d'entre eux étaient au lit, et pas pour y dormir. Je n'ai eu qu'un coup d'épée à donner pour les avoir tous les deux.

— Dans ce cas, on peut dire qu'ils ne comptent que pour un.

— Et puis quoi encore ?

D'un revers de main, Larkin essuya le sang qui coulait de son nez.

— Par tous les dieux ! s'écria-t-il. Je meurs de faim.

Blair ne put s'empêcher d'éclater de rire. Et sans se préoccuper de ses côtes qui lui faisaient souffrir le martyre, elle se jeta à son cou et l'embrassa.

— Ils vont bien.

Glenna poussa un soupir de soulagement et ouvrit les yeux.

— Ils ont pris quelques coups et perdu un peu de sang, reprit-elle d'une voix tremblante, mais l'essentiel est qu'ils soient en vie et en sécurité. Seigneur ! Devoir les regarder ainsi risquer leur vie sans pouvoir rien faire pour les aider... Je suis désolée, mais je crois que... je crois que je vais...

Incapable d'achever sa phrase, Glenna enfouit son visage entre ses mains et fondit en larmes.

7

Discrètement, Cian s'éclipsa et laissa Glenna en tête à tête avec Moïra. Par expérience, il savait qu'une femme était mieux placée qu'un homme pour apaiser la crise de larmes d'une autre femme.

Ce qu'il avait éprouvé, lui, en assistant à distance à l'attaque de la ferme, ce n'était ni la peur ni le soulagement mais une pure et simple frustration. Bien au chaud dans un salon de dames, autour d'une tasse de thé, il avait été réduit au rôle de spectateur d'un combat mené par d'autres, tel un grand-père d'âge canonique.

Même si l'entraînement des troupes constituait pour lui un défouloir bienvenu, il n'avait pas participé à un combat digne de ce nom depuis leur départ d'Irlande. Et cela faisait plus longtemps encore qu'il n'avait partagé le lit d'une femme. Deux moyens efficaces pour relâcher la pression lui avaient ainsi été refusés – plus exactement, il s'était lui-même refusé à y avoir recours.

Dans ces conditions, songea-t-il, rien d'étonnant à ce qu'il soit à ce point obnubilé par une paire de tranquilles yeux gris...

Bien sûr, il aurait pu séduire quelque soubrette, mais cela aurait demandé trop d'efforts, entraîné trop de complications. Il ne pouvait pas non plus chercher noise à un humain sans anéantir aussitôt le peu de crédibilité qu'il avait commencé à acquérir au château.

Restait la solution de partir en chasse dans l'espoir de tomber sur un commando de Lilith. Mais outre qu'il rechignait à laisser seules Glenna et Moïra, la perspective d'errer au hasard sous une pluie battante refroidissait ses ardeurs.

Dans son monde d'origine, il avait ses activités professionnelles pour l'occuper – ainsi que toutes les femmes dont il avait envie, bien sûr. Mais c'était surtout le travail qui l'aidait à faire passer le temps. Le temps sans fin, en ce qui le concernait...

N'ayant aucune de ces options à sa disposition, Cian décida donc, après avoir quitté le salon, d'aller se réfugier dans sa chambre, où il s'endormit sans effort, après s'être nourri.

Aussitôt, son sommeil fut troublé par un rêve qui ne l'avait plus hanté depuis des décennies. Dans ce rêve, il se trouvait sur la piste d'une femme, ses instincts de chasseur titillés par cette odeur reconnaissable entre toutes qu'exhalaient les humains quand la peur les envahissait. Pour un vampire, c'était un fumet irrésistible, qui éveillait une soif inextinguible au fond des tripes et dans le sang.

Sa proie n'était qu'une catin, qui errait dans le dédale des sombres ruelles de Londres. Encore jeune et fraîche, elle devait être nouvelle dans le métier. Cian devinait aussi, aux effluves caractéristiques qui lui parvenaient aux narines, qu'elle avait gagné quelques sous cette nuit-là.

D'un bar à gin lui parvenaient des échos de musique mêlés à des rires gras et avinés. Sur le pavé résonnaient les pas d'un attelage qui s'éloignait. Parce qu'il en décida ainsi, la fille l'entendit venir derrière elle. Environnée d'un brouillard jaunâtre et dense, elle hâta le pas en jetant des regards nerveux par-dessus son épaule. L'odeur de sa peur était enivrante ; celle de sa chair en sueur et irriguée d'un sang si jeune, si vivant, plus délectable encore.

Ce fut si facile pour lui de la rejoindre, d'étouffer son cri de souris sous une main. Ce fut si amusant de voir ses yeux exorbités découvrir son visage séduisant, sa mise riche et élégante, et de la sentir peu à peu se détendre contre lui, jusqu'à ce qu'il puisse retirer sa main.

— *Sir !* protesta-t-elle d'une voix de coquette. Ce n'est pas chic d'effrayer une pauvre fille comme moi ! Je vous ai pris pour un brigand.

— Rassure-toi. Je n'en veux pas à ton argent.

Sa voix aux intonations cultivées acheva de tranquilliser la jeune fille.

— J'ai seulement besoin d'un peu de réconfort, reprit-il. Et pour tes services, je suis prêt à payer ce que tu voudras.

Avec un rire assorti d'un battement de paupières, elle énonça une somme qu'il savait être deux fois plus élevée que son tarif habituel.

— À ce prix-là, commenta-t-il, ce n'est pas à un peu de réconfort que j'ai droit, mais à beaucoup plus.

Elle se raidit, fixa sur lui un regard paradoxalement encore empli d'innocence.

— Je suis désolée, *sir*, de devoir réclamer de l'argent à un gentleman comme vous, si beau et si distingué, mais j'ai mes frais et je dois gagner ma vie. C'est la vérité vraie. J'ai une chambre, pas loin d'ici. Si vous voulez...

— Nous n'en aurons pas besoin, coupa-t-il.

— Oh ! s'exclama-t-elle quand il retroussa ses jupons. Ça presse tant que ça ?

De sa main libre, il abaissa l'échancrure de son corsage et embrassa ses seins. Il avait besoin de sentir sous ses lèvres ce cœur qui battait avec obstination. Avec la même précipitation, il s'enfouit en elle, donnant de si violents coups de reins que les fesses nues de la prostituée allèrent frapper en rythme le mur de brique humide auquel il l'avait adossée. Dans ses yeux ronds, il découvrit le choc et la surprise qu'il puisse lui donner du plaisir.

Sous sa paume, son cœur battait de plus en plus vite, de plus en plus fort. Son souffle haché était entrecoupé de râles de plaisir. Cian la laissa jouir – c'était le moins qu'il pût faire pour elle – et soutint son regard tout alangui avant de découvrir ses crocs.

Elle poussa juste un petit cri, étranglé et haut perché, qu'il étouffa sous sa main avant de fondre sur son cou. Le corps de la fille, secoué par les spasmes de l'agonie, lui procura un orgasme puissant tandis qu'il se repaissait de son sang, qu'il se nourrissait de sa vie.

Les battements de cœur sous sa paume se firent moins nets, plus erratiques. S'arrêtèrent tout à fait.

Soulagé et repu, il abandonna le corps sur le pavé, livré aux rats. Après avoir jeté négligemment près de la catin les quelques pièces qu'elle avait réclamées pour prix de sa mort, il se fondit dans l'épais brouillard jaune. Sans un regret.

Cian se réveilla en sursaut, un juron au bord des lèvres. Son rêve avait ranimé en lui des appétits et des passions qu'il se refusait depuis trop longtemps à assouvir. Il pouvait presque sentir le goût du sang humain dans sa gorge, sur ses papilles.

Dans le noir, l'esprit encore troublé par le réalisme du songe, il tremblait de tous ses membres, comme un drogué en manque de sa dose. Il dut se forcer à se lever pour aller avaler le substitut qui remplaçait pour lui le sang des hommes.

Comment cet infâme breuvage peut-il te satisfaire et te nourrir ? Je ne comprendrai jamais pourquoi tu t'obstines à lutter contre ta nature profonde.

— Lilith… dit simplement Cian en reconnaissant la voix qui venait de retentir sous son crâne.

Telle était donc l'origine de ce rêve… Était-il, d'ailleurs, tiré de ses propres souvenirs ? Rien n'était moins sûr. Tout lui paraissait faux, à présent qu'il avait les idées plus claires. Cela ressemblait à un film auquel on l'aurait mêlé. Il était pourtant vrai qu'il avait eu plus que sa part de putains dans de sombres ruelles. Il en avait tué tellement ! Comment aurait-il pu se souvenir des détails ?

Lilith – ou, plus exactement, son image – brillait dans le noir. Des diamants étincelaient à sa gorge, à ses oreilles, à ses poignets, et jusque dans son opulente chevelure. Elle portait une robe d'un bleu royal, au décolleté suffisamment plongeant pour mettre en valeur les globes généreux de ses seins. Elle s'était mise en frais pour cette visite, songea-t-il.

— Te voilà donc, mon fier rejeton, murmura-t-elle. Je suis navrée de constater que tu as l'air tendu et fatigué. Mais il faut dire que tu es fort occupé, ces temps-ci.

Comme on le fait pour sermonner un enfant récalcitrant, elle agita l'index devant elle et ajouta dans un sourire :

— C'est très vilain, petit garnement. Mais il est vrai que j'ai ma part de responsabilité. Je n'ai pas pu passer le temps nécessaire à te former dans tes années de jeunesse. Et sans tuteur, le meilleur plant pousse de travers.

— Dis plutôt que tu m'as rejeté !

Bien qu'il n'en eût pas besoin, Cian alluma le chandelier et se servit une rasade de whisky.

— Tu m'as tué, reprit-il d'une voix glaciale. Changé en vampire. Lâché sur la piste de mon frère. Puis tu as abandonné mon corps brisé sur les récifs d'une falaise.

— Au bas de laquelle tu l'avais laissé te jeter, précisa-t-elle doucement. Mais il est vrai que tu étais jeune et sans défense. Tu oublies cependant une chose.

D'un doigt glissé dans son décolleté, Lilith fit apparaître une cicatrice en forme de pentacle entre ses seins.

— Ton frère m'avait blessée ! reprit-elle rageusement. Marquée ! Humiliée ! Je ne pouvais rien pour toi.

— Et ensuite ? Les jours, les mois, les années qui ont suivi ?

Surpris par le ton vindicatif qu'il avait employé, Cian comprit qu'il avait enfoui au plus profond de lui le chagrin et le ressentiment qu'éprouve un enfant rejeté par sa mère, et qui ne demandaient maintenant qu'à s'exprimer.

— Tu m'as engendré ! reprit-il sur le même ton. Tu m'as pris la vie pour faire de moi ce que je suis. Puis tu m'as laissé tomber sans remords, comme une chatte se débarrasse d'un chaton mal formé.

— Tu as raison. Je ne peux pas dire le contraire.

Lilith se mit à déambuler dans la pièce, à petits pas paresseux qui amenaient ses jupes froufroutantes à passer à travers les meubles qu'elle longeait.

— J'admets que je me suis montrée négligente avec toi, reprit-elle. Sans doute n'ai-je fait que reporter ma haine de ton frère sur toi, pauvre enfant. Honte à moi !

Ses jolis yeux bleus pétillaient d'amusement. Ses lèvres se retroussaient en un sourire plein de charme.

— Cela ne t'a pas empêché de fort bien te débrouiller tout seul, conclut-elle d'une voix indulgente. Du moins dans un premier temps. Imagine le choc que j'ai eu quand Lora m'a confirmé les bruits qui m'étaient parvenus aux oreilles, à savoir que tu avais réellement cessé de chasser… Au fait, elle t'envoie son meilleur souvenir.

— Vraiment ? J'imagine que celui que lui a laissé Blair doit encore être brûlant.

Le sourire de Lilith se figea. Un soupçon de rouge teinta le blanc de ses yeux.

— Prends garde à ne pas dépasser les bornes ! Sinon, quand le temps viendra, cette garce de chasseuse de vampires ne sera pas la seule que je taillerai en pièces.

— Et toi, prends garde à ne pas trop t'avancer.

Cian alla s'asseoir confortablement dans un fauteuil avec son whisky avant de poursuivre :

— Je parierais bien avec toi là-dessus, mais je ne ferais pas une bonne affaire. Je ne pourrais jamais récupérer mon dû, puisque à l'issue de la bataille, tu ne seras plus qu'un tas de poussière.

Lilith émit un rire léger.

— Mon pauvre, si tu savais...

Elle vint vers lui et se pencha pour lui parler. Elle semblait si réelle qu'il avait presque l'impression de sentir son parfum.

— J'ai vu l'issue de la bataille dans la fumée... dit-elle d'une voix presque hystérique. C'est ce monde qui sera réduit en poussière. Je n'en ai pas la moindre utilité. Chaque habitant de cette île ridicule sera massacré, assourdi par ses propres cris, étouffé par son propre sang. Mais la mort la plus horrible sera réservée à ton frère et à son cercle de pacotille. Je l'ai vu ! De mes propres yeux je l'ai vu !

— Évidemment. Ton sorcier ne te montrerait pas autre chose, répondit Cian en haussant les épaules. Est-ce l'âge qui t'a rendue si crédule ?

— Midir ne m'a montré que la vérité !

Furieuse, elle se redressa, ses jupes tournoyant autour d'elle, et reprit sa déambulation sans but dans la pièce.

— Pourquoi poursuivre une aventure vouée à l'échec ? demanda-t-elle. Pourquoi te dresser contre celle qui t'a fait le plus grand des dons ? Je suis venue te proposer un marché. Un accord privé, juste entre toi et moi. Retire-toi de cette bataille perdue d'avance, mon cher enfant, et je t'accorde mon pardon. Reviens vers moi, et je te garantis non seulement ma mansuétude mais aussi une place de choix à mes côtés. Tout ce dont tu as si grand appétit et dont tu te détournes depuis si longtemps, je le déposerai à tes pieds, pour me faire pardonner de t'avoir abandonné quand tu avais tant besoin de moi.

— Pourrai-je retourner à mon monde d'origine sans rien avoir à craindre de toi ?

— Je t'en donne ma parole. Mais si tu le veux, je t'offrirai bien plus que cela si tu reviens à moi.

Prenant ses seins en coupe entre ses mains, elle ajouta dans un murmure :

— À moi ! Te rappelles-tu ce que nous avons partagé, cette nuit-là ? Cette étreinte brûlante ?

— Je m'en souviens, répondit-il en la regardant caresser de ses doigts longs et fins ses courbes drapées de velours bleu roi. Je m'en souviens parfaitement.

— Rattrapons le temps perdu ! Tout cela peut être à nous, de nouveau, et plus encore ! Tu seras un prince respecté de ma cour. Et un général, qui mènera à la victoire une armée de vampires. Au lieu de ramper dans la boue avec les humains, tu pourras choisir les mondes que tu voudras et t'offrir tous leurs plaisirs, pour l'éternité...

— Si ma mémoire est bonne, il t'est déjà arrivé de me promettre la même chose, autrefois. Avant que je ne me retrouve tout seul, fracassé et perdu, la terre du tombeau encore mêlée à mes cheveux...

— Voilà pourquoi je fais aujourd'hui pénitence en te proposant ce marché. Reviens, maintenant. Tu n'as pas ta place ici. Reviens parmi les tiens.

— Ta proposition est intéressante, reconnut Cian en pianotant du bout des doigts sur sa coupe. Il me faudrait donc croire que, pour prix de ma trahison, tu accepterais de me récompenser plutôt que de chercher à m'éliminer après m'avoir infligé les pires tortures ?

— Quelle idée ! protesta-t-elle avec véhémence. Pourquoi chercherais-je à détruire ma propre création ? Qui plus est, un guerrier des plus vaillants et un allié potentiel très précieux ?

— Par rancune, bien sûr. Et parce que ta parole a autant de consistance que ton image dans cette pièce. Mais laisse-moi te faire une promesse à mon tour, Lilith : le moment venu, c'est moi qui t'éliminerai.

Dégainant son poignard, Cian en fit courir la pointe sur sa paume ouverte et conclut :

— Je le jure sur mon propre sang ! Mon visage sera la dernière chose que tu verras de ce monde-ci avant d'aller griller en enfer.

La fureur tordit le visage de Lilith.

— Tu l'auras voulu ! lança-t-elle d'une voix sifflante. Tu viens de signer ton arrêt de mort.

— Non, murmura-t-il en la regardant disparaître. C'est toi qui l'as fait. Il y a bien longtemps.

Il faisait nuit noire, et Cian n'avait aucune envie de replonger dans le sommeil.

Au moins, à cette heure tardive, pouvait-il déambuler à sa guise dans les corridors sans se heurter à des servantes ou à des gardes effrayés de le croiser. Humaine ou non, il avait eu assez de compagnie pour la nuit. Mais il avait besoin de bouger, de se changer les idées, d'effacer de son esprit les derniers relents du rêve et de la visite qui avait suivi.

L'architecture du château royal lui plaisait énormément. L'inspiration en était plus élaborée et plus fantaisiste que celle qui avait prévalu à l'époque où il était encore en vie. Avec ses marbres polis, ses tapisseries inspirées du monde des lutins et des fées, ses luminaires en forme de pattes de dragon, la résidence des rois de Geall avait des allures de palais de légende. Cela tenait sans doute au fait qu'elle était davantage une demeure d'agrément qu'une forteresse.

Profitant de la tranquillité nocturne, Cian put tout à son aise étudier et admirer les peintures, les tapisseries et les bas-reliefs qui agrémentaient les murs. Comme un chat curieux d'explorer son nouveau cadre de vie, il se glissait silencieusement dans le noir, humant le parfum des fleurs de serre qui embaumait chaque pièce.

Dans l'impressionnante bibliothèque, il parcourut des yeux les tranches des innombrables volumes alignés sur les rayonnages. Jusqu'à ce qu'il prenne l'envie à Lilith et aux dieux d'en faire un champ de bataille, Geall était un royaume paisible, qui avait pu consacrer ses ressources et son énergie aux arts et à la culture. La guerre sanglante qui s'annonçait n'en paraissait que plus cruelle et injuste.

La bibliothèque royale était une tranquille cathédrale dédiée aux livres. Depuis son arrivée au château, Cian avait déjà passé de nombreuses heures en leur compagnie. Il avait été à la fois surpris et amusé de découvrir dans ces histoires les mêmes thèmes traités par les auteurs de son propre monde.

Si le royaume de Geall survivait à la guerre qui se préparait, finirait-il par engendrer son propre Shakespeare ? Y naîtrait-il un jour un autre Monet pour peindre ses paysages ? Un nouveau Mozart pour mettre en musique la joie de vivre de sa jeunesse ?

C'était une perspective fascinante, mais Cian était pour l'heure trop à cran pour s'y attarder ou même pour s'absorber dans la lecture. Laissant la bibliothèque derrière lui, il reprit son exploration. Il avait encore nombre de pièces à découvrir. Et de nuit, il lui était possible d'errer en toute quiétude dans le château, en se laissant bercer par le tambourinement tranquille de la pluie sur les carreaux.

Au hasard, il pénétra dans ce qui se révéla être un salon de musique. Une élégante harpe dorée occupait un coin de la pièce. Une de ses cousines plus discrètes, la traditionnelle harpe celtique, trônait sur une étagère. Cian s'attarda près d'un orgue de Barbarie, qui se mit à gémir comme un orchestre de cornemuses quand il tourna sa manivelle. Çà et là se trouvaient des luths, des flûtes, des tambourins, tous magnifiques et en état de fonctionner. De confortables fauteuils disposés près d'une cheminée en marbre n'attendaient que les musiciens qui se chargeraient de les ramener à la vie, et les mélomanes qui se délecteraient à les écouter.

Puis les yeux de Cian se posèrent sur une vielle laissée de côté. Intrigué, il alla l'étudier. Sa caisse, plus longue que celle du violon dont elle était l'ancêtre, était dotée de cinq cordes. Quand cet instrument avait connu son heure de gloire, il ne s'intéressait pas à la musique, trop occupé qu'il était à tuer des prostituées dans de sombres allées... Mais lorsqu'on a l'éternité devant soi, on a besoin de hobbies pour l'occuper, et on a tout le temps nécessaire à y consacrer.

Cian alla s'asseoir dans un fauteuil et se mit à jouer, la vielle dans son giron. Tout lui revint d'un bloc. Les notes plaintives. La cadence hypnotique. Et cette sérénité que seule la musique, paraît-il, peut procurer.

Avec pour seul accompagnement le bruit de la pluie, Cian se laissa emporter.

Jamais Moïra n'aurait pu approcher Cian sans se faire remarquer s'il n'avait pas été si absorbé par la musique qu'il jouait.

Alors qu'elle déambulait elle-même dans le château, à la recherche d'un sommeil introuvable, elle avait eu l'oreille attirée par la plainte incessante de la vielle. Conquise et enchantée, elle avait remonté jusqu'à sa source, comme les enfants de ce conte qu'elle avait lu, attirés dans un piège par un joueur de flûte désireux de se venger des bourgeois de la ville.

Ainsi, songea-t-elle en observant Cian depuis le seuil du salon de musique, c'était à cela qu'il ressemblait quand il était en paix. À cela également, sans doute, qu'il devait ressembler avant que Lilith n'en fasse un vampire. Un beau jeune homme un peu rêveur, un peu triste, un peu perdu.

Soudain, Moïra sentit les sentiments qu'il avait éveillés en elle emplir son cœur. Assis tout seul, dans le noir, il cherchait le réconfort dans la musique. Elle regretta de ne pas avoir le talent de Glenna pour le dessin, afin de pouvoir fixer son portrait sur le papier. Elle l'aurait représenté ainsi, dans cette posture, avec cette expression sur le visage, comme sans doute très peu de gens avaient eu l'occasion de le voir.

Les yeux fermés, il semblait suspendu dans cet entre-deux qui sépare l'extase de la mélancolie. Mais quelles que pussent être ses pensées à cet instant, ses doigts longs et agiles caressaient l'instrument avec une maîtrise parfaite, une habileté sans défaut, en tirant une mélodie si enchanteresse que lorsqu'il cessa abruptement de jouer, Moïra ne put retenir un petit cri désolé.

— S'il te plaît, ne t'arrête pas ! supplia-t-elle. C'était tellement beau...

Cian aurait préféré qu'elle l'interrompe en le giflant plutôt qu'en lui adressant ce sourire émerveillé. Elle ne portait rien d'autre qu'une chemise de nuit flottante, blanche et virginale. Ses longs cheveux dénoués tombaient comme une pluie soyeuse sur ses épaules. La lumière du bougeoir qu'elle tenait à bout de bras inondait son visage d'une lumière chaude, mystérieuse et romantique.

— Les planchers sont bien trop froids pour s'y promener pieds nus.

Il n'en dit pas plus avant d'aller remettre l'instrument en place.

Le visage de Cian avait perdu son expression rêveuse, constata Moïra. Ses yeux, quand ils se posèrent sur elle, avaient retrouvé leur froideur coutumière. Déçue, elle alla poser son bougeoir sur le manteau de la cheminée.

— Je ne vois pas en quoi cela te regarde, grogna-t-elle sans chercher à cacher sa mauvaise humeur. Ce sont mes pieds, après tout. Tu ne m'as jamais dit que tu savais jouer.

— Il y a tant de choses que je ne t'ai pas dites...

— Moi, reprit-elle, je n'ai jamais eu de disposition pour la musique. Au grand désespoir de ma mère et de tous les précepteurs qui ont essayé de me l'enseigner. Il suffit que je pose les mains sur un instrument pour qu'il finisse par sonner comme un chat qu'on égorge.

Debout devant la vielle, elle en effleura les cordes du bout des doigts.

— Tandis que toi, reprit-elle d'un ton rêveur, tu manies cet instrument en virtuose...

— J'ai mis bien plus d'années que tu n'en as vécu à me perfectionner à la vielle. Et à tout autre instrument qu'il m'a plu d'apprendre à jouer.

Levant les yeux, elle soutint tranquillement son regard.

— Certes, admit-elle. Mais des années de pratique ne feront jamais un bon musicien s'il n'a pas reçu un don au départ. Alors, pourquoi ne pas accepter un compliment qui t'est fait de bonne grâce, tout simplement ?

— Votre Majesté, votre sollicitude est indigne de mes misérables efforts, dit-il en s'inclinant solennellement devant elle.

— Oh, va te faire voir ! s'écria-t-elle.

Le premier instant de surprise passé, Cian éclata d'un rire sonore. Ce qui ne fit qu'agacer Moïra davantage.

— Tu trouves ça drôle ? Pourquoi faut-il toujours que tu cherches un moyen de te moquer de moi, quand ce n'est pas de m'insulter ?

— Il faut bien avoir des passe-temps, dans la vie. À présent, si tu le permets, je vais te souhaiter une bonne nuit.

— Je ne permets rien du tout ! Et la nuit est censée être ton élément, non ? N'essaie pas de me faire croire que tu dois retourner te coucher. Moi, je n'arrive pas à dormir. Je ne sais pas pourquoi.

Pour réprimer le frisson qui s'était emparé d'elle, Moïra serra les bras autour d'elle et poursuivit :

— J'ai senti quelque chose de glacial passer sur moi, et cela m'a réveillée.

Parce qu'elle ne le quittait pas des yeux, elle le vit réagir à ses paroles et s'empressa de demander :

— Quoi ? Que sais-tu que j'ignore ? Quelque chose est arrivé ? Est-ce que Larkin…

— Rien de tel, coupa-t-il sèchement. Pour ce que j'en sais, lui et les autres ne risquent rien.

— Alors quoi ?

Cian hésita un instant avant de répondre, espérant s'en tirer par cette pirouette :

— Il fait trop froid ici pour une confession nocturne.

— Alors, je vais allumer le feu.

D'un pas décidé, Moïra marcha jusqu'à la cheminée.

— Il y a toujours eu du whisky dans le cabinet qui se trouve derrière toi, ajouta-t-elle en allumant le briquet à amadou. J'en prendrais bien un, si tu m'accompagnes.

Moïra n'eut pas besoin de lui jeter un coup d'œil pour savoir que ses lèvres s'étaient retroussées en un sourire caustique.

— Pour une reine, tes manières laissent à désirer, railla-t-il. Ta mère ne t'a jamais dit qu'il n'était pas correct pour une jeune fille de partager en pleine nuit un whisky seule avec un homme ? Surtout quand l'homme en question n'en est pas vraiment un…

— Je me fiche pour l'instant de ce qui est correct ou pas.

Moïra s'assit un instant sur ses talons pour s'assurer que le feu prenait correctement, puis se leva pour aller s'asseoir face à Cian.

— Merci, dit-elle, acceptant le whisky qu'il lui tendait.

Elle en avala une gorgée, puis, en le fixant droit dans les yeux, elle reprit :

— Il s'est passé quelque chose cette nuit. Si c'est en rapport avec Geall ou avec notre mission, j'ai besoin de le savoir.

Cian soutint son regard sans ciller et secoua la tête.

— Cela ne concerne que moi.

— Lilith a quelque chose à voir là-dedans, insista-t-elle. J'en ai la certitude, à présent. J'ai d'abord cru que ce n'était qu'un cauchemar qui m'avait réveillée, mais c'était plus que cela. Il m'est déjà arrivé d'avoir la visite de Lilith en songe. Tu dois t'en souvenir, puisque c'est toi qui m'as tirée de ce mauvais rêve.

Et immédiatement après, se remémora-t-elle, il avait été gentil avec elle, pour une fois. Bougon, mais gentil.

— Il s'est produit quelque chose de semblable cette nuit, poursuivit Moïra d'un ton déterminé. Dans mon rêve, je t'ai entendu. Ta voix était si froide... Tu disais : « Le moment venu, c'est moi qui t'éliminerai. » En me réveillant, je me suis dit que je n'aurais pas aimé être à la place de celle à qui tu t'adressais ainsi.

C'était pour cette raison qu'elle s'était levée, trop mal à l'aise pour rester au lit, et s'était mise à errer dans les couloirs. Jusqu'à ce que lui parvienne la musique qui l'avait conduite à lui.

— Qui était-ce ? s'enquit-elle sans se laisser troubler par son silence persistant. À qui t'adressais-tu ainsi ?

Plus tard, songea Cian, il lui faudrait se demander par quel miracle elle parvenait à entendre sa voix en rêve.

— C'était bien elle, reconnut-il. C'était Lilith.

Reportant son attention sur le feu, Moïra se frotta les bras pour se réchauffer.

— Je le savais, murmura-t-elle. Il y avait, mêlée à cette sensation de froid glacial, une impression de ténèbres sans fond qui ne pouvait t'appartenir.

— Comment le sais-tu ?

— Il émane de toi une nuance différente. Lilith est d'un noir d'encre, épais comme de la poix, alors que tu n'es pas totalement dépourvu de lumière. Tu es gris et bleu. Il y a comme une aube qui se lève en toi.

— De quoi est-ce que tu parles ? D'une sorte... d'aura ?

L'amusement perceptible dans son ton la fit rougir jusqu'aux oreilles.

— C'est ainsi que je vois les gens, parfois. Glenna m'a encouragée à m'y exercer. Si cela t'intéresse, notre Glenna est quant à elle d'un rouge flamboyant et doré, comme ses cheveux. Mais revenons-en à Lilith. Était-ce un rêve ?

— Non. Mais avant de m'apparaître en personne, elle a suscité un rêve en moi qui était peut-être aussi un souvenir. Une catin que j'aurais baisée et tuée dans une sordide ruelle de Londres.

Comme pour souligner la crudité de ses paroles, il leva son verre à la santé de Moïra et poursuivit :

— Si ce n'est celle-là, j'en ai baisé et tué bien d'autres. Alors, quelle importance ?

Pas un instant le regard de Moïra ne flancha. Ce fut le plus tranquillement du monde qu'elle demanda :

— Tu espères me choquer ? Tu me dis cela, et de cette manière, pour qu'un monde de cruauté nous sépare ?

— C'est déjà le cas. Un monde de cruauté nous sépare.

Moïra observa un instant de silence, puis hocha la tête d'un air attristé.

— Laisse-moi te dire une chose, reprit-elle enfin. Quoi que tu aies pu faire avant cette nuit où tu m'as sauvé la vie dans une clairière en Irlande, cela ne se dresse pas entre nous, et cela reste derrière toi. Tu me penses assez naïve pour ne pas savoir que tu as eu dans ta vie de vampire nombre de femmes et que tu en as tué un certain nombre ? Tu ne fais que m'insulter – et t'insulter par la même occasion – en me les jetant à la figure comme tu viens de le faire.

Cian se cantonna dans un silence prudent, puis avoua à mi-voix :

— Je ne te comprends pas.

— Ce n'est pourtant pas ma faute, riposta-t-elle, car j'ai pour habitude de m'exprimer clairement et sans détour. Pour en revenir à nos moutons, je pense que si Lilith t'a envoyé ce rêve, qu'il soit ou non basé sur des faits réels, c'est pour te déstabiliser.

— Me déstabiliser ? répéta Cian en se levant d'un bond pour se détourner d'elle. Tu n'y es pas du tout. Ce rêve ne m'a pas déstabilisé. Il m'a excité. Il m'a... énervé, faute d'un terme plus adapté. C'était le but que recherchait Lilith, et elle l'a atteint.

— Et, ayant réussi à toucher un point sensible, elle a pu venir jusqu'à toi, t'apparaître non pas en songe, mais alors que tu étais éveillé, comme Lora l'a fait avec Blair.

Cian se retourna pour faire face à Moïra et sirota une gorgée de whisky avant de lui expliquer :

— Avec quelques siècles de retard, j'ai eu droit à des excuses pour m'avoir laissé tomber alors que je me relevais à peine du tombeau et pour m'avoir abandonné après que Hoyt m'a jeté au bas d'une falaise.

Moïra commenta avec malice :

— Étant donné la longueur de ton existence, le retard en question est tout relatif.

Cian ne put conserver son impassibilité. Un rire franc lui échappa.

— Tu es vraiment la plus étrange des créatures, dit-il quand il eut repris son sérieux. Avec l'esprit le plus affûté qui soit. Lilith m'a proposé un marché. Cela t'intéresse de le connaître ?

— Et comment ! Je suis tout ouïe.

— Si je laisse tout tomber – toi, notre cercle et notre mission –, elle me pardonnera ma trahison. Mieux encore, elle me récompensera avec munificence si je me range sous sa bannière. J'aurai tout ce dont j'ai envie et plus encore, sans compter une place de choix à ses côtés. Et dans son lit, cela va de soi.

Moïra eut un sourire railleur et but une gorgée de whisky avant de répondre :

— Si tu avales ça, alors tu es plus naïf que je ne le suis.

— Je n'ai jamais été aussi naïf que tu l'es.

— Vraiment ? De nous deux, qui s'est montré assez naïf pour aller flirter avec la reine des vampires et la laisser planter ses crocs dans son cou ?

— Un point pour toi, reconnut-il, beau joueur. Même si tu n'as jamais été un jeune homme aventureux.

— Parce que les jeunes femmes, naturellement, n'ont aucun appétit charnel. Elles préfèrent s'user les doigts et les yeux au coin du feu sur leurs travaux d'aiguille en ressassant des prières dans leur tête.

Les lèvres de Cian se retroussèrent en un sourire amusé, qui creusa deux fossettes aux coins de sa bouche.

— Encore un point pour toi ! Quoi qu'il en soit, n'étant plus un jeune homme aventureux et n'ayant plus une once de naïveté en moi, je sais qu'en ce qui me concerne, Lilith n'a pas d'autre projet que de m'emprisonner et de me torturer. Elle est capable de me laisser plongé dans une souffrance atroce à peu près aussi longtemps qu'elle le voudra.

Sa discussion avec Moïra lui ayant éclairci les idées, il ajouta après un instant :

— À la réflexion, elle tiendrait probablement parole en me comblant de faveurs – sexuelles et autres – jusqu'à *Samhain*.

Moïra hocha la tête.

— Comme elle te l'a promis, elle te mettrait dans son lit, ferait de toi un de ses lieutenants, te couvrirait de présents. Et quand tu aurais cessé de lui être utile, elle te jetterait dans un cachot pour te torturer.

— Exactement. Mais je n'ai pas l'intention de lui être utile ni d'endurer des tortures éternelles. Elle a tué King, un homme bon, pour qui j'avais de l'affection. Rien que pour cela, elle mérite d'être anéantie.

— Je suppose qu'elle n'a pas été ravie de te voir rejeter sa proposition. Et c'est à cet instant, j'imagine, que tu t'es écrié : « Le moment venu, c'est moi qui t'éliminerai. »

— Je l'ai même juré sur mon propre sang, précisa-t-il en observant la plaie déjà presque cicatrisée dans sa paume. Un peu mélodramatique, je sais, mais je me sentais d'humeur théâtrale.

— Tu as beau minimiser ton geste, il n'en reste pas moins révélateur : tu as besoin d'en terminer avec Lilith, et pas uniquement pour venger la mémoire de King. Tu en as besoin pour clore un chapitre et passer à autre chose.

Cian ne répondit pas, préférant se cantonner dans un silence prudent. Sa réaction fit sourire Moïra.

— Cela te surprend que je puisse te connaître et te comprendre bien mieux qu'elle ? reprit-elle d'un ton léger.

— Ce qui me surprend, répliqua-t-il, c'est de voir que ton esprit n'est jamais en repos. À tel point qu'il me semble entendre tourner en permanence les rouages de ton cerveau. Pas étonnant que tu n'arrives pas à dormir, avec ce raffut constant sous ton crâne !

— Ce n'est pas cela qui m'empêche de dormir, répondit Moïra en détournant le regard. C'est la peur. J'ai peur de mourir avant d'avoir vraiment vécu. Peur de ne pas être à la hauteur. Peur de trahir la confiance de mon peuple et de ma famille, la tienne et celle des autres membres du Cercle. Quand j'ai senti ce froid glacial et ces ténèbres denses s'abattre sur moi tout à l'heure, j'ai su ce que deviendrait Geall si jamais Lilith l'emportait. Un endroit mort, calciné, maléfique, vide et obscur.

— Alors, il ne faut pas que Lilith gagne. C'est la seule solution.

— *Aye*, tu as raison.

Moïra porta le verre de whisky à ses lèvres, puis se ravisa et le reposa.

— Tu dois raconter à Glenna ce que tu viens de me dire, reprit-elle. Nous ne gagnerons que s'il existe une confiance totale entre nous.

— De toute façon, si je ne le fais pas, tu le feras.

— Naturellement. Mais ce serait mieux que tu t'en charges toi-même. Tu peux revenir ici jouer de ces instruments chaque fois que tu le voudras. Si tu préfères, tu peux également en emporter dans ta chambre.

— Merci.

Moïra se leva et conclut avec un pâle sourire :

— Je crois que je vais pouvoir dormir une heure ou deux, à présent. Bonne nuit.

Cian la regarda ramasser sa bougie et quitter la pièce. Il y demeura assis des heures encore, sans bouger, éclairé par la faible lueur du feu qui s'éteignait peu à peu dans l'âtre.

Sous une aube grise et pluvieuse, Moïra donnait ses dernières recommandations à Tynan, qui se préparait au départ avec une escouade d'hommes triés sur le volet.

— Ce sera une marche pénible et difficile, s'inquiéta-t-elle. Sous la pluie.

Tynan lui sourit et plaisanta :

— La pluie mouille les corps mais trempe les âmes.

— Alors, les nôtres doivent être fort bien trempées, après le déluge de ces derniers jours.

Le front ridé de plis soucieux, Moïra effleura du bout des doigts la croix peinte sur la cuirasse de Tynan.

— Tu sais que sous un ciel nuageux, nos ennemis peuvent se déplacer en plein jour. Je me demande si nous n'aurions pas dû attendre une éclaircie.

— Nous sommes prêts, Majesté. Prêts au point qu'un délai supplémentaire porterait un coup au moral des troupes et échaufferait les esprits. Vos soldats ont besoin d'action, même s'il ne s'agit que d'une journée de marche sous la pluie.

Avant qu'elle ait pu objecter quoi que ce soit, il se hâta d'ajouter :

— Nous nous sommes entraînés à les combattre. S'ils nous cherchent, ils nous trouveront.

— Je te fais confiance. Larkin et les autres vous attendent, ajouta-t-elle. J'espère qu'ils seront de retour ici dès que le soleil sera couché et qu'ils m'apporteront la bonne nouvelle que vous avez voyagé et pris possession du poste avancé sans encombre.

— Vous pouvez y compter, dit-il en s'inclinant devant elle. Et vous pouvez compter sur moi.

Parce qu'ils étaient amis, et parce qu'il était le premier qu'elle envoyait en mission, Moïra prit ses mains dans les siennes et se hissa sur la pointe des pieds pour l'embrasser sur les deux joues.

Tynan reporta ensuite son attention sur Cian et Glenna.

— Milady, milord…

— Le soleil ne se montrera pas de la journée, prévint Cian. Vous pouvez vous attendre à les trouver embusqués sur votre route.

— Mes hommes l'espèrent bien !

Tynan jeta par-dessus son épaule un bref coup d'œil à la centaine de soldats occupés à faire leurs adieux à leurs proches.

— D'après vous, est-ce que nous sommes prêts ? demanda-t-il à Cian.

— Autant que vous pouvez l'être.

Moïra sursauta comme sous l'effet d'une gifle. Mais avant qu'elle ait eu le temps de réagir, Tynan éclata de rire.

— Dans votre bouche, s'exclama-t-il, il ne peut y avoir plus grand compliment !

Serrant chaleureusement les mains de Cian entre les siennes, il ajouta :

— Merci pour les heures d'entraînement.

— Fais-en bon usage. *Slán leat.*

— *Slán agat.*

Tynan se mit en selle et reprit à l'adresse de Moïra :

— En votre nom, Majesté...

Après avoir fait pivoter sa monture, il ordonna :

— Formez les rangs !

Moïra regarda les hommes se rassembler et se mettre en route sous les ordres d'Oran et de deux autres officiers.

— C'est parti, commenta-t-elle à mi-voix. Puissent les dieux veiller sur eux.

— Il vaudrait mieux qu'ils ne comptent que sur eux-mêmes, répliqua Cian sur le même ton.

Comme les deux femmes, il demeura dehors, sous la pluie qui redoublait, jusqu'à ce que le premier détachement de fantassins de l'armée de Geall ait disparu à leurs yeux.

8

En écoutant Cian entamer le récit de sa rencontre avec Lilith, Glenna fronça les sourcils et reposa sa tasse de thé. Dans le salon familial, où ils prenaient leur petit déjeuner, ils étaient seuls et à l'abri des oreilles indiscrètes.

— En somme, conclut-elle quand il eut terminé, il t'est arrivé la même chose qu'à Blair en Irlande. Ou qu'à moi-même quand j'étais encore à New York. Je suis déçue. Je pensais pourtant que nous étions parvenus, Hoyt et moi, à empêcher ce genre d'intrusion.

— Vous y êtes sans doute parvenus, répondit Cian. En ce qui concerne les humains. De vampire à vampire, c'est une autre histoire. Surtout...

— Quand le vampire qui fait intrusion est celui qui a engendré l'autre, acheva Glenna à sa place. Il doit pourtant y avoir un moyen d'empêcher cela...

— Inutile de gaspiller ton temps et ton énergie, protesta-t-il. Ce n'est pas un problème pour moi.

— Tu dis cela maintenant, mais cela t'a rendu furieux, intervint Moïra.

Lentement, Cian tourna la tête vers elle.

— Furieux, c'est un bien grand mot. En revanche, je peux dire sans exagérer que Lilith est repartie folle de rage.

— À quelque chose malheur est bon, renchérit Glenna. Que Lilith prenne la peine de se montrer à toi et tente de te soudoyer prouve qu'elle n'est pas aussi sûre d'elle qu'elle voudrait bien le faire croire.

— Au contraire, corrigea-t-il. Elle est convaincue de sa victoire future. Son sorcier a lu dans l'avenir et la lui a montrée.

— Midir ? s'étonna Moïra. Tu ne m'en as rien dit, cette nuit.

— Cela ne m'est pas venu à l'idée, mentit Cian.

En fait, il avait longuement pesé le pour et le contre avant de décider que cette information ne pouvait être tue.

— Elle m'a paru sincèrement convaincue de son futur triomphe, reprit-il.

— Elle se trompe, affirma Moïra en le fixant au fond des yeux. Son sorcier lui a donné à voir ce qu'elle désirait voir, lui a dit ce qu'elle voulait entendre.

— Je suis d'accord, approuva Glenna. Sans doute tient-il avant tout à sauver sa peau.

Cian haussa les épaules, saisit une poire dans le compotier et s'absorba dans son épluchage.

— Je n'ai pas dit que j'y croyais, en ce qui me concerne. Mais ce genre de certitude peut être une arme dangereuse. Une arme à double tranchant... Plus nous la titillerons, plus elle risque de se montrer imprudente et de faire des erreurs.

— La titiller ? répéta Moïra. Avec quel aiguillon ?

— J'y travaille, répondit-il laconiquement.

— Je crois que j'ai une idée, déclara Glenna après avoir réfléchi en agitant sa cuillère dans sa tasse. Si Midir est capable d'ouvrir un canal pour permettre à Lilith de s'introduire sous ton crâne, Cian, je peux sans doute faire de même en sens inverse. Lilith n'apprécierait sans doute pas une petite visite dans ses pensées les plus intimes...

Cian émit un sifflement admiratif.

— Pas mal ! Tu sais que tu peux être brillante, parfois ?

— Merci, répondit Glenna en baissant modestement les yeux. Mais je vais avoir besoin de vous deux. Que diriez-vous de conclure notre repas par un gentil petit sortilège ?

Le « gentil petit sortilège » de Glenna lui demanda presque une heure de préparation.

Après avoir pilé soigneusement de la fluorine et de la turquoise, elle rassembla des fleurs de bleuet, une branche de houx et une autre de thym. Sur des chandelles, elle grava des symboles en jaune et en pourpre. Puis, d'un geste de la main, elle alluma le feu sous son chaudron.

— Que ces dons de la terre se mêlent et unissent leurs principes dans l'eau !

Elle entreprit de jeter les ingrédients dans le chaudron, tout en poursuivant d'une voix forte et solennelle :

— Qu'ils ouvrent les portes du monde des rêves, de la mémoire, de la perception. Moïra ? Pourrais-tu installer les chandelles en cercle autour du chaudron ?

Pendant que Moïra s'exécutait, Glenna expliqua :

— En fait, je rumine ce sortilège dans ma tête depuis ce qui est arrivé à Blair. Je pense avoir trouvé la solution.

— Chaque fois que tu as utilisé la magie contre Lilith, elle s'est arrangée pour la retourner contre toi, lui rappela Cian. J'espère que tu es sûre de ton coup, parce que je n'aimerais pas que Hoyt me jette de nouveau du haut d'une falaise à cause de ce qui risque de t'arriver.

D'un geste, Glenna rejeta ses cheveux dans ton dos.

— Ce n'est pas moi qui vais aller rendre visite à Lilith, répondit-elle en lui souriant. C'est toi.

— Alors, tout va bien.

— Pas si bien que ça, objecta-t-elle. Cela reste dangereux. C'est donc à toi de me dire si tu acceptes de prendre ce risque.

Cian avança d'un pas pour jeter un coup d'œil méfiant dans le chaudron fumant.

— Qui ne tente rien n'a rien. Que devrai-je faire ?

— Rien d'autre qu'observer ce qui se passe, dans un premier temps. Ensuite, tu pourras établir le contact avec Lilith, si tel est ton désir, mais tu dois me promettre de te retirer à la première alerte. Sinon, il faudra que je te ramène de force à la réalité, et je t'assure que tu n'aimeras pas ça. Cela te vaudrait une migraine de tous les diables et une nausée pas piquée des hannetons.

— Qu'est-ce qu'on rigole avec toi !

— Attends, tu n'as encore rien vu.

Glenna se dirigea vers un coffre, le déverrouilla et en retira une petite figurine de cire. Cian l'étudia avec intérêt et dit en haussant les sourcils :

— La ressemblance est frappante. Tu es douée.

— La sculpture n'est pas mon mode d'expression favori, mais je suis capable de modeler une poupée.

Afin que Moïra puisse l'admirer à son tour, Glenna tourna la statuette de cire vers elle tout en expliquant :

— Habituellement, je m'interdis ce genre de procédé. C'est indiscret et dangereux pour la personne visée. Mais ces principes déontologiques ne valent pas pour les morts vivants. À l'exception de Cian ici présent, cela va sans dire.

— Trop aimable.

— Il y a juste une chose que je vais devoir exiger de toi.

— Je crains le pire… mais je t'écoute.

— Un peu de ton sang.

Cian afficha une résignation de martyr.

— J'aurais dû m'en douter.

— Juste quelques gouttes ! précisa aussitôt Glenna. De Lilith, je n'ai rien de personnel – ni cheveu ni rognure d'ongle – qui puisse me permettre d'arriver jusqu'à elle. Mais vous avez échangé vos sangs, autrefois. J'espère que cela suffira.

Soudain, Glenna parut hésiter. Troublée, elle enroula la chaîne de sa croix de Morrigan autour de son doigt.

— En fait, je ne suis pas sûre que tout ceci soit une bonne idée…

— Au contraire ! s'écria Moïra en installant la dernière chandelle. C'est une excellente idée. Aucun de nous n'a échappé à ses intrusions mentales. Il est temps que nous lui rendions la monnaie de sa pièce.

Elle se redressa et demanda vivement :

— Pourrons-nous voir ce que Cian verra ?

Glenna prit une profonde inspiration avant de répondre :

— Si tout se passe comme prévu, nous le pourrons. Prêt pour un petit voyage astral, Cian ?

— Nous n'allons pas tarder à le savoir.

— Alors, pénétrez dans le cercle de chandelles. Tous les deux. Pour que le sortilège fonctionne, Cian, tu vas devoir atteindre un état de méditation profonde. Moïra et moi, nous te servirons d'assistantes. Pendant que ton esprit voyagera sur le plan astral, nous veillerons sur ton corps dans ce plan de réalité.

— Est-ce vrai, s'enquit Moïra, qu'il est plus facile à un esprit en transit de garder un lien avec le corps qui l'abrite s'il porte un objet du monde d'où il vient ?

Machinalement, Glenna rejeta une nouvelle fois ses cheveux derrière ses épaules.

— En théorie.

— Alors, prends ceci.

Rapidement, Moïra détacha le lien de cuir orné de perles qui maintenait sa natte et le tendit à Cian en ajoutant :

— Au cas où la théorie se confirmerait.

Cian étudia un instant le lien d'un air dubitatif avant de le fourrer dans sa poche.

— Me voilà armé, dit-il d'un ton pince-sans-rire. Lilith n'a qu'à bien se tenir !

Après s'être munie d'un bol d'onguent, Glenna alla se camper devant Cian.

— Concentre-toi, conseilla-t-elle, tout en massant avec le baume des points précis de son visage. Laisse ton corps se détendre. Ouvre ton esprit.

En aparté, elle glissa à Moïra :

— Nous allons ériger un cercle protecteur autour de nous. Visualise une lumière bleue, douce, bienfaisante.

Pendant qu'elles se concentraient à leur tour, Cian se focalisa sur l'image d'une porte blanche, sa technique habituelle pour entrer en méditation. Dès qu'il serait prêt, la porte s'ouvrirait. Alors, il pourrait découvrir ce qui l'attendait derrière.

Dans un murmure, Glenna confia à Moïra :

— Il a un mental très fort. Et beaucoup de pratique. Il m'a raconté qu'il était allé étudier au Tibet.

Elle haussa les épaules et ajouta avec un rire nerveux :

— Voilà que je me mets à parler à tort et à travers. Le moment est mal choisi. Je dois être un peu tendue.

— Midir n'est pas plus fort que toi, affirma Moïra d'une voix confiante. Ce qu'il a fait, tu peux le faire.

— Bien parlé ! Cela dit, j'espère quand même que Lilith dort à l'heure qu'il est. Ce serait mieux. Vraiment mieux...

Glenna jeta un coup d'œil furtif à la fenêtre par laquelle passait une lumière chiche. Dehors, la pluie continuait à tomber.

— Nous n'allons pas tarder à le savoir, conclut-elle.

Dans l'ouverture qu'elle avait laissée sur le flanc de la poupée de cire, Glenna versa un peu de terre de cimetière, du romarin, de la sauge, ainsi que de l'améthyste et du quartz pilés.

— Pour que l'envoûtement réussisse, expliqua-t-elle à Moïra, tu vas devoir maîtriser tes émotions. Mets de côté la haine, la peur, la vengeance. Ce que nous désirons obtenir, c'est la justice et la clairvoyance.

— Justice et clairvoyance, répéta Moïra. Compris.

Entre ses deux pouces, Glenna referma le flanc de la poupée de cire.

— Maat, déesse de la justice et de l'équité ! psalmodia-t-elle. Nous faisons appel à toi pour guider notre main. Grâce à cette icône, que notre magie opère à l'autre bout du pays, à travers les airs.

Glenna attacha une plume blanche à la figurine à l'aide d'un ruban noir et poursuivit :

— Que les rêves de la créature qu'elle représente soient hantés de souvenirs très anciens.

Elle tendit le poignard rituel à Moïra.

— Que soit scellé cet envoûtement par ce sang qui fut le sien.

Cian ne tressaillit même pas quand Moïra lui entailla la chair de la main de la pointe du couteau.

— En image et par la pensée, que la rejoigne celui dont elle prit la vie. Nous qui l'assistons le maintiendrons sain et sauf, de cœur et d'esprit, jusqu'à ce qu'il choisisse de se retirer. Par la force de notre magie, entraîne notre messager dans ses songes ! Ouvre la porte et laisse-nous voir ! Par notre volonté, qu'il en soit ainsi !

Glenna tendit le bras, plaçant la poupée de cire au-dessus du chaudron, parmi les émanations odoriférantes qui s'en élevaient. Et quand elle lâcha la figurine, celle-ci resta suspendue dans les airs.

— Prends-lui la main, dit-elle dans un souffle à Moïra. Ne la lâche pas et serre-la fort !

Lorsqu'il sentit les doigts de Moïra se refermer autour des siens, Cian ne franchit pas simplement le seuil de la porte blanche qui venait de s'ouvrir devant lui. Il jaillit comme une fusée dans les ténèbres qui s'étendaient au-delà.

Sous son crâne, dans son cœur, il entendit la voix douce et calme de Moïra.

— Nous sommes là. Et nous resterons avec toi quoi qu'il arrive.

La lumière de la lune apparut progressivement, perçant le noir absolu qui l'entourait, tirant de l'obscurité des formes d'abord vaporeuses, mais qui se précisèrent peu à peu jusqu'à former tout un monde.

Des odeurs lui assaillirent brutalement les narines. Des odeurs d'eau, de terre, de fleurs. Il s'y mêlait les senteurs caractéristiques des humains, parmi lesquelles il discerna distinctement un parfum féminin.

Ensuite seulement, Cian perçut l'atmosphère sèche et étouffante dans laquelle il baignait. La chaleur ne l'incommodait guère, mais il en prit conscience par contraste avec la température automnale qu'il venait de quitter. Seule une faible brise marine tempérait la touffeur ambiante.

Car, dans le paysage nocturne qu'il avait à présent sous les yeux, une mer d'encre venait lécher la blancheur d'une plage de sable. Des collines s'étageaient en arrière-plan, formant des terrasses sur lesquelles poussaient des oliviers à perte de vue. Sur la plus haute de ces éminences s'élevait un temple. Ses strictes colonnes doriques dominaient la mer, les vergers, la plage en forme de croissant. Un homme et une femme s'étreignaient sur le sable, enlacés sur une couverture blanche bordée d'or.

Cian entendit le rire rauque et insouciant d'une femme. Un rire qu'il reconnut aussitôt : c'était celui de Lilith. Il venait de débarquer au beau milieu d'un de ses rêves, comprit-il.

Invisible des deux amants, il vit l'homme faire glisser lentement la robe blanche de sa compagne sur ses épaules et pencher la tête pour embrasser ses seins.

Douces, si douces étaient les lèvres de son amant sur sa peau... Tout en elle se liquéfiait, se soulevait, comme une mer agitée par la houle. Comment un tel bonheur pouvait-il être condamné par les dieux ? se demandait-elle. À l'évidence, son corps de femme avait été créé pour épouser le corps d'homme de son amant. Et leurs esprits, leurs sensibilités, leurs âmes, pour s'épouser.

Elle s'arc-bouta sur la couverture pour mieux s'offrir à lui, glissant doucement ses doigts à travers ses cheveux blonds. Sa peau sentait l'olivier et le soleil. Il était son amour. Son seul amour. Elle le lui dit tandis que leurs bouches repartaient à l'assaut l'une de l'autre, encore et encore, dans l'espoir illusoire d'apaiser une faim qui ne pourrait jamais être rassasiée.

Elle avait les yeux pleins de lui lorsque leurs corps s'unirent enfin. Le plaisir qui la submergea fit perler deux larmes aux commissures de ses paupières et transforma ses soupirs en petits cris étranglés.

Son cœur débordait d'amour. Elle serra son amant contre elle, toujours plus fort, et cria sans retenue quand le plaisir l'emporta sur les plus hautes cimes de la volupté, pour y rejoindre les dieux eux-mêmes.

— Cirio... Ah, Cirio... murmura-t-elle. Mon amour.

Il se redressa et caressa du bout des doigts la chevelure blonde qui cascadait sur ses épaules.

— Même la lune ne peut affadir ta beauté, Lilia, reine de mes nuits.

— Les nuits sont à nous, mais j'aimerais que les jours le soient aussi, répliqua-t-elle. Je voudrais partager avec toi ce soleil qui fait pâlir tes cheveux et bronze ta peau. Ce soleil qui te caresse à sa guise quand je ne le peux pas. Je veux pouvoir marcher à ton bras, en pleine lumière, libre et fière.

Pour seule réponse, il roula sur le dos et s'absorba dans la contemplation du ciel nocturne.

— Regarde les étoiles, reprit-il au bout d'un instant. Elles sont nos complices. Allons nager sous la voie lactée. Allons noyer cette chaleur dans les flots.

Instantanément, le dépit effaça toute joie du visage de Lilia, dont les traits se durcirent autant que le ton de sa voix.

— Pourquoi refuses-tu d'en parler ?

— Il fait trop chaud pour se disputer.

Cirio lui répondait avec nonchalance, en faisant glisser du sable entre ses doigts.

— Viens, insista-t-il en lui prenant la main. Allons jouer aux dauphins tous les deux.

Lilia retira vivement sa main.

— Arrête de faire l'enfant ! Il *faut* que nous parlions.

— Ma douce... protesta-t-il d'un ton impatient. Il nous reste si peu de temps à passer ensemble. Ne le gâchons pas.

— Nous pourrions avoir tout notre temps, si tu le voulais. Il nous suffirait de partir loin, de nous enfuir tous les deux. Je pourrais être ta femme, mettre au monde tes enfants.

— Partir ? Nous enfuir ?

Cirio rejeta la tête en arrière et éclata de rire.

— Qu'est-ce que c'est que cette folie ? demanda-t-il en secouant la tête comme s'il n'en croyait pas ses oreilles. Allez... Sois raisonnable et viens, maintenant. Il me reste une heure avant de devoir te quitter. Allons nager, et je te prendrai dans les vagues !

Cette fois, Lilia le repoussa rudement.

— Ce n'est pas une folie ! riposta-t-elle. D'ici, nous pourrions naviguer pour aller où bon nous semble. Et être ensemble, jour après jour, aux yeux de tous et en plein jour. Je veux plus que quelques galipettes dans le noir avec toi, Cirio. Tu m'as promis davantage !

— Partir à la sauvette, comme des voleurs ? Tu ne sais pas ce que tu dis ! La demeure de mes ancêtres est ici. Ma famille est ici. Mon devoir est ici.

— Ainsi que tes coffres d'or, ajouta-t-elle avec amertume. Ou, plus exactement, ceux de ton père.

— Et quand bien même cela serait, où est le mal ? Tu t'imagines réellement que je pourrais salir mon nom en m'enfuyant avec une vestale à l'étranger, pour y vivre dans la misère ?

— Tu disais qu'avec moi, tu pourrais vivre d'amour et d'eau fraîche...

— Que ne dit-on pas, dans les bras d'une femme ?

Sa voix se fit cajoleuse, de même que son sourire. Du bout des doigts, il caressa le sein nu de Lilia.

— Sois raisonnable, supplia-t-il. Nous nous donnons du plaisir. Un plaisir immense. Pourquoi vouloir autre chose ?

— Parce que je t'aime !

Le cri avait jailli spontanément des lèvres de Lilia. Dans un sanglot, elle ajouta :

— J'ai rompu mes vœux pour toi !

— Je ne t'y ai pas forcée, lui rappela-t-il.

— Mais je l'ai fait par amour !

— L'amour ne remplit pas le ventre, Lilia. Il ne peut se vendre au marché. Ne sois pas triste... Demain, je t'offrirai un cadeau, pour te consoler. Quelque chose de magnifique et de doré, comme tes cheveux.

— Je ne veux rien de ce que tu peux m'acheter ! Je veux la liberté, la dignité. Je veux être ta femme !

— C'est impossible. Une telle folie nous vaudrait d'être mis à mort. Tous les deux.

— Je préférerais mourir avec toi plutôt que de devoir vivre sans toi !

— Il semble que j'accorde plus de prix à ma propre vie que toi à nos deux vies réunies... répliqua-t-il d'un ton caustique.

L'ennui que lui inspirait cette conversation se devinait jusque dans sa voix.

— Je peux te donner du plaisir autant que tu le voudras, conclut-il. Mais pour ce qui est d'être ma femme, tu sais bien qu'une autre a été choisie pour cela.

— Mais c'est moi que tu as choisie ! Tu disais...

— Assez !

Cirio s'était redressé brusquement pour s'asseoir sur le sable. Bien plus qu'en colère, il paraissait exaspéré.

— Je t'ai choisie autant que tu m'as choisi, reprit-il sèchement. Tu étais affamée de mes caresses... Je l'ai lu dans tes yeux. Si tu as imaginé des choses qui ne sont pas, qui n'ont aucune chance d'être, tu ne peux t'en prendre qu'à toi-même.

— Tu disais que tu n'appartiendrais qu'à moi !

— Je t'ai donné mon corps, et tu en as fait bon usage.

D'un bond, Cirio se mit sur pied et rassembla rapidement ses vêtements.

— J'aurais été heureux de te garder comme maîtresse, ajouta-t-il en se rhabillant. Mais je n'ai ni le temps ni la patience de supporter les prétentions ridicules d'une courtisane !

Lilia blêmit sous l'insulte.

— Mais... c'est toi qui as pris ma virginité, protesta-t-elle faiblement.

— Tu me l'as offerte.

— Tu ne peux penser réellement ce que tu dis.

Lilia se mit à genoux, les mains jointes, comme une femme en prière.

— Tu es... tu es en colère parce que j'ai trop insisté. Je te promets que nous n'en parlerons plus cette nuit. Allons nager comme tu le voulais.

— Trop tard. Tu crois que je ne vois pas clair en toi ? Tu essaies de m'amadouer, mais tu ne renonces pas. Et dès que l'occasion se présentera, tu me harcèleras de nouveau pour obtenir de moi ce que je ne peux t'offrir. C'est mieux ainsi, de toute façon. Voilà trop longtemps que nous narguons les dieux.

— Tu t'imagines pouvoir te débarrasser aussi facilement de moi ? Je t'aime ! Si tu m'abandonnes, j'irai trouver ton père. Je lui dirai...

— Je jurerai que tu as tout inventé. Ce sera ta parole contre la mienne. Si tu commets une telle erreur, tu finiras sur le bûcher.

À présent rhabillé, Cirio se pencha vers elle et caressa du bout des doigts son épaule nue.

— Ta peau est douce, Lilia... reprit-il d'une voix plus calme. Trop douce pour être léchée par les flammes.

— Ne fais pas ça ! implora-t-elle en posant la joue sur ses doigts. Je te promets de ne plus jamais parler de ça. Je ferai ce que tu voudras, mais par pitié, ne me quitte pas...

— Ressaisis-toi. T'abaisser à supplier ne fait que gâcher ta beauté.

Insensible à ses pleurs et à ses cris, Cirio s'éloigna sans plus se préoccuper d'elle, comme s'il l'avait déjà oubliée.

En pleurs, secouée de terribles sanglots, Lilia se jeta sur la couverture, qu'elle martela de ses poings. La souffrance qui la déchirait était aussi vive que si elle avait été plongée dans ce bûcher dont Cirio l'avait menacée. Elle consumait sa chair et lui rongeait les os. Sans lui, comment pourrait-elle vivre ?

L'homme qu'elle aimait s'était servi d'elle, avant de la trahir et de la rejeter. L'amour avait fait d'elle une pauvre folle prête à renoncer à toute fierté, à toute dignité. Cirio demeurait pourtant dans son cœur, comme au premier jour. Et rien, semblait-il, pas même sa trahison, ne pourrait le lui faire oublier.

Elle comprit soudain qu'il ne lui restait plus qu'à se jeter dans la mer pour s'y noyer. Il lui suffisait de se précipiter dans le vide depuis la plus haute terrasse du temple. Plutôt mourir, songea-t-elle, que de devoir supporter plus longtemps la honte et le chagrin.

— Mais je le tuerai d'abord ! dit-elle d'une voix rageuse. Lui en premier, et moi ensuite.

Leurs sangs versés, se promit-elle, réunis dans la mort, seraient le prix de l'amour trahi.

Lilia entendit un faible bruit dans son dos, à peine un léger bruissement dans le sable. Certaine que Cirio, pris de remords, lui revenait, elle se retourna, le cœur plein d'espoir, et s'écria :

— Mon amour !

— Ainsi, dit une voix profonde, tu me reconnais.

Les cheveux de l'homme, d'un noir d'encre, cascadaient sur ses épaules. Noirs également étaient ses vêtements, de même que ses yeux, qu'il fixait sur elle.

Paniquée, elle ramassa sa robe sur le sable et s'en couvrit les seins.

— Je suis la prêtresse de ce temple ! lança-t-elle d'une voix dont elle ne parvint pas à maîtriser le tremblement. Vous n'avez pas le droit d'être ici.

— Je vais où je veux, répondit-il tranquillement.

Ses yeux ne cessaient de courir le long du corps dénudé de Lilia.

— Tu es si jeune… murmura-t-il. Si fraîche.

— Je vous ordonne de partir !

— Je partirai, mais pas avant d'en avoir terminé avec toi. Voilà trois nuits que je vous observe, Lilia, toi et ce jeune nigaud dont tu as commis l'erreur de t'amouracher.

— Comment avez-vous osé ?

— Tu lui as donné ton amour, et il ne t'a offert que ses mensonges. Dis-moi, comment comptes-tu l'en récompenser ?

Lilia sentit un besoin nouveau naître en elle. Un besoin de vengeance.

— Il ne mérite rien de moi ! répondit-elle amèrement. Ni lui ni aucun autre homme.

— Très juste. Voilà pourquoi tu vas me donner ce que nul homme ne mérite.

L'étranger fit un pas vers elle. Le ventre noué de peur, Lilia tourna les talons et s'éloigna, mais elle n'avait pas fait deux pas qu'elle trouva l'homme en noir devant elle. Un sourire étrange ne quittait pas ses lèvres. Un sourire fascinant. Fascinant et cruel.

— Que… qu'êtes-vous donc ?

— Je suis ce qui était avant que tes dieux faibles et ridicules ne se perchent au sommet de leur Olympe.

En proie à une peur panique, Lilia se mit à courir, un cri bloqué dans la gorge. Mais de nouveau, elle se heurta à l'homme qui lui barrait le passage, sans qu'il ait donné l'impression de se déplacer.

— Ne me touchez pas ! cria-t-elle. Quiconque pose la main sur une prêtresse est puni de mort.

— Un très bon début, la mort. Voilà longtemps que je cherche une femme comme toi. Une femme qui puisse être pour moi une compagne, une amante et un disciple. Tu ne le sais pas encore, mais j'ai un présent pour toi, Lilia.

Cette fois, quand elle le contourna pour s'enfuir, il se mit à rire. Il riait toujours lorsqu'il la souleva sans effort dans ses bras et l'allongea sur le sol.

Elle se débattit, mordit, griffa, mais rien n'y fit. Entre ses lèvres, il prit la pointe d'un de ses seins, et Lilia connut la honte de le sentir se dresser sous la caresse. Dans un sursaut de désespoir, elle laboura sa joue de ses ongles.

— Oui ! fit-il d'un ton joyeux. Continue... La proie est meilleure quand elle se débat. Tu ne le sais pas encore, mais tu l'apprendras vite. La peur des humains est un doux parfum. Leurs cris, une musique.

Entre ses doigts, il emprisonna le menton de Lilia et la força à le regarder.

— Dans les yeux ! ordonna-t-il d'un ton sans réplique. Regarde-moi dans les yeux !

Fascinée malgré elle, soumise en dépit de tout, Lilia lui obéit. Et lorsqu'il plongea en elle, son corps se raidit, s'arc-bouta, tétanisé par un plaisir immense. Un long frisson la secoua. Elle s'entendit gémir et râler sans pudeur.

— Regrettes-tu toujours le déchet humain que tu t'étais choisi pour amant ? s'enquit l'homme en noir d'un ton caustique. T'a-t-il déjà donné tant de plaisir ?

— Non. Non !

Deux filets de larmes dévalaient les joues de Lilia. Les doigts crispés dans le sable, les yeux rivés à ceux de son violeur, elle avait cessé de se débattre. Contre sa volonté, son corps se mit à bouger en rythme avec le sien.

— Tu commences à comprendre, dit-il tout bas. Prends tout ce que tu veux !

D'un coup de reins, il plongea plus loin en elle – si loin qu'elle craignit d'être déchirée en deux. Pourtant, son corps se prêta de bonne grâce, presque avec jubilation, à cette brutale intrusion. Et quand elle vit les yeux qui la clouaient sur place devenir rouges, l'excitation en elle le disputa à la peur. Il était si beau, son nouvel amant, d'une beauté si envoûtante que celle de Cirio lui semblait bien pâle en comparaison.

— Je t'offre l'instrument de ta vengeance, susurra-t-il d'une voix tentatrice. Je peux te donner un nouveau départ. Tout ce que tu as à faire, c'est de me le demander.

— Oui, je le veux ! dit-elle, dans un état second. Je veux ma revanche ! Tout ce que tu as à m'offrir, je le veux…

Des convulsions agitèrent le corps de Lilia lorsque les crocs se plantèrent dans la chair de son cou. Tout le plaisir qu'elle avait éprouvé jusqu'alors lui parut insignifiant à côté de ce qu'elle ressentit à cet instant. Enfin, elle connaissait la splendeur et la gloire qu'elle n'était jamais parvenue à atteindre dans son temple. Enfin, elle touchait du doigt le terrible et ténébreux pouvoir dont elle avait parfois perçu l'appel au plus profond d'elle-même.

Ce fut elle, en se tordant sous la morsure du plaisir qui se déversait dans tout son corps, qui amena son amant à la jouissance. Et ce fut d'elle-même, sans qu'il ait rien à lui demander, qu'elle lapa le sang qui coulait sur sa joue. Elle mourut avec un sourire béat sur ses lèvres sanglantes.

Et elle se réveilla dans son lit, en sursaut, deux mille ans après les événements qu'elle venait de revivre en rêve.

Elle avait le corps rompu, l'esprit embrouillé. Où se trouvait-elle ? Où était la mer ? Où était le temple ?

— Cirio ?

— Sentimentale, hein ? railla Cian en sortant des ténèbres. Qui l'eût cru ? Tu l'aimes donc toujours, ce premier amant qui t'a rejetée et trahie ?

— Jarl ? C'est toi ?

Ainsi s'appelait celui qui l'avait engendrée. Mais quand les brumes du rêve se dissipèrent pour laisser place à la réalité, elle se rendit compte de sa méprise et reconnut Cian, qui vint tranquillement se poster au bord de son lit.

— Je constate que tu es tout de même venu à moi, dit-elle, se reprenant aussitôt. Tu es prêt à accepter mon offre ?

Mais en dépit de l'assurance qu'elle affichait, Lilith sentait que les événements lui échappaient.

— Le garçon, qu'est-il devenu ? s'enquit Cian sans lui répondre.

— Quel garçon ? Davey ?

— Non. Pas le gamin que tu as voué à la damnation et que tu prends pour ton fils. Ton premier amant. Qu'est-il devenu ?

Les lèvres de Lilith se pincèrent quand elle saisit ce qu'impliquait cette question.

— Ainsi, dit-elle, tu es parvenu à t'introduire dans mes rêves. Après tout, peu m'importe.

Mais Lilith ne faisait que jouer l'indifférence. Elle se sentait atteinte jusqu'au tréfonds de son être, vulnérable comme elle ne l'avait plus été depuis cette nuit où Jarl lui avait offert le don.

— Il s'appelait Cirio, répondit-elle. Que penses-tu qu'il lui soit arrivé ?

— Je pense que celui qui t'a engendrée s'est arrangé pour en faire ta première victime.

Ce merveilleux souvenir, l'un de ses plus doux, amena un sourire sur les lèvres de Lilith.

— Il s'est oublié sous lui quand Jarl me l'a amené, raconta-t-elle. Il m'a suppliée de l'épargner, en pleurnichant comme un enfant. J'étais inexpérimentée, mais je suis tout de même parvenue à le garder en vie pendant des heures. Il n'est mort que bien longtemps après m'avoir demandé de l'achever. Je ferai mieux, avec toi. C'est à des années de souffrance que tu auras droit.

D'une brusque détente, Lilith bondit sur Cian et jura quand ses doigts prêts à griffer passèrent au travers de lui.

— Amusant, n'est-ce pas ? fit-il sans bouger d'un pouce. Et Jarl ? Combien de temps a-t-il fallu pour que tu lui règles son compte ?

Boudeuse, Lilith haussa les épaules et se réinstalla dans son lit.

— Presque trois siècles. J'avais énormément de choses à apprendre de lui. Il a commencé à avoir peur de moi quand mes pouvoirs sont devenus plus grands que les siens. Il aurait fini par se débarrasser de moi si je n'avais pas pris les devants.

— Tu t'appelais Lilia.

— L'humaine pitoyable que j'étais s'appelait ainsi. Jarl m'a baptisée Lilith quand je suis sortie du tombeau.

Elle se tourna vers lui, enroula autour d'un doigt une mèche de ses cheveux et le dévisagea d'un air amusé.

— Dis-moi... reprit-elle. Tu n'as tout de même pas la naïveté d'imaginer qu'en me connaissant mieux, il te sera plus facile de m'éliminer ?

Repoussant ses draps, Lilith se leva et, complètement nue, marcha jusqu'à un pichet d'argent. En se servant une coupe de sang, elle ne put empêcher ses mains de trembler.

Cian, qui ne la quittait pas des yeux, suggéra :

— Parlons franchement, puisque nous sommes seuls... Au fait, cela m'étonne. Comment se fait-il que tu ne partages pas ton lit avec Lora, Davey ou une autre de tes marionnettes ?

— Il m'arrive, à moi aussi, de rechercher la solitude.

— D'accord. Je vois que tu es prête à jouer au jeu de la vérité. C'est très étrange, et pour tout dire assez effrayant, de se retrouver dans la peau d'un humain, même en rêve, tu ne trouves pas ?

Avec une grâce toute royale, Lilith passa un peignoir de soie noire sur ses épaules.

— Pas si effrayant que ça, marmonna-t-elle. Si cela m'était offert, je redeviendrais humaine sans hésiter.

— Vraiment ? fit-il en haussant les sourcils. Alors là, je dois avouer que tu m'étonnes.

— Uniquement pour pouvoir mourir et renaître encore une fois, ajouta-t-elle. Pour connaître de nouveau ce frisson à nul autre pareil, cet instant unique et merveilleux. Sans la moindre hésitation, je redeviendrais une humaine faible et aveugle pour que le don puisse m'être offert.

— J'aurais dû m'en douter. Après tout, tu demeures très prévisible.

Cian s'éloigna de quelques pas vers la porte, comme s'il s'apprêtait à sortir, avant de conclure :

— Je suis venu te prévenir. Si vous vous avisez, toi et ton sorcier, de refaire une petite incursion dans mes rêves, je te rendrai la politesse au centuple. Je ne te laisserai pas de répit. Aucun recoin de ton cerveau, aucune miette de tes souvenirs ne t'appartiendra plus.

Sur ce, Cian se déroba à la vue de Lilith mais resta sur place, à l'observer quelques instants encore. Résistant aux sollicitations mentales de Moïra et Glenna, qui le pressaient de revenir, il la regarda avec délectation jeter contre le mur la coupe de cristal et ce qu'elle contenait encore. Puis, comme si cela ne suffisait pas, elle fracassa sur le sol un coffret à bijoux et décocha des coups de poing dans le mur jusqu'à avoir les doigts en sang.

Finalement, elle ouvrit sa porte à la volée et appela ses gardes à grand renfort de cris perçants.

— Qu'on m'amène ce bon à rien de sorcier ! hurla-t-elle aux hommes qui se présentèrent. Qu'on me l'amène couvert de chaînes ! Et que l'on fasse en sorte… Non. Attendez.

Elle se détourna un instant, en un effort manifeste pour se reprendre, tout en réfléchissant à voix haute.

— Je le tuerai si je l'ai sous la main. Alors, il ne me sera plus bon à rien.

S'adressant de nouveau aux gardes, elle ordonna :

— Apportez-moi plutôt quelque chose de frais à manger. Un homme. Jeune. La vingtaine, si possible. Blond, s'il en reste en stock. Dépêchez-vous !

Une fois seule, Lilith se massa les tempes en s'efforçant de se calmer.

— Je l'appellerai Cirio, murmura-t-elle pour elle-même, et je le tuerai à petit feu. Après, je me sentirai mieux. Quand je l'aurai tué de nouveau.

Sur sa coiffeuse, elle prit son miroir magique et observa son visage, ce beau visage qu'elle avait été condamnée à ne plus voir pendant si longtemps. Rien que pour lui avoir fait ce présent, Midir méritait de rester en vie.

— Je suis là, dit-elle en effleurant sa joue, comme pour se rassurer. Je suis là, si belle. Les étoiles s'éteignent, mais je demeure. Je serai toujours là. Toujours. Le reste importe peu.

Lilith prit sa brosse et la passa dans ses cheveux en fredonnant une antique rengaine. Des larmes faisaient briller ses yeux.

— Bois ça !

Glenna approcha une coupe des lèvres de Cian, mais celui-ci la repoussa aussitôt.

— Je vais bien, protesta-t-il avec agacement. Je n'ai pas envie de whisky ni besoin que tu t'agites autour de moi.

— Tu es tout pâle.

Un sourire sardonique retroussa les lèvres de Cian.

— Cela fait partie du rôle, au cas où tu l'aurais oublié. Souviens-toi de Dracula.

Il passa une main lasse sur son visage.

— Le voyage m'a un peu secoué, reconnut-il. Mais je ne regrette pas de l'avoir fait.

Puisqu'il n'en voulait pas, Glenna avala une gorgée de whisky.

— Elle ne nous a pas repérées, dit-elle en passant la coupe à Moïra. J'aimerais croire que le mérite nous en revient totalement, mais pour être honnête, je pense plutôt qu'elle était trop bouleversée pour remarquer quoi que ce soit.

— Elle était si jeune... murmura Moïra en s'asseyant sur un banc. Et si désespérément amoureuse de cet imbécile de Cirio. Je ne sais pas quelle langue ils parlaient, mais cela ne m'a pas empêchée, curieusement, de les comprendre.

Cian, qui aurait eu bien besoin d'une pinte de sang pour se remettre, se rabattit faute de mieux sur un verre d'eau.

— C'était du grec ancien, expliqua-t-il. Lilith était la prêtresse d'une déesse dont le service exigeait une stricte virginité. Inutile de t'apitoyer sur elle. Quand ce Jarl est arrivé, elle était mûre pour lui.

Soutenant son regard sans ciller, Moïra répliqua du tac au tac :

— Comme tu l'étais toi-même pour elle ? Et n'essaie pas de nous faire croire que tu n'as pas eu pitié d'elle. Je te rappelle que tu nous as embarquées dans ton esprit, avec toi. Comment ne pas compatir à ses malheurs ? Dans la même nuit, l'homme qu'elle aimait lui a brisé le cœur, et elle a été violée et tuée par un démon ! Je peux mépriser ce que Lilith représente et ressentir de la pitié pour Lilia.

— Lilia était déjà à moitié folle, insista-t-il froidement. Paradoxalement, c'est peut-être le fait d'avoir été changée en vampire qui lui a permis de rester relativement saine d'esprit depuis.

— Je suis d'accord avec Cian, intervint Glenna. Même si j'ai été peinée de voir ce qui arrivait à la jeune Lilia, il y avait dans ses yeux, dans le ton de sa voix, quelque chose qui ne pouvait relever que du déséquilibre mental. Pour s'en convaincre, il suffit de voir avec quel enthousiasme elle a réagi aux assauts de Jarl.

— À ce propos, j'ai une question délicate à poser, plus pour ma gouverne personnelle que pour autre chose.

Après s'être éclairci la voix, Moïra se força à fixer Cian au fond des yeux pour demander :

— Cette réaction qu'a eue Lilith lorsque Jarl l'a... agressée. Est-elle inhabituelle ?

Ce fut sans la moindre gêne qu'il lui répondit.

— La plupart du temps, à moins d'être tétanisées par la peur, les proies des vampires se débattent. Que Lilith ait eu une réaction inhabituelle, c'est peu de le dire. C'est avec exaltation qu'elle s'est prêtée à la morsure, qu'elle l'a même réclamée, après avoir ressenti du plaisir à se faire violer. Car c'était bien un viol, aucun doute là-dessus. Et quelle femme saine d'esprit se réjouirait d'être forcée et brutalisée ?

— Elle était donc déjà sienne avant la morsure, conclut Moïra dans un murmure. Et Jarl a deviné qu'elle l'était. Il l'a reconnue. D'instinct, elle a su que faire pour devenir comme lui. Il n'a pas eu à le lui montrer. Elle a adhéré avec joie, en toute connaissance de cause, à ce qui lui arrivait.

— Nous en savons à présent davantage à son sujet, commenta Cian. Ce qui peut toujours se révéler utile. Par ailleurs, ce petit intermède l'a rendue folle furieuse, ce qui constitue un bonus appréciable. Je dormirai mieux, d'avoir pu accomplir cela. Mesdames, mon lit m'appelle...

Moïra le regarda sortir, raide et digne, et hocha la tête d'un air entendu.

— Il est capable d'éprouver des émotions, dit-elle à Glenna. Autant que nous, si ce n'est plus. Pourquoi se donne-t-il tant de mal pour prétendre le contraire, d'après toi ?

— Les émotions peuvent amener la joie autant que la souffrance. Quand on a derrière soi une existence aussi longue que la sienne, se laisser dominer par ses émotions doit être aussi pénible qu'une migraine ou une rage de dents qui n'en finirait pas.

Glenna posa la main sur l'épaule de son amie.

— Dans le cas de Cian, ajouta-t-elle, le déni peut être une des conditions de la survie.

— Peut-être. Mais vivre pleinement ses sentiments peut agir comme un baume pour l'âme et rendre plus fort.

En quoi Cian serait-il changé, se demanda-t-elle, s'il acceptait enfin de vivre les siens ?

9

La journée pluvieuse s'acheva par un crépuscule humide, qui fit monter du sol d'épaisses nappes de brouillard que ni la lune ni les premières étoiles ne réussirent à percer.

À grands pas pressés, Moïra traversa la cour du château pour rejoindre Glenna, qui guettait le retour de son mari.

— Ils seront bientôt là, murmura celle-ci d'une voix fervente. Bientôt.

— J'ai demandé qu'on fasse chauffer votre chambre et celle de Larkin et Blair, lui annonça Moïra. Des bains sont également prêts. Je suppose qu'ils seront transis et trempés.

— Merci. Je n'y avais pas pensé.

— Quand nous étions en Irlande, c'est toi qui t'occupais de tout dans la maison. À présent, c'est mon tour.

Imitant Glenna, Moïra plissa les yeux pour scruter le ciel et ajouta :

— J'ai également ordonné que l'on serve un repas dans le salon familial dès leur retour. Mais si tu préfères rester seule avec Hoyt...

— Non. Ce sera très bien comme ça. Ils voudront sans doute nous faire leur rapport tout de suite. Hoyt et moi aurons ensuite tout le temps de nous retrouver.

En un geste machinal, Glenna leva la main pour serrer entre ses doigts sa croix de Morrigan et l'amulette qu'elle portait en sautoir.

— Je n'aurais jamais imaginé être aussi inquiète, reprit-elle d'une voix sourde. Même quand il nous est arrivé de nous battre, j'étais plus sereine…

— C'est parce que dans ces moments, Hoyt était à tes côtés. Aimer et devoir attendre le retour de l'être aimé est la pire chose qui puisse arriver.

— C'est l'une des nombreuses leçons que j'ai apprises ces derniers temps. Toi, tu te fais du souci pour Larkin. Et pour Tynan. Sais-tu qu'il a des sentiments pour toi ?

Moïra comprit à demi-mot que ce n'était pas de son cousin que parlait son amie.

— Je l'ai toujours su, répondit-elle. Quand nous étions enfants, nos mères espéraient qu'il en résulterait un beau mariage.

— Mais ?

— C'est juste un ami, et les conditions nécessaires pour qu'il puisse être autre chose pour moi ne sont pas remplies. Peut-être le fait de ne pas avoir à attendre le retour d'un mari ou d'un fiancé rend-il les choses plus faciles pour moi…

Glenna attendit quelques instants avant de répéter :

— Mais ?

— Mais je t'envie quand même, répondit Moïra en riant. J'envie le tourment que te vaut ton amour pour ton homme.

À cet instant, Moïra vit la silhouette de Cian émerger du brouillard. Il venait des écuries, remarqua-t-elle, et marchait dans leur direction. Au lieu de la capote de gros drap que portaient la plupart des hommes de Geall pour se protéger de la pluie et du froid, il arborait un manteau de cuir noir assez semblable à celui de Blair. Comme il les rejoignait, elle ne put s'empêcher d'admirer la danse du souple vêtement autour de son corps.

— Que faites-vous là ? demanda-t-il quand il les eut rejointes. Ce n'est pas en laissant la pluie vous liquéfier que vous les ferez arriver plus vite.

Glenna prit à peine le temps de lui adresser un sourire. Elle fixait le ciel comme s'il pouvait s'ouvrir d'un coup pour lui rendre son mari.

— Ils seront bientôt là, dit-elle distraitement. Hoyt sait que je l'attends.

— Si c'était moi que tu attendais avec tant d'impatience, Red, je te garantis que j'y aurais réfléchi à deux fois avant de partir.

Avec un sourire amusé, Glenna laissa reposer sa joue sur l'épaule de Cian. Et quand celui-ci glissa un bras autour de la taille de sa belle-sœur, Moïra perçut dans ce geste la même affection que Larkin lui témoignait parfois.

— Là-bas ! fit Cian après avoir contemplé l'horizon quelques instants. Vers l'est.

— Tu les vois ? s'exclama Glenna en plissant les yeux de plus belle. Tu peux déjà les voir ?

— Patiente une minute et tu les verras également.

Dès que ce fut le cas, Glenna s'empara de la main de Moïra et la serra fortement.

— Dieu merci ! s'exclama-t-elle dans un souffle. Dieu merci, les voilà !

Le dragon chargé de ses passagers, tache dorée dans le ciel d'un gris anthracite, grossissait à vue d'œil. Il ne s'était pas encore tout à fait posé dans la cour que Glenna se mit à courir vers lui. Hoyt eut à peine le temps de poser le pied par terre qu'elle se précipita dans ses bras.

— Voilà qui fait plaisir à voir, commenta Moïra, qui observait à distance leurs effusions. Tant de familles ont dû se dire au revoir ce matin. Et tant d'autres le feront demain.

— Avant de rencontrer Red, Hoyt n'avait rien de plus pressé que de retrouver sa chère solitude et sa vie d'ermite, quand il rentrait de voyage, lui dit Cian. Rien de tel qu'une femme pour changer un homme.

En l'observant du coin de l'œil, Moïra demanda :

— Cela ne marche pas aussi dans l'autre sens ?

— Je n'en suis pas sûr. Par nature, les femmes changent le monde.

— Pour le meilleur ou pour le pire ?

— Cela dépend.

— De quoi ?

— De la femme, je suppose.

— Et sans doute aussi de l'homme qui lui fait battre le cœur.

Sur ce, Moïra le laissa derrière elle pour aller embrasser Larkin. Tout trempé qu'il était, elle le serra fort contre elle et lui dit :

— Je t'ai fait préparer à manger et à boire, et un bain et un bon feu t'attendent dans ta chambre. Je suis si heureuse de te revoir ! De vous revoir tous les trois !

Mais lorsqu'elle voulut se détourner pour saluer les autres, son cousin la retint par le bras.

Instantanément, Moïra comprit de quoi il retournait.

— Quoi ? dit-elle en fixant Larkin au fond des yeux. Que s'est-il passé ?

— Nous devrions d'abord rentrer, intervint Hoyt d'une voix soigneusement maîtrisée. Inutile de rester là.

— Dites-moi d'abord ce qui s'est passé ! ordonna Moïra en se libérant de la poigne de Larkin.

— Le bataillon de Tynan a subi une attaque, répondit Hoyt. À peu près à mi-parcours.

Moïra sentit son sang se glacer dans ses veines.

— Oran... dit-elle d'une voix blanche. Tynan !

— Vivants. Tynan a été touché, mais ses blessures ne sont pas graves. Six autres...

Hoyt détourna le regard et se tut, incapable d'achever sa phrase. Moïra planta ses doigts dans le bras de Larkin.

— Morts ? demanda-t-elle vivement. Ou... capturés ?

— Cinq sont morts. Un a été enlevé. Il y a également quelques blessés, dont deux sérieux. Nous avons fait ce que nous pouvions pour eux.

— Vous avez les noms ? Ceux des blessés, celui du disparu ?

— Nous les avons, oui. C'est le jeune Sean qu'ils ont emmené. Le fils du forgeron.

Une brusque nausée souleva le cœur de Moïra. La mort était un moindre mal en comparaison de ce que le prisonnier allait subir.

— Je vais parler aux familles. Ne dites rien à qui que ce soit avant mon retour.

— Je viens avec toi, proposa Larkin.

— Non. C'est à moi de le faire. Toi, Blair et Hoyt, vous avez besoin de vous sécher, de vous réchauffer, de vous restaurer. C'est à moi d'aller avertir les familles, Larkin. C'est mon rôle.

— Nous t'avons fait une liste, intervint Blair en tirant un bout de papier de sa poche. Je suis désolée...

— Nous savions que cela arriverait tôt ou tard.

Moïra fourra la liste dans la poche de son manteau sans la consulter et ajouta :

— Je vous rejoins au salon aussi vite que possible pour connaître les détails. Pour l'instant, c'est aux familles que doivent aller toutes mes pensées.

— La pauvre, murmura Blair en la regardant s'éloigner d'un pas lourd. Quel fardeau elle doit porter !

— Elle sera à la hauteur, assura Cian. C'est dans l'étoffe des reines qu'elle est taillée. Et les reines sont faites pour ça.

Moïra craignait de s'effondrer, mais elle tint bon. Tandis que les mères et les épouses pleuraient sur son épaule, elle se découvrit des réserves de courage qu'elle ne se connaissait pas. Bien qu'elle ignorât tout des détails de l'embuscade, elle donna à chacune l'assurance que le frère ou le mari disparu s'était battu en héros. C'était tout ce qui pouvait être dit. Même si ce n'était pas une consolation.

Ce fut pire avec les parents de Sean. Pire de voir l'espoir renaître dans les yeux du forgeron et de sa femme lorsqu'elle leur apprit que leur fils n'avait pas été tué mais capturé. Elle n'eut pas le courage de les détromper et les laissa avec l'illusion que leur fils pourrait peut-être s'échapper et leur revenir sain et sauf.

Quand elle eut terminé, Moïra se rendit dans sa chambre, où elle déposa la liste de noms dans un coffret de bois peint qu'elle gardait près de son lit. Cette liste serait suivie d'autres, elle s'en doutait. Mais elle était déterminée à conserver, dans cette boîte et dans son cœur, les noms de tous ceux qui donneraient leur vie pour Geall.

Avant de refermer le coffret, elle y glissa également un brin de romarin, pour signifier que les premiers morts de cette guerre ne seraient pas oubliés, et une piécette, en gage de reconnaissance. Puis, refoulant son besoin de solitude, son envie de pleurer en paix, elle gagna le salon familial pour y entendre les détails de l'affaire.

Toute conversation cessa quand elle entra. Larkin se leva pour l'accueillir.

— Mon père vient de s'en aller, lui dit-il. Mais si tu veux, je peux le faire appeler.

Moïra, sachant que le mari de sa cousine enceinte partait le lendemain, déclina l'offre.

— Non, c'est inutile. Ta mère et ta sœur ont davantage besoin de lui que moi.

— Je vais te réchauffer un peu de nourriture, dit Glenna. Et tu vas me faire le plaisir de manger un peu.

Sans lui laisser le temps de protester, elle ajouta :

— Prends-le comme une prescription médicale.

Pendant que Glenna la servait, Cian remplit un verre de cognac et le lui apporta.

— Commence par boire ça, dit-il. Tu es pâle comme un linge.

— Tandis qu'avec ça dans le ventre, j'aurai des couleurs sur les joues mais du brouillard dans la tête !

Mais, sans résister davantage, Moïra haussa les épaules et but l'alcool d'un trait. Visiblement impressionné, Cian reprit le verre vide et retourna s'asseoir.

— C'était horrible, lança Moïra. À vous, au moins, je peux l'avouer.

Après s'être assise à son tour, elle pressa ses mains sur ses tempes et reprit :

— Devoir les regarder en face, voir leur visage se figer, savoir que leur vie ne sera plus la même à cause de ce que vous leur apportez…

— Tu ne peux pas dire ça ! répliqua Glenna en posant une assiette devant elle. Ce n'est pas toi qui leur as apporté ce malheur ni enlevé leur proche.

— Je ne parlais pas de la guerre mais de la funeste nouvelle. Le plus dur, ce fut avec les parents de Sean. Parce qu'il a été fait prisonnier, ils gardent l'espoir de le revoir en vie. Comment aurais-je pu leur expliquer qu'il est d'ores et déjà pire que mort ? Je n'ai pas eu le courage de leur ôter ce dernier espoir. Mais je me demande si cela n'aurait pas été plus charitable de ma part.

Moïra laissa échapper un long soupir et se redressa. D'un œil morne, elle contempla la nourriture dans son assiette et se força à saisir sa fourchette. Glenna avait raison. Si elle voulait tenir le coup, il lui fallait manger.

— Racontez-moi, dit-elle avant de porter à ses lèvres la première bouchée. Comment est-ce arrivé ?

— Ils étaient enterrés, comme lorsqu'ils s'en sont pris à Blair, expliqua Hoyt. Tynan dit qu'ils n'étaient pas plus d'une cinquantaine, mais ils ont bénéficié de l'effet de surprise. Ils ont chargé avec une férocité inouïe, sans se soucier d'être blessés. Deux de nos hommes ont péri dès les premières secondes, et dans la confusion, ils ont réussi à emporter trois de nos chevaux.

— Soit un tiers de ceux dont le détachement disposait, précisa Larkin.

— C'est un commando de quatre ou cinq d'entre eux qui s'est emparé du fils du forgeron, poursuivit Hoyt. Les autres les ont couverts pendant qu'ils s'enfuyaient. Nos hommes ont eu le temps d'en éliminer une vingtaine avant que les survivants ne décident de battre en retraite pour sauver leur peau.

— C'est donc une victoire, intervint Blair en s'adressant à Moïra. Tu dois absolument t'en persuader. Pour ce premier affrontement, l'armée de Geall a infligé quatre fois plus de pertes qu'elle n'en a subi.

Sans lui laisser le temps de réagir, elle ajouta en dressant une main devant elle :

— Et ne me dis pas que chaque mort est une mort de trop ! J'en suis convaincue moi aussi. Ce qui compte, c'est que tes soldats se sont bien battus. Cela prouve également que notre entraînement a porté ses fruits.

— Je sais que tu as raison, reconnut Moïra. Je me suis déjà dit tout cela. Mais tu passes sous silence l'avantage qu'ils ont réussi à prendre en faisant un prisonnier. D'après ce que vous me dites, leur mission devait être d'en ramener un à Lilith, coûte que coûte.

— C'est vrai, mais je ne vois pas pourquoi cela doit être porté à leur crédit. De leur part, c'était une action stupide et suicidaire. Vingt vamps sacrifiés pour un seul prisonnier ! À mon avis, Lilith a dû donner cet ordre sur un coup de tête. Ce qui prouve qu'elle est piètre stratège et qu'elle a du mal à maîtriser ses nerfs.

Moïra, qui portait machinalement la nourriture à sa bouche sans se rendre compte de ce qu'elle avalait, y réfléchit un instant.

— C'est peut-être l'idée qu'elle se fait d'une habile stratégie, supposa-t-elle enfin. Comme quand elle a transformé King en vampire avant de nous le renvoyer. C'était mesquin et vicieux de sa part, mais cela trahissait également une certaine naïveté. Imagine-t-elle une seule seconde qu'une telle monstruosité pourrait nous décourager au lieu de renforcer notre détermination ? Après avoir vécu si longtemps parmi nous, comment peut-elle si mal nous connaître ? Comparé à elle, Cian, bien qu'il soit deux fois plus jeune qu'elle, est un fin psychologue.

— Sans doute est-ce parce que je trouve les humains intéressants, déclara l'intéressé, alors que Lilith, au mieux, peut les trouver... à son goût. Un éleveur ne se soucie pas de la psychologie des vaches qu'il compte transformer en steaks.

— Surtout s'il a une équipe de cow-boys pour s'en occuper, pour filer la métaphore jusqu'au bout, renchérit Blair. Je crois tout de même que nos petites piques doivent sérieusement l'agacer. J'ai transformé sa petite chérie en laideron, et rien qu'aujourd'hui, nous l'avons dépossédée de trois de ses avant-postes – ce matin, nous avons nettoyé les deux autres bases dont nous avions parlé.

— Elles étaient vides, ajouta Larkin. Ni vamps en embuscade ni pièges à notre intention. Ajoutez à cela le fait que Cian ait réussi à s'immiscer dans ses rêves...

— Glenna nous a tout raconté, précisa Blair à l'intention de Moïra. Joli coup. Même si cela ne change rien pour les familles de ceux qui sont morts d'aujourd'hui.

— Et demain, je dois envoyer d'autres soldats au front, ajouta Moïra en prenant la main de Larkin sur la table, Phelan en fera partie. Il faudrait que j'aille parler à Sinann, mais...

— Ne t'inquiète pas, je m'en charge, coupa son cousin. J'imagine que mon père l'a déjà fait, mais je vais y aller de ce pas.

Moïra lui adressa un sourire reconnaissant et s'enquit :

— Et Tynan ? Quelle est la gravité de ses blessures ?

— Une estafilade sur la hanche. Hoyt a soigné la plaie. Il allait bien quand nous sommes partis. Et ils sont en sécurité pour la nuit.

— Tant mieux. Prions pour que le soleil brille demain.

Il restait à Moïra un devoir à accomplir.

Ses dames de compagnie disposaient d'un salon, près de ses appartements, où elles se retrouvaient pour se détendre et discuter. La reine précédente en avait fait un endroit éminemment féminin, où abondaient les étoffes, les coussins et les plantes en pot. On y brûlait habituellement dans l'âtre du bois de pommier qui dégageait une douce odeur, et de facétieux lutins ailés ornaient les luminaires. Après son couronnement, Moïra avait encouragé ses dames de compagnie à transformer la pièce à leur guise, mais celle-ci demeurait telle qu'elle l'avait toujours connue.

Ce fut là qu'elle les retrouva après avoir quitté ses amis. Elles y attendaient ses ordres ou son autorisation de se retirer pour la nuit. À son arrivée, elles se levèrent et firent la révérence.

— Redressez-vous, ordonna-t-elle. Il n'y a ici que des femmes dans la peine.

Moïra ouvrit les bras à Ceara, qui vint s'y blottir. De ses yeux déjà rougis et gonflés d'avoir pleuré, de nouvelles larmes jaillirent en abondance.

— Oh, milady ! gémit-elle. Mon frère Dwyn est mort.

— J'en suis navrée, Ceara. Viens...

Moïra l'entraîna jusqu'à un canapé, où elles se serrèrent en pleurant dans les bras l'une de l'autre.

— Ils l'ont... ils l'ont enterré dans un champ au bord de la route, expliqua Ceara entre deux sanglots. Ils n'ont pu le ramener chez lui. Il n'a pas eu de veillée...

— J'enverrai un saint homme consacrer la terre dans laquelle il est enterré. Et nous édifierons un monument à la mémoire de ceux qui sont tombés aujourd'hui.

— Il était si impatient de partir, de se battre ! Je le vois encore se retourner pour me faire un dernier signe...

Isleen, qui avait elle aussi les yeux pleins de larmes, vint déposer un plateau sur la table basse devant elles.

— Boire un peu de thé te fera du bien, Ceara. À vous aussi, milady...

Ceara se redressa et se tamponna les yeux.

— Merci, dit-elle. Je ne sais pas ce que je serais devenue ces dernières heures sans Isleen et Dervil.

— C'est dans ces circonstances qu'il est important de pouvoir compter sur ses amies, reconnut Moïra. Mais après avoir bu ton thé, tu iras retrouver les tiens. Ils ont besoin de toi autant que tu as besoin d'eux. Je te libère de ton service jusqu'à nouvel ordre.

Ceara parut se reprendre. Droite et digne, elle regarda Moïra dans les yeux.

— Je vous remercie, Majesté, mais j'ai une faveur à vous demander en mémoire de mon frère.

Moïra attendit la suite, mais Ceara garda le silence.

— Je t'écoute, dit-elle. Me demanderais-tu de t'accorder une faveur sans m'expliquer ce que c'est ?

— Mon mari doit être envoyé au front dès demain.

Moïra sentit son cœur sombrer dans sa poitrine.

— Ceara... dit-elle en tendant la main pour lui caresser les cheveux. Le mari de Sinann doit partir au lever du soleil, lui aussi. Elle porte leur troisième enfant, mais même moi, je ne peux dispenser Phelan d'accomplir son devoir.

— Je ne vous demande pas d'empêcher que mon mari s'en aille, Majesté. Je vous demande de me permettre de le suivre.

Abasourdie, Moïra se recula contre le dossier du canapé et la dévisagea.

— Mais... et tes enfants ? murmura-t-elle.

— Ma mère s'occupera d'eux. Je leur laisserai la croix de Morrigan. Ils seront aussi en sécurité que possible, ici, avec elle. Mon homme part à la guerre, et j'ai suivi le même entraînement que lui. Pourquoi devrais-je l'attendre ici en me rongeant les sangs ?

Le regard farouche, la voix vibrante, Ceara poursuivit en lui prenant les mains :

— Pourquoi devrais-je continuer mes travaux d'aiguille et mes promenades au jardin alors qu'il risque la mort à chaque instant ? Vous disiez que nous devions tous être prêts à nous battre pour Geall, pour l'humanité. Je m'y suis préparée de tout mon cœur, de toutes mes forces. Majesté... milady... je vous supplie de me laisser partir demain en compagnie de mon mari.

Sans rien dire, Moïra se leva et marcha jusqu'à la fenêtre. Soulevant le rideau, elle jeta un coup d'œil à l'extérieur. Il ne pleuvait plus, mais la brume était si dense que le château paraissait flotter sur un nuage.

— As-tu discuté de tout ceci avec lui ? demanda-t-elle sans se retourner.

— Je l'ai fait, répondit Ceara d'une voix forte. Il s'est d'abord opposé à ma décision, par amour pour moi, mais il a fini par réaliser que je ne changerais pas d'avis. Et il a compris pourquoi.

— Alors, dis-moi pourquoi aussi.

— Parce qu'il est mon cœur et que je ne peux vivre sans mon cœur. Je ne laisse pas mes enfants sans protection, et j'ai toute confiance en ma mère. Elle fera tout ce qui est en son pouvoir pour eux. Milady... avons-nous, nous autres femmes, rampé dans la boue et endurci nos corps pour rester à nous morfondre au coin du feu ?

— Non, répondit Moïra. Certainement pas.

— Je ne suis pas la seule à vouloir partir, précisa Ceara.

Moïra pivota sur ses talons et fixa Isleen et Dervil, qui soutinrent son regard sans rougir ni ciller.

— Vous vous êtes donc concertées... murmura-t-elle. Très bien. Je vois que j'avais tort de vouloir vous protéger. Des arrangements seront pris pour que vous puissiez partir, si tel est votre souhait. Je suis fière de vous. Fière des femmes de Geall.

Au nom de l'amour autant que par devoir, songea Moïra, qui dressait dans sa chambre la liste de ceux qui quitteraient le château le lendemain, les femmes étaient prêtes à partir, à se battre pour Geall, à se dresser, l'épée à la main, aux côtés de leurs hommes, pour défendre leurs familles.

Et elle ? Pour qui se battait-elle ? Vers qui pourrait-elle se tourner avant de monter au front ? En qui trouverait-elle des raisons de ne pas vaciller ?

Les jours s'écoulaient inexorablement. Telle une épée prête à s'abattre sur elle, la nuit de *Samhain* approchait. Et pourtant, elle restait là, dans sa chambre, seule ainsi qu'elle l'était chaque nuit. Choisirait-elle d'ignorer une fois de plus son malaise en s'absorbant dans la lecture d'un livre, la consultation d'une carte, la rédaction d'une autre liste ? Ou irait-elle errer à travers les halls et les corridors du château, espérant dans le secret de son cœur une rencontre avec…

Lui. Lui dont elle voulait de nouveau sentir les mains sur elle. Lui qu'elle rêvait de revoir tel qu'elle l'avait vu la nuit où elle l'avait surpris en train de jouer de la musique. Lui au contact de qui elle se sentait vivante, émue, vibrante ; lui qui faisait s'éveiller tous ses sens…

Troublée, Moïra posa sa plume et se demanda si une telle passivité était digne d'une reine. En tout cas, conclut-elle pour elle-même, elle était une insulte à la lucidité et au courage des femmes de Geall, qui, à leur façon, lui avaient donné une leçon ce soir.

Trop agitée pour rester en place, elle se leva et se mit à faire les cent pas dans la pièce tout en réfléchissant. Alors que tout la poussait vers Cian et que tout lui prouvait qu'il en allait de même pour lui, son attitude témoignait d'une étroitesse d'esprit qui ne lui ressemblait pas et qu'elle méprisait.

Si elle n'avait pas envisagé la possibilité que les femmes puissent se battre comme les hommes sur le front, n'était-ce pas par conformisme, en vertu d'une distribution des rôles figée de toute éternité ? Selon la tradition, la femme protégeait le foyer et priait pour le retour de son mari parti à la guerre.

Selon la tradition, la femme devait attendre modestement, en baissant les yeux, que l'homme de son cœur se décide à faire le premier pas.

Mais les choses n'avaient-elles pas évolué ? N'avait-elle pas passé des semaines dans un monde et à une époque où les femmes, à l'image de Glenna et Blair, faisaient leurs propres choix, maîtrisaient leur destin, prenaient des risques et assumaient leurs désirs et leurs actes ?

Alors, si elle voulait sentir les mains de Cian sur son corps, elle devait faire en sorte qu'il se décide enfin à les y poser, et l'affaire serait entendue.

Décidée à passer à l'action sans perdre une seconde, elle se rua vers la porte de sa chambre. Mais, arrivée sur le seuil, elle s'immobilisa et baissa les yeux pour jauger sa tenue. Elle pouvait faire mieux. Si elle se lançait le défi de séduire un vampire, il lui fallait mettre toutes les chances de son côté.

En se déshabillant, Moïra regretta de ne pas avoir le temps de prendre un bain – ou, mieux encore, une de ces douches chaudes qu'elle avait tant appréciées en Irlande. Elle se contenta de l'eau parfumée de sa toilette, passa des crèmes sur sa peau et se surprit à imaginer les longs doigts de Cian courant sur elle.

Une douce chaleur irradiait déjà de son ventre et titillait ses nerfs quand elle enfila sa chemise de nuit la plus révélatrice. En se brossant les cheveux, elle regretta de n'avoir pas eu le temps de demander à Glenna des conseils de maquillage.

Postée devant son miroir, elle constata avec satisfaction que ses pommettes étaient roses et qu'un éclat inhabituel faisait briller ses yeux. Restait la bouche. Elle se mordit violemment les lèvres, ce qui provoqua un afflux de sang et leur donna volume et couleur.

Puis elle recula d'un pas et s'étudia sous tous les angles dans la glace. Elle n'était pas certaine de s'être transformée par un coup de baguette magique en séductrice, mais elle espérait être au moins désirable.

Munie d'un bougeoir, elle quitta sa chambre avec la ferme détermination de ne pas y revenir pucelle.

Dans sa propre chambre, Cian étudiait des cartes avec attention. Il était le seul membre du Cercle à n'avoir pas encore eu d'aperçu du champ de bataille, de visu ou en rêve, et il avait décidé d'y remédier.

La durée du voyage restait un problème. Cinq jours de marche, que, grâce à la rapidité qu'il partageait avec ceux de son espèce, il pourrait sans doute réduire à deux, voire moins. Mais cela signifiait qu'il lui faudrait trouver un abri sûr pour la journée à mi-parcours.

L'une des bases investies par l'armée de Geall ce jour-là pourrait faire l'affaire. Après avoir effectué sur le terrain sa petite reconnaissance, il n'aurait d'ailleurs qu'à s'installer dans un de ces avant-postes jusqu'à *Samhain*. Quitter ce maudit château. S'éloigner de l'innocente mais bien trop tentante reine de Geall…

Les autres ne seraient sans doute pas d'accord avec ce projet. Ce qui était ennuyeux. Mais ils ne pouvaient tout de même pas l'enfermer dans un donjon pour le retenir. De toute façon, ils devraient se rapprocher eux aussi du champ de bataille d'ici une semaine ou deux. Il ne ferait, en somme, que les précéder de quelques jours.

Deux options s'offraient à lui. Partir au petit jour, en espérant que le ciel reste couvert, ou attendre le crépuscule.

S'adossant à son siège, Cian y réfléchit tout en sirotant une coupe de sang allongée de whisky – sa propre version d'un cocktail aux vertus soporifiques. Il pouvait tout aussi bien s'en aller cette nuit même. Cela aurait le mérite de lui épargner de pénibles discussions avec les autres, en particulier avec son frère. Bien sûr, il faudrait qu'il leur laisse un mot d'explication. C'était curieux, songea-t-il, d'avoir de nouveau des gens autour de lui qui se souciaient de sa sécurité et de son bien-être. L'un dans l'autre, ce n'était pas déplaisant, même si cela impliquait certaines responsabilités.

Écartant son cocktail, Cian se décida finalement à partir sans attendre. Il lui suffisait de préparer quelques affaires et d'enfourcher Vlad. À quoi bon remettre son départ au lendemain, puisque sa décision était prise ? Il s'éviterait ainsi bien des désagréments. Et il n'aurait plus à supporter la tentation permanente que Moïra constituait pour lui.

Machinalement, il prit sur son bureau le lien de cuir orné de perles qu'il avait omis de lui rendre et le fit passer entre ses doigts. Il n'y avait pas d'autre solution, conclut-il, que de mettre entre eux le plus de distance possible. Ainsi, il n'aurait plus à la voir, à la sentir, à l'imaginer nue sous lui dans un lit.

Cian se levait pour choisir dans sa garde-robe la tenue la plus adaptée au voyage lorsqu'on frappa quelques coups légers à sa porte. Songeant que ce devait être Hoyt, il se rembrunit et hésita à aller ouvrir. Il s'y résigna en se rappelant qu'une porte close n'avait jamais été de nature à arrêter son sorcier de frère. Et puis, il lui suffirait de ne pas mentionner ses projets de départ, songea-t-il.

Mais en posant la main sur la poignée, il sut que ce n'était pas Hoyt qui patientait de l'autre côté du battant. Et il se maudit d'être allé répondre. En ouvrant la porte, il se jura de renvoyer Moïra aussi vite que possible à ses affaires, afin de pouvoir vaquer aux siennes.

L'apparence de la jeune reine fit vaciller cette résolution. Elle ne portait qu'une vaporeuse chemise de nuit blanche, sur laquelle elle avait jeté un mantelet tout aussi léger et d'une teinte presque identique à ses yeux. Figée sur le seuil, lumineuse malgré la pénombre ambiante, elle avait tout d'une fraîche apparition printanière. Et elle était plus appétissante que jamais.

Dans le ventre de Cian, le désir se déploya comme un serpent prêt à mordre.

— Tu ne dors donc jamais ? grogna-t-il d'une voix peu amène.

— Et toi ?

Moïra le contourna et pénétra prestement dans la chambre.

— Je t'en prie, entre, railla-t-il. Fais comme chez toi.

— Je te remercie.

Elle lui avait répondu avec une politesse exquise, comme si ses paroles n'avaient pas été sarcastiques.

Après avoir posé son bougeoir, elle se tourna vers le feu, que Cian ne s'était pas donné la peine d'allumer.

— Voyons si j'ai bien appris mes leçons, dit-elle. Je me suis entraînée jusqu'à en avoir mal à la tête. Ne dis rien, tu me déconcentrerais.

Le bras tendu en direction de l'âtre, Moïra visualisa le feu, le projeta hors de son corps. Une maigre flamme lécha le combustible un instant avant de s'éteindre. Le front ridé de plis de concentration, elle renouvela ses efforts.

— Regarde ! s'exclama-t-elle, ravie, quand la tourbe séchée se mit à flamber joyeusement. J'y suis arrivée !

— Génial. Me voilà cerné par les magiciens.

Ses cheveux volèrent en même temps que sa chemise de nuit quand elle se retourna vers lui.

— C'est un tour très utile ! protesta-t-elle. Et je compte en apprendre bien d'autres.

— Tu ne trouveras pas dans cette chambre de professeur de sorcellerie.

— Certes, admit-elle en faisant passer ses cheveux par-dessus son épaule. Mais dans un autre domaine, tu es le professeur qu'il me faut.

En quelques pas, Moïra regagna la porte, la referma et s'y adossa.

— Je veux que tu me dépucelles cette nuit, dit-elle en le regardant tranquillement dans les yeux.

Cian battit des paupières, stupéfait.

— Quoi ?

— Tu m'as parfaitement entendue. Je veux coucher avec toi. Je comptais jouer les séductrices et tourner autour du pot, mais tout compte fait, je pense qu'une attitude honnête et franche est préférable.

Cette fois, le serpent du désir se déchaîna dans le ventre de Cian. Et mordit.

— Je vais être franc, moi aussi, parvint-il à répliquer. Dehors !

— Nerveux ?

Avec un sourire entendu, Moïra se mit à déambuler dans la chambre et reprit :

— Étant donné qu'il n'est pas facile de te déstabiliser, je dirais que j'ai marqué un point.

Tout sourire, elle lui fit face et ajouta :

— Je n'ai aucune expérience en la matière. Alors, dis-moi : pour quelle raison un homme se mettrait-il en colère contre une femme qui lui demande de coucher avec lui ?

— Je ne suis pas un homme.

— Tu as pourtant des besoins, des envies. Je ne suis pas suffisamment innocente pour ne pas m'être rendu compte que tu me désires.

— Qu'est-ce que ça prouve ? Tu as assez de charme pour ne pas laisser insensible un homme normalement constitué.

— Mais tu viens de me dire que tu n'en étais pas un.

Un sourire de triomphe illumina son visage quand elle s'exclama :

— Un deuxième point pour moi ! Tu n'es pas en forme.

— Et toi, tu as encore bu...

— C'est faux, et tu le sais parfaitement. Il se trouve que j'ai simplement bien réfléchi. Je m'apprête à partir à la guerre, à livrer bataille, et je n'en reviendrai peut-être pas. D'ailleurs, il est possible qu'aucun de nous n'en revienne. Des hommes braves ont perdu la vie aujourd'hui, dans le sang, dans la boue, laissant des cœurs brisés derrière eux.

— J'ai quelques notions de psychologie, commenta Cian d'une voix blasée. Dans les périls de la guerre, rien de mieux que le sexe pour réaffirmer la foi de l'être humain en la vie.

— Tout à fait vrai. Mais sur un plan plus personnel, je ne supporte pas l'idée de mourir vierge. Je veux savoir, je veux *sentir*, ce qu'est l'amour physique entre un homme et une femme.

— Ordonnez à l'un de vos sujets de jouer les étalons, Votre Majesté. Je ne suis pas intéressé.

— Je ne veux être initiée par personne d'autre. Je n'ai désiré aucun autre homme avant de te connaître. Et dès le moment où je t'ai vu, je me suis sentie attirée par toi. Cela m'a secouée, de me rendre compte que je pouvais éprouver de tels sentiments pour toi, sachant ce que tu es. Mais ces sentiments sont là, au fond de moi, et ils ne s'en iront pas. J'ai des besoins, comme n'importe quelle autre femme. Et j'ai suffisamment de volonté, me semble-t-il, pour te faire oublier tes réticences si besoin est. Même si tu n'es plus un jeune homme aventureux.

— Eh bien... murmura-t-il. La timidité ne t'étouffe pas, ce soir.

— Elle ne m'étouffe jamais. Je fais juste attention où je mets les pieds.

La main posée sur l'un des pilastres du lit à baldaquin, Moïra lança à Cian un regard de défi.

— Je ne vois pas où est le problème pour toi, reprit-elle. Tu n'as rien à perdre. Au contraire. Cela fait un bon moment que cela ne t'est pas arrivé, pour ce que j'en sais.

— C'est mon problème, maugréa Cian en détournant le regard. Je ne vois pas en quoi cela te concerne.

— Cela pourrait être le mien également. D'après ce que j'ai lu, une absence prolongée d'activité sexuelle chez un homme peut abréger ses... performances. Mais comme je n'ai aucun point de comparaison, tu n'as pas à t'en faire pour ça.

— Me voilà rassuré. Plus exactement, je le serais si j'étais intéressé. Mais je ne le suis pas.

Du coin de l'œil, Cian jugea de l'effet produit par ses paroles, mais jamais Moïra ne lui avait semblé aussi sûre d'elle.

— Tu crois pouvoir te débarrasser de moi en me jetant quelques horreurs à la figure ? Je suis prête à parier tout ce que tu voudras qu'en cet instant même, tu es dur comme pierre.

Moïra s'approcha de lui à petits pas prudents, comme elle l'aurait fait pour apprivoiser un animal sauvage.

— J'en ai tellement envie, Cian... reprit-elle d'une voix enjôleuse. J'ai envie de sentir tes mains sur moi, tes lèvres sur les miennes, de t'accueillir en moi. Je suis lasse de ne faire qu'en rêver. Je veux que mes rêves deviennent enfin réalité.

Cian eut l'impression que le sol se dérobait sous ses pieds. Depuis que Moïra avait fait irruption dans sa chambre, il sentait sa résistance sombrer peu à peu et sa détermination vaciller lentement.

— Tu ne sais pas ce que tu me demandes, protesta-t-il. Ni même ce que tu risques. Les conséquences...

— Rien n'empêche un vampire et une humaine d'avoir des relations sexuelles, coupa-t-elle. Et je sais que je ne risque rien avec toi.

Comme pour le lui prouver, elle ôta sa croix de Morrigan et la déposa sur le bureau.

— Tu n'as peur de rien.

Mais en dépit du sarcasme, Cian était touché par son geste.

— J'ai confiance en toi, corrigea-t-elle. Je n'ai pas besoin de talisman pour me protéger de toi. Pourquoi ne prononces-tu jamais mon nom ?

— Quoi ? Bien sûr que si, je prononce ton nom !

— C'est faux. Oh, il peut t'arriver de le prononcer dans une conversation, mais jamais en me regardant dans les yeux et en t'adressant à moi.

Les yeux de Moïra étaient couleur fumée et emplis d'une sagesse mystérieuse lorsqu'elle poursuivit :

— Il y a du pouvoir, dans un nom. Du pouvoir que l'on donne ou que l'on prend. As-tu peur de ce que je pourrais te prendre ?

— Il n'y a rien que tu puisses me prendre.

— Alors, dis mon nom.

Cian hésita une seconde de trop.

— Moïra.

— Répète-le.

Elle lui prit la main, la posa contre son sein, à la place du cœur.

— Ne fais pas ça.

— Puisque tu ne veux pas dire mon nom, laisse-moi dire le tien. Cian… Je crois que si tu me rejettes cette nuit, si tu me refuses ce que je te demande, une part de moi sera morte quand j'irai à la bataille. S'il te plaît…

Prenant le visage de Cian entre ses mains, Moïra plongea les yeux dans les siens et vit dans son regard, enfin, ce qu'elle avait besoin d'y voir.

— Dis-le, insista-t-elle. Dis mon nom !

— Moïra !

Vaincu, Cian saisit le poignet de Moïra entre ses doigts et déposa un baiser au creux de sa paume.

— Si je n'étais pas déjà damné, dit-il dans un souffle, tu m'enverrais tout droit en enfer.

— Je vais plutôt essayer de t'expédier au paradis. Si tu m'apprends comment faire.

Dressée sur la pointe des pieds, Moïra passa la main derrière sa nuque et attira son visage à elle. Lorsque leurs lèvres furent sur le point de se toucher, un long soupir tremblant s'échappa des siennes.

10

Jusqu'au bout, Cian avait cru qu'il aurait assez de volonté pour éviter d'en arriver là. Neuf siècles de fréquentation de la gent féminine auraient pourtant dû lui apprendre qu'il était illusoire pour un homme d'espérer résister au pouvoir d'attraction et de persuasion du sexe opposé.

Moïra contrôlait la situation depuis le début. Dès leur première rencontre, elle l'avait à sa façon amené à en arriver là. Désormais, il lui était impossible de ne pas lui donner ce qu'elle exigeait de lui, de ne pas accepter en retour ce qu'elle lui offrait. Même s'il était égoïste de sa part de ne pas résister plus longtemps. Et même s'il se méprisait pour cela. Au moins pourrait-il user de son expérience séculaire pour transformer sa première fois en un moment inoubliable.

— Tu es téméraire et inconsciente d'offrir ton innocence à quelqu'un comme moi.

— Virginité et innocence ne vont pas toujours de paire, objecta Moïra. J'avais perdu mon innocence avant de te rencontrer.

Très exactement, songea-t-elle, la nuit où sa mère avait été massacrée. Mais ce souvenir traumatisant n'avait pas sa place en cet instant. Cette nuit n'était faite que pour eux. Elle ne voulait penser qu'à Cian, n'agir et ne réagir qu'en fonction de lui.

— Dois-je me déshabiller devant toi ? demanda-t-elle en soutenant son regard sans ciller. Ou est-ce à toi de le faire ?

Cian laissa éclater un rire bref, avant de poser son front contre le sien, en un geste d'une surprenante tendresse.

— Ne sois pas trop pressée, conseilla-t-il. Certains plaisirs méritent d'être savourés. Surtout la première fois.

— Tu vois ? fit-elle en souriant. Tu m'as déjà appris quelque chose.

Elle marqua une pause avant d'ajouter timidement :

— Quand tu m'embrasses, je sens s'éveiller en moi des émotions dont j'ignorais qu'elles puissent exister. Mais toi... je ne sais pas ce que tu ressens.

— Plus de choses que je ne le voudrais.

Avec un soupir de satisfaction, Cian plongea les doigts dans ses cheveux, comme il rêvait de le faire depuis des semaines. D'une voix tremblante, il ajouta :

— Plus qu'il ne le faudrait pour ton bien.

Lentement, délicatement, il déposa un baiser sur ses lèvres.

— Je persiste à penser que ceci est une erreur.

Le baiser qu'il lui donna ensuite fut plus appuyé, plus ardent.

— Une très, très grosse erreur... conclut-il.

Une nouvelle fois, leurs lèvres s'unirent, et cette fois, plus rien ne put les séparer.

Comme le parfum de Moïra, le goût que découvrit Cian dans sa bouche éveilla en lui des souvenirs de printemps, de jeunesse et de soleil. Avidement, il s'abreuva à cette source fraîche et vivifiante, y puisant de quoi combler ce vide qui demeurait en permanence en lui. Et lorsque, du bout des dents, il mordilla sa lèvre inférieure, il se nourrit également du petit soupir qu'il lui arracha.

À pleines mains, il fourragea dans le flot soyeux de sa chevelure. Avec une lenteur savante, ses doigts descendirent le long de son dos pour titiller chaque nerf, réveiller chaque muscle. Enfin, quand il la sentit frissonner entre ses bras comme une feuille dans le vent d'automne, Cian remonta jusqu'à ses épaules et fit glisser sa chemise de nuit, dénudant une chair tendre et douce dont ses lèvres s'emparèrent aussitôt. Incapable de résister à la tentation, il laissa courir sa bouche le long de la colonne blanche de son cou. Et lorsqu'il perçut le battement régulier et tentateur de son pouls, ce fut lui qui se mit à trembler.

Moïra le sentit mordiller sa gorge du bout des dents, mais elle ne tressaillit pas. En revanche, elle se raidit quand la main de Cian vint se poser sur l'un de ses seins. Personne ne l'avait jamais touchée de manière si intime, et la bouffée de chaleur que fit monter en elle cette caresse fut une révélation pour elle.

Il ne restait plus qu'un mince rempart de tissu pour les séparer... mais cette ultime barrière glissa d'un coup le long de son corps, et sa chemise de nuit vint s'étaler comme une flaque de soie à ses pieds. Instinctivement, Moïra couvrit de son bras sa nudité. Cian s'empara de son poignet, qu'il retira doucement, et posa les lèvres dessus sans la quitter des yeux.

— Tu as peur ? demanda-t-il.

— Un petit peu.

— Je ne te mordrai pas.

Moïra retourna la main qu'il maintenait prisonnière pour lui caresser la joue.

— Non, ce n'est pas de cela que j'ai peur, précisa-t-elle. Je suis un peu dépassée par ce qui se passe en moi. J'ai tant de choses nouvelles à découvrir... Cela me donne le vertige. Aucun homme ne m'a jamais caressée ainsi.

Rassemblant tout son courage, elle prit la main de Cian et la reposa sur son sein.

— Montre-moi, dit-elle dans un souffle. Apprends-moi encore.

Cian titilla la pointe de son sein, qui se dressa sous son pouce. En prolongeant cette caresse, il vit le plaisir la transfigurer, même si, manifestement, elle luttait pour garder le contrôle de ses émotions.

— Détends-toi, susurra-t-il contre son oreille. Pour une fois, laisse-moi mettre hors service cette machine à penser qui te sert de cerveau.

Moïra l'entendit à peine. Elle avait l'impression qu'une brume opaque lui engourdissait l'esprit. Comment aurait-elle pu réfléchir encore alors qu'un flot de sensations inédites la submergeait ?

Soudain, elle se sentit soulevée de terre. En voyant le visage de Cian à quelques centimètres du sien, elle comprit qu'il venait de la prendre dans ses bras. Puis sa bouche s'empara de nouveau de la sienne avec une ardeur contagieuse.

Elle fut à peine étonnée de se retrouver, l'instant d'après, allongée sur le lit. Sur son corps nu et offert, les mains et les lèvres de Cian reprirent leur lente exploration. Dès lors, il ne lui fut plus possible de penser à quoi que ce soit d'autre qu'à ce monde inconnu et merveilleux au seuil duquel il venait de la conduire.

Pour Cian, le corps de Moïra était un festin qu'il s'était trop longtemps refusé. Il avait beau s'efforcer de ne pas brusquer les choses, chacun de ses frissons, de ses soupirs faisait grimper d'un cran son impatience et son excitation. Aussi, quand les mains de Moïra se firent entreprenantes au point de mettre à mal les dernières bribes de son self-control, les emprisonna-t-il entre les siennes et fondit-il sur ses seins, qu'il dévora sans merci de baisers.

Sous lui, il la sentait gravir une à une les marches du plaisir, qui la menaient à sa puissance et à sa plénitude de femme. Et lorsque, comme par surprise, la jouissance vint la cueillir, elle se cambra sur le lit et lâcha un petit cri étranglé.

Tandis que tout son corps vibrait de plaisir, Moïra murmura dans un long soupir extatique :

— Oh, oui... Je sais, maintenant.

— C'est ce que tu t'imagines !

Du bout de la langue, Cian éprouva le pouls qui battait follement au bas de la gorge de Moïra. Puis il glissa sa main entre ses jambes, et ses doigts entreprirent de lui prouver qu'elle avait encore beaucoup à apprendre.

Moïra avait l'impression qu'une lumière et une chaleur intense lui brûlaient la peau, les yeux, le cœur. Elle n'était plus qu'une boule de sensations, et rien d'autre ne comptait plus pour elle que ce but à atteindre avec urgence, cette soif de jouissance à étancher. Elle était une flèche propulsée par un arc, et Cian l'emmenait toujours plus loin, toujours plus haut, dans un vol sans fin.

Ses mains diaboliques jouèrent sur elle, en elle, jusqu'à faire d'elle l'otage d'un désir tyrannique. Aveuglée par la frustration, elle engagea une lutte perdue d'avance avec la chemise de Cian.

— Je veux... gémit-elle. J'ai besoin de...

— Je sais.

En un tour de main, Cian défit sa chemise pour qu'elle puisse à son tour le caresser et tester le goût de sa peau. Relâchant le contrôle qu'il exerçait sur son corps, il se laissa aller au plaisir que lui procurèrent ses explorations de plus en plus hardies. Le souffle chaud et précipité de Moïra sur sa peau le fit haleter ; la curiosité et l'impatience de ses doigts sur son torse lui arrachèrent des gémissements. Et quand, finalement, ses mains s'accrochèrent à ses hanches, il souleva le bassin pour l'aider à finir de le dénuder.

En la voyant se figer, les yeux agrandis par la stupeur, il se demanda s'il devait être flatté ou amusé.

— Je... je n'avais pas réalisé... balbutia-t-elle, le regard fixé sur son bas-ventre. J'ai déjà vu des hommes nus, mais...

— Ah, oui ? fit-il, feignant d'être scandalisé.

Il la vit avec amusement rougir et se troubler.

— Pas de près, bien sûr, expliqua-t-elle d'un air gêné. Mais, étant de nature curieuse, quand les hommes vont se baigner à la rivière, je...

Cian acheva la phrase qu'elle ne pouvait se résoudre à terminer.

— Il t'est arrivé de les espionner. Sache que la virilité d'un homme ne se présente pas à son avantage après avoir séjourné dans l'eau froide d'une rivière. Mais n'aie pas peur. Je ne te ferai pas mal.

Moïra savait pourtant qu'il ne pourrait faire autrement. N'était-ce pas dans la nature des choses ? Elle avait lu des livres sur le sujet, entendu les femmes en parler entre elles. Mais Cian se trompait s'il s'imaginait qu'elle avait peur de souffrir. Elle ne craignait plus rien, désormais.

Cian la vit se rallonger sur le lit, résignée et soumise, prête à tout, prête pour lui. Mais au lieu de céder enfin au besoin de la posséder qui le tenaillait, il prit le temps de la caresser, encore et encore, pour défaire tous ces nœuds qui raidissaient son corps. Il la voulait trop submergée par les sensations pour souffrir, trop absorbée par ce qui lui arrivait pour s'attarder sur la douleur. Sous ses caresses habiles, ce corps mince et nerveux qui s'était tendu dans l'attente de la souffrance se dénoua peu à peu. Sous sa bouche, il le trouva de nouveau souple et chaud, empli de cet érotique flux de sang qui courait à fleur de peau.

— Regarde-moi ! lui ordonna-t-il d'une voix forte. Moïra, *mo chroi*... Regarde-moi. Regarde *en* moi !

Il pouvait au moins faire cela pour elle, songea-t-il. Il pouvait atténuer, par la force de sa volonté, ce moment de souffrance qu'il allait inévitablement lui infliger, pour qu'elle ne garde en mémoire que le plaisir. Les yeux rivés aux siens, il vit le gris de ses prunelles devenir brumeux. Sachant le moment venu, il s'introduisit en elle d'un coup de reins et perça le faible rempart de son hymen.

Les lèvres de Moïra tremblèrent légèrement. Un faible gémissement monta dans sa gorge. Il la garda captive de son regard et commença à se mouvoir en elle, longuement et puissamment, s'émerveillant de lire sur son visage, de sentir affleurer sur sa peau, le plaisir qu'il lui donnait.

Même lorsqu'il l'eut libérée de l'emprise du lien mental, elle garda les yeux rivés aux siens. Contre lui, le cœur de Moïra battait à tout rompre, tel un tambour sauvage – si fort, si vivant, si proche de lui que, l'espace d'un instant, il crut bien le sentir battre dans sa propre poitrine.

Et quand elle atteignit une deuxième fois la jouissance avec un cri de bonheur, Cian put enfin la suivre dans son abandon et laisser son propre plaisir le submerger.

Comme un chat ronronnant qui aurait lapé un bol de crème jusqu'à la dernière goutte, Moïra se lova contre Cian. Tôt ou tard, il en était sûr, il se reprocherait ce qui venait de se passer. Mais pour l'heure, rien ne pouvait gâcher le contentement qui était le sien.

— Je ne me doutais pas que ce serait ainsi, murmura-t-elle d'une voix rêveuse. Si... énorme.

Un sourire satisfait se peignit sur les lèvres de Cian.

— Il est vrai que j'ai été bien doté par la nature. Je suis sûr que maintenant, plus aucun homme, par comparaison, ne trouvera grâce à tes yeux.

— Je ne parlais pas de la taille de ta virilité, comme tu l'appelles.

Moïra leva les yeux vers lui et comprit à sa mine espiègle qu'il l'avait parfaitement comprise.

— En théorie, reprit-elle, mes lectures m'avaient donné toutes les informations nécessaires. Mais je dois avouer que la pratique est nettement plus satisfaisante.

— Heureux d'avoir pu t'assister dans tes recherches.

Moïra se redressa sur un coude et, d'un mouvement souple, vint s'allonger sur lui.

— Mes recherches ne font que commencer, dit-elle. Je crois que je vais avoir besoin de nombreuses autres séances de travaux pratiques avant d'avoir épuisé le sujet. Tu sais comme je suis affamée de connaissances...

— Moïra... soupira-t-il en jouant avec une mèche de ses cheveux. Tu es tout simplement parfaite.

— Vraiment ?

Ses joues déjà roses s'empourprèrent un peu plus.

— J'ai l'esprit trop embrumé pour te contredire, reprit-elle. Je meurs de soif. Tu as de l'eau ?

Avec douceur, il la repoussa sur le matelas et se leva pour aller la servir. Elle s'assit sur le lit et le regarda faire, ses cheveux cascadant en désordre sur ses épaules et sur ses seins. Subjugué, Cian songea que s'il avait eu un cœur en état de battre, celui-ci aurait marqué une pause.

Il alla lui tendre la coupe emplie d'eau fraîche et s'assit près d'elle au bord du lit.

— Nous sommes fous d'avoir succombé à la tentation, dit-il tandis qu'elle buvait. Tu le sais aussi bien que moi.

— C'est le monde qui est fou.

Sans lui laisser le temps de répliquer, elle posa une main sur les siennes et ajouta sans ciller :

— Je ne me sens ni folle ni imprudente. Cette décision-là ne regarde que moi, et je l'assume.

Après avoir bu une nouvelle gorgée, elle lui tendit la coupe pour la lui faire partager.

— Regretterais-tu déjà quelque chose qui nous a fait tant de bien, qui nous a apporté tant de plaisir, sans causer le moindre tort à personne ?

— Le problème ne se pose pas en ces termes, maugréa-t-il. Et ce que l'on va dire de toi, tu y as pensé ?

Moïra laissa échapper un rire caustique.

— Tu te soucies de ma réputation, à présent ? Tu sais, j'ai beau être reine, je n'en suis pas moins une femme libre et responsable. Je n'ai de compte à rendre à personne. Pas même à toi. Les Gealliennes, qui plus est, ont la réputation de savoir ce qu'elles veulent. J'en ai eu la preuve pas plus tard que ce soir.

Elle se leva et alla passer son mantelet gris sur ses épaules avant de poursuivre :

— Ceara, une de mes dames de compagnie... Tu vois qui c'est ?

— Grande, les cheveux châtains, répondit-il en acquiesçant d'un hochement de tête. Celle qui t'a battue au corps à corps.

— Exactement. Son frère fait partie de ceux qui sont morts aujourd'hui. Il était jeune. À peine dix-huit ans...

Cela lui transperçait le cœur d'avoir à y penser. La gorge serrée, elle dut marquer une pause pour se reprendre.

— Je ne m'attendais pas à la trouver ce soir dans le salon dans lequel se tiennent mes dames de compagnie.

— Ceara est loyale. Elle fait passer son devoir envers toi avant sa peine.

— Pas seulement envers moi. En mémoire de son frère, elle m'a demandé une faveur, une seule.

L'émotion faisait trembler sa voix quand elle poursuivit :

— Celle de pouvoir partir demain pour le front avec son mari. Elle est prête à laisser ses enfants ici, à renoncer à la sécurité de ce château, pour aller affronter nos ennemis. Elle n'est pas la seule. D'autres femmes ont elles aussi demandé à partir. Nous autres Gealliennes, nous ne sommes pas faibles et fragiles. Nous ne resterons pas au coin du feu pendant que nos hommes prennent tous les risques. Telle est la leçon que m'a donnée Ceara ce soir.

— Tu l'as autorisée à partir ?

Moïra opina.

— Elle et toutes celles qui le voudront. Je ne suis pas venue te rejoindre ici cette nuit parce que je me sentais faible ou parce que j'avais besoin de réconfort. Je l'ai fait parce que je te désirais.

La tête penchée sur le côté, Moïra laissa négligemment glisser son mantelet et conclut avec un sourire malicieux :

— D'ailleurs, je crois que je te désire de nouveau. Dois-je te séduire ?

— Trop tard. C'est déjà fait.

Le sourire de Cian s'élargit encore lorsqu'elle s'approcha du lit d'un pas chaloupé.

— Mais peut-être ne vas-tu pas pouvoir ? demanda-t-elle d'un air innocent. D'après ce que j'ai lu et entendu dire, les hommes ont besoin de récupérer entre deux... rounds.

— Tu m'obliges à me répéter. Je ne suis pas un homme.

Vif comme l'éclair, Cian lui saisit la main et l'attira sur le lit, où elle se retrouva rapidement sous lui. Elle se mit à rire de contentement et joua avec ses cheveux.

— En l'occurrence, dit-elle, cela m'arrange...

Plus tard, pour la première fois depuis tant d'années qu'il ne pouvait les compter, Cian ne s'endormit pas dans le silence mais au rythme apaisé du cœur de Moïra.

Ce fut ce bruit également qui le réveilla. Avant même de l'entendre gémir dans son sommeil, il perçut l'accélération de son rythme cardiaque et se redressa d'un bond dans le lit. Il jura entre ses dents en réalisant que Moïra ne portait pas sa croix de Morrigan, et que lui-même avait négligé les conseils que Glenna lui avait donnés pour empêcher les intrusions de Lilith.

— Moïra, réveille-toi ! dit-il en passant son bras sous ses épaules.

Il était sur le point de la secouer pour faire cesser son cauchemar quand il vit ses paupières papillonner. Au lieu de la peur qu'il s'était attendu à trouver dans ses yeux, il découvrit un chagrin de petite fille inconsolable.

— Ce n'était qu'un rêve, murmura-t-il en la serrant contre lui pour la réconforter. Juste un rêve. Lilith ne peut t'atteindre dans ton sommeil.

Moïra secoua la tête.

— Ce n'était pas Lilith. Désolée de t'avoir réveillé.

— Tu trembles...

Tendrement, Cian ajusta la courtepointe autour de ses épaules et sortit du lit.

— Je vais ranimer le feu, dit-il en gagnant la cheminée.

— Ne prends pas cette peine. L'aube doit être presque là. Je vais devoir m'en aller.

Sans tenir compte de ses protestations, Cian s'accroupit et plaça de la tourbe séchée dans l'âtre.

— Tu ne me fais pas confiance, reprit-il sans se retourner.

— Ce n'est pas cela ! Pas cela du tout. C'était juste un mauvais rêve, ajouta-t-elle plus calmement. Juste...

Sa voix la trahit, et elle ne put achever sa phrase. Cian, feignant l'indifférence, alla allumer quelques chandelles après avoir fait prendre le feu.

— Je ne peux pas en parler, dit-elle d'une voix faible. Cela m'est impossible.

— Bien sûr que si, tu le peux ! Tu seras peut-être plus à l'aise avec Glenna. Je vais aller la réveiller.

— Non, surtout pas ! protesta Moïra en se redressant dans le lit, avant d'enfouir le visage entre ses mains.

Puisqu'il était debout et qu'il ne parviendrait pas, de toute évidence, à retrouver le sommeil, Cian alla se servir une coupe de sang.

— Ainsi, lança-t-il d'un ton railleur, les Gealliennes sont des femmes fortes, qui savent ce qu'elles veulent !

Blême, Moïra laissa retomber ses mains et le foudroya du regard.

— Espèce de salaud ! lança-t-elle d'une voix sifflante.

Cian haussa les épaules.

— Cours te réfugier dans ta chambre si tu veux. Je ne t'en empêche pas. Mais si tu restes, il va te falloir déballer ce que tu as sur le cœur. À toi de choisir.

Il tira une chaise à lui et s'y assit avant de conclure :

— Puisque tu es si forte pour prendre des décisions, cela ne devrait pas te poser de problème.

— Tu tiens vraiment à ce que je décharge sur toi ma peine et ma souffrance ? Après tout, pourquoi pas ? Autant que je me confie à toi, pour qui cela ne signifie pas grand-chose. Voilà... J'ai rêvé, comme cela m'arrive de temps à autre, de l'assassinat de ma mère. Chaque nouveau rêve est plus précis, plus clair que le précédent. Au début, les songes que je faisais étaient tellement flous que c'était plus facile à supporter.

— Et maintenant ?

— Je peux tout voir. Tout...

— Et que vois-tu ?

Le visage figé, les yeux dans le vague, Moïra se mit à raconter d'une voix blanche :

— Je dormais quand c'est arrivé. Nous avions dîné en famille, avec mon oncle, Larkin et tous les autres. Après le repas, nous avions écouté de la musique et dansé. Ma mère adorait danser... Il était si tard quand nous sommes allés au lit que j'ai dû m'endormir instantanément. C'est en entendant ma mère crier que je me suis réveillée.

— Personne d'autre ne l'a entendue ?

Moïra secoua longuement la tête.

— Non. D'ailleurs, je pense qu'elle n'a pas réellement crié. Du moins, pas autrement que dans sa tête. Mais grâce au lien très fort qui nous unissait, ce cri est parvenu jusqu'à moi. Juste un cri. Bref mais horrible. J'étais persuadée d'avoir rêvé, mais ce cri m'a tellement effrayée que je me suis levée et rendue dans sa chambre pour me tranquilliser.

Le cœur de Moïra avait battu si vite, si fort, une telle angoisse lui avait paralysé l'esprit, qu'elle n'avait pas pris le temps d'allumer une chandelle et s'était enfuie de sa chambre dans le noir.

— Je n'ai pas frappé à sa porte. Je me disais qu'ainsi, je pourrais chasser mes craintes sans la réveiller. J'ai eu un premier choc en découvrant son lit vide. Et un deuxième, plus terrible encore, en entendant des bruits affreux, inhumains, des grondements d'animaux en train de dévorer leur proie… et tant d'autres bruits, plus horribles et plus indescriptibles.

Moïra se tut et déglutit péniblement.

— La porte de la terrasse était grande ouverte, poursuivit-elle d'une voix blanche, les rideaux soulevés par un souffle de vent. Je l'ai appelée. J'ai voulu sortir sur la terrasse, mais mes jambes ne m'obéissaient plus. J'avais le plus grand mal à poser un pied devant l'autre. Je ne peux plus… Je ne veux pas me rappeler la suite.

— Tu dois le faire, intervint Cian d'une voix ferme. Laisse-moi t'aider. Tu es finalement allée jusqu'à la porte. Tu as vu ce qui se passait sur la terrasse.

— J'ai vu… j'ai vu ma mère, étendue sur le pavage. Il y avait tant de sang ! Et sur elle… Je crois que je vais vomir.

Cian se leva, la rejoignit et prit ses mains entre les siennes.

— Tiens bon ! Tu peux le dire. Tu le dois !

— Ils la… Ils déchiquetaient son corps. Des loups… des loups n'auraient pas été plus acharnés, plus féroces.

Il lui fallait expulser chaque mot de sa bouche. Mais à mesure que sa confession lui échappait, Moïra avait l'impression qu'une plaie à vif se cautérisait en elle.

— Ils se repaissaient d'elle. Ces êtres de cauchemar. Ces démons. Ils étaient accroupis sur ma mère, en train de la dévorer ! Je voulais crier, mais aucun son ne sortait de ma bouche. Je voulais me précipiter sur eux, les faire fuir, mais je restais figée sur place. Puis l'un d'eux s'est aperçu de ma présence. Il s'est tourné vers moi. J'ai vu ses yeux rouges, de la couleur de l'enfer, son visage barbouillé du sang de ma mère.

Lorsqu'il a bondi dans ma direction, je... je me suis enfuie. J'ai laissé ma mère aux prises avec ces monstres et je me suis enfuie.

— Elle était déjà morte, Moïra. Au fond de toi, tu le sais. Et si tu étais sortie sur cette terrasse, tu aurais subi le même sort.

Les yeux clos, le visage tordu par la souffrance, Moïra s'écria :

— J'aurais dû lui porter secours ! Il a suffi que cette... chose bondisse vers moi pour que je me mette à hurler. Ce monstre a rebondi dans l'embrasure de la porte, comme s'il avait heurté un mur invisible, mais je n'ai pas cessé de hurler. Puis tout est devenu noir.

La tête basse, Moïra conclut d'un air coupable :

— Je... je n'ai rien fait d'autre que hurler pendant qu'on massacrait ma mère.

— Tu étais en état de choc, comme n'importe qui l'aurait été à ta place, commenta Cian d'un ton détaché. Et tu ne pouvais plus rien pour ta mère.

— Comment ai-je pu l'abandonner, Cian ? insista-t-elle pourtant. Elle que j'aimais plus que tout au monde ?

Un flot de larmes inondait à présent ses joues.

— Tu as obéi à un instinct bien légitime de survie, répondit-il. Le même instinct de survie qui a conduit ton esprit à effacer ces images de ta mémoire, parce que tu étais incapable de supporter le souvenir de ce que tu avais vu. Avant même que tu mettes le pied dans sa chambre, ta mère était déjà morte, Moïra... Sans doute a-t-elle eu tout juste le temps de pousser ce cri intérieur que tu as entendu dans ton sommeil.

— Comment peux-tu en être aussi sûr ? Si...

— Ses assassins étaient en mission, coupa-t-il. Ils étaient là pour tuer, et c'est sans doute ce qu'ils ont fait dès le premier instant.

Parce que le feu tardait à réchauffer la pièce et qu'il la voyait trembler, Cian prit Moïra dans ses bras et conclut :

— Ta mère n'a eu qu'un court instant pour connaître la peur et la douleur. Le reste… elle n'était plus là pour le subir.

Entre ses bras, Cian sentit Moïra se détendre.

— Tu peux me le jurer ? demanda-t-elle d'une voix pleine d'espoir. Tu y crois vraiment ? Tu ne dis pas ça pour me consoler ?

— Je peux te le jurer sans problème. Je ne le crois pas, je le sais. S'ils avaient voulu la torturer, ils l'auraient emmenée ailleurs. Ils ne seraient pas restés là, où ils risquaient d'être découverts à tout instant. Ils l'auraient emmenée dans un endroit tranquille, où ils auraient pu prendre leur temps. Les sévices qu'ils lui ont infligés post mortem n'avaient d'autre but que de donner le change. Comme pour ton père, il fallait qu'on croie à une attaque de bêtes sauvages.

Moïra poussa un long soupir, puis un autre encore tandis que la logique de cette version s'imposait peu à peu à elle.

— J'étais malade de honte et de culpabilité d'imaginer qu'elle ait pu être encore en vie quand je l'ai découverte, expliqua-t-elle. Ce n'est pas une consolation, mais cela me rassure de savoir que ses souffrances n'ont pas duré.

Rassérénée, Moïra essuya ses larmes et soutint le regard de Cian.

— Je suis désolée de t'avoir traité de salaud.

— Je l'avais bien cherché.

— Et tu m'as provoquée délibérément… Je n'avais encore raconté à personne ce qui s'est passé cette nuit-là. J'étais incapable de mettre des mots sur cet horrible souvenir.

— Voilà qui est fait.

Moïra hocha la tête d'un air pensif.

— Maintenant, ajouta-t-elle, je pourrai peut-être garder de ma mère le souvenir de la femme vivante et heureuse que j'ai connue, et non celui de sa fin atroce. J'ai froid. Tu veux bien me serrer contre toi ?

Cian se recoucha auprès d'elle et lui caressa doucement les cheveux tandis qu'elle se remettait de ses émotions, la tête posée sur son épaule.

— Je me sens mieux, à présent que je t'ai tout dit. C'était très gentil de ta part, de me pousser à bout afin que je puisse le faire.

— À ton service.

— J'aimerais pouvoir rester ici, blottie contre toi dans le noir, mais il me faut assister au départ des troupes.

Redressant la tête, elle posa le front contre le sien et demanda d'une voix mutine :

— Vais-je avoir droit à un baiser, maintenant ?

Cian s'exécuta de bonne grâce. D'abord tendre et léger, le baiser se fit progressivement passionné, jusqu'à réveiller dans son ventre la flamme du désir.

Quand leurs lèvres se séparèrent, Moïra rouvrit des yeux embrumés par la passion.

— Cela valait la peine d'attendre… murmura-t-elle. J'ai senti ce baiser jusqu'au bout de mes orteils. J'espère que cela signifie que je marcherai aujourd'hui d'un pas plus léger.

À regret, elle se leva et alla s'habiller.

— J'aimerais te manquer un tout petit peu au cours des heures à venir, dit-elle ce faisant. Ou au moins que tu le prétendes quand nous nous reverrons.

— Si je te dis que tu m'as manqué, ce ne sera pas un mensonge.

Rhabillée, Moïra alla se pencher vers lui et prit son visage entre ses mains pour un dernier baiser.

— D'accord, dit-elle. Je me contenterai de la vérité. Quelle qu'elle soit.

Elle ralluma son bougeoir et marcha jusqu'à la porte. Tout en adressant à Cian un dernier sourire par-dessus son épaule, elle l'ouvrit… et tomba nez à nez avec Larkin, qui s'apprêtait à cogner du doigt contre le battant.

— Moïra ?

Son sourire fut aussi ébahi qu'éphémère. Il disparut de ses lèvres dès qu'il eut aperçu le lit défait et Cian, qui enroulait négligemment un drap autour de ses hanches.

En proie à une rage meurtrière, Larkin repoussa sa cousine pour se précipiter sur lui. Cian ne tenta pas de se soustraire au premier coup de poing, qu'il reçut en pleine figure. Mais le second, il le bloqua fermement.

— Tu n'avais droit qu'à un coup, dit-il d'un ton menaçant. Le deuxième t'expose à des représailles.

— Espèce de bâtard malfaisant ! s'écria Larkin, de plus en plus furieux. Tu vas devoir rendre des comptes pour ça !

— Indubitablement. Mais pas à toi.

— C'est ce que tu crois !

Voyant que Larkin s'apprêtait à assener de nouveaux coups à Cian, Moïra dut résister à l'envie d'abattre son bougeoir d'argent sur le crâne de son cousin.

— Stop ! cria-t-elle. Arrête ça tout de suite ! Lord Larkin, votre reine vous ordonne de cesser ces gamineries !

— Ne te mêle pas de ça, suggéra Cian d'un ton léger. Laisse ce gamin défendre l'honneur de sa cousine.

— Je vais t'écraser ! lança Larkin d'une voix grinçante. Même si tu es déjà mort, je vais te tuer !

À bout de patience, Moïra décida de s'interposer entre eux.

— Regarde-moi, Larkin ! ordonna-t-elle. Au lieu de te rendre ridicule, essaie de faire pénétrer un peu de lumière sous ce crâne épais... Dans quelle chambre sommes-nous ?

— Dans celle de ce salaud sans scrupule.

— Et naturellement, tu t'imagines qu'il m'a traînée ici par les cheveux pour me violer ? Eh bien, tu n'es qu'un âne. Je suis venue de mon plein gré cogner à la porte de Cian. C'est moi qui me suis glissée dans sa chambre, et jusque dans son lit, parce que j'en avais envie.

— Tu ne sais pas ce que...

D'un regard meurtrier, Moïra le réduisit au silence. L'index pointé sur sa poitrine, elle s'emporta.

— Si tu oses me dire que je ne sais pas ce que je fais, c'est *moi* qui vais t'écraser ! J'ai droit, comme tout le monde, à une vie intime. Et elle ne te regarde en rien.

— Mais... protesta Larkin. Toi, lui... ce n'est pas...

— Je m'en contrefiche ! coupa-t-elle.

Cian, qui s'était détourné d'eux, alla ramasser sa coupe sur la table.

— Pour moi, dit-il, ce n'est pas une surprise que ton cousin trouve révoltante l'idée que tu couches avec un vampire.

D'un geste provocateur, il trempa l'index dans le sang et le suçota avant d'ajouter :

— Ce sont des créatures peu recommandables.

— Je ne t'ai rien demandé ! riposta-t-elle. Et je n'ai pas davantage besoin de ton aide que de la sienne !

— Une minute, intervint Larkin, s'adressant à Moïra. J'aimerais avoir un moment pour m'entretenir avec Cian en privé.

Avant qu'elle ait pu s'y opposer, il précisa :

— Uniquement pour parler. Je te le promets.

— De toute façon, j'ai perdu assez de temps avec vous, répondit Moïra d'un ton digne. Restez donc entre hommes et discutez tant que ça vous chante de ce qui ne vous concerne en rien, comme si je n'étais qu'une péronnelle sans cervelle ! Moi, je dois aller m'habiller pour passer les troupes en revue.

Moïra sortit en claquant la porte derrière elle. Cian alla se camper devant Larkin et lança sèchement :

— Je te conseille d'être bref. La compagnie des humains m'emplit de lassitude, tout à coup...

Toute trace de fureur avait disparu du visage de Larkin quand il expliqua :

— Tu t'imagines que je suis en colère et que je t'ai frappé à cause de ce que tu es. Mais, crois-le ou non, j'aurais eu la même réaction vis-à-vis de n'importe quel autre homme que j'aurais trouvé dans cette situation. Moïra est pour moi comme une sœur. Le fait que tu sois un vampire n'est pas entré une seule seconde en ligne de compte dans ma réflexion... étant donné que je n'ai pas réfléchi du tout.

Larkin se gratta une seconde le sommet du crâne.

— Encore que cela ajoute un problème, maintenant que j'y réfléchis... précisa-t-il, tout penaud. Mais je ne veux pas que tu penses que je t'ai frappé parce que tu es un vampire. En fait, ce n'est pas ce que je vois en toi, la plupart du temps, à moins... d'y réfléchir. Pour moi, tu es un ami. Plus qu'un ami. Tu fais partie de notre cercle. Tu es l'un des nôtres.

À mesure qu'il parlait, sa colère avait peu à peu refait surface.

— Et cela ne m'empêche en rien, conclut-il d'un ton menaçant, de te réclamer des comptes. Nom de nom, qu'est-ce qui t'a pris d'abuser de ma cousine ?

Imperturbable, Cian attendit quelques secondes avant de demander :

— En as-tu terminé avec ton petit discours ?

— Jusqu'à ce que j'obtienne une réponse, oui !

Avec un hochement de tête satisfait, Cian reprit sur la table sa coupe de sang.

— Tu as un certain toupet, déclara-t-il. Tu joues sur les sentiments pour me réclamer des comptes, tu fais de moi un ami, et même l'un des vôtres, mais c'est aller un peu vite en besogne. Je suis peut-être ton ami, mais je ne serai jamais des vôtres.

— N'importe quoi ! répliqua Larkin avec agacement. Tu me reproches de jouer sur les sentiments, mais toi, tu ne te gênes pas pour jouer sur les mots. Je te faisais confiance. Et tu en as profité pour séduire Moïra !

Cian laissa fuser un rire bref et cinglant.

— En disant cela, tu la sous-estimes grandement. C'est d'ailleurs l'erreur que j'ai commise moi aussi.

Du bout des doigts, Cian caressa sur la table le lien de cuir orné de perles et reprit d'une voix grondante :

— Voilà des semaines qu'elle fait de moi une boule de désirs refoulés. Cela ne m'excuse en rien. J'aurais dû la repousser, la mettre à la porte, mais tu sais comme elle peut se montrer têtue et persuasive. Je n'ai tout simplement pas pu lui résister.

Sur la table, son regard se reporta sur les cartes, dont il avait oublié jusqu'à l'existence dès que Moïra avait frappé à sa porte.

— Le problème sera vite réglé, conclut-il, puisque je m'en vais dès à présent. Je veux jeter un coup d'œil au champ de bataille. Ainsi, Moïra sera libérée de moi – et moi d'elle – jusqu'à ce que tout ceci soit terminé.

— Impossible ! décréta Larkin d'un ton sans réplique. Tu ne peux pas lui faire ça. Si tu t'en vas maintenant, elle sera persuadée que c'est à cause d'elle. Ou, pire encore, que tu la rejettes. Elle va en souffrir… et elle a déjà trop souffert. Si c'est par ma faute que tu as décidé de quitter le château...

— J'avais pris ma décision avant même qu'elle vienne frapper à ma porte. En partie pour éviter d'en arriver... où nous en sommes malgré tout arrivés.

Larkin passa une main nerveuse dans ses cheveux.

— Mais comme tu n'es pas parvenu à éviter cela, répondit-il, ton départ devra attendre. Si tu veux voir la Vallée, je t'y emmènerai par la voie des airs dès que possible. Mais dans les circonstances présentes, nous devons rester groupés.

Plus calme à présent, Larkin fixa Cian au fond des yeux et poursuivit avec conviction son plaidoyer.

— L'important est que nous restions un cercle uni et soudé. L'issue de la bataille en dépend. C'est un enjeu qui dépasse de loin le fait de savoir qui couche avec qui. Et à présent que j'ai un peu recouvré mon sang-froid, je veux bien admettre que cela ne me regarde pas. Mais en tant qu'ami, et en tant que parent de Moïra, j'ai le devoir de te demander une chose. Une seule. As-tu des sentiments pour elle – de véritables sentiments ?

— Tu n'as pas l'impression d'abuser un peu de la carte de l'amitié ?

— Non, puisque tu es mon ami – et je le répète : plus que mon ami. Je t'aime comme j'aime mon frère. C'est la stricte vérité.

— Assez ! s'écria Cian en reposant sèchement sa coupe sur la table. Vous n'avez donc aucune pudeur, aucune pitié, vous autres humains, pour me jeter sans cesse vos sentiments à la figure ?

— Les sentiments font partie intégrante de l'existence, répliqua Larkin. Comment peux-tu survivre sans eux ?

— Confortablement, merci ! Qu'est-ce que cela change, de toute façon, que j'aie ou non des sentiments pour Moïra ? Elle avait besoin de quelqu'un pour lui ôter son pucelage. Je lui ai rendu ce service. Point final.

— Pas de quelqu'un, corrigea doucement Larkin. Elle avait besoin de toi.

— Eh bien, elle a commis une erreur. Et moi aussi. Je l'aime, puisque cela semble tellement t'intéresser. Si je ne l'aimais pas, je l'aurais mise dans mon lit depuis longtemps rien que pour le sport ! Je l'aime, et c'est pour cela que je n'ai pas eu la force cette nuit de lui refuser ce qu'elle me réclamait. J'ignore comment cela s'est produit, mais je suis sûr de l'aimer, car je ne me sentirais pas aussi désemparé si ce n'était pas le cas. Et si tu répètes ceci à qui que ce soit, je te décolle la tête à mains nues, ami ou pas !

— D'accord.

Larkin acquiesça d'un hochement de tête et lui tendit la main.

— D'accord, répéta-t-il. J'espère que vous vous rendrez l'un et l'autre aussi heureux que possible, aussi longtemps que vous le pourrez.

De mauvaise grâce, Cian accepta de lui serrer la main et s'étonna :

— Au fait, qu'est-ce que tu venais faire ici à une heure aussi matinale ?

Le visage de Larkin s'éclaira.

— Bon sang ! J'avais complètement oublié... Je pensais te trouver encore debout. Je voulais te demander si tu accepterais de nous laisser – je parle là au nom de ma famille – croiser ton cheval avec l'une de nos reproductrices. Ton Vlad serait un étalon idéal pour elle.

— Tu veux utiliser mon cheval comme reproducteur ?

— Exactement. Si ce n'est pas un problème pour toi, je peux organiser la saillie dès ce matin.

— Fais-le. Je suis sûr qu'il appréciera.

— Merci beaucoup. Naturellement, nous sommes prêts à te verser les compensations habituelles...

La réponse de Cian fusa sans qu'il ait besoin d'y réfléchir.

— Pas de cela entre nous. Nous sommes amis, non ?

— Dans ce cas, d'accord. Et merci encore.

Larkin se dirigea vers la porte, mais se retourna avant de sortir.

— À présent, dit-il avec une grimace, il ne me reste plus qu'à aller trouver Moïra pour lui laisser passer sa colère sur moi, comme je l'ai mérité.

À peine eut-il refermé la porte que celle-ci se rouvrit et que le visage jovial de Larkin réapparut dans l'embrasure.

— Au fait ! lança-t-il. La jument que j'ai en tête pour ton Vlad... elle est charmante.

Le sourire espiègle qu'il lui adressa, assorti d'un clin d'œil, eut raison de la mauvaise humeur de Cian, qui se surprit à éclater de rire.

11

Moïra avait ordonné que les oriflammes blanches qui flottaient en permanence au-dessus du château royal soient mises en berne, et un trio de cornemuses jouait un requiem dans l'aube grise et triste qui se levait sur Geall. Le temps venu, si les dieux voulaient bien leur accorder la victoire, elle ferait davantage pour honorer la mémoire des premiers morts de cette guerre. Mais pour l'instant, c'était tout ce qu'il était possible de faire pour leur rendre hommage.

Elle était partagée entre la tristesse et la fierté tandis qu'elle regardait, dans la cour du château, les soldats de son armée – hommes et femmes – se préparer au départ pour la longue marche vers l'est. Déjà, elle avait fait ses adieux à ses dames de compagnie et à Phelan, le mari de sa cousine.

— Majesté ?

Niall, l'un des fidèles gardes du château, dont elle avait fait l'un des principaux capitaines de son armée, vint s'incliner devant elle en lui demandant :

— Dois-je faire ouvrir les portes ?

— Dans un petit moment. Je sais que tu souhaitais toi aussi partir aujourd'hui, Niall.

— Ma seule ambition est de vous servir, Majesté.

— Mais tu as d'autres envies, et je les comprends. J'ai besoin de toi ici et je dois te demander encore un peu de patience. Ton heure viendra, je te le promets.

Leur heure à tous arriverait bien assez tôt, ajouta-t-elle pour elle-même.

— Comment vont ton frère et sa famille ? s'enquit-elle avec un sourire.

— Fort bien, grâce à lord Larkin et lady Blair. Quoique la jambe de mon frère soit en voie de guérison, il ne pourra être sur pied pour *Samhain*.

— Il y a d'autres façons de participer à l'effort de guerre que de manier l'épée sur le champ de bataille.

La main de Niall se referma sur la poignée de son arme, pendue à son côté.

— *Aye*, approuva-t-il. Mais pour vous dire la vérité, je préfère pour ma part y participer ainsi !

Moïra hocha la tête et poussa un long soupir.

— Tu peux y aller, dit-elle. Fais ouvrir les portes.

Pour la deuxième fois, elle dut regarder ses sujets partir, quitter la sécurité du château. La scène se répéterait plusieurs fois encore, avant qu'elle n'ait à partir à son tour, ne laissant sur place que les très jeunes, les très vieux, les malades et les infirmes.

— Le ciel est dégagé, dit Larkin, qui était venu se placer à côté d'elle. Ils pourront atteindre la première base sans danger.

Moïra ne lui répondit pas. Son regard se porta vers l'endroit où se tenait Sinann, un enfant dans les bras, un autre dans son ventre, et un troisième accroché à ses jupes.

— Elle ne pleure pas, constata-t-elle.

— Elle fait bonne figure pour que Phelan puisse partir le cœur plus léger, déclara Larkin.

— C'est à l'intérieur que doivent couler ses larmes. Et même après le départ de son mari, quand il ne sera plus là pour les voir, pour rien au monde elle ne les montrera à ses enfants. Si la force d'âme est une arme, alors nous allons balayer l'ennemi...

Lorsque Moïra tourna les talons pour rentrer, son cousin lui emboîta le pas.

— Je n'ai pas eu l'occasion de te parler, commença-t-il d'un ton léger. Après, je veux dire.

— Après t'être immiscé dans ma vie privée ? répliqua-t-elle d'une voix glaciale.

— Je ne me suis pas immiscé dans ta vie privée, protesta-t-il. Je me suis juste trouvé au mauvais endroit au mauvais moment, et pour la plus grande gêne de tout le monde. Cian et moi, nous nous sommes expliqués.

Les sourcils haussés, Moïra lui jeta un regard dédaigneux.

— Oh, vraiment ? s'exclama-t-elle. Voilà qui n'est pas pour me surprendre. Se mettre d'accord sur des choses qui ne les concernent en rien, c'est généralement ce que font les hommes après s'être tapé dessus.

Larkin la prit par le bras pour l'entraîner dans un jardin, où leur conversation pourrait se poursuivre à l'abri des oreilles indiscrètes.

— Inutile de monter sur tes grands chevaux, protesta-t-il. Comment aurais-je dû réagir, selon toi ?

— En ayant suffisamment de savoir-vivre pour t'excuser et t'éclipser discrètement. Est-ce trop demander ?

— Ça l'est quand un séducteur vieux de mille ans se met en tête d'abuser de ma cousine.

— C'est l'inverse qui s'est produit. Ce n'est pas lui mais moi qui ai abusé de lui.

Larkin rougit jusqu'aux oreilles, se gratta le sommet du crâne et détourna pudiquement le regard.

— S'il te plaît, maugréa-t-il, épargne-moi les détails. Je voulais juste que tu saches que je me suis excusé auprès de lui.

— Et moi, vais-je aussi avoir droit à des excuses ?

— Qu'attends-tu exactement de moi, Moïra ? Tu sais l'affection que j'ai pour toi...

— J'attends de toi que tu comprennes que je suis une femme adulte, responsable, capable de diriger sa vie toute seule et de décider de prendre un amant si bon lui semble !

En le voyant grimacer, Moïra perdit patience.

— Le terme te hérisse ? Alors que je suis capable de gouverner ce royaume, de me battre pour le défendre, de mourir pour lui s'il le faut, cela heurte ta délicate sensibilité de penser que je puisse coucher avec un homme ?

Cette sortie laissa Larkin songeur un instant.

— Oui, reconnut-il piteusement. Mais je m'en remettrai. Ce que je ne supporte pas, c'est l'idée que tu puisses souffrir. Sur le champ de bataille ou dans ton cœur. Tu peux comprendre ça ?

Moïra se radoucit instantanément. Il lui avait toujours été difficile de rester longtemps fâchée contre Larkin.

— Je le comprends d'autant mieux que je ressens la même chose à ton égard, répondit-elle. Tu me connais, Larkin. Je n'ai rien d'une écervelée. Intellectuellement, je sais qu'il ne peut y avoir d'avenir pour Cian et moi. J'ai conscience que la décision que je viens de prendre ne pourra que me faire souffrir, un jour ou l'autre. Mais dans mon cœur, j'ai besoin de ce qu'il peut m'offrir – ici, maintenant.

Moïra marqua une pause et caressa du plat de la main un buisson en fleur. Aux premiers frimas, songea-t-elle, ses branches se dénuderaient. La beauté devait se faner, pour que la vie prospère.

— Ta sœur vient d'assister au départ de son mari pour la guerre, reprit-elle d'une voix rêveuse. Elle sait qu'il risque de ne plus revenir, mais elle n'a pas pleuré devant lui, pas plus qu'elle ne le fera devant ses enfants. Quand ses larmes couleront enfin, elle sera seule. C'est comme elle, aussi dignement, avec autant de courage, qu'il me faudra réagir lorsque cette histoire se terminera.

— Promets-moi une chose.

— Si je le peux…

Tendrement, Larkin lui caressa la joue.

— Le jour où tes larmes couleront, rappelle-toi que tu as une épaule sur laquelle les verser.

— D'accord, répondit-elle avec un sourire tremblant. C'est promis.

Dans le salon familial, où elle était venue prendre son petit déjeuner, Moïra trouva Glenna et Blair en train de discuter du programme du jour.

— Où est Hoyt ? s'étonna-t-elle en se versant une tasse de thé.

— Déjà au travail, répondit Glenna, les yeux lourds de sommeil. Notre fabrique artisanale d'épées lance-flammes tourne à plein régime. Je pensais commencer aujourd'hui à entraîner à leur maniement ceux qui resteront ici.

— Bonne idée, approuva Moïra. Je viendrai te donner un coup de main. Et toi, Blair, qu'as-tu au programme ?

— Dès que Larkin aura terminé de jouer les marieurs, nous…

— Pardon ? fit Moïra. À quoi joue-t-il ?

— Il s'est mis d'accord avec Cian pour présenter Vlad à une des plus belles juments des écuries de son père. Sans leur laisser le temps d'un dîner aux chandelles, il compte les faire passer directement à la saillie. Tu parles d'un romantisme ! Il ne t'a pas mise au courant ?

— Non. Nous avons eu d'autres sujets de préoccupation, et cela a dû lui sortir de la tête. Ainsi, il veut se servir de Vlad comme étalon...

Un sourire réjoui fleurit sur les lèvres de Moïra.

— Voilà qui est tout à fait porteur d'espoir, commenta-t-elle. Les écuries de Geall vont s'enrichir d'une nouvelle et prometteuse lignée. C'est donc pour lui demander ça qu'il est venu frapper à la porte de Cian au petit jour ?

— Il se disait que plus tôt Cian donnerait son feu vert, plus... Attends un peu ! Tu peux rembobiner le film ? Comment se fait-il que tu sois au courant de la visite que Larkin a rendue à Cian à l'aube ?

— Parce que j'étais sur le point de quitter la chambre de Cian quand il est arrivé.

Moïra sirota tranquillement son thé, laissant ses deux amies échanger un regard interloqué.

— Je vois... murmura prudemment Blair.

— Vas-tu toi aussi te mettre en colère contre Cian et lui demander des comptes pour avoir séduit une innocente ?

Blair ne réfléchit pas plus d'une seconde à la question.

— Tu étais dans sa chambre... Je vois mal Cian t'y attirer par la ruse sous prétexte de te faire admirer ses estampes japonaises.

Moïra frappa la table du plat de la main tant cette réponse la mettait en joie.

— Et voilà ! s'exclama-t-elle. Je savais qu'une femme ferait preuve de davantage de jugeote. Et toi ? ajouta-t-elle en se tournant vers Glenna. Tu n'as pas d'avis sur la question ?

— Je pense que vous allez tous deux souffrir de cette relation mais que vous le savez déjà. Je me bornerai donc à souhaiter que vous puissiez l'un et l'autre vous offrir autant de bonheur et de plaisir que possible, tant que cela durera.

— Merci.

— Est-ce que ça va ? reprit Glenna. La première fois est souvent un peu difficile, voire décevante.

— C'était magique ! s'exclama Moïra, tout sourire. Et si excitant... Beaucoup plus que je ne l'avais imaginé.

— Si un type n'est pas au top après plusieurs siècles de pratique, intervint Blair, c'est que son cas est désespéré. Et Larkin est arrivé juste après que... Aïe ! Il a dû apprécier.

— Comme tu peux t'en douter. Il a foncé sur Cian pour lui donner un coup de poing dans la figure, mais ils se sont réconciliés, maintenant. Comme finissent par le faire tous les hommes qui se tapent dessus avant de s'expliquer.

Avec un bel ensemble, les trois femmes levèrent les yeux au plafond, déplorant la stupidité masculine.

— Je les ai laissés se ridiculiser tout seuls, conclut Moïra. Après avoir clairement établi que mes décisions en la matière ne regardaient que moi. Il reste très peu de temps avant que nous ayons à monter au front. Nous aurons tout loisir de débattre de mes choix amoureux après *Samhain* – si les dieux en décident ainsi.

— Bien parlé ! approuva Blair en se levant. Bon, je vais vous laisser. Grâce aux pressions que tu as exercées sur lui, Moïra, Larkin a accepté de voir si on pouvait mettre en place une escadrille de dragons. Il est toujours aussi peu favorable à cette idée, mais au moins va-t-il en étudier la faisabilité.

— Si c'était possible, ce serait un gros avantage pour nous, commenta Moïra. Imaginez les dégâts que pourraient faire dans les rangs de l'ennemi des archers chevauchant des dragons...

— D'autant plus s'ils utilisent des flèches enflammées ! renchérit Blair.

— Tant qu'ils ne tirent pas sur nous... acheva Glenna. Il ne reste pas beaucoup de temps pour entraîner une telle escadrille, mais ça vaut le coup d'essayer.

Les yeux dans le vague, Moïra se mit à réfléchir tout haut.

— Le feu, oui... murmura-t-elle. C'est une arme encore plus efficace si elle est maniée depuis les airs. Dommage que tu ne puisses mettre le soleil au bout d'une flèche, Glenna. Nous aurions déjà gagné la partie.

Blair se dirigea vers la porte et s'arrêta sur le seuil pour s'adresser à Moïra.

— J'avais dix-sept ans, la première fois. Le garçon pour qui j'avais craqué ne savait pas s'y prendre. Il était pressé, si bien qu'à la fin, je me suis sentie frustrée et dépitée. D'où l'avantage d'être initiée par un homme qui sait ce qu'il fait et qui a une certaine classe.

— Crois-moi, je mesure pleinement la chance que j'ai, assura Moïra avec un sourire satisfait.

Elle sentit que ses deux amies échangeaient un autre regard entendu et s'absorba dans la dégustation de son thé.

Quand elle se retrouva seule avec Glenna, celle-ci lui demanda de but en blanc :

— Est-ce que tu l'aimes ?

Moïra ne fut pas prise au dépourvu. C'était une question qu'elle s'était maintes fois posée.

— D'une certaine façon, j'ai l'impression d'avoir attendu depuis toujours de ressentir ce que je ressens pour lui, répondit-elle. Ce que ma mère a ressenti pour mon père durant leur brève vie commune. Ce que tu ressens si manifestement pour Hoyt. Penses-tu que je prenne cela pour de l'amour uniquement à cause de ce qu'est Cian ?

La réponse de Glenna fut immédiate et catégorique.

— Non. Pas du tout. J'éprouve moi-même pour Cian des sentiments très forts. Et ce qu'il est n'a rien à y voir. Mais tu ne dois pas perdre de vue que vous ne pourrez jamais bâtir votre vie ensemble, Moïra. Précisément à cause de ce qu'il est. Il est aussi impossible d'y changer quoi que ce soit que de mettre le soleil au bout d'une flèche.

— J'ai bien écouté tout ce que Blair et lui nous ont expliqué à propos... de ceux de son espèce.

Qui plus est, ajouta Moïra pour elle-même, elle avait lu depuis qu'elle connaissait Cian d'innombrables livres sur le sujet.

— Je sais qu'il ne vieillira pas, reprit-elle après une courte pause. Qu'il restera à jamais tel qu'il était à l'instant où Lilith l'a engendré : jeune, fort, plein d'énergie. Moi, en revanche, au fil du temps, je vieillirai. Mon corps se tassera, deviendra plus faible. Mon visage se ridera, mes cheveux blanchiront. Je tomberai malade et lui ne le sera jamais.

Moïra se leva et alla se planter devant une fenêtre. Le soleil qui passait à travers dessinait sur le sol une flaque de lumière.

— Même s'il m'aime autant que je l'aime, dit-elle, il n'existe aucun avenir commun pour nous. Il ne peut, comme je le fais en ce moment, jouir de la caresse du soleil sur sa peau. Nous ne partagerons jamais que les ténèbres. Il ne peut avoir d'enfant, je ne pourrai donc pas garder ce souvenir de lui. Je dois me contenter de ce qu'il a à m'offrir. Une année de bonheur. Ou cinq. Ou dix. Ou bien moins que cela. À mes yeux, c'est déjà inespéré, conclut Moïra en se retournant vers Glenna.

— Quand je suis tombée amoureuse de Hoyt, dit son amie d'une voix douce, j'imaginais que nous ne pourrions jamais vivre ensemble. Cela me brisait le cœur chaque jour.

— Pourtant, tu l'aimais.

— Pourtant, je l'aimais.

Droite et résolue dans le rayon de soleil qui tombait dans son dos et faisait étinceler sa couronne, Moïra déclara :

— Je sais que si je n'étais pas amoureuse de Cian, ma vie serait moins pleine, moins riche. Or, plus notre vie nous est précieuse, plus nous nous battons pour la conserver. Mon amour pour lui est donc une nouvelle arme dans mon cœur. Et je m'en servirai.

Moïra découvrit qu'une journée passée à apprendre aux enfants à se défendre pouvait être plus épuisante qu'un entraînement physique intensif. Elle n'avait pas réalisé avant de le faire combien il lui serait difficile de révéler aux plus jeunes que les monstres nés de leurs cauchemars pouvaient, après tout, être réels.

La tête pleine de leurs questions angoissées, le cœur lourd de la peur qu'elle avait lue dans leurs yeux, elle sortit prendre l'air dans les jardins et leva les yeux vers le ciel, dans l'espoir d'y voir reparaître Larkin et Blair.

— Ils seront de retour avant le crépuscule.

Moïra fit volte-face en reconnaissant dans son dos la voix de Cian.

— Que fais-tu là ? s'étonna-t-elle. Le soleil n'est pas encore couché.

— L'ombre est plus épaisse, ici, à cette heure du jour.

Pourtant, elle vit qu'il prenait soin de rester plaqué contre la muraille, bien à l'abri de la lumière.

— C'est un endroit tranquille, qui offre au regard une jolie vue, reprit-il en contemplant le panorama. Tôt ou tard, tu finis chaque jour par y passer un moment.

— Tu as épié mes habitudes ?

— Cela fait passer le temps.

— Glenna et moi avons consacré notre journée à apprendre aux enfants et aux anciens à se défendre, au cas où le château serait attaqué en notre absence. Tous les hommes en état de se battre seront sur le champ de bataille. Nous ne pouvons nous permettre d'en laisser ici.

— Les portes resteront fermées. Hoyt et Glenna mettront en place un charme de protection par mesure de précaution. Ils seront aussi en sécurité que possible.

— Et si nous perdons la bataille ?

— Alors, ils seront condamnés.

— Je sais, murmura-t-elle.

Elle s'avança à sa rencontre.

— Si je comprends bien, reprit-elle, tu es venu ici pour m'attendre ?

— Oui.

— Et maintenant que je suis là, qu'as-tu l'intention de faire ?

Cian ne bougeait pas d'un pouce, mais elle percevait la bataille qui se livrait en lui. Même si l'air électrisé par cette guerre intérieure semblait crépiter entre eux, elle resta parfaitement immobile, le regard grave, fixant sur lui ses tranquilles yeux gris.

Cette lutte s'acheva comme elle l'avait espéré. Cian la saisit par la taille à deux mains et l'attira contre lui, en une étreinte qui fit entrer brutalement en collision leurs deux corps. L'instant d'après, sa bouche prit possession de la sienne, pour un baiser dévastateur qui la laissa pantelante.

— Bonne réponse... murmura-t-elle.

Mais, déjà, les lèvres de Cian assaillaient de nouveau les siennes.

— Sais-tu au moins ce que tu as libéré en venant frapper à ma porte ? demanda-t-il d'une voix tendue.

Sans lui laisser le temps de répondre, il se retourna et fit passer ses bras sur ses épaules pour la charger sur son dos, lui arrachant un cri effrayé.

— Cian ? Qu'est-ce que...

— Accroche-toi bien à moi !

Moïra poussa un cri de terreur et de ravissement mêlés lorsque Cian, d'un bond fantastique, s'éleva en l'air et se mit à gravir la muraille à mains nues. Instinctivement, elle resserra ses bras autour de son cou et enserra sa taille entre ses jambes.

— Mais qu'est-ce que tu fais ? protesta-t-elle. Tu aurais dû me prévenir que tu avais perdu la tête !

Elle jeta un coup d'œil en contrebas, sentit son cœur se soulever et s'empressa de regarder vers le haut. Déjà, la fenêtre ouverte de la chambre de Cian grossissait au-dessus d'eux. Agile comme un lézard, il gravit les derniers mètres sans le moindre effort apparent, bascula par-dessus le rebord de la fenêtre, Moïra toujours accrochée à lui, et referma d'un coup sec le rideau, plongeant la pièce dans le noir.

— J'ai perdu la tête dès l'instant où tu as mis les pieds dans cette chambre la nuit dernière, répondit-il en la laissant descendre. J'ai voulu te rendre la pareille. À présent, nous sommes quittes.

— Si tu voulais que je te rejoigne dans ta chambre, il suffisait de...

Moïra poussa un nouveau petit cri en sentant soudain les bras de Cian la soulever du sol. Elle n'y voyait goutte et, dans le noir, elle eut l'impression de voler. Un troisième cri lui échappa ensuite – de contentement, cette fois – quand elle se retrouva sur le lit, allongée sous lui. Les mains de Cian écartèrent ses vêtements, pressées d'atteindre sa peau nue.

— Attends ! protesta-t-elle. Attends un peu ! Je n'y vois rien. Je ne... je ne sais plus où j'en suis !

— Trop tard, gronda-t-il dans le noir. Pour l'un comme pour l'autre.

Sa bouche réduisit Moïra au silence, et ses mains reprirent le long de son corps leur exploration de plus en plus poussée. Il la sentit gravir rapidement les échelons menant au plaisir, ce qui exacerba son propre désir. Sous ses lèvres, le souffle de la jeune femme était haletant. Sous son corps, le sien s'offrait tout entier. D'une main, il emprisonna ses poignets et leva ses bras au-dessus de sa tête. Elle n'était plus qu'abandon et accueillante douceur quand, n'y tenant plus, il la pénétra.

Moïra aurait crié de plaisir si elle l'avait pu. Mais elle n'avait plus de voix, elle n'y voyait plus rien, et, les bras retenus prisonniers par une poigne de fer, elle n'avait plus aucune prise sur la situation. Elle n'avait d'autre choix que de se livrer au plaisir qui l'envahissait peu à peu, tandis que Cian plongeait en elle avec une violence qui jetait leurs corps l'un contre l'autre. Elle ne tarda pas à répondre à ses assauts avec passion, mêlant à sa fougue virile sa propre frénésie.

Cette fois, l'orgasme fut si intense que Moïra eut l'impression d'exploser tel un feu d'artifice dans le noir.

Longtemps après encore, elle resta incapable du moindre mouvement, de la moindre pensée, même quand Cian se leva pour allumer le feu et les chandelles. Elle sentit ensuite qu'il lui ouvrait la main pour y placer un gobelet et réussit à émerger de sa torpeur pour soulever les paupières, mais elle n'était pas certaine d'avoir la force de boire.

C'est alors qu'elle aperçut la marque rouge sur la main de Cian. Elle se redressa si vite qu'elle faillit renverser sur le lit l'eau que contenait le gobelet.

— Tu t'es brûlé ! s'exclama-t-elle en s'emparant de son poignet. Laisse-moi voir ça...

En découvrant que la brûlure avait la forme d'une croix, elle en comprit vite l'origine.

— J'aurais dû l'enlever, dit-elle avant d'enfouir en hâte la croix de Morrigan dans son corsage.

— Un faible prix à payer.

À son tour, Cian examina les poignets de Moïra et se rembrunit en y découvrant la trace de ses doigts.

— Avec toi, je perds tout contrôle, constata-t-il.

— Je ne m'en plains pas... Laisse-moi essayer de soigner ta brûlure.

— Ce n'est rien.

— Raison de plus pour que je m'en occupe. J'ai promis à Glenna de m'exercer à l'art de la guérison.

Pour faire bonne mesure, Moïra lui adressa son sourire le plus charmeur, la main tendue vers lui. Avec un soupir, Cian capitula et vint s'asseoir près d'elle sur le lit.

— Ça me plaît que tu perdes tout contrôle avec moi, reprit-elle, tout en effectuant des passes au-dessus de la brûlure. J'aime savoir que je peux être désirée à ce point, qu'il y a en moi ce qu'il faut pour te faire perdre la tête.

— Ce genre de sport est déjà dangereux avec un humain, maugréa-t-il, mais quand un vampire perd le contrôle de ses sens, c'est la mort qui est au rendez-vous.

— Tu ne me feras jamais de mal. Je le sais. Parce que tu m'aimes.

Le visage de Cian se figea.

— Tu te trompes, répondit-il d'une voix soigneusement contrôlée. Le sexe ne va pas toujours de pair avec…

Avec un sourire entendu, Moïra l'interrompit.

— Arrête ! Je manque peut-être d'expérience en la matière, mais je ne suis ni stupide ni naïve. Ça va mieux ?

— Pardon ?

— Ta main, précisa-t-elle. La rougeur semble s'être atténuée.

Cian porta le regard sur sa main et eut la surprise de constater qu'elle avait raison. La douleur avait en outre complètement disparu.

— Il n'y a presque plus rien, reconnut-il. Tu es douée. Et tu apprends vite.

— Apprendre est une passion chez moi. Alors, laisse-moi te dire ce que j'ai appris à ton sujet. Je sais à présent avec certitude que non seulement mon corps te rend fou de désir, mais également que tu es amoureux de moi.

Un sourire rêveur sur les lèvres, Moïra tendit la main pour lui caresser les cheveux tout en parlant.

— Si tu étais uniquement motivé par le désir, tu ne m'aurais pas opposé tant de résistance quand je me suis offerte à toi cette nuit. Tu ne te serais pas non plus montré aussi doux, aussi attentionné. Et tu ne m'aurais pas fait confiance au point de me laisser dormir à côté de toi.

Elle posa l'index sur ses lèvres pour l'empêcher de répliquer et poursuivit :

— Je n'ai pas fini. J'ai découvert encore d'autres choses.

— Avec toi, grommela-t-il, le contraire m'eût étonné.

Moïra se leva et remit de l'ordre dans sa tenue.

— Quand Larkin est arrivé, poursuivit-elle, tu n'as rien fait pour l'empêcher de te frapper. Parce que tu m'aimes, tu te sentais coupable de m'avoir pris ce que vous imaginez tous deux être mon « innocence ». Parce que tu m'aimes, tu t'es donné la peine d'étudier mes habitudes et de découvrir mes endroits préférés. Patiemment, tu as fait le guet et tu m'as amenée ici par la voie des airs, tant tu avais besoin de moi. Je t'attire bien plus que tu ne veux l'admettre, Cian.

Lentement, Moïra but l'eau qu'il lui avait offerte, avant de conclure en le fixant droit dans les yeux :

— Tu m'aimes autant que je t'aime.

— À tes risques et périls.

— Les risques sont partagés. Et les périls aussi.

— Arrête, protesta Cian en se massant la nuque avec lassitude. Entre nous, il ne pourra jamais...

— Tais-toi !

Surpris par la colère qu'il avait sentie vibrer dans sa voix, Cian redressa la tête. Le gris brumeux des yeux de Moïra avait pris une teinte plus foncée.

— Je sais tout cela ! reprit-elle avec passion. Alors, inutile de me parler d'avenir et de ce qui ne peut être. Parle-moi plutôt d'aujourd'hui. Entre toi et moi, qu'il ne soit question que de l'instant présent. Demain viendra toujours bien assez tôt. Prenons chaque jour qui nous est offert, savourons-le et ne laissons pas la peur du lendemain le gâcher.

— Ne pleure pas, supplia-t-il. Je préfère être brûlé plutôt que de te voir pleurer.

— Je ne pleure pas, mentit Moïra.

Elle ferma un instant les paupières pour se reprendre et ajouta :

— Je veux savoir ce que tu ressens à mon égard. Je veux savoir qui j'ai en face de moi quand tu me regardes ainsi.

Cian se leva et vint la rejoindre. Tendrement, il caressa son visage du bout des doigts avant de lui répondre.

— Je t'aime. J'aime ce visage, ces yeux, tout ce que je vois en eux. Je t'aime, tout simplement. En presque mille ans d'existence, c'est la première fois que je peux prononcer ces mots sans avoir à mentir.

Moïra prit la main qui s'attardait sur sa joue et la porta à ses lèvres.

— Oh, regarde ! s'exclama-t-elle en fixant sa paume. Il n'y a plus aucune trace de brûlure. C'est l'amour, la plus puissante des magies, qui t'a guéri.

— Moïra...

Cian serra ses doigts dans les siens et les porta à son côté gauche.

— Si ce cœur pouvait battre, reprit-il, il battrait pour toi.

Des larmes embuèrent de nouveau les yeux de Moïra.

— Ton cœur ne bat peut-être pas, mais il n'est pas vide. Il n'est pas silencieux non plus, parce qu'il parle au mien et que mon cœur l'entend.

— Et cela suffit ?

— Notre amour suffit, répondit-elle en le prenant par la main. Viens, maintenant. Allons voir si...

Moïra se tut soudain en entendant des cris s'élever à l'extérieur. Alarmée, elle courut jusqu'à la fenêtre, dont elle souleva le rideau sans le tirer. Dès qu'elle comprit ce qui se passait, elle s'écria joyeusement :

— Cian ! Viens voir ! Le soleil est presque couché, à présent. Viens vite voir !

Le ciel était empli de dragons. Leurs corps aux teintes d'émeraude, de rubis et d'or scintillaient tels des diamants dans la lumière du couchant. Lançant dans l'air du soir leurs cris semblables à des sons de trompette, ils virevoltaient sans fin au-dessus du château.

— Fantastique… murmura Moïra d'une voix chargée d'émotion. As-tu jamais rien vu d'aussi beau ?

Cian posa la main sur son épaule. Elle leva le bras pour la recouvrir de la sienne.

— Écoute les gens les acclamer ! reprit-elle. Tu vois ces enfants qui courent et qui rient, les yeux levés vers le ciel ? Après les épreuves que nous venons de traverser, c'est de cela que nous avions besoin. D'un symbole d'avenir et d'espoir.

— Je ne voudrais pas jouer les rabat-joie, objecta Cian, mais il ne suffit pas de les amener ici pour les convaincre de se laisser chevaucher et de s'enrôler dans une guerre qui ne les concerne en rien. Cela dit, je dois reconnaître que c'est un spectacle magnifique. Et une musique agréable à entendre.

L'un après l'autre, les dragons commencèrent à atterrir.

— Étant donné que tu as déjà vécu une bonne dizaine de vies, ajouta Moïra, j'imagine qu'il y a peu de choses que tu n'aies pas encore faites.

— En effet, acquiesça-t-il. Pourtant, pour répondre à la question que tu ne m'as pas posée, je n'ai jamais volé sur le dos d'un dragon. Mais comme tu t'en doutes, j'aimerais beaucoup cela. Descendons.

Il y avait encore trop de lumière pour que Cian puisse se risquer dehors sans sa cape protectrice. Mais en dépit de cet inconvénient, il découvrit qu'il lui était encore possible de s'émerveiller et d'être surpris – en plongeant le regard dans l'œil fendu et doré d'un jeune dragon.

Le corps sinueux de ces créatures de légende était couvert de larges écailles irisées douces comme de la peau au toucher. Leurs ailes translucides se repliaient le long de leurs flancs lorsqu'ils étaient au sol. Mais leurs yeux étaient ce qui le captivait le plus, car le regard d'un dragon brillait de curiosité, d'intelligence, et même d'humour.

— Je me suis dit que les plus jeunes seraient plus faciles à entraîner, expliqua Blair, qui l'avait rejoint. Larkin est plus apte à communiquer avec eux. Même lorsqu'il est sous sa forme humaine, ils lui font confiance.

— J'imagine que cela doit lui rendre plus insupportable encore l'idée de les entraîner dans cette guerre.

— Que veux-tu ? Mon homme est un tendre. Nous en avons discuté pendant des heures. Il espérait nous convaincre de ne les utiliser que pour transporter des armes et des provisions. Mais ils pourraient nous apporter un avantage décisif sur le champ de bataille. Ou, plus exactement, au-dessus. Même Larkin ne peut prétendre le contraire. Pourtant, je dois admettre que cette perspective n'est pas sans me poser quelques problèmes de conscience.

— Ils sont magnifiques, commenta Cian à mi-voix. Et ils n'ont pas encore été domestiqués par l'homme...

Blair laissa fuser un soupir entre ses lèvres.

— Il va hélas nous falloir changer cela. Dans une lutte à mort, tout peut être une arme.

Elle laissa le silence retomber entre eux, puis demanda d'un air entendu :

— Je suppose que tu meurs d'envie d'en chevaucher un ?

— Et comment !

— OK. Baptême de l'air en tandem avec moi.

Voyant qu'il s'apprêtait à protester, elle ajouta :

— Je sais, je sais... Tu pilotes ton propre avion, tu montes à cheval comme un dieu, et tu escalades les façades plus vite que Spiderman lui-même. Mais tu n'as jamais chevauché de dragon, alors pas de vol en solo pour l'instant.

D'autorité, elle l'entraîna vers un dragon rubis et argent. Bien qu'elle eût effectué le vol du retour sur son dos, Blair tendit la main vers ses naseaux pour se faire reconnaître.

— Présente-toi à elle, que vous puissiez faire connaissance, conseilla-t-elle à Cian.

— Elle ?

Blair flatta le museau de l'animal et sourit.

— J'ai vérifié la plomberie, confia-t-elle avec un clin d'œil. Je n'ai pas pu m'en empêcher.

Cian posa la main sur le flanc de la bête, puis remonta le long cou jusqu'à sa tête tout en lui susurrant :

— Bonjour, ma douce. Tu es une véritable beauté, dis-moi...

Il poursuivit sur le même ton en irlandais. Le dragon lui répondit par un battement de queue qui ne pouvait être interprété que comme une manifestation de coquetterie.

À quelques mètres de là, Hoyt effectuait le même rite de séduction sur un dragon aux écailles saphir.

— Tu as vu ton frère ? fit Blair en le désignant d'un signe de tête. Il utilise la même technique que toi. Ce doit être de famille...

Mais ce n'était pas Hoyt que regardait Cian.

— Comment se fait-il que Sa Majesté ait le droit de monter un dragon toute seule ? s'enquit-il d'un ton suspicieux.

— Ce n'est pas une première pour elle. Elle est déjà montée sur le dos de Larkin métamorphosé en dragon. Et je me suis laissé dire que ce n'était pas tout ce qu'elle avait chevauché dernièrement.

Tournant la tête vers elle, Cian haussa les sourcils.

— Pardon ?

— Hé, relax ! C'était juste histoire de parler. Vous avez l'air bien plus détendus qu'hier, tous les deux...

Blair assortit sa remarque d'un sourire irrésistible avant de conclure :

— Allez, hop ! En selle.

Cian escalada le flanc de sa monture d'un bond puissant et agile.

— Racée et nerveuse... commenta-t-il en s'installant. Et plus confortable qu'il n'y paraît. Pas si différent, après tout, de ce que l'on ressent sur le dos d'un cheval.

— Sauf que ce cheval-là s'appelle Pégase ! Mais si tu l'éperonnes comme Vlad, elle ne va rien comprendre. Alors, voilà comment procéder...

Blair se coucha sur le cou du dragon, le long duquel elle glissa une main. Avec un bruit semblable à un froissement de soie, l'animal déplia ses ailes et s'éleva sans effort dans le ciel.

— En vivant assez longtemps, commenta Cian dans le dos de Blair, on finit par faire à peu près n'importe quoi !

— Je parie pourtant que cette expérience-là va figurer en bonne place dans ton hit-parade personnel... À présent, il ne reste plus qu'à entraîner ces bêtes et leurs cavaliers. Heureusement, elles sont douées et elles apprennent vite. Regarde...

Blair inclina le buste vers la gauche et, immédiatement, le dragon obliqua dans cette direction. Elle renouvela l'opération à droite et obtint la même réponse.

— Un peu comme sur une moto, observa Cian.

— Pas bête, reconnut-elle. Mais gare aux virages trop serrés ! Regarde-moi ce frimeur...

Monté sur le dos d'un gros mâle doré, Larkin décrivait dans le ciel des acrobaties sophistiquées.

— Le soleil sera bientôt couché. Attendons encore une minute ou deux, pour que je ne grille pas sur place, et nous rendrons à ton homme la monnaie de sa pièce !

Blair lui jeta un coup d'œil inquisiteur par-dessus son épaule et demanda :

— Je peux te dire quelque chose ?

— Ai-je jamais pu t'en empêcher ?

— Moïra porte le poids du monde sur ses épaules. Si ce qui se passe entre vous l'allège un peu, je suis pour. Rencontrer Larkin m'a permis d'alléger un peu mon propre fardeau. Alors, je souhaite que ça marche pour vous aussi.

— Tu me surprendras toujours, chasseuse de vampires.

— Parfois, je me surprends moi-même. Le soleil est couché. Prêt pour une petite démonstration ?

Avec un soupir de soulagement, Cian fit retomber dans son dos la capuche de sa cape.

— Allons-y ! lança-t-il gaiement. Montrons à ton cow-boy ce que sont de vrais pros !

12

Cela faisait cinq ans que Davey était devenu le fils de Lilith. Elle avait massacré ses parents et sa jeune sœur sur une plage de Jamaïque, par une nuit d'été enchanteresse.

Ce séjour hors saison – vol, hôtel et petit déjeuner continental inclus – constituait une surprise réservée par le père de Davey à sa femme pour son trentième anniversaire. Lors de leur première nuit sur l'île, grisés par quelques verres de punch autant que par l'ambiance estivale, ils avaient conçu sans le savoir leur troisième enfant. Un enfant qui était destiné à ne jamais voir le jour. Car ce qu'ils ne pouvaient savoir non plus, c'était que ces vacances familiales seraient les dernières.

Lilith sortait alors d'une dispute violente et passionnée avec Lora, qui s'était conclue par une de leurs nombreuses séparations. Pour oublier, elle avait choisi la Jamaïque sur un coup de tête. Des autochtones autant que des touristes, elle tirait amusement et nourriture. Mais elle avait fini par se lasser du sang corrompu par l'alcool des piliers de bar. Elle avait besoin de variété, de quelque chose de plus frais, de plus doux, de plus goûteux à son palais. La jeune famille en vacances lui avait fourni exactement ce qu'il lui fallait.

La mère et la fille avaient succombé les premières. Sur la plage baignée par le clair de lune, Lilith avait mis fin avec autant de férocité que d'efficacité à leur promenade ponctuée de rires joyeux. Elle avait été impressionnée par la riposte dérisoire et paniquée que lui avait opposée la mère, ainsi que par son besoin instinctif de protéger son enfant. Leur sang ayant suffi à la rassasier, elle aurait pu laisser en vie le père et le fils, qui jouaient à s'asperger dans les vagues, un peu plus loin sur la plage. Mais elle avait eu envie de voir si l'homme allait lui aussi défendre son rejeton. Ou implorer sa clémence, comme sa femme l'avait fait.

Il avait fait les deux, mais il avait également crié à l'enfant de s'enfuir – « Cours, Davey ! Cours ! » – quand elle avait fondu sur lui. Et sa peur pour son fils avait enrichi son sang d'une saveur particulière, faisant de sa mort un pur moment de plaisir.

Mais le petit garçon ne l'avait pas écouté et ne s'était pas enfui. Il avait sauté sur le dos de Lilith, dans l'espoir de venir en aide à son père. Puis il s'était débattu, lui aussi, mordant, frappant et griffant. Son caractère intrépide, son impétuosité et son visage angélique avaient convaincu Lilith de lui faire le don au lieu de se contenter de le tuer.

Lorsqu'elle avait pressé sa bouche contre son sein pour qu'il s'y abreuve de son sang, elle avait senti s'éveiller en elle quelque chose qu'elle n'avait jamais ressenti. Cet instinct presque maternel l'avait fascinée et troublée.

Ainsi Davey était-il devenu son animal de compagnie, son jouet, son fils et son amant. La rapidité avec laquelle il s'était habitué à sa nouvelle condition l'avait comblée d'aise. Et quand elle s'était réconciliée avec Lora, comme elles finissaient toujours par le faire, elle lui avait dit en riant qu'il serait désormais leur petit Peter Pan sanguinaire.

Mais comme tout garçonnet de six ans, Davey avait besoin qu'on s'occupe de lui, qu'on le distraie. Et ce d'autant plus, de l'avis de Lilith, qu'il était un prince. En tant que tel, il avait droit à des privilèges proportionnels aux devoirs qui étaient les siens. La partie de chasse qu'elle lui avait concoctée lui permettrait de prendre un peu de bon temps tout en faisant preuve de ses qualités princières.

Pour l'heure, il trépignait d'impatience tandis qu'elle lui enfilait les pauvres vêtements d'un petit paysan. Ses yeux brillaient d'excitation, et son agitation ne connut plus de bornes quand elle lui macula le visage de boue et de sang pour parachever le déguisement.

— Je peux me voir ? demanda-t-il quand elle eut fini de le grimer. S'il te plaît, laisse-moi regarder dans ton miroir magique ! S'il te plaît !

— Naturellement !

Lilith adressa à Lora un rapide coup d'œil de complicité amusée. Se prêtant au jeu, son amante tendit à l'enfant le précieux miroir en s'exclamant :

— Ton déguisement est parfait, Davey ! Tu as l'air si faible, si fragile, si... humain !

Avec le sérieux d'un acteur vérifiant son maquillage, Davey étudia son reflet et découvrit ses crocs.

— C'est comme un costume ! conclut-il en gloussant de plaisir. J'aurai le droit d'en tuer un à moi tout seul... Pas vrai, maman ? À moi tout seul !

— Nous verrons.

Lilith lui reprit le miroir et déposa un baiser sur sa joue salie.

— Tu as un rôle très important à jouer, mon petit chéri, reprit-elle en se penchant vers lui. Le plus important, même.

— Je sais exactement ce que je dois faire.

Davey trépigna de nouveau avant d'ajouter :

— Je me suis entraîné, entraîné, et encore entraîné…

— Je sais, approuva Lilith. Tu as travaillé très, très dur. Et tu vas me rendre très, très fière.

Elle alla reposer le miroir en place, à l'envers pour ne pas avoir la tentation d'y jeter un coup d'œil. Les brûlures de Lora étaient encore à vif, et son apparence était un sujet si sensible que Lilith évitait d'admirer son reflet en sa présence.

Quelques coups furent frappés à la porte.

— Ce doit être Midir, dit Lilith en se tournant vers son fils. Sois gentil d'aller lui ouvrir et d'aller nous attendre dehors, avec Lucius.

— Nous partons bientôt ?

— Dans quelques minutes. Promis.

Davey courut jusqu'à la porte, l'ouvrit, puis se tint raide et digne quand le sorcier s'inclina devant lui. D'un pas de petit soldat partant en mission, l'enfant sortit, laissant Midir refermer la porte.

— Majesté… fit le nouveau venu en s'inclinant plus bas encore. Milady…

— Assez de salamalecs ! ordonna Lilith avec un geste dédaigneux de la main. Comme tu as pu le constater, le prince est fin prêt. Et toi, l'es-tu ?

Midir se redressa, faisant bruire autour de lui son ample robe noire. Son visage dur, encadré de longs cheveux argentés, n'était pas dénué d'une certaine beauté. Ses yeux, aux prunelles opaques et sombres, soutinrent sans ciller le regard bleu et lumineux de Lilith.

— Le prince sera protégé, dit-il.

Son regard se posa sur le pichet d'argent posé sur un coffre massif, au pied du lit.

— Si du moins vous lui avez administré la potion.

— C'est fait. Et c'est ta vie, Midir, que tu perdras si tu échoues.

— Je n'échouerai pas. Combinés aux incantations que je vais prononcer, les effets de la potion formeront autour de lui un bouclier qui empêchera tout objet de fer ou de bois de l'atteindre. Davey sera aussi en sécurité que s'il se trouvait dans vos bras, Majesté.

— Dans le cas contraire, je te tuerai de mes propres mains, de manière aussi déplaisante que possible. Et pour que tu ne risques pas de l'oublier, tu viens avec nous.

L'espace d'un instant, elle vit se refléter sur son visage la surprise et le mécontentement. Mais le magicien se reprit bien vite et se courba de nouveau devant elle.

— À vos ordres, Majesté.

— Va trouver Lucius. Il veillera à ce qu'une monture te soit réservée.

Abruptement, Lilith pivota sur elle-même, lui tournant le dos. Quand le sorcier fut sorti, Lora vint la rejoindre.

— Vous ne devriez pas vous en faire autant, conseilla-t-elle. Midir sait quel sort l'attend si jamais il arrive quoi que ce soit à notre petit amour. Et puis, Davey a besoin de cette sortie. Il a besoin de bouger, de s'amuser un peu. Et il a aussi besoin de vous prouver ses mérites...

— Je le sais bien, répondit Lilith d'un ton las. Je sais qu'il s'ennuie ici et qu'il lui faut un peu de distraction. Je sais également que tout ira bien, puisque nous avons pris toutes les précautions nécessaires. Mais c'est plus fort que moi, je ne peux m'empêcher de m'inquiéter pour lui.

— Alors, laissez-moi venir avec vous, supplia Lora.

Lilith secoua la tête, puis déposa un baiser sur sa joue semblable à de la cire fondue.

— Tu n'es pas prête, protesta-t-elle. Tu es encore un peu faible, et je ne veux pas te mettre en danger une seconde fois.

Tout en serrant Lora dans ses bras, elle conclut en la regardant dans les yeux :

— J'aurai besoin de toi la nuit de *Samhain*, mon cœur. De toi et de ta vaillance, de ton courage, de ta force. Nous remplirons de sang la Vallée pétrifiée. Et nous prendrons possession de ce qui nous appartient de droit.

— Je déteste devoir attendre ! gémit Lora. Sans doute autant que Davey...

Son impatience fit sourire Lilith.

— Je te rapporterai un souvenir de notre petite escapade de cette nuit, promit-elle. Jeune et plein de sang.

Serré contre Lilith, Davey se laissait griser par la course à travers la campagne. Quand il avait demandé à chevaucher son propre poney, sa mère avait réussi à le convaincre que celui-ci ne serait pas assez rapide. Tout compte fait, se dit-il, c'était bien mieux de galoper ainsi. Il aimait aller vite, sentir le vent fouetter son visage et faire voler ses cheveux. Mais ce qu'il aimait plus que tout, c'était la perspective de la chasse qui l'attendait. Il ne se rappelait pas avoir vécu de nuit plus excitante que celle-ci.

Plus excitante encore que cette nuit d'été où sa mère l'avait conduit dans un camp de boy-scouts pour fêter le troisième anniversaire de sa nouvelle vie. Et pourtant, il s'était bien amusé, cette nuit-là, à poursuivre tous ces gamins ridicules et piailleurs.

Partir en mission avec sa mère était même plus excitant que de laisser courir des prisonniers dans les souterrains de la base irlandaise pour leur donner la chasse, ou de faire frire à petit feu un vampire désobéissant. Oui, cette nuit était vraiment la plus délicieusement amusante dont il pût se souvenir.

Les souvenirs qu'il gardait de sa famille humaine étaient vagues. En rêve, parfois, il se retrouvait dans une chambre aux murs décorés de posters de voitures de course, avec des rideaux bleus aux fenêtres. Il avait peur des monstres qui se cachaient sous le lit, et il criait jusqu'à ce qu'elle arrive.

Elle avait des cheveux bruns, de la même couleur que ses yeux.

Dans d'autres rêves, c'était *lui* qui venait – l'homme grand dont la barbe lui piquait les joues quand il lui donnait un baiser. Il se démenait quelques instants pour chasser les monstres, puis il s'asseyait au bord du lit et lui caressait les cheveux jusqu'à ce qu'il se rendorme.

S'il faisait un gros effort de mémoire, Davey se rappelait s'être amusé avec lui dans l'eau. Tous les deux, ils avaient joué à s'asperger en riant. Puis les rires avaient cessé et l'homme s'était mis à hurler :

— Cours, Davey ! Cours !

Mais Davey n'essayait pas trop de se souvenir de ces moments. Ni très souvent.

Il était plus plaisant de penser à la chasse et aux humains qu'il aimait saigner. Ce qu'il préférait, c'était l'odeur qu'ils dégageaient quand ils avaient peur et les bruits qu'ils produisaient lorsqu'il se nourrissait d'eux.

Davey était un prince. Il pouvait faire presque tout ce qu'il voulait. Presque…

Mais cette nuit, il allait montrer à sa mère qu'il était grand, maintenant. Alors, il n'y aurait plus de « presque » pour l'embêter.

Davey était malade d'impatience et d'excitation quand les chevaux s'arrêtèrent enfin. Il leur fallait encore franchir une grande distance à pied, et ensuite, ce serait à lui de jouer. Sa mère ne lui lâchait pas la main, et il aurait bien aimé qu'elle le laisse enfin aller seul. Il aurait voulu marcher comme Lucius et les autres soldats, et porter une épée au côté au lieu de la dague ridicule qu'il cachait sous sa tunique.

Il était pourtant amusant de courir vite – plus vite que n'importe quel humain – à travers les bois et les champs. Ils s'arrêtèrent de nouveau, et sa mère s'accroupit devant lui pour serrer son visage entre ses mains.

— Fais exactement ce que nous avons prévu, mon petit garçon, lui recommanda-t-elle. Je suis sûre que tu vas très bien te débrouiller. Et je ne serai jamais loin de toi.

Davey bomba le torse.

— Je n'ai pas peur d'eux, assura-t-il. Ce ne sont que des steaks !

Derrière lui, Lucius pouffa de rire et plaisanta :

— Il a beau être petit, Votre Majesté, c'est un guerrier dans l'âme.

Lilith se releva et posa les mains sur les épaules de Davey avant de se tourner vers Midir.

— C'est ta vie qui est dans la balance, lui rappela-t-elle d'un ton glacial. À toi de jouer.

Les bras tendus devant lui, les yeux fermés, le sorcier entonna une sourde mélopée.

D'un geste, Lilith ordonna à ses soldats de se déployer. Puis, accompagnée de Lucius et de son fils, elle s'approcha de la ferme.

Par l'une des fenêtres, on voyait rougeoyer un feu mis sous la cendre pour la nuit. D'une écurie voisine parvenait l'odeur caractéristique des chevaux. S'y mêlait celle plus caractéristique encore des humains, qui éveilla une faim dévorante dans le ventre de Davey.

— Je compte sur toi, dit Lilith à l'officier.

— Majesté, je donnerais ma vie pour le prince, affirma Lucius, la main posée sur le cœur.

— Oui, je sais. C'est pour cela que je t'ai choisi.

Longuement, Lilith soupira avant de conclure :

— Tu peux y aller, mon petit ange. L'heure est venue de faire la fierté de ta maman.

À l'intérieur de la ferme, Tynan, en compagnie de deux autres hommes, assurait le premier tour de garde. Il était presque l'heure de la relève, et la perspective de quelques heures de sommeil n'était pas pour lui déplaire. Sa hanche le faisait encore souffrir après le coup d'épée qu'il avait reçu au cours de leur dramatique première marche. Il espérait que quand il pourrait enfin fermer les yeux, ce souvenir ne viendrait pas le hanter.

Des hommes bons, des hommes braves avaient perdu la vie, songea-t-il tristement. Bientôt, il lui faudrait venger ces soldats et honorer leur mémoire sur le champ de bataille. Tout ce qu'il espérait, s'il devait y perdre la vie, c'était d'avoir débarrassé auparavant Geall du plus grand nombre possible de ses ennemis.

Prêt à aller réveiller les hommes du deuxième tour de garde, il se levait quand il perçut un son à l'extérieur. Aussitôt, il porta la main à la poignée de son épée. Figé sur place, il tendit l'oreille. Ce pouvait être un oiseau de nuit, mais ce bruit lui avait paru ressembler bien davantage à un cri humain.

— Tynan... murmura l'un des gardes.

— Oui, répondit-il. J'ai entendu.

— On aurait dit des pleurs.

Tous trois marchèrent jusqu'à la fenêtre.

— Restez vigilants, ordonna Tynan en plissant les yeux, dans l'espoir de voir quelque chose. Personne ne sortira d'ici tant...

Un mouvement attira son attention et le fit taire.

— Là, près du paddock le plus au nord, dit-il dans un souffle. Vous voyez ce que je vois ? Par tous les dieux, c'est un enfant !

Un garçon, ajouta-t-il pour lui-même. Bien qu'il ne pût en être tout à fait sûr. Ses vêtements déchirés étaient couverts de boue et de sang et il titubait, hagard et en larmes, le pouce calé dans la bouche.

— Il a dû échapper à quelque raid mené par l'ennemi dans les environs, reprit Tynan d'une voix qui grondait de colère. Allez réveiller la relève et couvrez mes arrières. Je vais aller le chercher.

— Tynan... protesta l'un des hommes. Nous avons ordre de ne sortir sous aucun prétexte après la tombée de la nuit.

— Il faut savoir interpréter les ordres ! rugit-il. Nous ne pouvons laisser un enfant seul dehors, blessé qui plus est. Faites ce que je vous dis et postez un archer à cette fenêtre. Si quoi que ce soit d'autre que cet enfant et moi bouge là-dehors, visez le cœur !

Sans quitter son poste d'observation, Tynan attendit que ses ordres soient exécutés. Le cœur serré, il vit l'enfant se laisser tomber sur le sol. Un garçon, il en était presque sûr, à présent. Un garçon qui se roula en boule sans cesser de gémir et de pleurer.

— Nous pourrions peut-être le garder à l'œil toute la nuit... suggéra l'un des hommes qui venaient de se réveiller.

Cette fois, Tynan laissa libre cours à sa colère.

— Sera-t-il dit que les hommes de Geall ont si peur du noir qu'ils restent bien à l'abri, au chaud, en regardant un enfant en sang pleurer toutes les larmes de son corps ?

Décidé à faire vite, Tynan cessa d'argumenter et alla ouvrir la porte. Son plan était simple : bondir dehors, prendre l'enfant sous le bras et le ramener à l'intérieur le plus vite possible. Mais il dut se résoudre à le modifier quand l'enfant redressa la tête à son approche, son visage rond tordu par une expression de peur intense.

— Je ne vais pas te faire de mal, dit Tynan gentiment. Je suis un des soldats de la reine. Viens, je vais te conduire à l'abri. Il fait chaud, à l'intérieur, et nous te donnerons à manger.

Le garçon bondit sur ses pieds et se mit à crier comme si Tynan l'avait menacé d'une épée. Boitant lourdement de la jambe gauche, il détala pour lui échapper. Tynan se lança à sa poursuite sans hésiter, préférant prendre des risques plutôt que de laisser ce gamin se jeter dans la gueule d'un démon. Il le rattrapa juste avant qu'il ne parvienne à escalader le muret de pierre sèche d'un champ voisin.

— Du calme, lui dit-il d'un ton apaisant. Tu n'as plus rien à craindre, maintenant. Je viens te sauver la vie.

Mais le garçonnet ne voulut rien entendre. Il cria et se débattit tant et si bien qu'il réveilla la douleur dans la hanche de Tynan.

— Tu dois me suivre à l'intérieur. Personne ne va te faire de mal. Personne...

Tynan se tut brusquement, certain d'avoir entendu quelque chose – une sorte de chant. Serrant plus étroitement l'enfant contre lui, il se retourna, prêt à foncer vers la maison. Mais un autre bruit bien plus inquiétant, un grondement de bête affamé, et qui émanait de ce qu'il tenait dans les bras, lui fit baisser la tête.

Le garçonnet blond au visage d'ange lui adressa un sourire démoniaque et lui sauta à la gorge.

Une souffrance atroce, pire que l'agonie, transperça le corps de Tynan, qui tomba à genoux. Ce n'était pas un enfant, comprit-il, pas un enfant du tout.

Il lutta pour se libérer, mais le monstre qui l'avait piégé s'accrochait à sa gorge comme un loup. Confusément, il entendit les cris, les appels, les flèches qui sifflaient, les épées qui s'entrechoquaient. Déjà, il n'était plus en état de réaliser ce qui se passait autour de lui.

Le dernier bruit qu'il entendit fut celui, répugnant, de son propre sang avalé avidement par son bourreau.

Les humains utilisaient des flèches enflammées, et pourtant, ils subirent la perte d'un quart de leur effectif avant que le combat ne cesse.

— Laissez celui-ci en vie ! lança Lilith en s'essuyant délicatement les lèvres. J'ai promis un cadeau à Lora.

Radieuse, elle sourit à Davey, qui ne quittait plus le corps du soldat qu'il avait tué. Elle était si fière de lui ! Il n'avait pas un seul instant lâché sa proie, même quand, sur ses ordres, on l'avait emmené à l'écart des combats.

Les yeux de Davey étaient d'un rouge étincelant. Le semis de taches de rousseur qui lui couvrait le nez brillait comme de l'or sur le beau teint rosé que lui avait donné le sang frais dont il venait de se gorger. Dans un élan de tendresse, elle alla le prendre dans ses bras et le souleva au-dessus d'elle en lançant aux soldats qui se rassemblaient autour d'eux :

— Saluez votre prince !

Les troupes qui n'avaient pas été anéanties dans la brève et féroce bataille mirent un genou en terre.

Lilith baissa le visage de son fils au niveau du sien et l'embrassa longuement sur la bouche.

— J'en veux encore ! lança-t-il d'un air farouche, quand leurs lèvres se séparèrent.

— Oui, mon amour. Et tu seras exaucé. Très bientôt.

Puis, à l'intention d'un des soldats, elle ajouta en désignant dédaigneusement le cadavre de Tynan :

— Jette cette carcasse sur le dos d'un cheval. Je vais en avoir l'utilité.

Elle se mit en selle, puis tendit les bras à Davey pour qu'il puisse s'y blottir. Frottant sa joue contre ses cheveux, elle lança à Midir, qui attendait son verdict :

— Tu as bien travaillé. Tu peux garder le deuxième prisonnier pour en faire ce que bon te semblera.

La lune fit briller la chevelure argentée du sorcier quand il se courba en deux devant elle.

— Heureux d'avoir pu vous servir, Majesté.

Fouettée par le vent vif qui s'était levé en fin de journée, Moïra observait les dragons et leurs cavaliers qui virevoltaient au-dessus de sa tête. En d'autres circonstances, cette vue l'aurait emplie de joie. Mais il s'agissait de manœuvres militaires, pas d'un jeu.

En contrebas de la terrasse où elle se tenait, les enfants poussaient des cris de ravissement et applaudissaient. Sans doute, cette nuit-là, nombre d'entre eux se rêveraient-ils pilotes de dragons.

Avec un sourire de bienvenue à l'adresse de son oncle, qui venait de la rejoindre, elle demanda :

— Vous n'êtes pas tenté de voler ?

— Je laisse cela aux plus jeunes, répondit-il en riant. Et aux plus agiles. Voilà un spectacle qui enchante le regard, Moïra. Et qui emplit le cœur d'espoir.

— Il est vrai que les dragons ont remonté le moral du peuple, approuva-t-elle. Et qu'ils nous donneront sur le champ de bataille un gros avantage. Voyez-vous Blair, là-haut ? Elle dirige déjà ces animaux comme si elle était née sur le dos de l'un d'eux.

— On peut difficilement l'ignorer, commenta Riddock.

Blair était en train d'effectuer une manœuvre hardie, laissant plonger presque à pic sa monture vers le sol, avant d'effectuer un spectaculaire rétablissement.

— Dites-moi, êtes-vous heureux de la voir épouser Larkin ? reprit Moïra d'un ton léger.

— Il l'aime, et je ne connais aucune autre femme qui lui corresponde aussi bien. Nous ne pouvons donc que nous réjouir, Deirdre et moi, du bonheur de notre fils. Même s'il a décidé de suivre sa bien-aimée dans son monde...

Sans laisser à Moïra le temps d'intervenir, son oncle s'empressa de préciser :

— C'est son choix, et je ressens au fond de mon cœur que ce choix est juste. Mais il nous manquera.

Doucement, Moïra posa la tête sur son épaule.

— Oui, murmura-t-elle. Il nous manquera.

Plus tard, en regagnant ses appartements, Moïra songea que, de tous les membres du cercle réuni par Morrigan pour vaincre Lilith, elle seule resterait au royaume de Geall après *Samhain*. C'était la première fois que cette idée lui traversait l'esprit, et elle lui glaça soudain le cœur. Comment pourrait-elle supporter une telle solitude ?

Déjà, le château paraissait bien vide. Ceux qui n'étaient pas en route pour le front étaient occupés aux tâches qu'elle leur avait assignées. Bientôt, très bientôt, il lui faudrait partir aussi. Le temps était donc venu, décida-t-elle, de coucher sur le papier ses dernières volontés, au cas où elle ne reviendrait pas de la Vallée pétrifiée.

Assise à son bureau, elle entreprit de tailler sa plume avant de changer d'avis. D'un compartiment secret, elle tira l'un des trésors qu'elle avait rapportés de son voyage en Irlande. Pour rédiger ce document censé régler sa succession, elle utiliserait un stylo, cet instrument d'un autre monde et d'une autre époque.

Que possédait-elle qui ait de la valeur et qui ne reviendrait pas de droit au prochain souverain de Geall ? Une bonne partie des bijoux de sa mère, sans aucun doute. Sur le papier, elle commença à les distribuer entre Blair, Glenna, sa tante, sa cousine et ses dames de compagnie.

L'épée de son père reviendrait à Larkin, et sa dague à Hoyt. Quant au portrait de lui qui veillait à son chevet, il ne pouvait que revenir à son oncle, qui avait été son ami le plus proche.

Restaient quelques bricoles, qu'elle légua à de vieux domestiques du château. Son arc, son carquois et les flèches qu'elle avait taillées de sa propre main, elle les destina sans hésiter à Cian. Plus que d'armes, il s'agissait pour elle d'objets dans lesquels elle avait investi son amour et sa fierté. Elle espérait qu'il le comprendrait.

Après avoir soigneusement relu le document, Moïra le scella et le rangea. Dès que possible, elle le confierait à sa tante, pour plus de sûreté.

Elle se sentait mieux d'avoir accompli cette tâche. Plus légère et l'esprit plus clair. Quittant son bureau, elle traversa la chambre pour aller se camper devant la porte-fenêtre qui donnait sur la terrasse.

Les tentures étaient toujours soigneusement tirées, bloquant la vue. D'un grand geste, elle les écarta.

Dans son esprit, toute la scène se rejoua encore une fois. La nuit. Le sang. Le corps déchiqueté de sa mère sur le pavage, les monstres qui s'en repaissaient. Malgré tout, elle ouvrit la porte sans hésiter et sortit sur la terrasse.

L'air du soir était frais et humide. Au-dessus de sa tête, le ciel était plein de dragons étincelants. Sa mère, songea-t-elle, aurait été si heureuse de les voir, d'entendre les bruissements de leurs ailes et les cris de joie des enfants dans la cour.

Moïra marcha jusqu'au garde-fou et posa les mains sur la rambarde en pierre. Tout en jetant avant la nuit un dernier regard sur Geall, comme sa mère l'avait fait tant de fois avant elle, elle se promit d'être fidèle à ses promesses et de servir son peuple de son mieux.

Moïra aurait été surprise d'apprendre que Cian passait la dernière heure d'une journée d'insomnie à rédiger lui aussi son testament. Sa liste de bénéficiaires était beaucoup plus longue que la sienne, de même que ses instructions. Au fil d'une existence incomparablement plus longue que celle de n'importe quel humain, il avait accumulé quantité de richesses, qu'il n'avait aucune intention de laisser perdre.

Une douzaine de fois au cours de sa rédaction, il dut s'interrompre pour maudire la plume d'oie, rebelle entre ses doigts. Mais il s'obstina et ne s'arrêta d'écrire que lorsqu'il fut certain d'avoir distribué de manière satisfaisante la totalité de ses biens.

En scellant le document, il songea qu'il lui restait à convaincre Hoyt de devenir son exécuteur testamentaire. Il pouvait compter sur son frère et ses pouvoirs considérables pour que ses dernières volontés soient respectées à la lettre.

Il espérait cependant qu'il ne serait pas nécessaire d'en arriver là. Avoir derrière lui des siècles d'existence ne signifiait pas qu'il fût prêt à passer l'arme à gauche.

— Tu as toujours eu un don pour les affaires.

D'un seul mouvement fluide et puissant, Cian se redressa, sortit sa dague et se tourna en direction de la voix qui venait de s'exprimer. Puis l'arme glissa de ses doigts et tomba sur le sol. Même neuf siècles d'expériences les plus diverses ne pouvaient vous prémunir contre certains chocs.

— Nola... murmura-t-il d'une voix étranglée par l'émotion.

Sa sœur lui apparaissait sous la forme d'une enfant, telle qu'elle était la dernière fois qu'il l'avait vue.

— Nola, répéta-t-il. Mon Dieu...

— Tu aurais donc un dieu ? s'étonna-t-elle, mutine.

— Aucun qui veuille de moi. Comment peux-tu être ici ? Es-tu seulement vraiment là ?

— Comme tu le vois.

Nola écarta les bras et fit un petit tour sur elle-même.

— En ton temps, tu as vécu et tu es morte, objecta-t-il. Dans la peau d'une vieille femme.

— La femme que je suis devenue, tu ne la connais pas. C'est donc sous l'apparence qui t'est familière que je me montre à toi. Tu m'as manqué, Cian. Je savais que c'était sans espoir, mais j'ai attendu ton retour. Pendant des années, j'ai guetté un signe de toi ou de Hoyt. Mais vous n'êtes jamais revenus, ni l'un ni l'autre.

— Comment aurais-je pu revenir ? Tu sais ce que je suis devenu.

— M'aurais-tu fait du mal ? T'en serais-tu pris à l'un de nous ?

— Je ne sais pas. J'espérais que non, mais je ne voyais aucune raison de tenter le diable. Pourquoi es-tu ici ?

Cian avança d'un pas et tendit la main vers elle. Elle l'arrêta en secouant tristement la tête.

— Je n'ai plus ni chair ni sang, expliqua-t-elle. Je ne suis qu'une apparition. Et je suis là pour te rappeler que, si tu n'es plus le frère que j'ai connu, tu n'es pas non plus ce que Lilith aurait pu faire de toi.

Pour se donner une contenance, Cian alla ramasser son arme et la rengaina.

— Qu'est-ce que cela peut faire ? répliqua-t-il.

— Cela change beaucoup de choses.

Apparition ou pas, Nola semblait on ne peut plus réelle, à tel point qu'il vit ses yeux s'embuer.

— La vie m'a comblée, reprit-elle. J'ai eu des enfants.

— Je le sais.

— Des enfants forts, habiles, doués.

— As-tu été heureuse ?

— Oh, *aye* ! Je suis tombée amoureuse d'un homme, qui m'aimait en retour. Nous avons eu tous les enfants que nous voulions et mené une douce existence. Pourtant, la disparition de mes frères avait creusé dans mon cœur un vide qui n'a jamais été comblé. Je te voyais parfois, et Hoyt également. Dans l'onde, dans le feu ou dans la brume.

Cian détourna piteusement le regard.

— Certaines des choses que j'ai faites, dit-il, j'aurais préféré que tu ne les voies pas.

— Je t'ai vu tuer et te nourrir. Chasser l'humain comme tu chassais autrefois le cerf. Et je t'ai vu venir de nuit sur ma tombe pour y déposer des fleurs. Je t'ai vu combattre au côté de ce frère que nous aimons tous les deux. J'ai retrouvé mon Cian, celui que je connaissais, celui que j'aime. Tu te rappelles comme je riais quand tu me faisais monter devant toi sur ton cheval pour partir en balade ?

— Nola...

Cian ferma les yeux et se massa les paupières du bout des doigts. Certains souvenirs étaient plus douloureux que des coups.

— Nous sommes morts, reprit-il avec lassitude. Nous sommes morts tous les deux.

— Et nous avons vécu tous les deux. Elle est apparue à ma fenêtre, une nuit.

Cian sentit un froid glacial monter en lui.

— Elle ? demanda-t-il. Qui ça ? Lilith ?

— Nous sommes morts tous les deux, répéta Nola avec amusement, mais tes poings se serrent et tes yeux lancent des éclairs... Aurais-tu donc toujours le réflexe de me défendre ?

Sans lui répondre, Cian marcha jusqu'à la cheminée et tisonna le feu d'un air absent.

— Raconte-moi, demanda-t-il. Que s'est-il passé ?

— C'est arrivé plus de deux ans après que Hoyt nous a quittés. Père était déjà mort et mère était malade. Je savais qu'elle ne retrouverait jamais la santé et qu'elle finirait par mourir, elle aussi. J'étais si triste, si effrayée... Une nuit, je me suis réveillée dans le noir et j'ai vu un visage à ma fenêtre. Un si beau visage... Des cheveux d'or, un sourire doux, engageant. Je me suis approchée. Elle m'a appelée par mon nom et m'a murmuré : « Invite-moi à entrer. » Et pour me convaincre, elle m'a promis une récompense.

D'un geste qui était déjà une habitude chez elle dans son enfance, Nola rejeta ses cheveux derrière ses épaules. D'un ton dédaigneux, elle poursuivit :

— Elle s'imaginait que parce que j'étais une fille et la cadette de la famille, je serais suffisamment bête pour me laisser avoir. Je me suis encore rapprochée de la fenêtre et j'ai regardé dans ses yeux. Il y a un grand pouvoir, dans ses yeux.

— Hoyt aurait dû te dire de ne pas prendre de risques aussi insensés ! maugréa Cian. Il aurait dû te dire...

— Il n'était pas là, coupa-t-elle sèchement. Et toi non plus. Qui plus est, je n'étais pas dénuée de pouvoirs, moi non plus. Tu l'as donc oublié ?

— Non. Mais tu n'étais qu'une enfant.

— J'avais un don. Et le sang des chasseurs de démons coulait en moi. Alors, je l'ai regardée dans les yeux et je lui ai dit que ceux de mon sang la pourchasseraient et qu'un jour, les hommes seraient débarrassés d'elle. Je lui ai dit que pour elle, il n'y aurait pas d'éternité, ni en enfer ni ailleurs, et que sa damnation la priverait de toute existence, terrestre ou céleste.

Cian ne put s'empêcher de sourire en se représentant la scène. Abandonnant le feu, il se redressa et se tourna face à sa sœur.

— J'imagine que cela n'a pas dû lui plaire, commenta-t-il.

— Sa beauté demeure même quand elle montre son être véritable. C'est un autre de ses pouvoirs. J'ai brandi devant son visage la croix de Morrigan que je portais au cou. Une lumière semblable à un rayon de soleil en a jailli et l'a frappée de plein fouet. Elle hurlait de douleur et de rage quand elle s'est enfuie.

— Je te retrouve bien là, murmura Cian avec affection. Tu as toujours été intrépide.

— Elle ne s'est jamais remontrée de mon vivant, conclut Nola. Et elle n'a plus mis les pieds dans le pays jusqu'à ce que Hoyt et toi décidiez d'y revenir. Tu es plus fort que tu ne l'étais sans lui. Lui aussi est plus puissant à tes côtés. C'est ce qu'elle craint et c'est pour ça qu'elle vous hait. Et qu'elle vous envie.

— Hoyt survivra-t-il à cette bataille ?

— Cela, je ne peux le savoir. Mais s'il tombe, ce sera comme il a vécu. Avec honneur.

— L'honneur est un piètre réconfort à six pieds sous terre.

— Dans ce cas, pourquoi tiens-tu tellement à conserver le tien ? demanda-t-elle, un soupçon d'impatience dans la voix. C'est l'honneur qui t'a amené jusqu'ici. L'honneur que ton épée défendra sur le champ de bataille. Lilith n'a pu drainer totalement cela hors de toi, comme elle l'a fait de ton sang. C'est ce qui en est resté qui t'a permis de te relever et de la défier. Tu as su faire ce choix. Il y en aura d'autres à faire. Souviens-toi de moi.

— Non ! s'écria-t-il. Ne pars pas !

Déjà, la silhouette de Nola s'estompait, se fondait dans le noir.

— Souviens-toi de moi... répéta-t-elle. Jusqu'à ce que nous nous retrouvions.

13

Cian évitait autant que possible la tour au sommet de laquelle Hoyt et Glenna avaient installé leur nouveau cabinet de travail. La pratique de la magie, c'est bien connu, ne va pas sans un déluge de feu et de flashs de lumière préjudiciables aux vampires.

Mais puisqu'il avait besoin de son frère, il lui fallut bien se résoudre à aller frapper à leur porte.

Avant de cogner du doigt contre celle-ci, il remarqua que l'un ou l'autre des deux as de la magie avait pris la précaution de tracer sur le battant des symboles censés tenir les curieux à l'écart. Il aurait lui-même préféré rebrousser chemin, mais il se résigna néanmoins à frapper.

Quand Glenna vint ouvrir, il la découvrit en sueur. Sa mise était pour le moins légère, et ses cheveux relevés sur sa nuque retombaient sur son visage en mèches folles.

— Je tombe mal ? s'enquit-il avec un haussement de sourcils grivois.

— Pas au sens où tu l'entends, hélas… Il fait juste trop chaud, là-dedans. Nous travaillons intensivement, ce qui dégage pas mal de chaleur. Désolée.

— Aucun problème. Les températures extrêmes ne m'incommodent pas.

— Oh ! C'est vrai…

Elle le fit entrer et referma soigneusement la porte.

— Nous avons condamné toutes les fenêtres, expliqua-t-elle. Enceinte de confinement magique. Tu n'as donc pas à craindre la lumière.

— Le soleil est déjà couché.

Le regard de Cian tomba sur son frère. Debout devant un énorme chaudron de cuivre au-dessus duquel il tendait les mains, bras écartés, Hoyt avait sur le visage une expression d'intense concentration. Même à la distance où il se trouvait, Cian fut frappé par la puissance magique qui se dégageait de cette scène.

— Il est en train d'ensorceler des épées, expliqua Glenna à mi-voix. De mon côté, je travaille sur une sorte de bombe incendiaire que nous pourrions larguer depuis les dragons.

— Le Pentagone serait heureux de t'avoir dans son équipe.

Glenna s'essuya le front d'un revers de main et lui sourit.

— Je suis trop chère pour eux. Tu es venu nous rendre une petite visite ?

— En fait, je voulais…

Renonçant à achever sa phrase, Cian s'apprêta à ressortir de la pièce.

— Ce n'est pas pressé, conclut-il. Je reviendrai parler à Hoyt lorsqu'il sera moins occupé.

— Attends !

Glenna le retint par le bras. C'était bien la première fois qu'elle le voyait embarrassé. Plus qu'embarrassé, songea-t-elle, il paraissait tracassé par quelque chose.

— De toute façon, reprit-elle, il a besoin d'une pause et moi aussi. Si tu peux supporter la chaleur, tu n'as qu'à patienter quelques instants. Il a presque terminé. Moi, je vais prendre un peu l'air.

Cian attrapa sa main avant qu'elle ne tourne les talons.

— Merci, dit-il. Pour ne pas avoir posé de questions.

— Aucun problème.

Après son départ, Cian s'adossa à la porte fermée. Hoyt restait parfaitement immobile, les mains plongées dans la fumée qui s'élevait du chaudron. Comme toujours quand il faisait usage de ses pouvoirs, ses yeux s'étaient assombris, au point de paraître presque noirs. Il en était ainsi depuis qu'il était enfant, se rappela Cian.

Comme Glenna, Hoyt s'était mis à l'aise. Pour travailler, il ne portait qu'un tee-shirt et un jean. Même après ces quelques semaines passées en sa compagnie, Cian ne s'était toujours pas habitué à voir son frère accoutré de vêtements modernes.

Il était vrai que son jumeau n'avait jamais apporté de soin particulier à sa tenue, trop absorbé par son don et les devoirs qu'il lui imposait pour se préoccuper de son apparence. En dépit des traits qu'ils partageaient, ils ne se ressemblaient pas du tout de ce point de vue. Hoyt était depuis toujours porté sur les études et la solitude. Cian était quant à lui plus sociable et ne dédaignait pas les plaisirs que le monde avait à offrir à quelqu'un qui ne manquait ni d'argent ni de temps.

Pourtant, ils avaient toujours été proches l'un de l'autre, se comprenant comme seuls des jumeaux peuvent le faire. Ils s'étaient aimés – Cian était désormais prêt à le reconnaître – d'un amour fraternel aussi stable et puissant que le don magique de Hoyt.

Puis le monde et ce qu'il contenait avaient changé du tout au tout pour lui.

Alors, que faisait-il là ? se demanda-t-il, en proie à un malaise soudain. Que venait-il chercher ? Des réponses, un peu de réconfort, qui ne signifieraient rien pour lui ? Rien ne pouvait être effacé ni réécrit.

Aucun acte, aucune pensée. Aucun moment ne pouvait être retranché de son histoire. C'était pure folie que d'espérer le contraire.

Une fréquentation trop assidue des humains, de leurs besoins, de leurs fichues sensibilités avait fini par lui faire oublier l'essentiel. L'homme qui se tenait immobile comme une statue nimbée de fumée n'était pas le frère qu'il avait connu, pas plus qu'il n'était lui-même l'homme qu'il avait été. D'ailleurs, il n'était pas un homme du tout...

Il se redressa, prêt à s'éclipser.

— Ne pars pas. Je n'en ai plus que pour une minute.

La voix de Hoyt le figea sur place. Cian se sentit humilié qu'il ait pu deviner qu'il n'avait pas fait que changer de position, mais qu'il avait voulu partir.

Enfin, Hoyt abaissa lentement les mains dans la fumée, qui se mit rapidement à décroître.

— Ce qui est sûr, c'est que nous irons au combat bien armés, déclara-t-il.

De son chaudron, il tira une épée, qu'il observa sous toutes les coutures. Puis, la dirigeant vers la cheminée, il en fit jaillir une boule de feu qui alla exploser dans l'âtre.

Tout en examinant le fil de l'arme, Hoyt se retourna vers Cian et demanda :

— Utiliseras-tu une de ces épées ? Tu es assez habile pour ne pas te brûler.

— J'utiliserai tout ce qui me tombera sous la main. Et je ferai en sorte de rester loin de ceux à qui vous allez confier ces armes alors qu'ils n'ont pas l'habileté nécessaire pour les manier.

— Ce n'est pas l'inquiétude que te procure le manque d'entraînement de nos troupes qui t'amène ici.

— Non, reconnut Cian.

Puisqu'il était là, autant faire ce pour quoi il était venu. Il prit le temps, cependant, d'aller et venir dans la pièce pendant que Hoyt sortait du chaudron les autres épées. Il flottait dans l'air une odeur de fumée et d'herbes séchées à laquelle se mêlaient des relents de sueur. Cela sentait le travail, l'application et l'effort. Pas si désagréable, tout compte fait…

— J'ai chassé ton épouse.

— Je ne me fais pas de souci. Je la retrouverai.

— Puisqu'elle n'est pas là, je peux te poser une question qui la concerne. Tu n'as pas peur de la voir disparaître ?

Hoyt marqua un temps d'arrêt avant de poser précautionneusement la dernière épée sur une table.

— C'est ma dernière pensée avant de m'endormir, répondit-il. Et la première quand je me réveille. Le reste du temps, je m'efforce de ne pas y penser. Et d'ignorer la part de moi-même qui voudrait l'enfermer en haut d'une tour jusqu'à ce que tout danger soit écarté. Et toi ? Éprouves-tu la même peur pour Moïra ?

— Que veux-tu dire ?

— Tu t'imagines que je ne suis pas au courant de ce qui se passe entre elle et toi ?

— Une folie passagère. Qui nous passera.

En butte au regard ferme et accusateur de son frère, Cian secoua la tête avec agacement.

— Dans cette histoire, je n'ai pas plus le choix qu'elle ! protesta-t-il. A-t-on déjà vu un vampire fonder un foyer et rendre une femme heureuse ? Sans compter que ce qui passe pour ma vie se poursuivra bien longtemps après que la sienne aura pris fin. Mais ce n'est pas de cela que je voulais te parler.

— Dis-moi d'abord une chose. L'aimes-tu ?

La vérité jaillit en Cian comme une source, illuminant son esprit, débordant de ses yeux.

— Pour moi qui vis depuis une éternité dans le noir, elle est comme une lumière. Mais le noir est mon élément, Hoyt. Je sais comment y survivre, comment m'y distraire, comment y être satisfait.

— Satisfait, répéta Hoyt d'un ton caustique. Tu ne dis pas « heureux ».

Cian laissa libre cours à la frustration qu'il ressentait.

— J'étais bien assez heureux comme ça, avant que tu ne viennes me chercher ! Tu as mis mon existence sens dessus dessous, comme Lilith en son temps. Qu'attends-tu de moi ? Que j'envie ce que Glenna et toi avez su si bien vous offrir l'un de l'autre ? À quoi cela me servirait-il ? Est-ce que cela ferait battre mon cœur de nouveau ? Est-ce que ta magie a ce pouvoir ?

— Non. Je n'ai rien découvert qui puisse te ramener à ton état antérieur. Mais...

Cian l'interrompit d'un claquement de langue agacé.

— Laisse tomber ! Je suis ce que je suis, et je m'en contente parfaitement. Je ne me plains pas. Ce qui se passe entre Moïra et moi, cet amour, c'est une nouvelle expérience pour moi. Et pour trouver du sel à cette existence, j'ai toujours collectionné les expériences.

Il passa une main nerveuse dans ses cheveux et grogna en balayant la pièce du regard :

— Tu as quelque chose à boire, ici ?

Du menton, Hoyt désigna un coffre.

— Il y a du whisky là-dedans.

Cian alla leur servir deux généreuses rasades et revint trinquer avec son frère. Après s'être assis l'un en face de l'autre sur des tabourets à trois pieds, tous deux sirotèrent quelques instants leur verre en silence.

— J'ai rédigé un document, annonça enfin Cian d'une voix bourrue. Une sorte de testament, si tu préfères. Au cas où ma chance finirait par tourner la nuit de *Samhain*.

Surpris, Hoyt releva les yeux et le dévisagea par-dessus le rebord de son verre.

— Je vois, dit-il prudemment.

— J'ai accumulé nombre de propriétés, d'entreprises, d'œuvres d'art et autres richesses. Je voudrais que tu veilles à ce qu'elles reviennent à leurs légataires.

— Naturellement. Tu peux compter sur moi.

— Ce ne sera pas une tâche aisée, car mes biens sont disséminés à travers le monde. Je ne garde pas tous mes œufs dans le même panier… Dans mon appartement de New York, tu trouveras des passeports et autres papiers d'identité. Ainsi que dans différents coffres, ici ou là. Si jamais tu en as besoin, n'hésite pas à les utiliser.

— Je les mettrai en lieu sûr.

— Je lègue le club et l'appartement de New York à Blair et Larkin. J'ai pensé qu'ils y seraient plus dans leur élément que toi.

— Tu as bien fait. Je suis sûr qu'ils t'en sauront gré.

L'attitude réservée de son frère, son ton neutre et dénué de la moindre trace d'émotion finirent par avoir raison de la patience de Cian.

— Je me demande pourquoi je perds du temps à discuter de ça, puisque de toute évidence, ce sera à moi d'organiser une veillée funèbre en ta mémoire !

Le regard interrogateur, Hoyt pencha la tête sur le côté.

— Tu crois ça ?

— J'en mettrais ma main au feu ! Tu n'affiches pas plus de trois décennies au compteur, et moi presque cent… Sans compter que tu n'as jamais réussi à avoir le dessus sur moi au combat quand nous étions vivants, même avec tous les tours de passe-passe que tu as dans ta manche.

— Mais comme tu le dis toi-même, nous ne sommes plus ni l'un ni l'autre ce que nous étions.

Hoyt ponctua sa remarque d'un sourire rusé.

— J'espère que nous reviendrons tous les deux entiers de la Vallée pétrifiée, mais si par malheur tu devais succomber, je porterais un toast à ta mémoire.

Il joignit le geste à la parole, suscitant l'hilarité de son frère.

— Au fait… reprit-il d'un air de gravité compassée. Tu veux le service complet, avec fifres et tambours ?

— Va te faire voir !

Une lueur de malice passa dans le regard de Cian quand il ajouta :

— Ce sera plutôt à moi de jouer de la cornemuse sur ta tombe. Avant de consoler ta veuve comme il se doit.

Se prêtant au jeu, Hoyt renchérit avec gourmandise :

— Moi, au moins, je n'aurai pas à me soucier de te faire creuser une tombe, étant donné que tu ne seras plus qu'un tas de poussière. Mais je te promets de faire ériger une stèle pour toi. Je vois déjà l'épitaphe : « Ici ne gît pas Cian, qui s'est dissous dans le vent. Il a vécu, il est mort, et il s'est attardé sur terre plus que de raison, comme le plus malappris des invités du bal. » Ça te convient ?

— Je devrais aller barrer ton nom de mon testament, histoire de le mettre en conformité avec mes sentiments !

Cian ramassa la bouteille qu'il avait posée sur le sol à ses pieds. Il remplit leurs deux verres et prit le temps de trinquer de nouveau avec Hoyt. Alors seulement, il annonça :

— J'ai vu Nola.

Hoyt baissa son verre sans avoir eu le temps de le porter à ses lèvres.

— Quoi ? Qu'est-ce que tu dis ?

— J'ai vu Nola, répéta Cian. J'ai parlé avec elle. Elle est venue dans ma chambre.

— Tu as rêvé de Nola ?

— Tu es bouché ou quoi ? répliqua Cian avec impatience. Je te dis que j'ai *vu* Nola. Que je lui ai *parlé*. J'étais aussi réveillé que je le suis en ce moment. Et je l'ai entendue aussi clairement que je t'entends. Seigneur ! Il n'y aura jamais assez de whisky dans ce monde pour me faire oublier ça.

— Elle est venue à toi... murmura Hoyt. Notre Nola. Que t'a-t-elle dit ?

— Qu'elle n'avait jamais cessé de nous aimer, toi et moi. Que nous lui avions manqué. Qu'elle nous avait attendus. Bon Dieu ! Comment supporter ça ?

Cian se leva d'un bond et se mit à faire les cent pas tout en poursuivant :

— Elle n'était qu'une enfant, exactement comme quand je l'ai vue pour la dernière fois. Alors que ce n'est pas possible, bien sûr. Elle a vécu, elle a vieilli. Elle est morte et est redevenue poussière.

— Pourquoi voudrais-tu qu'elle se présente à toi sous l'apparence d'une vieille femme puisque tu ne l'as jamais connue ainsi ? s'étonna Hoyt. Elle est venue à toi telle que tu la conserves dans tes souvenirs. Et elle t'a offert par cette visite un magnifique cadeau... Pourquoi es-tu en colère ?

Ce n'était pas de la colère que ressentait Cian, à présent. C'était de la rage, une fureur noire qui se déployait en lui pour envelopper sa souffrance.

— Tu ne sais pas ce que c'est ! lança-t-il amèrement. Tu ne peux pas savoir. Elle était exactement la même qu'autrefois. Elle m'a rappelé que je la faisais monter sur mon cheval pour l'emmener en balade. Je m'en souviens comme si c'était hier... Comment veux-tu que je reste sain d'esprit en gardant tout ça dans la tête ?

Pour échapper au regard inquisiteur de Hoyt, il se tourna vers la cheminée et s'absorba dans la contemplation du feu de tourbe.

— Quand tout sera terminé, reprit-il avec lassitude, si tu survis, tu auras la satisfaction du devoir accompli. Cela te fera peut-être de la peine de laisser chacun repartir dans ses foyers, mais tu auras pour te consoler ta femme et la vie que vous allez construire ensemble. Moi, il me faudra reprendre mon existence où je l'ai laissée. En oubliant tout ça... ou en essayant. Comment survivre, sinon ?

Hoyt laissa le silence retomber entre eux.

— Était-elle dans la souffrance ? s'enquit-il doucement. T'a-t-elle paru triste, inquiète, effrayée ?

— Non.

— Et tu ne peux malgré tout garder ce souvenir en toi et y survivre ?

— Je n'en sais rien. Mais ce que je sais par expérience, c'est qu'une émotion en entraîne d'autres, jusqu'à tout submerger. Je suis en train de me noyer dans ce que je ressens pour Moïra.

Apaisé d'avoir pu exprimer son angoisse, Cian revint s'asseoir.

— Nola portait cette croix que tu lui as offerte, reprit-il en fixant son frère. Elle m'a dit qu'elle ne l'avait jamais quittée, comme tu le lui avais ordonné. J'ai pensé que je devais te le dire. Et te dire aussi que Lilith était venue, une nuit, pour tenter de la séduire.

Comme Cian l'avait fait avant lui en apprenant cette nouvelle, Hoyt serra les poings.

— Cette garce de l'enfer a voulu s'en prendre à Nola ?

— Exactement. Et elle en a été pour ses frais.

Quand il eut rapporté à Hoyt tout ce que leur jeune sœur lui avait raconté, Cian vit le visage de son frère s'illuminer d'un sourire de joie et de fierté mêlées.

— Voilà qui est intéressant, commenta-t-il. La croix aurait donc pour effet non seulement de protéger son propriétaire, mais aussi de faire suffisamment peur à

Lilith pour qu'elle détale comme un lapin. Sans parler de ce que dit la prédiction : ce sera un Mac Cionaoith qui causera sa perte.

— Ce qui explique sans doute pourquoi Lilith tient tant à causer la nôtre.

— *Aye*. La menace de Nola a dû renforcer sa volonté d'en finir avec nous.

— Elle veut gagner, pas de doute là-dessus, afin de s'ériger en une sorte de déesse omnipotente sur tous les mondes. Mais derrière tout cela, c'est nous six qu'elle veut. Nous six et la connexion qui existe entre nous. Elle veut nous détruire.

— On ne peut pas dire qu'elle s'y soit prise très intelligemment pour y parvenir, jusqu'à présent.

— Elle n'a pas toutes les cartes en main. Pas plus que nous. Ce sont les dieux qui mènent la danse. Nous avons tous été plus ou moins directement conduits ici par leur volonté, elle y compris. Et pour tout te dire, je ne suis pas sûr d'apprécier qu'un panthéon de divinités me mène par le bout du nez.

— Et moi, répondit Hoyt en fronçant les sourcils, je ne suis pas sûr de bien te comprendre. Quel autre choix avons-nous ?

— Le choix... Les dieux, paraît-il, nous le laissent. Du moins ne cessent-ils de le répéter. Mais en vérité, qui d'entre nous envisagerait, après avoir tant donné, de ne pas aller plus loin ? L'orgueil est en ce bas monde la chose la mieux partagée. Y compris par les vampires. Laissons donc le compte à rebours aller à son terme.

Cian se leva.

— Nous verrons bien ce que *Samhain* nous réserve, conclut-il. Le soleil est bien couché, à présent. Je sors prendre l'air.

Sur le seuil de la pièce, il se retourna pour regarder une dernière fois son frère.

— Au fait... lança-t-il d'un ton insouciant. Nola n'a pas pu me dire si tu survivrais.

Hoyt haussa nonchalamment les épaules et prit le temps de finir son whisky.

— L'avenir nous le dira, répondit-il. Mais au cas où, je vais peaufiner mon texte pour ton épitaphe.

Cian se rendit directement aux écuries, où il scella Vlad sans se soucier des risques que pouvait lui faire courir une sortie nocturne. Il avait besoin de vitesse tout autant que des ténèbres complètes autour de lui.

La lune était à présent à demi pleine dans le ciel. Quand elle aurait achevé son cycle, le sang des humains mêlé à celui des vampires détremperait le sol aride de la Vallée pétrifiée.

Cian n'avait pas pris part aux guerres qui avaient émaillé sa longue existence, jugeant vains ces conflits causés la plupart du temps par l'avidité, la stupidité et le fanatisme des hommes. Parce qu'elle était une guerre de survie, celle-ci faisait exception. De plus, il avait cette fois des motivations personnelles pour y participer.

Les humains, comme il venait de le rappeler à son frère, n'avaient pas le monopole de l'orgueil et de l'honneur. Ni de l'amour. Si la chance était de son côté, il rentrerait ensuite en Irlande – ou dans tout autre pays qu'il lui plairait d'adopter.

De Geall, il n'emporterait que des souvenirs. Celui de ses collines rondes, couvertes d'épaisses forêts. Celui de ses paysages bucoliques vert et bleu. Celui de ses pierres levées et de son château royal de conte de fées. Celui de sa reine.

Moïra, qui dissimulait derrière de grands yeux gris rêveurs et un sourire tranquille l'esprit le plus agile qui soit, le cœur le plus généreux. Comment aurait-il pu se douter qu'après tant de siècles et tant d'aventures, il serait séduit, envoûté, conquis par une telle femme ?

Perdu dans ses pensées, Cian galopait à un train d'enfer dans la campagne déserte. Prenant tous les risques, il faisait sauter à son cheval des ruisseaux trop larges, des murets de pierre trop hauts pour lui. Baigné par la lumière de la lune, le spectacle qui s'offrait à ses yeux était magique. Mais toujours, son regard revenait se fixer sur le château de la reine de Geall. Sa vue perçante lui permettait de distinguer dans les murailles les trouées des fenêtres, derrière lesquelles brillaient quelques lumières.

Fidèle à sa parole, Moïra avait fait hisser une troisième oriflamme sur les tourelles du château. En compagnie du dragon et du *claddaugh*, un grand soleil doré sur fond blanc veillait désormais sur le royaume. C'était vers ce soleil, symbole de la vie et de l'espoir triomphants, que Moïra voulait guider son peuple. Cian espérait sincèrement qu'elle y parviendrait. Il espérait aussi, lorsqu'il serait retourné à son existence coutumière, qu'il réussirait à préserver en lui cet éclat de lumière qui avait lui, si brièvement mais de manière si éclatante, dans sa nuit sans fin.

À son retour au château, Cian trouva Moïra qui montait la garde au sommet de la tour du pont-levis, l'arc à la main et l'Épée des rois pendue à son côté.

Pendant que les gardes de nuit refermaient les portes, elle le rejoignit dans la cour.

— J'étais inquiète, dit-elle. Je t'ai vu quitter le château.

Cian mit pied à terre et demanda sans la regarder :

— Tu couvrais mes arrières ?

— Nous avions décidé qu'aucun d'entre nous ne sortirait du château seul, surtout de nuit.

— J'en avais besoin.

Sans autre explication, Cian entraîna Vlad vers les écuries. Moïra lui emboîta le pas.

— Vu l'allure à laquelle tu galopais, c'était un besoin pressant, reprit-elle. Je n'ai aperçu aucun chien de l'enfer à tes trousses, mais toi, apparemment, tu les as vus. Ferais-tu suffisamment confiance à l'un des garçons d'écurie pour qu'il s'occupe de Vlad à ta place ? Ils ont besoin qu'on leur laisse faire leur travail autant que tu as besoin de te mettre en danger.

— J'imagine que ce ton accommodant est destiné à faire passer l'admonestation ? Vous vous en sortez très bien, Majesté.

— J'ai tout appris au berceau, en observant ma mère.

D'autorité, elle lui prit les rênes des mains et les confia au garçon d'écurie qui se précipitait à leur rencontre. Après lui avoir donné ses instructions, elle se tourna vers Cian, qu'elle dévisagea d'un œil inquisiteur.

— Es-tu de mauvaise humeur ? s'enquit-elle enfin.

— Je le suis toujours.

— Es-tu de plus mauvaise humeur encore que d'habitude ? insista-t-elle sans se démonter. Parce que si ce n'est pas le cas, j'aimerais dîner avec toi. En tête à tête. Et j'aimerais également que nous passions la nuit ensemble.

— Et si c'est le cas ?

— Alors, un bon repas et un peu de vin suffiront peut-être à adoucir suffisamment ton humeur pour te convaincre de rester près de moi cette nuit. Mais si tu préfères que nous nous disputions à table pour nous réconcilier ensuite au lit, c'est possible également.

— Il faudrait que je sois tombé sur la tête pour refuser une offre aussi alléchante.

— Tant mieux ! Je suis affamée.

Et furieuse, songea Cian. Ce qui n'était pas sans l'amuser quelque peu.

— Pourquoi ne pas me dire franchement ce que tu as sur le cœur et m'infliger la leçon que je mérite ? demanda-t-il. À te contenir comme ça, tu vas finir par exploser.

— Je n'ai pas de leçon à te donner.

D'une démarche royale, Moïra traversait la cour à ses côtés, luttant visiblement pour refouler sa colère. Une bataille perdue d'avance...

— Ce que je devrais te donner, reprit-elle, c'est un bon coup de pied aux fesses ! Mais...

Avec un soupir résigné, Moïra renonça à conclure sa phrase. Ils pénétraient dans le château lorsque, après avoir soupiré de plus belle, elle conclut tout en marchant :

— Je sais ce que c'est que d'avoir une envie irrésistible de tout laisser tomber pour aller prendre l'air. Je sais ce que c'est que d'avoir peur d'exploser sous la pression. Moi, je peux me réfugier dans un livre et retrouver la paix de l'esprit. Toi, tu as besoin de la griserie d'une course à cheval. Et je pense que parfois tu as aussi besoin de te retrouver dehors, avec la nuit pour seule compagne.

Cian garda le silence jusqu'à ce qu'ils atteignent la porte des appartements de Moïra.

— Je ne sais pas comment tu fais, dit-il en la prenant dans ses bras.

En réponse à son regard interrogateur, il précisa :

— Pour me connaître aussi bien.

Un sourire malicieux flotta sur les lèvres de Moïra.

— J'ai fait une étude sur toi, répondit-elle. Et je suis une excellente étudiante. Mais je t'ai aussi dans mon cœur. Et comment pourrais-je mal connaître ce qui est en moi ?

— Je ne te mérite pas. Je m'en rends compte, à présent.

Moïra haussa brièvement les épaules.

— Je ne suis pas une récompense ou un prix que l'on mérite.

Tout était prêt dans la salle à manger privée de la reine. Un grand feu brûlait dans l'âtre. Deux chandeliers répandaient leur chaude lueur sur la table. Un souper froid les attendait, et une carafe de vin avait été mise à décanter. Pour parfaire l'ambiance, un bouquet de fleurs embaumait la pièce.

— Tu t'es donné de la peine, dit-il en refermant la porte. Merci.

— Je l'ai fait pour moi, mais je suis heureuse que ça te plaise. Je voulais une nuit, une seule, qui n'appartiendrait qu'à nous. Une nuit pour bavarder tranquillement autour d'une table, comme si nous n'étions pas à la veille de l'apocalypse. Une nuit pour boire un peu trop de vin sans me sentir coupable.

Moïra alla déposer dans un coin son arc et son carquois et dégrafa le baudrier de son épée.

— Une nuit, poursuivit-elle, pour discuter d'autre chose que d'armes et de stratégie. Une nuit pour que tu puisses me dire que tu m'aimes – de vive voix ou avec les yeux.

— Je peux te le dire des deux façons, répondit Cian. Je t'aime. Tout à l'heure, quand je galopais dehors à tombeau ouvert, j'ai aperçu ces chandelles à travers les fenêtres. Elles m'ont fait penser à toi, car c'est ainsi que je te vois – comme une flamme vive, pétillante et claire.

Lentement, Moïra le rejoignit et prit son visage entre ses mains.

— Moi, je vois la nuit en toi, dit-elle dans un murmure. Le mystère, le frisson, le danger de la nuit. Je crois que je n'aurai plus jamais peur du noir. J'ai fouillé les ténèbres, et j'ai aimé ce que j'y ai vu.

Cian lui embrassa le front, les paupières, avant de déposer enfin un baiser sur sa bouche.

— Buvons un peu, dit-il. Laisse-moi t'offrir le premier verre.

Moïra alla prendre place à table et le regarda faire le service. Cet être étrange et fascinant, se dit-elle, en qui tant de batailles faisaient rage, était non seulement son amant mais aussi l'homme qui l'aimait. Et cette nuit leur appartenait tout entière.

Adoptant les gestes d'une épouse, elle lui emplit son assiette de nourriture. Cette nuit, au moins, elle pouvait se permettre cette fantaisie. Et quand il s'assit face à elle, elle leva son verre à sa santé.

— *Sláinte !*

— *Sláinte.*

— Tu veux bien me parler des endroits dans lesquels tu as vécu ? demanda-t-elle après avoir savouré la première gorgée. Me raconter tes voyages ? Je veux pouvoir voyager au moins par l'esprit. J'ai étudié le planisphère et les cartes qui se trouvent dans ta bibliothèque, en Irlande. Le monde dans lequel tu vis est si grand ! Décris-moi les choses merveilleuses que tu y as vues.

Cian lui parla longuement de l'Italie de la Renaissance, du Japon des samouraïs, des jungles amazoniennes, des savanes africaines, s'efforçant de lui dépeindre en tableaux colorés et vivants la variété des paysages, leurs contrastes et leurs métamorphoses. Moïra buvait ses paroles, et c'était tout juste s'il n'entendait pas ronronner son cerveau tel un disque dur en train d'enregistrer des données. Elle lui posa des dizaines de questions, particulièrement quand il abordait un sujet qui venait contredire ou enrichir les lectures qu'elle avait faites en Irlande, dans sa bibliothèque.

Quand il se tut, elle dit d'un ton rêveur, en le regardant remplir leurs verres pour la troisième fois :

— Souvent, je me demande ce qui se trouve derrière cette mer qui entoure Geall… D'autres îles, peut-être. D'autres cultures sans doute. Il me semble que si notre royaume faisait autrefois partie de l'Irlande, il se peut qu'existent également dans ce monde-ci de petits morceaux d'Italie, d'Amérique, de Russie – de tous ces fabuleux pays dont tu viens de parler. Sais-tu ce que j'aimerais voir un jour ? Un éléphant.

— Un éléphant ?

Son air ébahi la fit rire.

— Oui, un éléphant ! insista-t-elle. Ainsi qu'un zèbre. Et un kangourou. J'aimerais admirer les peintures de tous ces artistes dont j'ai vu les œuvres reproduites dans tes livres. Michel-Ange, Léonard de Vinci, Van Gogh, Monet, Beethoven…

— Beethoven était un compositeur, corrigea Cian. Je ne suis pas sûr qu'il ait peint quoi que ce soit.

— Que je suis bête ! Bien sûr, tu as raison. La sonate *Au clair de lune* et toutes ces symphonies numérotées. Ce doit être le vin qui m'embrouille l'esprit. J'aimerais aussi voir un violon et un piano. Une guitare électrique, également ! Tu sais jouer de ces instruments ?

Après avoir marqué un temps d'hésitation, Cian répondit avec un sourire modeste :

— C'est un fait connu de peu de gens, mais les Beatles étaient six à l'origine[1]. Je suppose que tu ne connais pas…

---

1. Brian Epstein, le premier manager des Beatles, est parfois considéré comme le cinquième membre du groupe. L'histoire officielle ne comporte aucune trace du passage de Cian McKenna dans la formation… (*N.d.T.*)

— Si, je connais ! protesta-t-elle. John, Paul, George et Ringo.

— Tu me surprendras toujours. Tu as la mémoire que l'on prête à cet éléphant que tu aimerais tant voir.

— Ce dont on se souvient, dit-on, nous appartient. Je ne verrai peut-être jamais d'éléphant, mais je boirai un jour du jus d'orange. Les pépins que j'ai fait planter dans la serre ont germé ! Et j'ai également rapporté d'autres souvenirs de mon passage en Irlande...

Amusé de l'entendre prendre un ton de conspiratrice, Cian demanda en fronçant les sourcils :

— Auriez-vous « emprunté » ces souvenirs, Majesté ?

Les joues roses, Moïra baissa les yeux et chipota du bout de sa fourchette la nourriture dans son assiette.

— Ce n'est pas grand-chose... protesta-t-elle. Je me suis dit que cela ne manquerait à personne si je les ramenais avec moi. Je dois cependant t'avouer que j'ai pris une bouture de tes plus beaux rosiers – bon, d'accord : trois boutures. Je conserve également dans mon coffret à bijoux une photographie que Glenna a prise de Larkin et moi. Ainsi qu'un livre. Un livre – j'ai honte ! – que j'ai subtilisé dans ta bibliothèque. Une voleuse, voilà ce que je suis !

— Quel livre ?

— Un recueil de poèmes de Yeats. Je l'ai choisi parce qu'il était irlandais et que je voulais emporter une œuvre d'un écrivain de ce pays.

Moïra avait également porté son choix sur ce livre parce que Cian était irlandais et que ce recueil lui appartenait, mais cela, elle ne le lui dit pas.

— Ses poèmes sont si beaux, si profonds ! reprit-elle. J'ai essayé de me convaincre que j'allais te rendre le livre après en avoir recopié quelques-uns, mais c'était uniquement pour me donner bonne conscience. En fait, je vais le garder !

La tête rejetée en arrière, Cian partit d'un grand rire.

— Tu peux apaiser ta conscience, dit-il. Considère que je t'en fais cadeau.

— Merci. Mais je serais heureuse de te le payer.

Moïra se leva et alla le rejoindre en précisant :

— Ton prix sera le mien.

Les bras noués autour de son cou, elle s'assit sur ses genoux, les yeux dans les yeux, et conclut :

— Ce Yeats... Il a écrit quelque chose qui me fait penser à toi, et à cette nuit que nous partageons tous les deux. Il a écrit : « Je suis pauvre, et mes rêves sont mes seuls biens. Je les déroule sous tes pas. Marche doucement, car tu marches sur mes rêves. »

Tendrement, elle passa les doigts dans ses cheveux.

— Tu peux me confier tes rêves. Mon pas sera léger.

Bouleversé, Cian la serra contre lui et posa sa joue contre la sienne.

— Moïra... Tu ne ressembles à aucune autre femme.

— Près de toi, je me sens effectivement unique. Veux-tu m'accompagner sur la terrasse ? J'aimerais admirer la lune et les étoiles dans tes bras.

Ils se levèrent, et elle le retint par la main quand il fit mine de se diriger vers la porte-fenêtre.

— Pas celle-ci. La terrasse de la chambre à coucher.

Songeant aux souvenirs terribles qui s'attachaient pour elle à ce lieu, Cian hésita.

— Tu es sûre ?

— Certaine. J'y suis déjà allée, aujourd'hui. Mais je veux également que tu m'y accompagnes, de nuit. Je veux que tu m'y embrasses, afin que je garde ce souvenir en moi toute ma vie.

— Tu devrais prendre un manteau. Il fait froid.

— Inutile. Les femmes de Geall ne sont pas en sucre.

Cian la laissa l'entraîner vers la pièce voisine. Il ne pouvait se prononcer sur les autres femmes de Geall, mais celle-ci, en tout cas, avait une sacrée trempe.

14

Comme Moïra en avait rêvé, Cian l'embrassa sur la terrasse, longuement. En s'abandonnant à la douceur de ce baiser, elle sut qu'elle n'oublierait jamais rien de ce moment. Ni la paisible musique de la nuit autour d'eux. Ni la fraîcheur de l'air. Ni l'habileté de ses lèvres sur les siennes.

Plus que jamais, elle était décidée à ne pas penser aux obligations du lendemain. La nuit était le royaume de Cian, et tant qu'ils seraient ensemble, elle voulait qu'elle soit le sien aussi.

— Tu as dû embrasser de nombreuses femmes... dit-elle quand leurs lèvres se séparèrent.

Cian sourit, lui donna un baiser léger et répondit avec nonchalance :

— C'est un fait.

— Des centaines ?

— Au moins.

Moïra plissa les yeux.

— Des milliers ? insista-t-elle.

— Plus probablement.

Avec brusquerie, elle s'écarta de lui et prit appui sur la rambarde en pierre pour lui faire face.

— Je pense que je vais proclamer un nouvel édit, dit-elle d'un air de défi. Chaque homme de ce royaume devra se présenter au palais pour y embrasser sa reine, histoire que je rattrape mon retard sur toi. Par la même occasion, je mènerai une étude comparative pour déterminer à quel niveau de compétence tu te situes dans cette discipline.

— Intéressant. Mais j'ai peur que tes dévoués sujets ne te déçoivent.

— Ah, oui ? Comment peux-tu être aussi sûr de toi ? Tu as déjà embrassé un homme de Geall ?

— Bien répondu, reconnut Cian en riant. On peut dire que tu as de la repartie, quand tu t'y mets.

Moïra ne bougea pas d'un pouce lorsqu'il vint se placer face à elle, l'emprisonnant de ses deux bras appuyés sur la rambarde. En soutenant son regard, elle demanda :

— Tes goûts te portent-ils vers les femmes qui ont de la repartie ?

— Seulement quand leurs yeux ont la couleur de la brume et leurs cheveux celle du chêne poli.

— Gris et marron, traduisit-elle avec une grimace. J'ai toujours trouvé ces couleurs ternes... Mais rien ne peut me faire douter de moi quand je suis près de toi.

Elle posa la main sur le cœur de Cian, et bien qu'il ne battît pas, elle eut l'impression de le voir danser au fond de ses yeux.

— Je ne me sens plus ni terne ni effacée avec toi. Lorsque tu t'es enfin décidé à m'embrasser, j'ai eu l'impression qu'une révélation se faisait en moi, qu'un rideau se levait. Je me suis étonnée de n'avoir pas compris plus tôt qui tu étais pour moi. Et je me suis promis que le rideau ne se baisserait plus jamais.

— La lumière... murmura-t-il. C'est la lumière que tu apportes en moi, Moïra.

Moïra prit ses mains dans les siennes et reporta son attention sur le ciel nocturne.

— La lune est si brillante, ce soir, et les étoiles si nombreuses… Nous laisserons les rideaux ouverts, jusqu'à ce qu'il soit temps de dormir.

Ils rentrèrent tous deux dans la chambre illuminée par le clair de lune et la chaude lueur des chandeliers. Moïra savait désormais ce que la nuit lui réservait. Elle attendait avec impatience la montée du désir, la chaleur qui naîtrait entre eux, le feu qui s'emparerait de leurs corps. Et tous ces frissons, toutes ces sensations qui naîtraient au contact de leurs peaux.

Sans y penser, elle commença à ôter ses bijoux. Puis elle vit le regard attentif de Cian qui ne la quittait pas et comprit à quel point ces petits gestes, ces préludes au déshabillage d'une femme pouvaient être excitants pour un homme. Aussi prit-elle tout son temps.

Soutenant tranquillement son regard, elle sortit la croix de Morrigan qu'elle avait glissée sous le corsage de sa robe et la fit passer par-dessus sa tête – elle ne pourrait lui donner, elle le savait, de plus grande preuve de confiance.

— Je ne vais pas pouvoir m'en sortir toute seule, dit-elle. Veux-tu m'aider à délacer ma robe ?

Sans attendre sa réponse, elle lui tourna le dos et releva ses cheveux avant de poursuivre :

— J'ai la nostalgie des fermetures Éclair. Je crois que je vais me pencher sur la question. Ça n'a pas l'air bien compliqué, et ça facilite grandement la vie.

— Ce qui facilite la vie nuit souvent au charme.

Le contact de ses doigts dans son dos, tandis qu'il lui délaçait son corsage, la fit frissonner. Tournant la tête, elle lui sourit par-dessus son épaule et répondit :

— Tu en parles à ton aise. Parmi les inventions qui ont révolutionné ton monde d'origine, laquelle te paraît la plus utile ?

— La plomberie.

L'immédiateté de sa réponse la fit rire.

— Larkin et moi avons été émerveillés par le niveau de confort qui règne dans vos demeures. Et nous le regrettons beaucoup... J'ai un peu étudié le sujet. Il me semble que je pourrais mettre au point quelque chose d'assez semblable à votre douche.

— Reine et génie de la plomberie... plaisanta Cian. Il n'y a donc aucune limite à tes talents ?

— Détrompe-toi. Je suis tout à fait novice dans l'art de déshabiller un homme.

Moïra pivota sur ses talons et entreprit de déboutonner la chemise de Cian.

— J'aime les boutons, dit-elle ce faisant. Je les trouve aussi rationnels que jolis.

Tandis qu'elle s'acquittait de sa tâche, descendant rapidement en direction de sa ceinture, ses cheveux lui tombèrent sur le visage. D'un geste agacé, elle les repoussa dans son dos en marmonnant :

— Je devrais les couper court, comme Blair. Cela aussi serait rationnel.

— Ne fais surtout pas ça !

Les doigts de Moïra s'attaquaient à présent à la braguette de son jean. Les abdominaux de Cian se durcirent.

— Tes cheveux sont magnifiques tels qu'ils sont, reprit-il en les caressant du sommet de son crâne jusqu'à ses hanches. J'aime les voir cascader sur tes épaules, le long de ton dos, briller sur ta peau.

Charmée par le compliment, Moïra releva les yeux et jeta un coup d'œil à la psyché qui se trouvait derrière eux. Elle tressaillit en s'y découvrant à moitié déshabillée. Et totalement seule.

Immédiatement, elle détourna le regard et adressa à Cian un sourire gêné.

— Les cheveux longs réclament beaucoup d'entretien, reprit-elle. Et je ne...

— Cela te fait peur ? coupa-t-il.

Il était inutile de prétendre n'avoir pas compris.

— Non. Je ne m'y attendais pas et cela m'a fait un choc, c'est tout, avoua-t-elle. Est-ce dur pour toi de ne pouvoir observer ton image dans un miroir ?

— C'est ainsi, répondit-il avec un haussement d'épaules. Je m'y suis fait. D'ailleurs, parfois, jouer les hommes invisibles présente quelques avantages.

Il la contourna, de manière qu'ils se retrouvent tous deux face au miroir. Puis il ramassa sa lourde chevelure dans ses mains et la laissa retomber. Moïra poussa un petit cri de ravissement en voyant ses cheveux voler autour de sa tête, comme de leur propre volonté.

— Ce que j'aime chez toi, dit-il, c'est que tu ne boudes pas ton plaisir. Il y a toujours moyen de t'amuser.

De nouveau, il releva sa chevelure à pleines mains. Mais cette fois, il laissa ses lèvres – et le bout de ses dents – courir le long de son cou. Il la sentit retenir son souffle et vit ses yeux s'écarquiller.

— Ne bouge pas ! ordonna-t-il lorsqu'elle voulut se retourner. Contente-toi de regarder. Et de ressentir.

Ses doigts remplacèrent ses lèvres sur la peau de Moïra, suivirent le contour de ses épaules nues, descendirent lentement jusqu'à ses seins, sous son corsage délacé.

— N'as-tu jamais rêvé d'un amant qui viendrait à toi en pleine nuit, dans le noir ?

Il fit descendre sa robe jusqu'à ses hanches et prit ses seins en coupe dans la paume de ses mains.

— Un amant qui posséderait ton corps sans que tu puisses le voir, susurra-t-il à son oreille. Un amant dont les mains et la bouche invisibles mettraient le feu à ta peau…

Moïra leva les mains pour les poser sur celles de Cian, afin de les sentir sous ses doigts. Mais lorsqu'elle se vit dans le miroir caresser ses propres seins, elle rougit et ôta précipitamment ses mains.

Derrière elle, invisible dans la glace, Cian sourit d'un air satisfait.

— L'autre nuit, tu affirmais que je n'avais pas volé ton innocence. Peut-être était-ce vrai alors, mais cela ne l'est plus à présent. Je me repais de ton innocence, et c'est... succulent. Un mets de roi. Un régal pour un vampire...

— Je n'ai rien d'une innocente ! protesta-t-elle.

Mais sa voix tremblante manquait de conviction.

— Tu en es une plus que tu ne le penses, répliqua-t-il.

Du bout des pouces, il caressa le bout de ses seins, qui durcit instantanément.

— Tu as peur ? s'enquit-il.

— Oui, avoua Moïra, frémissante.

— Un soupçon de peur peut ajouter à l'excitation.

Cian acheva de dépouiller Moïra de sa robe, qui tomba comme une flaque à ses pieds.

— Enjambe-la ! lui dit-il dans le creux de l'oreille. Tu peux admirer ton corps tout à loisir, maintenant...

En elle, la frayeur le disputait au désir. Son corps était assailli de sensations, son esprit tétanisé. Des mains et des lèvres qu'elle ne pouvait voir se déchaînaient sur elle, impudiques et possessives. Elle se vit frissonner de la tête aux pieds et découvrit sur son visage une expression d'extase étonnée. Son regard se noyait dans les brumes de l'abandon.

Les doigts de son amant invisible continuaient à courir sur son corps, laissant dans leur sillage une traînée de chair de poule. Et quand ses mains revinrent se fixer sur ses seins, elle les recouvrit des siennes, sans éprouver cette fois ni honte ni remords.

Moïra poussa un gémissement d'impatience, auquel les doigts de Cian répondirent en venant effleurer nonchalamment son ventre. N'y tenant plus, elle se coula contre lui et passa ses mains derrière elle pour ceinturer sa taille. Cian n'en poursuivit pas moins son petit jeu, lui chatouillant l'intérieur des cuisses, là où la chair était la plus tendre. Il voulait différer autant que possible l'instant de la délivrance, l'exciter tant et plus, jusqu'à la rendre pantelante de désir.

— Prends ! murmura-t-il. Prends toi-même ton plaisir.

D'autorité, il saisit l'une des mains de Moïra et vint la plaquer devant elle, sur son pubis, où il la retint prisonnière. Leurs corps s'emboîtèrent et Moïra retint de justesse un petit cri.

Cian commença à imprimer à sa main le mouvement d'une savante caresse. Ainsi guidée par lui, elle se sentit escalader peu à peu de nouveaux sommets. Son corps était un rempart solide derrière elle. Il murmurait à son oreille des paroles passionnées, dans une langue qu'elle ne comprenait pas.

Dans le miroir, elle ne discernait toujours que son propre reflet. Elle s'obligea à ne pas quitter des yeux cette femme qui lui faisait face, une femme de plus en plus essoufflée, de plus en plus éperdue. Dans un cri de surprise, elle s'abandonna à l'orgasme qui la soulevait.

Sans lui laisser le temps de reprendre ses esprits, Cian la fit pivoter entre ses bras, avec une telle brusquerie qu'elle aurait perdu l'équilibre s'il ne l'avait retenue. Il s'empara de ses lèvres avec une urgence communicative. Le cœur battant à tout rompre, elle s'accrocha désespérément à lui.

Cian était tourmenté par une faim dévorante, un désir comme qu'il n'en avait jamais connu. Une folie sensuelle semblait s'être emparée de son corps. Toute son expérience si longuement accumulée ne lui servait à rien avec Moïra.

Aussi prêt qu'elle l'était elle-même, il l'attira sur le sol et plongea immédiatement en elle, puis, la prenant par le menton, il lui tourna la tête vers le miroir. Là, elle put voir son corps livré à lui se mouvoir en rythme avec le sien, tandis que ses assauts se faisaient de plus en plus vigoureux. Et lorsqu'elle s'abandonna enfin à la jouissance, dans un tremblement de tout son être, il mit sa propre impatience au pas et attendit qu'elle rouvre les yeux.

Alors seulement, quand elle les eut tournés vers lui, il riva son regard au sien. Les yeux dans les yeux, ils reprirent ensemble la lente escalade vers le plaisir. Elle le précéda de peu dans la jouissance. Et quand il se répandit enfin en elle, Cian enfouit son visage dans ses cheveux en murmurant son nom encore et encore, sans même s'en rendre compte.

Moïra aurait pu rester ainsi allongée sous lui sa vie entière, dans cet état d'abandon bienheureux. Mais sans lui laisser le temps de réaliser ce qui lui arrivait, Cian la prit dans ses bras et se releva d'un seul et fluide mouvement.

Le cœur de Moïra bondissait dans sa poitrine.

— C'est idiot, fit-elle en enfouissant son visage dans son cou, et ce doit être typiquement féminin, mais cela me plaît que tu sois si fort... et qu'en même temps je puisse percevoir tes faiblesses quand nous faisons l'amour.

— En ta présence, *mo chroi*, il y a toujours une part de moi qui se sent faible.

Après l'avoir déposée sur le lit, Cian se détourna pour aller fermer les rideaux.

— Pas tout de suite ! protesta-t-elle. La nuit est si belle... Profitons-en encore un peu.

D'un bond, elle se redressa et alla enfiler son peignoir tout en ajoutant :

— D'ailleurs, je vais aller chercher le fromage et le vin. Je meurs de faim.

En son absence, Cian alla déposer dans l'âtre un autre bloc de tourbe séchée. Tandis qu'il ranimait le feu, il ignora la petite voix en lui qui lui réclamait des comptes et lui demandait ce que diable il était en train de faire. Chaque minute passée en compagnie de Moïra infligeait une nouvelle blessure à son cœur – des blessures qui saigneraient le jour où il ne pourrait plus être avec elle.

Elle survivrait, songea-t-il pour se rassurer. Lui aussi. Survivre envers et contre tout était un talent que partageaient les hommes et les vampires. Un cœur brisé n'avait jamais tué personne.

En revenant dans la chambre, un plateau à bout de bras, Moïra lança d'un air gourmand :

— Nous allons boire et manger au lit ! Quelle décadence...

Elle posa d'abord le plateau sur le lit, puis s'installa avec précaution pour ne pas le renverser. La mine sombre, Cian la regarda faire et maugréa :

— Dans ce domaine, je pense t'avoir suffisamment appris.

— Ah, oui ? fit-elle avec un sourire mutin. Et moi qui espérais que ce n'était qu'un début ! Si tu m'as montré tout ce que tu sais faire, je suppose que nous sommes condamnés à nous répéter...

Cian observa un silence avant de répondre.

— Moïra... j'ai fait des choses que tu ne peux même pas imaginer. Des choses que je refuse que tu puisses imaginer.

— Voilà que tu te vantes, à présent...

Mais en dépit de ses efforts, Moïra comprit qu'elle ne parviendrait pas à alléger la conversation. Reprenant son sérieux, elle chercha son regard et déclara :

— Tu n'as pas à regretter chaque fois que tu poses les yeux sur moi ce que tu as fait dans le passé. Quoi que cela ait pu être, chacun de ces événements était une étape qui te menait vers moi. Tu étais attendu ici, maintenant. Car c'est ici, maintenant, que j'ai besoin de toi.

Se détournant de la cheminée, Cian se redressa et alla jusqu'au lit la rejoindre. Après avoir longuement hésité, il se décida à poser la question qui lui brûlait les lèvres.

— Comprends-tu, au moins, que je ne pourrai rester ?

— Oui, répondit-elle sans hésiter. Évidemment. Mais je ne veux pas en parler. Ne pouvons-nous préserver l'illusion juste pour une nuit ?

Cian tendit la main pour lui caresser les cheveux.

— Une chose est sûre, dit-il. Je ne regrette pas ce qui se passe entre nous. Et cela, ce n'est pas une illusion.

— Je n'en demande pas davantage.

Moïra était parvenue à prononcer ces paroles avec assez de conviction pour qu'il puisse y croire. Mais chaque minute qui passait renforçait en elle une sourde douleur. La douleur de savoir que la fin de leur histoire était d'ores et déjà programmée.

Malgré son trouble, elle parvint à lui offrir d'une main qui ne tremblait pas un des gobelets posés sur le plateau.

Cian, en s'apercevant qu'il contenait du sang, fronça les sourcils.

— J'ai pensé que cela te serait utile, dit-elle en réponse à son regard interrogateur. Tu dois avoir besoin de reprendre des forces, après une telle débauche d'énergie.

Cian secoua la tête avec un sourire amusé, avant de demander :

— Alors, tu es prête à discuter plomberie ?

Moïra ne put cacher sa stupéfaction. Elle s'était attendue à tout sauf à cela.

— Plomberie ? répéta-t-elle faiblement.

— Qu'est-ce que tu t'imagines ? dit-il en souriant de sa surprise. Tu n'es pas la seule à avoir étudié le sujet. Sans compter que j'ai eu la chance de suivre au fil du temps les progrès réalisés dans ce domaine. J'ai quelques idées qui pourraient t'aider à mettre en place dans ce château une installation sanitaire rudimentaire.

Moïra lui rendit son sourire et sirota son vin avant de répondre :

— Je suis tout ouïe.

Ils passèrent un temps considérable sur la question. Elle dut se relever pour aller chercher de quoi écrire et ne pas laisser perdre de si bonnes idées. Le fait que Cian se soit penché sur un sujet que ses contemporains devaient considérer comme mineur lui donnait un nouvel aperçu de sa personnalité.

En fait, réalisa-t-elle, une telle curiosité n'aurait pas dû la surprendre, étant donné l'étendue et la variété du savoir accumulé sur les rayonnages de sa bibliothèque, en Irlande. Dans une maison, qui plus est, où il ne mettait les pieds qu'une fois par an.

S'il était né au royaume de Geall, la diversité de ses talents lui aurait valu de devenir riche. De cela, elle était certaine. Sans doute aurait-il été renommé, et même respecté. Les hommes auraient recherché ses avis et ses conseils. Les femmes auraient flirté avec lui à la moindre occasion.

Pourtant, dans ce monde rêvé, tôt ou tard, il aurait fini par la rencontrer, par la courtiser et par l'épouser. De cela aussi, elle était certaine. À ses côtés, il aurait régné sur un pays prospère et paisible. Naturellement, ils auraient eu des enfants, qui tous auraient eu ses beaux yeux bleus. Un des garçons – au moins un – aurait même hérité de la fossette au menton de son père.

Et lors de nuits telles que celle-ci, dans une tranquille intimité, ils auraient pu faire des projets pour leur famille, ainsi que pour l'avenir du peuple de Geall.

La main de Cian, en lui caressant la joue, la tira brutalement de ses pensées.

— Tu as besoin de dormir, constata-t-il.

— Non, pas du tout.

Secouant la tête, Moïra s'efforça de se concentrer sur les schémas étalés devant elle. Et de profiter au maximum du temps si précieux qu'il leur restait à passer ensemble.

— Continuons, reprit-elle d'un ton décidé. Je me suis laissé distraire, l'espace d'un instant.

— Si je n'étais pas intervenu, tu te serais mise à ronfler, fit Cian d'un ton indulgent.

— Quel mensonge ! s'exclama-t-elle. Je ne ronfle pas.

Pourtant, elle ne protesta pas en le voyant rassembler les papiers et ranger le plateau. Elle devait bien le reconnaître, c'était à grand-peine qu'elle gardait les yeux ouverts.

Le laissant aller fermer les rideaux, elle se leva pour souffler les chandelles. Mais alors qu'elle retournait se coucher, elle le vit ouvrir la porte-fenêtre et s'apprêter à sortir.

— Pour l'amour de Dieu, Cian ! Tu es presque nu.

Au passage, elle ramassa sa chemise sur le sol et alla le rejoindre.

— Au moins, reprit-elle d'un ton de reproche, mets ça sur ton dos. Je sais que tu ne crains pas le froid, mais un des gardes pourrait t'apercevoir.

— Un cavalier approche, annonça-t-il d'une voix tendue, ses yeux scrutant l'horizon.

Moïra le rejoignit près de la rambarde.

— Tu es sûr ? Où ça ?

— Droit à l'est.

Elle suivit la direction empruntée par son regard mais ne vit rien.

— Il est seul ?

— Un autre cavalier l'accompagne, répondit-il. Mais le premier mène le cheval de l'autre par la bride. Ils arrivent au galop.

— Il faut que j'aille voir de quoi il retourne, déclara Moïra avant de rentrer s'habiller.

Cian la rejoignit et enfila en hâte son jean.

— N'invite personne à entrer, conseilla-t-il d'une voix sourde. Même si c'est quelqu'un que tu connais.

— Aucun risque, répondit-elle. Et les gardes ont reçu la consigne stricte de ne pas le faire non plus.

Avec un petit soupir de regret, Moïra passa dans ses cheveux le cercle d'or qui était l'insigne de sa royauté. Étant reine de Geall, elle devait renoncer à sa nuit d'amour avec Cian.

— Sans doute ne s'agit-il que de voyageurs imprudents en quête d'un abri et d'un repas, ajouta-t-elle en bouclant à sa ceinture le baudrier de l'Épée des rois.

— Mais si ce n'est pas le cas ? insista Cian.

— Si ce n'est pas le cas, ils auront fait une longue route pour mourir.

Debout au sommet de la tour du pont-levis, Moïra distingua enfin les cavaliers – du moins leurs silhouettes. Ils étaient deux, ainsi que Cian l'avait annoncé, le premier guidant le cheval du second. Ils ne portaient pas de manteau, en dépit de la fraîcheur de la nuit.

Elle se tourna vers Niall, qu'une sentinelle était allée réveiller, et lui dit :

— Je vais avoir besoin d'un arc.

D'un geste, Niall appela l'un de ses hommes et lui prit son arc et son carquois.

— Je ne comprends pas ce qu'ils cherchent, commenta-t-il en les lui remettant. Ils n'ont aucune chance, à deux contre une forteresse dans laquelle ils ne peuvent pénétrer que sur invitation...

— Ces gens n'ont peut-être rien à voir avec l'ennemi. Mais les portes resteront closes tant qu'un doute subsistera.

Ils percevaient à présent le bruit des sabots des chevaux. Moïra plissa les yeux et précisa :

— Ce sont deux hommes. Le deuxième semble blessé.

— Pas blessé, corrigea Cian. Mort.

— Comment pouvez-vous...

Niall se tut sans avoir achevé sa question.

— Tu es sûr ? murmura Moïra à Cian.

— Il est attaché à son cheval et il est mort. D'ailleurs, celui qui le conduit l'est aussi. Mais c'est à présent un vampire.

Moïra laissa échapper un soupir.

— Quoi qu'il arrive, ordonna-t-elle à Niall, dis à tes hommes de ne rien faire sans en avoir reçu l'ordre. Je veux d'abord en avoir le cœur net.

Puis, s'adressant à Cian, elle suggéra :

— Ce pourrait être un déserteur...

Sans attendre de réponse, elle se corrigea.

— Non. Un déserteur resterait caché. Il ne viendrait pas se jeter...

Le visage figé, elle s'interrompit et saisit la main de Cian.

— Le premier cavalier ! lança-t-elle dans un souffle. C'est Sean, le fils du forgeron. Tu es certain que...

— Je sais reconnaître ceux de mon espèce.

Il n'ajouta pas que, grâce à sa vue perçante, il avait également reconnu le mort.

— Lilith l'a envoyé en connaissance de cause, reprit-il. Elle peut se permettre de perdre une recrue d'aussi fraîche date, et elle espère semer le trouble dans nos rangs. Ne lui donne pas raison. Ne te laisse pas attendrir.

— Il sortait à peine de l'enfance.

— À présent, c'est un vampire. Au moins, elle a épargné cela au second. Regarde-moi, Moïra...

Il la prit par les épaules et la fixa au fond des yeux avant d'ajouter :

— Je suis désolé. Il s'agit de Tynan.

— Non ! Non... protesta-t-elle faiblement. Ce n'est pas possible. Tynan est dans un des avant-postes. Nous avons eu la confirmation qu'il était vivant – blessé, mais vivant.

Se détournant de lui, Moïra prit appui sur le parapet et se pencha autant qu'elle le put, scrutant la nuit avec angoisse. Elle entendit les murmures, puis les exclamations des hommes qui avaient fini par reconnaître Sean. Il y avait de l'espoir, dans leurs cris. Et du soulagement.

— Ce n'est pas Sean ! lança Moïra d'une voix assez forte pour couvrir celles des gardes. Ils ont tué le Sean que vous connaissiez pour envoyer à sa place un démon qui porte son visage. Les portes resteront fermées. C'est votre reine qui vous l'ordonne !

Ayant imposé le silence, Moïra sentit son cœur se serrer en constatant que Cian disait vrai. C'était bien Tynan – ou plus exactement son corps martyrisé – qui était attaché au second cheval.

Elle eut envie de pleurer, d'enfouir son visage contre la poitrine de Cian, pour sangloter de rage et de chagrin. Mais elle n'en fit rien et se tint droite,

désormais insensible au vent froid qui agitait ses cheveux et s'infiltrait sous son manteau.

Posément, elle engagea une flèche dans l'arc et attendit que le vampire se présente devant le pont-levis.

— Que personne d'autre que moi ne lui parle ! ordonna-t-elle d'une voix glaciale.

Celui qui avait été Sean leva la tête vers eux et agita la main pour saluer les hommes rassemblés en haut des remparts.

— Ouvrez les portes ! cria-t-il. Ouvrez ! C'est Sean, le fils du forgeron. Ils sont peut-être encore à mes trousses... Tynan est avec moi. Il est grièvement blessé.

— Tu n'entreras pas, répondit Moïra d'une voix ferme. Celle qui a fait de toi ce que tu es ne t'a envoyé ici que pour y périr une seconde fois !

Le vampire s'inclina maladroitement et protesta :

— Majesté... Vous ne me reconnaissez pas ?

— Cesse cette comédie. Dis-moi plutôt comment est mort Tynan.

— Il n'est pas mort, répliqua Sean avec aplomb. Il doit être encore possible de le sauver, mais il a perdu beaucoup de sang. J'ai réussi à échapper aux griffes des démons et à gagner cette ferme où se trouvait Tynan. Mais j'étais faible et épuisé, et il est sorti pour m'aider. Les démons nous sont tombés dessus et l'ont blessé. Je n'ai eu que le temps de le jeter sur un cheval.

— Tu mens. Est-ce toi qui l'as tué ? Est-ce Lilith qui t'a envoyé à lui pour tromper la confiance d'un ami et le tuer ?

— Majesté ! s'écria-t-il. Je serais incapable de...

Il s'interrompit en la voyant tendre la corde de son arc et le viser au cœur.

— Je vous jure que ce n'est pas moi qui l'ai tué ! dit-il en agitant les mains devant lui. C'est le petit garçon, le prince...

Le vampire gloussa malicieusement et posa la main sur sa bouche, les yeux ronds. C'était un geste que Sean, le véritable Sean, avait coutume de faire. Moïra en eut le cœur serré.

— Le prince a réussi à attirer Tynan à l'extérieur et à le tuer, expliqua le vampire sans se faire prier davantage. Je suis juste venu vous le rendre, comme la véritable reine me l'a ordonné. J'ai un message à vous transmettre de sa part.

— Quel est-il ?

— Si vous vous rendez et la reconnaissez comme souveraine de ce monde-ci et de tous les autres, si vous acceptez de placer l'Épée des rois dans sa main et de poser la couronne sur sa tête, vous et votre peuple serez épargnés. Vous pourrez continuer à vivre ici comme vous le désirez, car Geall est un monde trop petit pour l'intéresser.

— Et si nous n'acceptons pas ces conditions ?

Le vampire tira une dague de son fourreau, se pencha vers le cheval chargé du corps de Tynan et trancha les cordes qui retenaient le cadavre sur la selle. D'un violent coup de pied, il l'envoya choir lourdement sur le sol.

— Si vous n'acceptez pas, répondit-il, vous finirez comme lui, après avoir subi des tortures dont vous ne pouvez avoir idée !

D'un geste théâtral, il arracha sa chemise, révélant sur son torse d'atroces brûlures à peine cicatrisées.

— Tous ceux qui survivront après la nuit de *Samhain* seront impitoyablement pourchassés ! cria-t-il d'une voix exaltée. Les femmes seront violées, les enfants mutilés ! Quand nous en aurons terminé avec vous, plus aucun cœur humain ne battra dans le

royaume de Geall ! L'avenir, c'est nous ! Vous n'arrêterez jamais notre marche triomphante !

Comme épuisé par sa propre éloquence, il se passa une main sur le visage et conclut :

— À présent, donnez-moi votre réponse, que je puisse la transmettre à la reine.

— Voici la réponse de la véritable reine de Geall ! lança Moïra. Quand le soleil se lèvera, le lendemain de *Samhain*, vous ne serez plus que poussière, toi et tous ceux qui te ressemblent ! Le vent s'emparera de vos cendres pour les transporter jusqu'à l'océan, de telle sorte qu'il ne restera plus rien de vous dans le royaume de Geall !

Relâchant la corde de son arc et retirant sa flèche, Moïra les passa à Niall et conclut :

— Tu as ta réponse.

— La reine s'occupera personnellement de toi ! hurla le vampire, écumant de rage, les crocs dénudés. Ainsi que du traître qui se tient à tes côtés !

Puis, tirant violemment sur les rênes, il fit faire demi-tour à son cheval et partit au galop.

Moïra tira de son fourreau l'Épée des rois et la brandit en direction du fuyard. Une boule de feu fusa au bout de la lame et vint frapper de plein fouet le vampire. Il n'eut le temps de pousser qu'un cri bref, avant de s'enflammer et de disparaître en poussière.

— C'était un enfant de Geall, murmura Moïra en rengainant son épée. Il ne méritait pas de finir ainsi. Tynan...

La gorge serrée, elle ne put en dire plus.

— Je m'en occupe, dit Cian en posant la main sur son épaule.

Puis, s'adressant à Niall, il ajouta :

— C'était un homme bon, et un de mes amis.

D'un bond fantastique, Cian passa par-dessus le parapet et se jeta dans le vide. Il parut flotter comme une feuille jusqu'au sol, sur lequel il atterrit sans encombre.

D'un regard assassin, Niall foudroya un de ses hommes, qui faisait dans son dos le signe de protection contre le Malin.

— Nul ne peut insulter lord Cian et demeurer sous mes ordres !

En dessous d'eux, Cian prit le corps de Tynan dans ses bras avec un luxe de précautions. Puis il leva la tête et fixa gravement Moïra.

— Qu'on ouvre les portes ! ordonna-t-elle d'une voix tremblante. Laissez lord Cian ramener Tynan chez lui.

Moïra ne voulut laisser personne d'autre qu'elle prendre soin de la dépouille mortelle.

— Moïra... protesta Cian en la regardant mettre à nu le cadavre. Laisse-moi faire ça.

Blême et en larmes, Moïra secoua la tête et passa une éponge humide sur le visage de Tynan.

— Non, dit-elle d'une voix brisée. Nous étions amis depuis l'enfance. J'ai besoin de faire cela pour lui. Je ne veux pas que Larkin le voie dans cet état.

Sa main se mit à trembler quand elle aborda le cou et le torse, lacérés de multiples morsures, mais elle tint bon et poursuivit la toilette du mort.

— Tu comprends, poursuivit-elle, Larkin et Tynan ont grandi ensemble... Le vampire disait-il vrai, selon toi, quand il a affirmé que c'était cet enfant qui lui avait fait ça ?

Constatant qu'il ne lui répondait pas, Moïra releva les yeux et le dévisagea.

— C'est le fils adoptif de Lilith, répondit enfin Cian de mauvaise grâce. Il doit être comme elle – vicieux et capable de toutes les cruautés... Moïra, laisse-moi au moins aller réveiller Glenna.

— Elle aimait bien Tynan. Tout le monde l'aimait. Non, inutile de la réveiller à cette heure. Elle apprendra la triste nouvelle bien assez tôt. Ils ont massacré ma mère de la même façon, et j'ai tourné le dos. Je ne peux pas aujourd'hui tourner le dos à Tynan.

— Tu veux que je m'en aille ?

— Tu t'imagines que parce que je vois ces blessures, ces morsures qui auraient pu être causées par un animal, je vais te considérer de la même façon que celui qui a fait ça ? Crois-tu vraiment que je sois si faible de cœur et d'esprit ?

— Non. Je suis convaincu que tu es la femme la plus courageuse de cœur et d'esprit qui puisse exister. Je tiens néanmoins à ce que tu saches une chose : jamais je n'ai fait subir à un être humain ce que Tynan a subi.

Quand elle leva la tête pour le dévisager, Cian s'efforça de soutenir son regard sans ciller.

— Je n'essaie pas de me disculper, reprit-il. Mais tu dois savoir que, s'il m'est arrivé de commettre des actes d'une grande cruauté, aucun n'a atteint ce niveau de barbarie.

— Tu tuais tes victimes de manière plus civilisée, commenta-t-elle d'une voix neutre. Plus propre.

Cian sentit ses paroles se ficher en lui comme un poignard.

— Oui.

Moïra acquiesça d'un hochement de tête.

— Sans doute est-ce parce que Lilith n'a pas pris le temps de te corrompre. Elle t'a abandonné, t'a laissé livré à toi-même, aussi n'y a-t-il pas grand-chose d'elle en toi. Contrairement à ce pauvre enfant dont elle a fait son fils. Je pense aussi que ta personnalité antérieure a en grande partie subsisté. Oh, je sais parfaitement que tu n'es pas humain. Mais je sais aussi que tu n'es pas un monstre et que tu dois sans cesse te battre pour équilibrer en toi ce qui subsiste d'être humain et le vampire que tu es devenu.

Moïra reprit sa tâche, lavant le corps de Tynan avec autant de patience et de douceur que s'il s'était agi d'un nouveau-né. Lorsqu'elle eut terminé, elle entreprit de lui enfiler les vêtements qu'elle avait demandé qu'on apporte de chez lui.

Voyant qu'elle éprouvait quelque difficulté, Cian émit un claquement de langue agacé.

— Bon sang, Moïra ! Laisse-moi au moins faire ça.

— Je sais que tes intentions sont bonnes et que tu me proposes ton aide pour mon bien, répondit-elle en persistant dans ses efforts. Je t'en remercie. Mais j'ai besoin de faire cela pour lui. Il est... il est le premier à m'avoir embrassée.

Sa voix s'était brisée sur ce dernier mot. Elle dut se reprendre pour pouvoir poursuivre :

— J'avais quatorze ans, et lui deux de plus que moi. Ce fut très doux, très gentil. Un baiser timide et curieux, de part et d'autre, comme un premier baiser doit l'être au printemps. Je l'aimais – de la même façon que tu aimais King, je pense. Lilith nous les a pris tous les deux. Elle nous les a enlevés, mais elle ne pourra jamais nous enlever l'amour que nous leur avons porté.

— Je jure devant tous les dieux que tu sers que, pour toi, je mettrai un terme à ses méfaits !

— L'un de nous deux le fera.

Sa tâche achevée, Moïra se pencha et déposa doucement un baiser sur la joue froide de Tynan. Puis elle recula d'un pas et se laissa glisser sur le sol, où elle se mit à sangloter en tremblant de tous ses membres, tassée sur elle-même. Lorsque Cian vint s'accroupir près d'elle, elle se blottit contre lui, déposant au creux de ses bras les morceaux épars de son cœur brisé.

15

On enterra Tynan par une matinée pleine de lumière. L'ombre des nuages courait sur les collines. Une alouette chantait gaiement dans un sorbier. Le prêtre bénit la tombe au son lugubre d'un fifre et d'un tambour, puis on porta le corps en terre.

Tous ceux qui connaissaient Tynan – et nombre d'autres qui ne le connaissaient pas – avaient fait le déplacement. Ils étaient venus si nombreux que le cimetière ne pouvait tous les contenir et que l'assistance débordait au-delà du mur d'enceinte. Sur les tourelles du château royal, on avait mis les oriflammes en berne.

Les yeux secs, Moïra se tenait à côté de Larkin. Elle entendait la mère de Tynan pleurer non loin de là, mais elle savait que le temps des larmes était passé pour elle. Les autres membres du Cercle se trouvaient derrière elle. Savoir qu'ils étaient là, près d'elle, lui procurait quelque réconfort.

Dès que la cérémonie s'acheva, Moïra se plaça en retrait, afin de laisser la famille se recueillir dans l'intimité. Larkin lui prit la main. Elle s'accrocha fermement à la sienne. Sous la capuche baissée de la cape de Cian, elle pouvait à peine distinguer ses yeux.

À tour de rôle, elle dévisagea ses amis et annonça :

— Nous avons du pain sur la planche. Larkin et moi allons devoir saluer la famille une dernière fois. Ensuite, nous vous rejoindrons dans le salon familial.

Blair vint se camper devant Larkin, posa sa joue sur la sienne et lui murmura à l'oreille quelques mots que Moïra ne put entendre. Il lui lâcha la main, le temps d'étreindre avec passion celle qu'il aimait.

Alors qu'il lui reprenait la main et qu'ils s'apprêtaient à aller à la rencontre de la famille, la mère de Tynan échappa aux bras de son mari. Les joues inondées de larmes, elle se précipita sur Cian.

— Ce sont les vôtres ! hurla-t-elle. Les vôtres qui ont tué mon fils !

Hoyt fit un pas pour s'interposer, mais Cian le retint par le bras pour l'en empêcher.

— Oui, reconnut-il froidement.

— Vous devriez griller en enfer ! reprit-elle d'une voix haineuse. Au lieu de ça, c'est mon Tynan qui repose dans cette tombe !

— Oui, répéta Cian.

Moïra s'avança pour entourer de son bras les épaules de la mère éplorée, mais celle-ci se libéra rageusement.

— Vous ! lança-t-elle en pointant un doigt accusateur dans sa direction. Vous tous ! Vous vous souciez plus de cette… chose que de mon garçon. À présent, il est mort, et vous n'avez aucun droit de vous présenter devant sa tombe.

Le visage tordu par la douleur, la femme cracha aux pieds de Cian avant d'éclater en sanglots.

— Je suis désolée, murmura Moïra tandis que son mari et ses filles l'entraînaient à l'écart. Je vais aller lui parler.

— Laisse-la tranquille, maugréa Cian. Elle n'a pas tort.

Sans rien ajouter, il tourna les talons et s'éloigna de la tombe fraîchement creusée. Niall, qui lui avait emboîté le pas, le rejoignit alors qu'il atteignait les portes du château.

— Lord Cian, j'aimerais vous parler.

— Tu pourras le faire autant que tu le voudras dès que je me serai mis à l'abri de ce foutu soleil.

Cian regrettait à présent d'être venu à l'enterrement. La mère de Tynan n'était pas la seule dans cette assemblée à le craindre et à le détester. Pourtant, il était allé de son plein gré se mettre en danger au milieu de cette foule, avec pour seule protection contre les ravages du soleil un bout de tissu imprégné d'un charme magique.

Il sentit son sang se refroidir dès qu'il eut quitté la pleine lumière et retrouvé l'abri du château. Avec un soupir de soulagement, il baissa sa capuche et dit en se tournant vers Niall :

— Tu peux parler. Je t'écoute.

Niall hocha la tête. Il paraissait sombre et tendu. Sa main droite ne quittait pas la poignée de l'épée pendue à son côté.

— Tynan était mon ami, commença-t-il. Un des meilleurs hommes que j'aie connus.

— Tu ne m'apprends rien que je ne savais déjà.

— Mais vous ne m'aviez pas encore entendu le dire, n'est-ce pas ? J'ai vu ce qu'ils ont fait de Sean, de ce qui avait été un jeune homme insouciant et facétieux. J'ai vu ce qu'il était devenu pousser d'un coup de pied le corps de Tynan au bas du cheval, comme s'il n'était rien de plus qu'un tas d'ordures.

— À ses yeux, c'est effectivement ce qu'il était.

De nouveau, Niall hocha la tête. Ses doigts se crispèrent tellement sur la garde de son épée que leurs jointures blanchirent.

— *Aye*. Mais pas à vos yeux à vous. Je vous ai vu vous pencher sur le corps de Tynan. Je vous ai vu le ramasser avec l'attention d'un homme récupérant la dépouille d'un camarade tombé au combat. À cet instant, il n'y avait en vous rien de ce que j'ai vu en Sean. La mère de Tynan est folle de douleur, et c'est naturel. Il était son premier-né. Mais je ne peux excuser ses paroles. Elle a eu tort de vous dire ce qu'elle vous a dit devant la tombe de son fils. Tynan n'aurait pas voulu que vous vous fassiez insulter par l'un des siens. Je tenais à vous le dire, en mémoire de mon ami. Et je tenais aussi à vous dire que les hommes qui se rangent derrière moi pour se battre se rangent aussi derrière vous.

Pour conclure son petit discours, Niall tendit à Cian la main qui avait tenu l'épée.

Décidément, songea Cian, les humains l'étonneraient toujours. Il leur arrivait parfois de l'irriter ou de l'ennuyer, mais la plupart du temps, les détours inattendus que prenaient leurs esprits et leurs cœurs continuaient à le surprendre.

— Je te remercie, répondit-il en soutenant le regard de Niall. Mais avant de me serrer la main, tu dois être bien conscient que ce qui se trouvait en Sean se trouve aussi en moi. Il n'y a pas grande différence.

— Selon moi, si. Je pense que c'est cette différence qui vous permet de vous battre à nos côtés. Sur le champ de bataille, je vous laisserai couvrir mes arrières en toute confiance. Et ma main vous est toujours offerte, lord Cian...

Cian la serra enfin.

— J'en suis honoré, dit-il.

Moïra rentra au château malade de chagrin mais prête à en découdre. Le temps leur était compté. Pleurer les morts en paix était un luxe qu'ils ne pouvaient se permettre. Ce que Lilith avait fait à Sean et à Tynan visait à leur porter un coup au moral, et en cela, elle avait réussi. Aussi leur fallait-il à présent guérir de la blessure qu'elle leur avait infligée. Pour cela, il n'y avait qu'un remède : passer à l'action.

— Les dragons sont-ils opérationnels ? demanda-t-elle à Larkin, tout en marchant. Peuvent-ils servir à transporter des hommes ?

— Ils sont souples et accommodants, répondit-il. Ils se laissent monter sans rechigner par qui sait les conduire. Mais j'ai l'impression qu'il s'agit pour eux d'un jeu. Impossible de savoir comment ils réagiront au combat.

— Pour l'instant, nous les utiliserons uniquement pour transporter des troupes, précisa-t-elle. Vous êtes ceux qui les connaissent le mieux, toi et Blair. Nous allons...

Voyant sa tante traverser la cour dans leur direction, Moïra s'interrompit.

— Deirdre... murmura-t-elle en déposant sur sa joue un baiser plus appuyé et plus long que de coutume. Comment va-t-elle ?

La mère de Larkin et celle de Tynan étaient de proches amies. Les yeux de Deirdre, soulignés de cernes et rougis d'avoir pleuré, s'attardèrent sur le visage de son fils quand elle répondit :

— Elle est prostrée. Inconsolable. Comme toute mère le serait à sa place.

Larkin vint la serrer dans ses bras et lui murmura à l'oreille :

— Tu ne dois pas t'en faire. Ni pour moi ni pour Oran.

— Ne demande pas l'impossible.

Pourtant, elle parvint à lui sourire. Mais son sourire se fana sur ses lèvres dès qu'elle reporta son attention sur sa nièce.

— Je sais que le moment est mal choisi et que le devoir t'appelle, mais j'aimerais te parler, lui dit-elle. En privé.

— Naturellement.

À l'adresse de Larkin, Moïra ajouta :

— Va retrouver les autres. Je vous rejoins.

Puis, passant le bras sous celui de sa tante, elle dit en l'entraînant vers ses appartements :

— Allons chez moi. Nous prendrons le thé. Cela nous fera du bien à toutes les deux.

Au passage, tandis qu'elles traversaient le hall, elle héla une servante à qui elle demanda de leur apporter un plateau.

— Et Sinann, comment se sent-elle ? s'enquit Moïra en gravissant l'escalier.

— Fatiguée, répondit Deirdre avec lassitude. La mort de Tynan l'a anéantie. Elle s'inquiète pour son mari, pour ses frères. Je lui ai interdit d'assister à l'enterrement aujourd'hui. Je me fais du souci pour elle et pour l'enfant qu'elle porte.

Moïra s'efforça de la réconforter.

— Sinann est forte. Et elle a la chance de vous avoir à ses côtés.

— Cela suffira-t-il, si Phelan doit tomber comme Tynan est tombé ? Si Oran est déjà...

— Hélas, nous n'avons pas le choix. Aucun de nous...

— Pas d'autre choix que la guerre ?

Deirdre précéda Moïra dans le petit salon privé de la reine et prit un fauteuil. Son visage, qu'encadrait le voile de sa guimpe, paraissait plus vieux qu'il ne l'avait jamais été.

— Si nous ne nous défendons pas, ils nous massacreront comme ils ont massacré Tynan, répondit Moïra en s'installant face à elle. Ou, pire encore, ils feront de nous ce qu'ils ont fait de ce pauvre Sean.

Elle se releva pour ajouter de la tourbe dans l'âtre. En dépit d'un clair soleil automnal, elle se sentait glacée jusqu'aux os.

— Mais si nous les combattons, combien devront mourir ? demanda sa tante d'une voix blanche.

Moïra se figea et se retourna lentement. Deirdre était la première, mais elle ne serait pas la seule, à mettre en question les décisions de la reine et à exiger d'elle des réponses qu'elle ne pouvait fournir.

— Comment pourrais-je le savoir ? répondit-elle. Vous connaissiez ma mère, vous lui avez fait confiance durant tout son règne. Qu'aurait-elle décidé, selon vous, en pareille circonstance ?

— C'est toi que les dieux ont chargée de régner sur ce royaume. Qui suis-je pour le dire ?

— Ma tante.

Deirdre poussa un profond soupir et baissa les yeux sur ses doigts abandonnés dans son giron.

— Je suis lasse, confia-t-elle à mi-voix. Ma fille craint le pire pour son mari. Je tremble moi aussi pour le mien, ainsi que pour mes fils. Mon amie a enterré son premier-né ce matin. Mais je sais que nous n'avons pas le choix, Moïra. Ce fléau est tombé sur nous. À nous de l'éliminer.

Les deux femmes se turent, interrompues par une jeune servante qui apportait le thé.

— Pose le plateau sur la table, lui ordonna Moïra. Je vais m'en occuper. A-t-on servi un petit déjeuner dans le salon familial, comme je l'ai demandé ?

La jeune fille, rougissante, fit la révérence et répondit :

— Oui, Votre Majesté. Le cuisinier s'en occupait quand je suis montée.

— Merci. Ce sera tout.

Moïra alla se rasseoir et s'efforça de faire le service sans trembler.

— Il y a des gâteaux, dit-elle ce faisant. Quand les temps sont difficiles, les petits plaisirs ont leur importance.

— C'est justement de cela que je voulais te parler.

Moïra tendit une tasse à sa tante et demanda :

— Y a-t-il quelque chose que je puisse faire pour rendre plus douce votre vie, ou celle de Sinann et des enfants ?

— En effet.

Deirdre trempa à peine ses lèvres dans son thé avant de reposer sa tasse sur la table.

— Moïra... reprit-elle en fixant sa nièce. Ta mère était mon amie la plus chère, et c'est au nom de notre amitié que j'ai décidé de te parler. Tu viens de dire que nous devions livrer cette guerre, que nous n'avions pas le choix. Mais il y a un autre choix que tu as fait récemment et qui me préoccupe. Un choix de femme.

Comprenant de quoi il retournait, Moïra s'adossa à son fauteuil et se contenta de répondre :

— Je vois.

— En tant que reine, poursuivit sa tante, qui plus est en tant que reine guerrière qui a déjà prouvé sa valeur, tu as le devoir de te servir de toute arme dont tu disposes pour la protection de ton peuple.

— Je l'ai fait. Et je continuerai à le faire.

— Ce Cian, qui est arrivé d'un autre temps, d'un autre monde, tu penses qu'il est envoyé par les dieux...

— Je ne le pense pas. Je le sais. Il a combattu aux côtés de votre fils avec vaillance et loyauté. Il m'a sauvé la vie à plusieurs reprises. Oserez-vous devant moi le condamner et le vouer à l'enfer ainsi que la mère de Tynan l'a fait ?

— Non.

Deirdre inspira profondément avant de poursuivre d'un ton prudent :

— Dans cette guerre, il constitue une arme puissante. Te servir de lui peut te sauver, sauver mes fils - voire nous sauver tous.

— Vous commettez une erreur, répliqua Moïra sans hausser le ton. Cian n'est pas une arme dont on peut user à sa guise. Ce qu'il a fait, ce qu'il fera pour arrêter ce fléau dont vous parliez, ne dépend que de sa propre volonté.

— La volonté d'un démon !

Le regard de Moïra se fit glacial.

— S'il vous plaît de le voir ainsi...

— Un démon, renchérit sa tante, que tu as choisi de mettre dans ton lit.

— Vous commettez une nouvelle erreur. C'est Cian que j'ai choisi de mettre dans mon lit.

— Comment peux-tu faire une chose pareille, Moïra ?

La mère de Larkin se tut, comme à court de mots, et secoua longuement la tête d'un air désolé.

— Il n'est pas humain, Moïra, et pourtant tu te donnes à lui, reprit-elle d'une voix radoucie. Quel bien peut-il en sortir ?

Moïra redressa fièrement le menton avant de lui répondre.

— En ce qui me concerne, je n'ai eu qu'à me féliciter jusqu'à présent de cette relation.

Découragée, Deirdre s'adossa à son fauteuil et pressa un long moment ses mains sur ses paupières.

— Qu'est-ce que tu t'imagines ? demanda-t-elle enfin avec véhémence. Que les dieux te l'ont envoyé... pour *ça* ?

— Je ne saurais le dire, répondit Moïra sans se troubler. Vous êtes-vous posé cette question quand vous avez rencontré mon oncle ?

— Comment oses-tu faire une telle comparaison ? s'écria Deirdre. N'as-tu pas honte ?

— Certainement pas.

Moïra marqua une pause pour contenir la colère qu'elle sentait monter en elle.

— Je l'aime, confia-t-elle enfin. Et il m'aime aussi.

— Comment un démon peut-il aimer ?

— Comment un démon peut-il mettre son existence en péril pour sauver l'humanité ?

— Ce n'est pas sa bravoure que je mets en cause. C'est ton jugement. Crois-tu que j'aie oublié ce que c'est que d'être jeune, pleine de vie, intrépide ? Mais tu es reine, à présent. Tu as des responsabilités envers ton peuple.

— Je ne vis et ne respire que pour lui ! répliqua Moïra. À chaque seconde de chaque jour !

— Et la nuit, tu couches avec un vampire !

Incapable de rester plus longtemps en place, Moïra se leva et marcha jusqu'à la fenêtre. Le soleil brillait toujours, faisant étinceler la rivière, resplendir les prés, scintiller les ailes chatoyantes des dragons qui jouaient dans le ciel.

— Je ne vous demande pas de comprendre, lâcha-t-elle enfin sans se retourner. Je vous demande de me respecter.

— En tant que nièce ? Ou en tant que reine ?

Moïra fit volte-face.

— Les dieux ont voulu que je sois les deux ! Je sais que vous êtes venue parce que vous vous faites du souci pour moi, et je l'accepte. Mais je sais également que vous êtes venue condamner mon comportement, et cela, je ne l'accepte pas. Ce que je fais de mes nuits ne concerne que moi !

— Et que doit en penser le peuple, selon toi ? Que doit-on répondre à ceux qui s'étonnent de voir leur reine faire son amant d'une de ces créatures ?

— Tous les hommes sont-ils des anges de douceur et de vertu ? Sont-ils tous aimables, bons, valeureux ? Sommes-nous ce que le destin nous a condamnés à être, ou ce que nous choisissons d'être ? Voilà ce que vous pouvez répondre à mon peuple, que je défendrai au péril de ma vie s'il le faut. Mais je suis quant à moi persuadée qu'il a pour le moment autre chose à faire qu'à se soucier de la vie privée de sa reine !

Deirdre se dressa d'un bond, les yeux flamboyants de colère.

— Et quand la guerre sera finie ? s'enquit-elle. Placeras-tu ce démon dont tu es amoureuse sur le trône à tes côtés ?

Le soleil brillait toujours, songea tristement Moïra, mais il faisait déjà nuit sur son cœur.

— Quand la guerre sera terminée, dit-elle d'une voix blanche, si nous y survivons, Cian regagnera son monde et son époque d'origine. Je ne le reverrai plus jamais. Si nous gagnons, je perdrai mon seul amour.

— Tu finiras par l'oublier, conclut Deirdre avec un soulagement visible. Tu l'oublieras, lui et ce moment de folie.

— Regardez-moi, ordonna Moïra calmement. Regardez-moi dans les yeux.

Elle attendit que sa tante se soit exécutée et ajouta :

— À présent, répétez-moi que je l'oublierai.

Les yeux de sa tante s'emplirent de larmes. Mal à l'aise, elle détourna le regard.

— Non, répondit-elle dans un souffle. Je t'épargnerai ça.

— Je n'oublierai rien, affirma Moïra d'une voix ferme. Pas un instant, pas une seconde. Avec lui, je me sens plus vivante que je ne l'ai jamais été. Et que je le serai jamais. Ni vous ni personne n'y pourrez rien changer.

Les autres membres du Cercle étaient déjà rassemblés autour d'une table chargée de nourriture lorsque Moïra pénétra dans le salon familial.

Dès qu'elle fut assise à la place d'honneur, Glenna se pencha pour ôter un couvercle d'une assiette pleine.

— Ce doit être encore chaud, dit-elle. Dépêche-toi de manger.

— Tu as raison, répondit Moïra avec résignation. Il nous faut manger pour rester forts.

Mais elle ne put s'empêcher de contempler son assiette comme si elle contenait une potion amère.

— Alors, cette journée ? s'enquit Blair avec un sourire complice.

Le rire qui lui échappa, bien que nerveux et dénué de gaieté, desserra quelque peu les nœuds qui lui contractaient l'estomac.

— Merdique, répondit-elle. C'est bien ainsi que tu la qualifierais, non ?

— Et comment...

— Lilith a frappé fort, espérant nous effrayer autant que saper l'unité et le moral des troupes, reprit Moïra en saisissant sa fourchette. Le pire, c'est qu'elle y est peut-être parvenue. Certains ne manqueront pas de croire le message qu'elle nous a fait transmettre par Sean. À savoir que si nous nous rendons, elle nous laissera en paix.

— Les mensonges sont souvent plus attrayants que la vérité, commenta Glenna. Heureusement, l'échéance se rapproche.

— *Aye*. Nous allons devoir, tous les six, envisager notre prochain départ pour le théâtre des opérations.

— D'accord, approuva Hoyt. Mais d'abord, il va falloir vérifier que les avant-postes sont toujours entre nos mains. La mort de Tynan doit nous inciter à la prudence.

— Toi et moi, nous pourrions y jeter un coup d'œil... suggéra Glenna.

— J'allais vous le suggérer, intervint Moïra, mais un coup d'œil ne suffit pas. Nous avons besoin d'entendre les rapports de ceux qui ont survécu.

— S'il y en a.

En dévisageant Larkin, qui venait de s'exprimer, Moïra comprit qu'il partageait l'inquiétude constante qu'elle se faisait pour Oran.

— S'il y en a, répéta-t-elle d'un ton maussade.

— Si Lilith avait réussi à reprendre nos bases avancées, dit Cian, son messager n'aurait pas manqué de s'en vanter. Et elle nous aurait renvoyé davantage de corps.

— Cela me paraît logique, approuva Moïra. Quoi qu'il en soit, il nous faut renforcer notre présence sur place, afin qu'une telle chose ne puisse se reproduire.

— C'est pour cela que tu me demandais si les dragons étaient prêts ? demanda Larkin. Pour envoyer des hommes là-bas par la voie des airs ?

— Autant que possible, oui. Et ceux qui devront partir à pied le feront désormais sous surveillance aérienne. J'aimerais que Blair et toi, vous encadriez une escadrille de dragons chargés d'armes et d'hommes et que vous vous rendiez là-bas ce matin. Sur place, vous pourriez vous rendre compte de la situation, recueillir des témoignages et prendre les mesures nécessaires. Vous pourriez être de retour avant la nuit ou, s'il le faut, passer la nuit dans l'une des bases.

— Il y a une autre solution, objecta Cian. En envoyant Larkin et Blair, tu monopolises trop de nos forces. C'est moi qui devrais y aller. Seul.

— Hé ! protesta Blair en lui décochant un petit coup de poing dans l'épaule. Vas-y, ne te gêne pas ! Garde tout le boulot intéressant pour toi !

— Soyons réalistes... Premièrement, tout le monde ici, sauf Glenna et moi, a déjà eu l'occasion de jeter un coup d'œil sur le futur champ de bataille et ses environs. Il est temps de remédier à cela. Deuxièmement, grâce à ma cape, je peux voyager de jour, comme vous, mais également de nuit, et ce plus rapidement que quiconque. Troisièmement, étant moi-même un vampire, je suis capable de détecter leur présence plus efficacement que notre chasseuse attitrée.

— Un point pour Cian, commenta Larkin.

— J'avais de toute façon l'intention d'entreprendre ce voyage de reconnaissance, précisa-t-il. Mais en partant aujourd'hui, je ferai d'une pièce deux coups. Mon départ devrait calmer les esprits ici.

— Oublie ça, murmura Blair. Elle a dépassé les bornes.

Comprenant qu'elle parlait de la mère de Tynan, Cian haussa les épaules.

— Tout est affaire de perspective. Et de l'endroit où l'on place ces fameuses bornes. Comme le faisait remarquer Glenna, l'échéance se rapproche. L'un de nous devrait à présent rester sur place, sur la ligne de front.

— Tu ne comptes pas revenir, constata Moïra.

— Je n'en vois pas l'utilité.

Leurs regards restèrent rivés longtemps l'un à l'autre. Leurs yeux en disaient plus long que leurs paroles.

— L'un des hommes qui m'accompagneront reviendra faire son rapport, reprit-il enfin. Et je pourrai vous raconter le reste quand vous me rejoindrez.

— Tu as déjà pris ta décision...

Moïra se tut et le dévisagea un instant en silence avant de conclure :

— Je vois. Mais nous sommes un cercle, et chacun a son mot à dire. Hoyt ?

— À vrai dire, je n'aime pas l'idée que l'un de nous reste si longtemps loin des autres. Mais cette mission doit être remplie, et Cian a parfaitement fait valoir ses arguments. Nous pourrons le suivre à distance, comme nous l'avons fait pour Larkin quand il s'est introduit dans la base de Lilith en Irlande. Et si besoin est, nous interviendrons.

Il consulta sa femme du regard et demanda :

— Glenna ?

— Oui. C'est la meilleure solution. Larkin ?

— Pareil. À un bémol près. Je pense que tu as tort de vouloir y aller seul, Cian. Je peux moi-même t'y transporter sous la forme d'un dragon.

Avant que Cian ait pu émettre la moindre objection, il leva une main devant lui et poursuivit :

— J'ai davantage d'expérience que toi avec les dragons. C'est la première mission à laquelle ils participeront, et je suis le mieux placé pour intervenir en cas de problème. Je suis donc pour que nous y allions tous les deux. Blair ?

— Bon sang ! maugréa-t-elle en se tournant vers Cian. Cela ne me plaît pas plus qu'à toi, mais Larkin est dans le vrai.

— C'est la voix de la sagesse, renchérit Glenna. Je me rallie à la proposition de Larkin.

— Moi également, ajouta Hoyt. Moïra ?

Consciente qu'il lui fallait accepter d'envoyer loin d'elle les deux hommes qu'elle aimait le plus au monde, Moïra se leva.

— Je me rallie à la majorité. Ce plan est donc adopté. Ceux qui resteront ici achèveront la préparation des armes, des troupes, et sécuriseront le château avant de rejoindre les bases avancées dans deux jours.

Blair laissa fuser un petit sifflement.

— Sacré défi... commenta-t-elle. Mais on peut le faire !

— Alors, nous le ferons. Larkin, à toi de sélectionner les dragons les plus aptes à remplir cette mission. Quant aux hommes qui vous accompagneront, toi et Cian, je vous laisse le soin de les choisir.

Après y avoir réfléchi un instant, elle ajouta :

— J'aimerais cependant que Niall ne fasse pas partie du voyage. Il nous sera utile ici jusqu'au bout. Je vous laisse mettre au point les détails. Je vais donner des ordres pour qu'on vous prépare les vivres et les fournitures nécessaires.

Quand elle eut fait tout ce qu'elle pouvait faire pour préparer le voyage, Moïra se sentit assez calme pour se rendre dans la chambre de Cian. Rapidement, elle cogna un coup léger contre le battant, mais entra sans attendre de réponse.

Les rideaux tirés plongeaient la pièce dans l'obscurité, aussi pointa-t-elle le doigt vers la chandelle la plus proche. Elle vit la mèche s'embraser d'un coup et comprit à ce signe qu'elle n'était pas aussi calme qu'elle l'avait espéré.

Sans lui prêter attention, Cian continuait à fourrer dans un sac quelques affaires. Elle décida d'aller droit au but.

— Tu ne m'avais rien dit de tes plans.

— Non.

— Tu t'apprêtais à partir de nuit, sans une explication ?

— Je ne sais pas.

Cian se redressa et se résigna à soutenir le regard noir qu'elle dardait sur lui. Il y avait beaucoup de choses qu'il ne pouvait lui donner. Mais l'honnêteté était au moins une qualité qu'ils pouvaient partager.

— Oui, reconnut-il. Du moins, initialement. Mes plans ont changé quand tu es venue frapper à ma porte en pleine nuit. Plus exactement, ils ont été différés.

— Différés... répéta-t-elle d'un air pincé. Et lorsque *Samhain* sera passé, partiras-tu sans un mot d'explication ?

— Les mots seraient inutiles.

— Pas pour moi !

Moïra sentait la panique monter en elle à l'idée qu'ils puissent déjà s'acheminer vers la fin de leur histoire. Comment avait-elle pu ne pas voir ce qui se préparait ?

— Les mots font toute la différence pour moi, ajouta-t-elle. Tu veux partir. Je le vois. Tu veux t'en aller...

— J'aurais dû le faire depuis longtemps déjà. Si j'avais été plus avisé, tu aurais frappé à la porte d'une chambre vide. Ce qui n'aurait pas été plus mal. Ce qui se passe entre nous... n'est pas une bonne chose pour toi.

— Comment oses-tu me parler ainsi, comme à une enfant ? riposta-t-elle. Je suis malade qu'on me dise sans arrêt ce que je dois faire et ressentir. Si tu veux partir, va-t'en, mais ne m'insulte pas !

— Le fait que je m'en aille n'a rien à voir avec ce qui se passe entre nous. Il devait en être ainsi. Tu as donné ton accord, comme tous les autres.

— Tu serais parti de toute façon. Même si nous n'avions pas été d'accord.

Tout en fixant le baudrier de son épée, Cian ne la quitta pas des yeux. La souffrance leur plantait déjà des échardes dans le cœur, songea-t-il. Il avait su qu'il en serait ainsi dès qu'il avait posé les mains sur elle.

— Certes, reconnut-il. Mais cela simplifie les choses.

— Tu en as donc terminé avec moi ?

— Et si c'est le cas ?

— Tu devras te battre sur deux fronts à la fois, espèce de salaud !

Malgré lui, Cian éclata de rire. Entre eux, réalisa-t-il, il n'y avait pas que de la souffrance. Il ne devait pas l'oublier.

— Alors, j'ai de la chance de ne pas en avoir terminé avec toi ! s'exclama-t-il. Moïra... La nuit dernière, tu as compris que tu devais éliminer de ta main cette créature qui n'était plus le garçon que tu avais connu. Je l'ai compris également, et je me suis retenu de le faire pour toi. À toi de te montrer compréhensive, à présent. Je sais que je dois partir. Et tu le sais également.

— Cela ne rend pas la séparation plus facile à accepter. Nous n'aurons peut-être plus l'occasion d'être ensemble. Je veux plus de temps avec toi ! Je n'en ai pas eu assez, j'en veux davantage !

Incapable de s'en empêcher plus longtemps, Moïra se précipita dans ses bras.

— Nous n'avons pas eu notre nuit d'amour, gémit-elle en posant la joue contre sa poitrine. Avec ce qui s'est passé, elle n'a pas duré jusqu'au matin.

— Tu sais comme moi que, jusqu'à la bataille, chaque minute compte.

— Tu as raison. Mais c'est si dur d'accepter de rester alors que tu t'en vas...

Tous deux savaient qu'elle ne parlait pas uniquement du départ de Cian ce jour-là.

— Dis-moi... lui susurra-t-il à l'oreille. Les femmes de Geall observent-elles la tradition qui consiste à accorder une faveur à l'homme qui doit les quitter ?

— Que désires-tu de moi ?

— Une mèche de tes cheveux.

Cian fut lui-même surpris – et un peu embarrassé – par le romantisme de sa réponse. Mais quand Moïra se recula pour le dévisager, il vit que sa requête la touchait.

— Tu la garderas sur toi ? demanda-t-elle. Cette part de moi, tu la garderas constamment sur toi ?

— Bien sûr. Si tu veux bien t'en séparer.

Moïra porta la main à sa chevelure et se figea.

— Attends-moi une petite minute ! dit-elle. J'ai quelque chose à te donner, mais je dois aller...

L'appel de trompette des dragons, à l'extérieur, la fit taire.

— Ils t'attendent déjà, constata-t-elle, déçue. Va les rejoindre, je te porterai mon présent. Mais promets-moi de ne pas partir avant ! Promets-moi de ne pas me quitter sans que j'aie pu te dire au revoir...

— C'est promis.

En la regardant sortir, Cian ajouta en son for intérieur : « Pour cette fois. »

Dans la cour, à l'ombre d'une muraille, Cian étudiait les dragons choisis par Larkin. Autour d'eux, les hommes qu'ils avaient sélectionnés achevaient leurs préparatifs.

Glenna, qui venait de le rejoindre, lui tendit en souriant ce qui ressemblait à une grosse boule de boue durcie.

— Merci, dit-il, mais j'ai bien mangé au petit déjeuner et je ne peux plus rien avaler.

— Très drôle, mais c'est une bombe.

— Ce n'est qu'une boule de terre, Red.

— Bien observé. Mais pas n'importe quelle boule de terre. Une boule de terre magique que nous avons dotée, Hoyt et moi, d'une charge incendiaire. Lorsqu'elle tombe d'une certaine hauteur...

À l'aide de ses mains et de sa bouche, Glenna imita l'onde de choc et le bruit d'une déflagration.

— En théorie, du moins, ajouta-t-elle. Je l'ai testée, bien sûr, mais pas en la jetant du ciel depuis le dos d'un dragon. Je compte donc sur toi pour procéder aux derniers essais.

Les sourcils froncés, Cian fit tourner la boule de terre entre ses mains.

— Je n'ai qu'à jeter ce truc pour qu'il explose ?

— Exact. Essaie donc de ne pas le balancer n'importe où...

— Et ça ne risque pas de m'exploser dans les mains et de me transformer en torche ?

— Il faut qu'il y ait un impact pour déclencher l'explosion. Essaie quand même de ne pas être trop près du sol quand tu lâcheras ce petit bijou.

Se hissant sur la pointe des pieds, elle l'embrassa sur les deux joues et conclut :

— Prends bien soin de toi. On se revoit dans deux jours.

Toujours aussi sceptique, Cian alla ranger la bombe dans une des poches du harnais que portait Larkin quand il se transformait en dragon.

Lorsqu'il se redressa, Hoyt l'attendait.

— Nous garderons l'œil sur toi, assura-t-il en posant la main sur son épaule. Tâche tout de même de ne pas prendre trop de risques jusqu'à ce que nous nous retrouvions.

À l'intention de Larkin, il ajouta :

— Et cela vaut également pour toi !

— Je l'ai déjà prévenu, intervint Blair, qui tenait Larkin dans ses bras. S'il se fait tuer, je lui botte les fesses !

Après avoir ponctué sa remarque d'un baiser farouche, elle libéra son fiancé et se tourna vers Cian.

— Rassure-moi : tu ne comptes pas embrasser un vampire ? maugréa-t-il en l'observant d'un œil suspicieux.

Cela la fit sourire.

— Dans tes rêves ! Tiens-toi quand même à l'écart des objets en bois pointus, OK ?

— J'essaierai.

Par-dessus l'épaule de Blair, Cian vit Moïra se hâter de les rejoindre.

— Désolée de ne pas avoir pu faire plus vite, dit-elle, à bout de souffle. Je vois que vous êtes prêts au départ. Sois prudent, Larkin !

Elle embrassa son cousin, qui lui répondit :

— Toi aussi.

Puis, se tournant vers le groupe de soldats, il ordonna :

— Tout le monde en selle !

Et avec un dernier sourire à l'intention de Blair, il se métamorphosa en dragon.

Pendant que Blair harnachait Larkin, Moïra tendit à Cian un médaillon d'argent muni d'une chaîne.

— Mon père l'avait offert à ma mère à ma naissance, afin qu'elle puisse y conserver une mèche de mes cheveux, expliqua-t-elle. J'ai remplacé celle qui s'y trouvait.

Moïra ne le précisa pas, mais elle avait aussi doté l'objet d'une charge magique, autant que ses pouvoirs limités le lui permettaient.

Elle lui passa la chaîne autour du cou. Et pour que tout soit bien clair, pour lui autant que pour ceux qui assistaient à la scène, elle déposa sur ses lèvres un long et tendre baiser.

— J'en ai d'autres en réserve, dit-elle en gardant son visage serré entre ses mains. Alors, sois prudent.

Cian baissa soigneusement la capuche de sa cape et alla s'installer sur le dos de Larkin. Quand il fut prêt, son regard chercha celui de Moïra.

— À après-demain, dit-il.

Sur sa monture ailée, il s'éleva dans le ciel, entouré d'autres dragons qui poussaient leurs joyeux cris de trompette.

En les suivant du regard, points de couleur de plus en plus petits à l'horizon, Moïra eut le pressentiment qu'à son retour au château royal de Geall, après la bataille, leur cercle ne serait plus au complet.

Glenna, qui avait discrètement fait signe à son mari de s'éloigner, vint se placer entre Moïra et Blair et passa un bras autour de la taille de chacune de ses amies.

— Ne mollissons pas, mesdames ! lança-t-elle d'un ton dégagé. Nous avons du pain sur la planche avant que vous puissiez retrouver vos hommes.

16

Cian aurait aimé qu'il pleuve ou, à défaut, que quelques nuages viennent atténuer les rayons du soleil. Dans cette cape qu'il ne pouvait quitter ni même entrouvrir, il faisait aussi chaud qu'en cet enfer qui lui était promis.

Sa mauvaise humeur le fit sourire. Étant un vampire, il avait oublié ce que c'était que de souffrir du chaud ou du froid...

Voler en plein ciel, à dos de dragon, était pourtant une expérience exaltante. Du moins durant la première demi-heure. Ensuite, il réussit à se distraire en admirant le paysage. Mais après une heure passée à mijoter dans ce sauna de tissu, plus rien ne put atténuer son inconfort.

S'il avait eu la patience et la dignité de Hoyt, sans doute aurait-il pu supporter l'épreuve sans broncher. Mais il y avait toujours eu entre son frère jumeau et lui, même avant l'intervention de Lilith, une différence certaine de tempérament.

Un instant, il envisagea de se plonger dans la méditation. Mais avec au-dessus de la tête un soleil qui ne demandait qu'à le transformer en tranche de bacon et dans le harnais une bombe magique, l'idée lui parut trop hasardeuse pour être tentée.

Il sentait pendre à son cou le médaillon que Moïra lui avait offert – un autre poids pour l'entraîner vers le fond. Moïra était capable de le traiter de salaud et, dans la minute suivante, de lui offrir ce qui constituait sans doute l'un de ses plus précieux trésors.

Cela n'aurait pourtant pas dû l'étonner. N'avait-elle pas, au tout début de son séjour en Irlande, voulu lui planter une flèche en plein cœur, avant de s'en excuser platement, le rouge au front, avec une sincérité désarmante ? C'était probablement à cet instant qu'il était tombé amoureux d'elle. Ou du moins qu'il avait trébuché.

Tandis que ses pensées vagabondaient, Cian continuait à observer le paysage au-dessous de lui. La terre, songea-t-il, semblait riche et fertile. Les reliefs étaient doux et animaient le paysage sans le rendre chaotique. Des rivières sans doute poissonneuses serpentaient gaiement à travers des forêts elles-mêmes manifestement giboyeuses. Les montagnes, dans le lointain, recelaient les marbres fins qui paraient le château royal de Geall. Dans les vastes marais s'accumulait la tourbe qui chauffait tous les foyers.

Moïra avait rapporté d'Irlande des pépins d'orange, se rappela-t-il soudain. Qui, à part elle, aurait pu y songer ? Son initiative avait déjà payé. Dans les serres royales du château de Geall, les pépins avaient germé. Et si les futurs arbustes voulaient bien se prêter à la pollinisation – mais pourquoi lui auraient-ils refusé cela ? –, Moïra aurait un jour une orangeraie...

Cian réalisa alors qu'il aurait bien aimé voir cela – assister à l'éclosion de fleurs odorantes sur les branches des orangers issus des pépins subtilisés dans sa cuisine. Il n'avait aucun mal à imaginer la joie et la fierté, dans les beaux yeux de Moïra, lorsqu'elle pourrait enfin remplir un verre de ce jus d'orange dont elle raffolait.

Rien de tout cela n'arriverait si Lilith triomphait.

Déjà, en contrebas, il pouvait constater les dégâts qu'elle et ses troupes avaient commencé à infliger à Geall. Ruines noircies. Champs dévastés. Carcasses d'animaux dans les prés. Des dégâts, estima-t-il au vu de leur ampleur, qui devaient être le fait de déserteurs, détruisant et pillant au hasard de leur fuite.

Après la victoire, il faudrait leur donner la chasse et les détruire jusqu'au dernier. Si un seul d'entre eux parvenait à survivre, il continuerait à se nourrir sur le dos de la population locale et à se multiplier en son sein. Le peuple de Geall et sa reine devraient rester vigilants longtemps après *Samhain*.

Cian réfléchissait encore à ce problème quand Larkin amorça sa descente au-dessus d'une ferme. Des soldats, à l'extérieur, s'entraînaient ou montaient la garde. Parmi eux se trouvaient des femmes, et d'une cheminée s'élevait jusqu'à eux le fumet caractéristique d'un ragoût.

À terre, déjà, des mains se levaient pour ombrager des yeux ou s'agiter vers eux en signe de bienvenue. Ils furent cernés dès l'instant où ils se posèrent. Rapidement, Cian débarrassa Larkin de son chargement et du harnais.

Puis, laissant aux autres nouveaux venus le soin de répondre aux questions qui fusaient, il tourna les talons et fonça vers la ferme, en quête de solitude et – enfin ! – d'un peu de fraîcheur.

— Nous n'avons rencontré aucun problème sur la route.

Tout en parlant, la charmante et timide Isleen servait à Cian une part de ragoût dont celui-ci n'avait aucune envie. Il estimait cependant préférable d'attendre d'être seul pour puiser dans sa réserve de sang.

Larkin, lui, fondit sur son assiette dès l'instant où elle l'eut posée devant lui.

— Merci beaucoup, dit-il, la bouche pleine. Ce ragoût est délicieux.

Rose de plaisir, Isleen expliqua :

— Je fais la cuisine le matin et il mijote toute la journée. Ainsi, je ne rate aucun des entraînements. Tous les soirs, nous nous enfermons à l'intérieur avant le coucher du soleil. Mais c'est le calme plat depuis que nous sommes arrivés ici et que nous avons laissé l'autre détachement poursuivre sa route.

— Tant mieux, commenta Larkin. C'est bon à entendre.

Après avoir porté à ses lèvres la pinte de bière locale qui accompagnait son repas et bu longuement, il ajouta :

— Isleen ? Pourrais-tu aller chercher Eogan, le mari de Ceara ? Nous avons à lui parler.

— Naturellement. Faut-il vous préparer des lits pour la nuit ?

— Non. Nous nous remettrons en route vers la base suivante dès que nous aurons pris un peu de repos. Nous laisserons ici trois des hommes qui sont arrivés avec nous.

— Oh... J'ai cru voir que Malvin en faisait partie.

Elle avait prononcé cette phrase l'air de rien, mais avec un petit rire gêné.

— Je me demandais... reprit-elle. Sera-t-il du nombre de ceux qui resteront ici ?

Tout sourire, Larkin avala quelques cuillerées de ragoût avant d'acquiescer d'un hochement de tête.

— Je ne vois pas pourquoi ce ne serait pas possible, répondit-il. Sois gentille d'aller chercher Eogan, à présent. Et merci pour ce bon repas !

— Ôte-moi d'un doute, murmura Cian en regardant sortir la jeune servante. Il n'y a pas que la cuisine d'Isleen que tu as goûtée, n'est-ce pas ?

— Tu t'imagines que... Pas du tout !

Une lueur de malice passa dans les yeux dorés de Larkin, et il précisa :

— Enfin, juste un peu. Pas ce qui s'appelle goûter, goûter...

Cian hocha la tête d'un air sceptique mais n'insista pas.

— Comment veux-tu que nous nous y prenions ?

— Eogan est un homme intelligent et solide. À l'heure qu'il est, les soldats qui sont venus avec nous ont déjà dû lui raconter ce qui est arrivé à Tynan. Je répondrai donc aux questions qu'il pourrait éventuellement se poser à ce sujet, et je te laisserai lui répéter les consignes et les conseils essentiels. Ensuite, s'il n'y a rien d'autre à apprendre que ce que nous a raconté Isleen, nous laisserons ici Malvin et deux autres hommes, et nous nous remettrons en route. Tu n'as pas faim ?

— Si, mais cela devra attendre.

— Ah... fit Larkin en hochant la tête pour montrer qu'il avait compris. Tu as... ce qu'il te faut ?

— Oui. Les chevaux et les vaches n'ont rien à craindre.

— J'ai vu les carcasses, le long de la route. Pas vraiment l'œuvre d'une armée en marche. Des vampires déserteurs, selon moi.

— C'est exactement ce que je me suis dit.

— Un avantage aujourd'hui, murmura Larkin, mais un gros problème demain.

— Je vois que nous nous comprenons.

— Nous trouverons une solution.

Le regard de Larkin se reporta sur la porte, qui venait de s'ouvrir.

— Eogan ! s'exclama-t-il. Nous avons des tas de choses à nous dire, mais peu de temps pour nos retrouvailles...

Il n'y avait rien de plus à signaler à la deuxième base. Mais à la troisième, Lilith avait laissé sa marque. Deux des dépendances étaient réduites à l'état de ruines fumantes. Dans les champs, les récoltes avaient été incendiées.

Les hommes leur racontèrent la nuit d'horreur qu'ils avaient vécue, claquemurés à l'intérieur, asphyxiés par la fumée, épouvantés par les cris des bêtes massacrées.

À côté de Cian, Larkin contemplait, accablé, le paysage calciné.

— Vous aviez raison, toi et Blair, dit-il à mi-voix. Elle ne laissera rien derrière elle.

— Ce n'est que de la pierre, du bois, de la paille.

Larkin secoua la tête d'un air buté.

— Du bétail et des récoltes, répliqua-t-il avec amertume. Du travail et de la sueur. Des foyers, des souvenirs...

— Rien qui ne puisse être rebâti ou reconstitué. Ce qui compte, c'est que nos hommes ont soutenu le siège sans subir de perte. Mieux encore, ils ont envoyé en enfer nombre des soldats de Lilith. Le verre n'est pas à moitié vide, Larkin. Il est à moitié plein.

— Tu as raison, bien sûr. Poursuivons notre route.

Ils surent tout de suite, en survolant la base suivante et en découvrant les tombes fraîchement creusées, que les nouvelles n'y seraient pas aussi bonnes.

La boule d'angoisse qui s'était formée dans le ventre de Larkin ne disparut que lorsqu'il vit son frère Oran sortir en boitant du bâtiment principal.

Après avoir couru pour le rejoindre, il le salua en lui décochant un coup de poing dans le bras et en lui donnant une accolade digne d'un ours.

— Mère sera ravie d'apprendre que tu es toujours du nombre des vivants. Tes blessures ?

— Rien de grave. Comment ça va, à la maison ?

— Tout le monde est très occupé. Phelan te salue. Je l'ai vu dans une des autres bases. Il n'a rien.

— Tant mieux.

Oran hocha la tête et se rembrunit.

— J'ai quant à moi de très mauvaises nouvelles à t'annoncer, Larkin.

— Nous sommes déjà au courant.

Larkin dévisagea son jeune frère et posa la main sur son épaule. En quelques jours, l'adolescent qui avait quitté le château était devenu un homme, qui portait comme tout un chacun son propre fardeau.

— Combien de morts, à part Tynan ? s'enquit-il.

— Trois. Et un blessé grave qui, je le crains, ne passera pas la nuit. Deux autres ont été faits prisonniers. Sont-ils morts ou encore en vie, à l'heure qu'il est ? Impossible de le savoir. C'est un enfant, un démon à face d'ange, qui a tué Tynan.

— Rentrons, dit Larkin en l'entraînant par les épaules. Tu vas nous raconter ça.

Ils s'installèrent dans la cuisine. Cian se tint à l'écart de la grande fenêtre et écouta les deux frères s'entretenir longuement. Il comprenait pourquoi Larkin prenait la peine d'écouter une histoire qu'ils connaissaient déjà dans les grandes lignes. Oran avait besoin de parler.

— J'avais pris le tour de garde avant Tynan. Je dormais quand j'ai entendu l'alarme. Il était déjà trop tard pour faire quoi que ce soit pour lui... Il s'était aventuré seul dehors, pensant avoir affaire à un enfant blessé et terrorisé. C'était un piège. Ce démon l'a attiré à quelque distance de la maison. Il y avait des archers en faction aux fenêtres, mais ils n'ont rien pu faire. Quand le jeune vampire lui a sauté à la gorge, ils étaient trop loin pour l'atteindre.

Oran déglutit avec peine et dut boire une gorgée de bière pour pouvoir poursuivre son récit.

— Des hommes se sont précipités dehors pour lui venir en aide. En y repensant, j'aurais peut-être dû leur ordonner de rentrer, puisque j'étais le deuxième dans l'ordre hiérarchique. Il n'y avait plus rien à faire pour Tynan, mais comment aurions-nous pu ne pas essayer ? Et parce que nous avons essayé, d'autres ont perdu la vie.

— Il aurait fait la même chose pour toi, affirma Larkin. Pour n'importe lequel d'entre vous.

— Ils ont emmené son corps.

La voix d'Oran se brisa. Dans son jeune visage crispé par le chagrin, ses yeux semblaient très, très vieux.

— Nous l'avons cherché, reprit-il en faisant l'effort de se reprendre. Le lendemain matin, nous les avons cherchés, lui et les deux autres, mais nous n'avons trouvé que des traces de sang. Depuis, nous craignons... qu'ils n'aient été changés.

— Tynan ne l'a pas été, intervint Cian.

Il attendit que le regard d'Oran rencontre le sien avant de poursuivre :

— Nous ne pouvons avoir aucune certitude pour les deux autres, mais Tynan est mort. Son corps a été ramené au château royal. Il a été inhumé ce matin, dans les règles et avec les honneurs.

— Pour cela, au moins, je remercie les dieux ! Mais qui a ramené le corps ?

Cian garda le silence. Quand Larkin, prenant le relais, acheva de relater les événements de la nuit, le visage d'Oran accusa un nouveau choc.

— Sean... murmura-t-il quand son frère se tut. Nous n'avons pu le sauver, lors du trajet. Ils sont sortis de la terre, comme des chiens de l'enfer... Nous avons perdu des hommes de valeur, ce jour-là, et

Sean n'était pas des moindres. Est-il en paix, maintenant ?

C'était à Cian qu'il avait posé la question, une lueur d'espoir dans les yeux.

— Je ne sais pas, répondit-il honnêtement. Nul ne peut le savoir.

— Eh bien, je préfère croire qu'il l'est, comme Tynan et les autres que nous avons enterrés. Il ne peut être tenu pour responsable, ni par les hommes ni par les dieux, de ce qui lui a été fait.

Ils firent doubler la garde pour la nuit. Sur une idée de Cian, des boyaux furent emplis d'eau bénite et attachés à des flèches, afin de causer le plus de dégâts possible même si les archers ne faisaient pas mouche. Durant la journée, de nouveaux pièges avaient été creusés. Et au coin du feu, les hommes qui ne parvenaient pas à trouver le sommeil s'occupaient à tailler des pieux.

— Penses-tu que Lilith va ordonner des raids cette nuit ? demanda Larkin à Cian.

Ils étaient assis dans ce qui avait été un petit salon et qui servait à présent d'armurerie.

— Peut-être, dans l'une des bases qu'elle a épargnées jusqu'à ce jour, répondit Cian.

Puisqu'ils étaient seuls, il buvait du sang dans une coupe en terre.

— Si tu étais à sa place, que ferais-tu ? reprit Larkin.

— La même chose qu'elle : des raids de nuit sur toutes les bases de l'ennemi pour saper le moral des troupes. Cette stratégie cause des pertes dans ses rangs, mais elle est payante.

Cian but une gorgée de sang avant d'ajouter :

— Mais comme je ne suis pas elle, je me contenterais bien pour ma part d'une contre-offensive. Nous pourrions surprendre ses commandos avant qu'ils n'atteignent leurs cibles... et faire en sorte d'en détruire le plus possible.

Le visage de Larkin s'éclaira d'un sourire réjoui.

— N'est-ce pas merveilleux ? Je ne suis pas elle et je ne suis pas toi, mais la même idée a germé sous mon crâne !

— Alors, qu'attendons-nous ?

Ils laissèrent Oran aux commandes de la base. Au terme de discussions animées, il fut entendu que Larkin et Cian partiraient seuls. Un seul dragon, un seul cavalier, fit valoir Cian, seraient plus mobiles et passeraient plus facilement inaperçus.

S'ils tombaient sur un commando de Lilith et faisaient le choix d'atterrir, le harnais de Larkin était bien pourvu en armes de toutes sortes. Avant de sortir, Cian glissa quelques pieux supplémentaires dans sa ceinture et chargea un arc et un carquois sur son épaule.

— Ce sera également l'occasion idéale pour tester la bombe de Glenna, dit-il. Je dois avouer que je suis curieux de voir si elle fonctionne...

— Prêt, alors ?

Larkin se métamorphosa et baissa la tête pour que Cian puisse lui passer le harnais.

Ils s'étaient mis d'accord sur un plan d'une simplicité à toute épreuve : à partir de la base, ils voleraient en cercles de plus en plus larges, à la recherche de toute trace de l'ennemi. S'ils finissaient par en trouver, ils frapperaient – rapidement, proprement.

La lente montée vers la lune fut pour Cian une expérience libératrice. La liberté que lui offrait la nuit l'enivrait. Il volait sans cape ni manteau. La fraîcheur et les ténèbres nocturnes le ressuscitaient.

Sous lui, le corps sinueux et doré du dragon vibrait de puissance. Ses ailes, qui glissaient sur l'air dans un bruissement à peine perceptible, étaient si fines qu'il pouvait voir les étoiles à travers.

À lui seul, ce vol compensait les désagréments et les fatigues de la journée. Comme s'il avait pu sentir l'excitation de son cavalier, Larkin monta plus haut encore. L'espace d'un instant d'oubli, Cian ferma les yeux et s'autorisa à goûter simplement ce moment de pur plaisir.

Puis il la sentit, cette longue caresse sur sa peau. La caresse de doigts glacés qui semblaient se glisser en lui et répandre un poison dans ses veines, tandis qu'au fond de sa tête résonnait un chant de sirène qui titillait la bête cachée en lui.

Baissant les yeux, Cian découvrit en contrebas l'étendue chaotique du champ de bataille. Le silence qui y régnait dissimulait un cri d'une violence atroce. L'herbe haute était un semis de lames ; les rocs torturés, de noires promesses de mort. Mais ce n'était rien en comparaison de la béance obscène des failles et des replis de terrain, d'un noir si dense que la créature la plus vile devait rechigner à s'y glisser.

Dominée par les pics menaçants de lugubres montagnes, cette terre damnée était assoiffée de sang.

Pour Cian, la tentation était irrésistible. Il n'avait qu'à se pencher un peu – si peu ! – pour plonger les crocs dans le cou du dragon et s'y abreuver de sang humain. Un sang si goûteux, si riche, à nul autre pareil… Une saveur unique, à laquelle il avait renoncé depuis des siècles. Et tout cela pourquoi ? Pour vivre en paix parmi les humains, déguisé, avili, rabaissé, caché derrière un masque trop petit pour lui.

La faim lui mordait le ventre. Et le désir, l'instinct primordial de la chasse, battait en lui comme un nouveau cœur. Qu'y avait-il de meilleur que la mise à mort, suivie de la première giclée de vie dans sa bouche ?

Tremblant de tous ses membres, tel un drogué dans les griffes du manque, Cian luttait de toutes ses forces pour résister. Non, il ne finirait pas ainsi. Il ne redeviendrait pas prisonnier de la soif programmée dans son sang. Il était plus fort qu'elle. Plus fort que tout. Par sa propre volonté, ses seuls mérites, il avait réussi à se hisser au-dessus de *ça*.

Les tripes tordues par la nausée, il se pencha pour crier à Larkin :

— Pose-toi ! Mais reste sous cette forme et tiens-toi prêt à décoller sans moi. Tu… tu comprendras.

Il l'attirait à lui, ce sol maudit, tandis que le dragon et lui fonçaient à sa rencontre. Il murmurait sa mélopée, susurrait ses promesses. Il mentait.

Cian bondit sur le sol dès qu'il le put, la peur au ventre, le sang en fusion. Plutôt mourir d'inanition, se promit-il, que se renier en tuant un ami comme il avait autrefois cherché à tuer son frère.

— C'est cet endroit, déclara la voix de Larkin dans son dos. L'antre du mal.

— Je t'avais dit de ne pas changer de forme ! cria Cian sans se retourner. N'approche pas ! Ne me touche pas !

— Je le sens en moi, reprit Larkin d'une voix égale. J'entends sa voix. Mais je suppose que pour toi, ce doit être pire.

Lentement, Cian pivota sur ses talons, les yeux rouges, la peau luisante de sueur.

— Es-tu stupide ? Ou simplement suicidaire ?

— Ni l'un ni l'autre, assura tranquillement Larkin.

Le harnais avait glissé à ses pieds. Il l'enjamba et fit un pas vers Cian, totalement désarmé.

— Tu es en train de combattre cette influence, reprit-il sur le même ton. Et tu vas en triompher, même si l'attrait de cet endroit est puissant. Il y a plus en toi – ce que Moïra a su voir. Et ce dont elle est tombée amoureuse.

— Comment résister à une telle faim ?

Un long gémissement de protestation restait bloqué dans sa gorge. Il s'y mêlait le bruit des battements de cœur de Larkin, musique ô combien tentatrice.

— Tu ne peux pas savoir, gémit Cian. Ce parfum qui me hante... L'odeur de l'humain.

— Tu dois sentir également la peur. À ton avis, ai-je peur de toi ?

Cian tremblait tellement qu'il était étonné de ne pas voir sa chair se détacher de ses os. Et ce cri, dans sa tête... Strident, incessant... Il ne pouvait y échapper, pas plus qu'à ce bruit de métronome obstiné, séduisant – ce bruit de cœur battant.

— Non, reconnut-il. Mais je pourrais facilement la faire naître en toi. La peur donne au sang un goût inimitable... Seigneur ! De quelle entité malfaisante cet endroit est-il la création ?

Ses jambes refusant de le porter plus longtemps, Cian se laissa tomber à genoux sur le sol. Tout en luttant pour raffermir sa volonté vacillante, il serra entre ses doigts le médaillon que Moïra lui avait donné. La frénésie qui s'était emparée de lui céda du terrain – juste un peu, mais cela lui procura un profond soulagement, comme lorsqu'une main fraîche se pose sur un front brûlant de fièvre.

— La lumière, murmura-t-il d'une voix défaite. Voilà ce que m'a offert Moïra. Je l'ai acceptée, comme un humain peut le faire. Mais je ne suis pas humain. Ce qui se passe ici tombe à point nommé pour me le rappeler.

— C'est pourtant un homme que je vois en face de moi.

— Tu te trompes. Mais je ne m'abreuverai pas ce soir de sang humain, et surtout pas du tien. Je ne me laisserai pas manipuler comme une marionnette au bout de ses fils. À présent que je suis prévenu, je ne me laisserai plus avoir.

Quand Cian releva les yeux, Larkin vit qu'ils étaient en train de perdre leur couleur rouge.

— Larkin... dit-il sur un ton de reproche. Tu aurais dû prendre une arme.

Pour toute réponse, Larkin souleva sa croix de Morrigan.

— Cela aurait pu suffire, admit Cian en essuyant ses paumes moites sur son jean. Heureusement pour nous, nous n'avons pas eu à le vérifier.

— Je vais te ramener à la base.

Cian considéra un instant sans mot dire la main que son ami lui tendait pour l'aider à se relever. Avec un mélange de tendresse et d'amusement, il se demanda si les humains resteraient toujours ces créatures confiantes et optimistes qu'il avait appris à apprécier. Il l'espérait, en tout cas.

Acceptant la main de Larkin, il se remit sur pied.

— Non, dit-il d'un ton décidé. Notre mission ne fait que commencer. J'ai besoin d'action.

Une fois de plus, songea-t-il tandis qu'ils s'élevaient de nouveau dans le ciel, il l'avait emporté sur la bête en lui. Mais il n'était pas fâché de s'éloigner de cette terre maudite.

Quelques minutes plus tard, un frisson de plaisir anticipé le parcourut lorsqu'il repéra des mouvements furtifs dans la clairière qu'ils survolaient. Ils étaient une douzaine, remarqua-t-il, et se déplaçaient à pied, avec cette fluidité caractéristique de ceux de son espèce. Mais il y avait dans leurs déplacements un sens de la discipline qui ne pouvait qu'être le fait de militaires aguerris.

Lorsqu'il sentit sa monture amorcer une descente, Cian comprit que Larkin les avait aperçus lui aussi. Une nouvelle fois, il se pencha sur son long cou pour lui parler.

— Qu'est-ce que tu dirais d'aller essayer l'arme secrète de Glenna ? Quand ils sortiront de la forêt et commenceront à traverser le champ voisin, tu iras te placer au-dessus, exactement au centre. Il y a des archers parmi eux. Lorsqu'ils nous auront découverts, il te faudra effectuer quelques manœuvres d'esquive.

Pendant que Larkin se mettait en position, Cian sortit la bombe et réfléchit à la meilleure façon de la lancer. Si un dragon équivalait à un avion, il n'avait qu'à se servir de sa longue expérience de pilote. Après avoir évalué l'altitude et la vitesse du vent, il attendit le moment propice et lâcha la boule de terre séchée en criant à l'intention de Larkin :

— Largage effectué !

En s'écrasant sur le sol, la bombe n'eut tout d'abord d'autre effet que de donner l'alerte aux vampires. Figés sur place, l'œil aux aguets, les soldats de Lilith dégainèrent leurs armes. Cian s'apprêtait à passer l'invention de Glenna par pertes et profits quand une impressionnante colonne de flammes s'éleva du point d'impact. Les vampires les plus proches se volatilisèrent instantanément. Quelques autres prirent feu et s'enfuirent en hurlant.

Tandis qu'à terre régnait la plus grande confusion, Cian encocha tranquillement une flèche. La suite fut un véritable tir aux pigeons. Il ne s'écoula pas deux minutes avant que le dernier nuage de poussière retombe sur le sol.

— Eh bien ! commenta Larkin quand il se fut posé et métamorphosé. On peut dire que ç'a été rapide.

— Trop, maugréa Cian. Ça m'a fait du bien, mais ça n'a rien de comparable avec une véritable traque. Trop propre, trop impersonnel, trop... humain. C'est aussi pour cela que nous ne nous servons pas d'armes modernes, nous autres vampires. On n'y trouve aucun charme.

— Désolé, mais en ce qui me concerne, je suis satisfait du résultat. Quant à la boule de feu de Glenna, ce fut un franc succès !

Larkin entreprit de ramasser les armes éparpillées dans le champ. Alors qu'il se penchait pour en saisir une, une flèche passa en sifflant au-dessus de lui et vint se ficher dans la hanche de Cian.

— Oups ! lança celui-ci sans s'émouvoir outre mesure. J'ai dû en rater un.

— Prends le harnais ! répliqua Larkin en le lui lançant à la volée. Et grimpe !

L'instant d'après, il s'était transformé en dragon. S'exécutant, Cian prit place sur son dos. Une autre flèche arriva sur eux, qu'il arrêta en pleine course, à mains nues, avant qu'elle ait pu faire de mal à quiconque. Puis Larkin s'éleva dans les airs et plongea en décrivant une large boucle.

— Ennemi en vue ! lui annonça Cian. Pas un rescapé, mais tout un autre commando. Sans doute balaie-t-il le terrain à la recherche d'éventuels humains égarés...

De nouveau, il se servit de l'arc et fit quelques cartons pendant que la troupe de Lilith se débandait pour se mettre à couvert.

Puis, glissant l'arc dans le harnais, il dégaina son épée et annonça à Larkin :

— J'y vais à pied, ce sera plus drôle !

Et, malgré la dizaine de mètres qui le séparaient du sol, il sauta à terre sans hésiter. Si les dragons avaient pu jurer, Larkin aurait épuisé tout son répertoire.

Les vampires – deux hommes, trois femmes – fondirent sur Cian comme des mouches sur un quartier de viande. Il fendit d'un coup d'épée la première flèche qui fut tirée sur lui, puis contra avec la lame une botte qui lui était portée.

Ce qu'il avait ressenti dans la Vallée pétrifiée s'attardait encore en lui. Il se servit de cette soif de sang qu'il n'avait pu étancher, se battant d'abord non pour tuer mais pour blesser, afin de pouvoir se griser de la riche odeur de l'hémoglobine répandue et y puiser l'énergie de lutter, de frapper, de trancher.

Larkin ne restait pas inactif. De sa queue de dragon, il balaya une des femmes vampires qui bandait de nouveau son arc, puis ses griffes se refermèrent sur sa gorge.

Pour pimenter le combat, Cian lança un coup de pied en arrière dans le visage d'un vampire qui partit à la renverse. Pour achever le travail, il lui décolla la tête d'un coup d'épée. Et pour venir à bout de celui qui bondissait sur lui sur sa gauche, il n'eut d'autre choix que d'arracher la flèche qui saillait de sa hanche et de la lui plonger dans le cœur. Lorsqu'il se retourna, il vit Larkin, qui avait retrouvé forme humaine, ramasser un pieu à terre et rendre le même service au dernier survivant.

— C'est tout ? demanda Larkin, le souffle court. Il n'y en a plus ?

— D'après mes comptes, non.

Larkin se redressa et épousseta ses vêtements d'un air dégoûté.

— Foutue poussière ! grommela-t-il. Tu te sens mieux ?

— Au top !

Machinalement, Cian porta la main à sa hanche blessée et la ramena pleine de sang. Puisque la plaie n'arrêtait pas de saigner, il releva sa chemise et se contorsionna pour l'examiner.

— Tu pourrais me donner un coup de main ? demanda-t-il à Larkin. Me faire un pansement de fortune ?

— Tu veux que je te bande les fesses ?

— Il ne s'agit pas de mes fesses, triple idiot !

— Ça n'en est pas très loin.

Sans se faire prier davantage, Larkin le rejoignit et dit d'un ton très doux :

— Si tu veux que je te soigne, tu vas devoir baisser ton pantalon, mon chou...

Cian le gratifia d'un regard noir, mais s'exécuta sans broncher.

— À ton avis, reprit Larkin, tout en improvisant un pansement, comment Lilith va-t-elle réagir en ne voyant rentrer aucun de ses commandos ?

— Elle s'en étranglera de fureur.

— Tu ne te sens pas déjà beaucoup mieux, de savoir ça ? Voilà. Ça devrait aller pour l'instant, mais tu vas garder un joli trou dans le popotin durant un moment.

— Dans la hanche, rectifia Cian sèchement. La hanche !

Larkin haussa les épaules.

— Tu as la hanche bizarrement placée au niveau des fesses, mais je suis trop affamé pour ergoter là-dessus. Je pourrais avaler un âne entier. Avec la queue. Il est temps de rentrer nous payer un bon repas et une chope de bière. On a bien bossé, tout compte fait.

— Je ne dis pas le contraire, dit Cian en se rajustant. Mais cela aurait pu mal tourner, à la Vallée.

Larkin s'accroupit et essuya dans l'herbe le plus gros du sang qui maculait ses doigts.

— Je n'y crois pas une seconde, assura-t-il. Il n'était pas possible que cela tourne mal. À présent, si tu n'as pas trop mal aux fesses, tu pourrais m'aider à ramasser toutes ces belles armes prises à l'ennemi, histoire qu'elles aillent enrichir l'arsenal de Geall...

— Laisse mes fesses tranquilles !

Ensemble, ils ramassèrent épées, arcs et flèches. Larkin ne tarda pas à rompre le silence en déclarant d'un ton malicieux :

— Je suis sûr que tes fesses seront tout à fait rétablies d'ici peu. Sinon, quand tu retrouveras Moïra, tu pourras toujours lui demander de les embrasser pour te consoler...

Dans le château royal de Geall, Moïra s'éloigna de la boule de cristal de Glenna pour aller se camper devant la fenêtre, les bras croisés.

— Ôtez-moi d'un doute, demanda-t-elle d'un ton crispé. Ai-je rêvé, ou leur avions-nous demandé d'aller inspecter les bases sans se mettre en danger ?

— Ils n'en ont fait qu'à leur tête, répondit Blair. Pas de doute là-dessus. Mais je dois reconnaître qu'ils ont livré un beau combat. Et cette bombe... Waouh !

— Le retard à l'allumage est un réel problème, intervint Glenna, qui ne quittait pas la boule des yeux. Mais nous le réglerons. Je suis un peu plus inquiète quant aux effets que la Vallée a eus sur Cian.

— Il les a combattus, fit valoir Hoyt. Et il les a vaincus.

— Et c'est tout à son honneur, renchérit sa femme. Mais ce fut un rude combat. Il nous faut réfléchir à ça, Hoyt. Peut-être pourrions-nous trouver un sortilège qui le protégerait des influences néfastes de la

Vallée pétrifiée, comme sa cape le protège des rayons du soleil.

— Inutile, affirma Moïra sans se retourner. Il le fera de lui-même. C'est une nécessité pour lui. N'est-ce pas de sa propre volonté qu'il est devenu ce qu'il est ?

— Je suppose que tu as raison, admit Glenna. Je suppose aussi que Larkin et lui avaient besoin de faire ce qu'ils ont fait.

— C'est possible. Sont-ils en sécurité, à présent ?

Ce fut Blair, l'œil rivé au globe de cristal, qui répondit.

— Ils s'apprêtent à atterrir.

— Dans ce cas, reprit Moïra en faisant volte-face, je suggère que nous allions tous nous coucher. Je doute qu'il y ait un autre raid sur leur base.

Ils se souhaitèrent une bonne nuit et se séparèrent, mais ne gagnèrent pas pour autant leur lit.

Hoyt et Glenna retournèrent travailler dans leur tour, tandis que Blair se rendait dans la salle de bal transformée en gymnase pour s'y entraîner. Quant à Moïra, elle alla à la bibliothèque et sortit de leurs rayonnages tous les livres qu'elle put trouver sur la Vallée pétrifiée et les légendes qui s'y rattachaient.

Elle lut et étudia jusqu'aux premières lueurs de l'aube.

Quand elle sombra enfin dans le sommeil, lovée sur un canapé comme cela lui était arrivé tant de fois depuis l'enfance, elle rêva d'une grande bataille entre dieux et démons, une guerre qui faisait rage durant plus d'un siècle. Le sang des dieux et des démons coulait jusqu'à former un océan, et cet océan devenait une vallée. Une vallée qui demeurait ensuite pétrifiée dans le silence.

17

— Sinann ! s'exclama Moïra. Tu devrais être au lit.

La main posée sur son ventre rond, Sinann secoua la tête tristement.

— Je ne pouvais laisser partir mon père sans lui dire au revoir. Et je ne pouvais te laisser partir sans te saluer non plus.

Elle parcourut du regard la cour du château, où se rassemblaient hommes, chevaux et dragons. Voir le prince Riddock soulever à bout de bras un de ses petits-enfants hilares réussit à amener un sourire sur ses lèvres.

— Le château va sembler si vide, à présent…

— Nous reviendrons ! lança Moïra. Et nous ferons un raffut d'enfer.

— Ramène-les-moi sains et saufs. S'il te plaît.

Moïra prit ses mains entre les siennes et la regarda dans les yeux.

— Je ferai tout ce qui est en mon pouvoir.

Guidant l'une des mains de Moïra jusqu'à son ventre, Sinann ajouta :

— Il bouge… Tu le sens ? Dis à Phelan que tu as senti son enfant bouger.

— Promis.

— Je m'occuperai de tes orangers. Et je garderai une chandelle allumée jusqu'à votre retour. Moïra… comment saurons-nous si vous…

— Vous le saurez, promit-elle, la comprenant à demi-mot. Si les dieux ne vous envoient pas un signe de notre victoire, je le ferai. Je te laisse aller embrasser ton père, à présent.

Moïra rejoignit sa tante.

— J'ai parlé aux hommes qui restent ici, annonça-t-elle en posant la main sur son bras. Mes ordres sont clairs et à suivre à la lettre. Les portes resteront fermées et nul ne devra quitter l'enceinte du château, de jour comme de nuit, tant que l'annonce de la victoire ne vous sera pas parvenue. Je compte sur vous, en tant que membre de la famille royale, pour veiller à ce que les consignes soient observées. Je vous nomme régente jusqu'à mon retour. Et au cas où je trouverais la mort...

— Moïra... gémit Deirdre. Ne dis pas ça.

— Au cas où je trouverais la mort, répéta-t-elle, vous assurerez la régence jusqu'à ce qu'un nouveau souverain soit désigné.

Ôtant de son doigt un anneau qui avait appartenu à sa mère, Moïra le déposa dans la paume de sa tante et referma ses doigts dessus.

— Gardez-le, conclut-elle. C'est la preuve de l'autorité que je vous confère.

— Je respecterai tes vœux, tes ordres et notre nom. Je te le jure, Moïra !

Puis elle saisit les mains de sa nièce et ajouta :

— Je suis désolée que nous nous soyons disputées.

— Moi aussi.

Bien que ses yeux fussent embués de larmes, Deirdre parvint à grimacer un sourire.

— Ce qui ne nous empêche pas, reprit-elle, de rester l'une et l'autre convaincues que nous avons raison.

— Naturellement, admit Moïra. Mais je ne vous en aime pas moins pour autant.

— Mon enfant ! murmura sa tante en la serrant fort dans ses bras. Toutes mes prières t'accompagnent. Apporte-nous la victoire. Reviens-nous. Et dis à mes fils qu'ils sont ma fierté et que je les aime.

— Désolée de vous interrompre, intervint Blair, mais tout est prêt.

Deirdre s'écarta de sa nièce et sourit à la fiancée de son fils.

— Je ne te laisserai pas partir sans t'avoir embrassée.

Joignant le geste à la parole, elle ajouta :

— Je compte sur toi pour veiller sur mon aîné.

— Je ferai de mon mieux.

— Je le sais. Et je sais également que ce ne sera pas facile, car c'est un phénomène… Je ne te dirai pas de faire attention à toi, car ce n'est pas ce que les guerriers aiment entendre. Alors, je te souhaite de beaux combats.

— Que le Ciel vous entende !

Sans pompe ni apparat, les uns et les autres rejoignirent leurs montures, chevaux ou dragons. Les femmes qui restaient sur place rassemblèrent les enfants. Les anciens, également, assistaient au départ, appuyés sur leurs cannes ou soutenus par les plus jeunes.

Des larmes brillaient dans les yeux de tous. Les regards s'attardaient sur les êtres chers qu'il fallait se résoudre à laisser partir, mais Moïra savait aussi qu'ils l'épiaient et la jaugeaient.

Ramène-les-moi sains et saufs…

Combien auraient aimé lui répéter la supplique de Sinann ? Tous ne seraient pas exaucés, mais elle ferait tout ce qui était en son pouvoir, comme elle l'avait promis à sa cousine, pour que le plus grand nombre d'entre eux connaisse la joie des retrouvailles.

D'un hochement de tête, Moïra donna le signal du départ à Niall, qui prenait la tête des forces terrestres. Quand il eut fait ouvrir les portes du château, elle leva haut l'Épée des rois. Et dès que le dernier fantassin de l'armée de Geall eut passé le pont-levis, elle fit jaillir de sa lame une boule de feu qui traça un arc de lumière dans le ciel pâle de l'aube.

Il avait été décidé que les armes et les bagages seraient transportés par la voie des airs. En conséquence, le plus grand nombre devait voyager à pied ou à cheval, mais en bénéficiant d'une couverture aérienne permanente.

Ainsi progressèrent-ils tout au long de la journée, dans les campagnes de Geall et à travers ses cieux.

Lors d'une halte à la première base, Moïra se posta près du ruisseau pour admirer les dragons qui buvaient.

— Je vous apporte votre thé, Majesté.

Tirée de sa rêverie, Moïra prit la tasse que Ceara lui offrait.

— Fantastique... murmura celle-ci en reportant son regard sur les dragons. Je n'ai jamais rien vu de tel.

— Moi non plus, répondit Moïra en sirotant son thé. Je suppose que tu vas chevaucher au côté de ton mari ? reprit-elle.

— Oui, Majesté. Nous sommes presque prêts.

— Qu'as-tu fait de la croix que tu as gagnée ? Je ne la vois pas autour de ton cou.

Ceara se troubla et porta la main à la simple croix de cuivre qu'elle portait en sautoir.

— Je... je l'ai laissée à ma mère, Majesté. Je voulais que mes enfants soient protégés, au cas où...

— Naturellement, coupa Moïra avec un sourire rassurant. Tu as bien fait.

Puis elle se tourna vers Blair qui arrivait.

— Il est temps de lever le camp, annonça celle-ci. Les montures sont reposées et abreuvées. Armes et bagages ont été chargés, à l'exception de ce que nous laissons ici avec le détachement qui gardera cette base jusqu'à demain.

— Les troupes qui nous suivent devraient arriver ici bien avant le crépuscule, déclara Moïra en examinant le ciel. Mais demain… nos soldats auront-ils de quoi se défendre si le mauvais temps ou une influence maléfique devait masquer le soleil ?

— Même si Lilith a placé des commandos en embuscade sur la route, nos hommes sont de taille à y faire face. Nous devons y aller, Moïra.

— Tu as raison, approuva Moïra en se redressant. Nous avons un planning à respecter. Tu peux donner le signal du départ.

Il était plus de midi lorsque les premiers d'entre eux arrivèrent à la dernière base. Moïra, du haut de son dragon, vit les hommes cesser leurs activités et les saluer du bras avec des hourras. Larkin sortit en trombe de la maison, le visage levé vers le ciel. Il se métamorphosa en dragon et prit son envol dans la seconde qui suivit. Seule la découverte des tombes fraîchement creusées amoindrit la joie qu'éprouvait Moïra à le retrouver.

Après avoir effectué un looping du plus bel effet autour de sa cousine, Larkin se hâta de rejoindre la monture de Blair. En voyant celle-ci se dresser sur le dos du dragon et se jeter dans le vide, Moïra plaqua la main sur sa bouche pour étouffer un cri. Les vivats qui montaient du sol se transformèrent en cris de délire quand Blair atterrit à califourchon sur le dos de Larkin.

Titillés par cet exemple, les autres pilotes se lancèrent dans un concours d'acrobaties aériennes.

Comme tous ceux qui y assistaient, Moïra se laissa griser par ce spectacle sans bouder son plaisir. Sans doute avaient-ils tous besoin de ces quelques instants d'insouciance et de folie tant que le soleil brillait encore au-dessus de leurs têtes. La nuit viendrait bien assez tôt.

Sans lui laisser le temps de prendre soin de sa monture, Larkin se précipita vers Moïra dès qu'elle eut posé pied à terre. La soulevant du sol, il la fit tourbillonner autour de lui et la couvrit de baisers.

— Ça ne suffit pas à te faire pardonner, lui dit-elle d'un ton de reproche. Nous avons un compte à régler, tous les deux. Cian et toi, vous aviez une mission à remplir, et celle-ci ne consistait pas à sortir de nuit chercher les ennuis.

— Nous avons fait ce que nous estimions nécessaire.

Avec un nouveau baiser destiné à l'adoucir, il ajouta :

— Et tout est bien qui finit bien, non ? Rentrons. Il y a bien assez de monde ici pour s'occuper des dragons. Blair m'a dit que le voyage s'était déroulé sans histoire.

— Tout s'est passé comme prévu, répondit Moïra en se laissant entraîner à l'intérieur.

Dans la cheminée mijotait une marmite de soupe dont l'odeur se mêlait à celle des hommes et de la boue. Sur les murs propres et chaulés de frais, les anciens occupants avaient laissé leurs souvenirs intimes. Les armes disposées dans l'embrasure des portes et des fenêtres n'en paraissaient que plus incongrues.

— Tu veux te reposer ? s'enquit gentiment Larkin. Il y a une chambre pour toi, à l'étage.

— Non, merci. Mais je n'aurais rien contre un verre de whisky, s'il y en a.

— Il y en a.

Par-dessus son épaule, Moïra vit le regard de Larkin glisser vers la porte. Lorsque ses yeux s'illuminèrent, elle comprit que Blair venait de les rejoindre.

— On s'occupe de nos montures, annonça cette dernière. Quant aux bagages, Hoyt les fait décharger. Comme ça se passe, ici ?

Larkin, tout en remplissant deux gobelets de whisky, fit un point de la situation.

— Nos troupes sont déjà stationnées dans les écuries, la grange, le fumoir, le pigeonnier, ainsi que dans la maison. Il existe aussi une sorte de grand hangar, que nous utilisons comme entrepôt.

La bouteille à la main, il interrogea Blair du regard, mais celle-ci refusa son offre d'un signe de tête.

— Notre arsenal principal a été installé ici, au salon, poursuivit-il. Nous avons également stocké des armes dans tous les autres bâtiments. Les hommes prennent des tours de garde, jour et nuit, en plus de leur entraînement quotidien. Il y a eu quelques raids à déplorer, comme vous le savez, mais pas depuis que Cian et moi sommes ici.

Moïra prit le gobelet qu'il lui tendait et fit mine de s'étonner :

— Comme c'est curieux... Ne serait-ce pas parce que vous y avez personnellement veillé ?

Larkin se rembrunit.

— Nous avons perdu un autre homme hier, dit-il sans lui répondre. Un de ceux qui avaient été blessés en essayant de se porter au secours de Tynan. Ça n'a pas été facile d'assister à sa fin...

Moïra hocha tristement la tête et demanda :

— Y a-t-il encore d'autres blessés ?

— *Aye.* Mais ils sont tirés d'affaire et seront bientôt sur pied. Il y a une sorte de grand cellier, derrière la cuisine. C'est là que nous soignons comme nous le pouvons les blessés.

— Glenna sera heureuse d'en faire une infirmerie digne de ce nom.

Moïra avala une gorgée de whisky avant de poursuivre :

— Il paraît donc évident que nous ne pourrons loger dans les bâtiments existants toutes les troupes qui vont se rassembler ici. Selon nos estimations, les soldats seront près d'un millier dès ce soir, et cinq cents de plus dans les deux jours à venir.

— Ce qui signifie, conclut Blair avec un clin d'œil, qu'il va falloir planter dare-dare quelques piquets de tente.

Moïra découvrit qu'elle éprouvait une certaine fierté à voir tant de ses sujets travailler main dans la main.

Les tentes ne tardèrent pas à pousser comme des champignons dans une prairie qui jouxtait la ferme. Chacun se rendait utile selon ses capacités. Les moins habiles ou les moins valides se chargeaient de rassembler du bois et de la tourbe pour les feux de camp ; les plus forts, de décharger fournitures et matériel qui arrivaient dans un va-et-vient incessant.

Glenna rejoignit Moïra, qui était montée sur une petite éminence pour observer la scène.

— Voilà ton armée, commenta-t-elle.

— Un jour, j'espère que des blés pousseront ici plutôt que des tentes. Ils sont si nombreux... Pourrez-vous, toi et Hoyt, protéger tant de monde dans un cercle magique ?

Une farouche détermination s'afficha sur le visage de Glenna.

— Le charlatan qu'a embauché Lilith arrive à protéger sa base entière, dit-elle. Nous crois-tu incapables de faire aussi bien que lui ?

— Cela ne me viendrait pas à l'idée.

— Néanmoins, il est vrai que cela représente un périmètre impressionnant... Et le soleil est déjà bien bas. Nous ferions mieux de nous y mettre tout de suite. Et nous allons avoir besoin de toi.

— Je n'osais pas te proposer mon aide.

Conformément aux instructions qu'on lui donnait, Moïra imita Glenna et Hoyt et arpenta le terrain de part en part, ramassant des brins d'herbe, de la terre, des cailloux en chemin. Ils se retrouvèrent ensuite au centre exact du village de toile. Le mot avait circulé qu'une opération magique était en cours, et tout le monde se taisait. Dans le silence parfait qui s'était établi, Moïra sentit que la magie était déjà l'œuvre.

À tour de rôle, Hoyt, Glenna et elle invoquèrent les puissances tutélaires des quatre points cardinaux, puis la déesse Morrigan.

— En ce lieu, en cette heure, psalmodia Hoyt, nous en appelons aux pouvoirs anciens. Puissent nos voix être entendues, nos vœux exaucés, et protégés tous ceux qui nous entourent. Qu'aucune force maléfique n'atteigne cette herbe, cette terre, ces pierres. Que seuls les vivants franchissent ce cercle, que toute intention maligne en soit bannie. Qu'aucun ennemi, aucune arme ne puisse nous y atteindre. De jour comme de nuit, de nuit comme de jour, qu'un bouclier défende la lumière de ce camp sacré. Scellons ce pacte avec nos sangs.

Suivant l'exemple de Hoyt et Glenna, Moïra entama sa paume à l'aide d'un poignard rituel. Puis, déposant dans sa main la terre, l'herbe et les cailloux qu'elle avait collectés, elle les malaxa dans son poing fermé.

Aussitôt, elle sentit une grande puissance et une chaleur intense la traverser. Un tourbillon de vent naquit entre eux trois, puis s'élargit autour d'eux, couchant l'herbe en un cercle grandissant. Et lorsqu'il atteignit les limites du camp, ce cercle parfait se mit à flamboyer d'une lumière blanche.

En même temps que Hoyt et Glenna, Moïra ouvrit la main, laissant choir à ses pieds une boue ensanglantée. À l'endroit où celle-ci tomba, la terre trembla et une flamme s'éleva brièvement. Ils se donnèrent alors la main pour former un cercle. Tétanisé par la puissance qui les unissait, le corps de Moïra s'arcbouta.

— Qu'un cercle s'élève et nous protège ! crièrent-ils ensemble. Qu'il empêche nos ennemis d'accéder à ce qui se trouve ici ! Par le sang, par le feu et par notre volonté, qu'il en soit ainsi !

Autour du camp, le cercle de lumière gagna encore en intensité, devint éblouissant, avant de s'éteindre d'un coup, laissant dans la terre dénudée un gigantesque anneau d'un blanc crayeux, immaculé.

Aussi brusquement que la lumière s'était éteinte, le pouvoir se retira de l'esprit de Moïra. Sa vision se troubla, et elle se sentit chanceler. Quand elle reprit conscience de ce qui se passait autour d'elle, Glenna la tenait par les épaules et répétait son nom avec inquiétude.

— Je vais bien… assura-t-elle d'une voix pâteuse. Juste un peu… secouée.

— Prends le temps de te remettre, conseilla Hoyt. C'était un charme puissant. D'autant plus puissant que nous l'avons scellé de notre sang.

Moïra baissa les yeux sur la plaie qui barrait sa paume.

— Tout peut être une arme, murmura-t-elle. C'est ce que Blair dit toujours. Est-on sûr que cela a marché ?

— À mon avis, répondit tranquillement Hoyt, cela ne fait pas l'ombre d'un doute.

Moïra suivit son regard. Cian était là, à l'extérieur du cercle. Bien que sa cape ensorcelée le recouvrît entièrement, elle distingua ses yeux sous le rebord de la capuche. Des yeux qui étincelaient de fureur.

— Dans ce cas, conclut-elle, nous n'avons plus rien à faire ici. Laissons les soldats finir d'installer le camp.

— Appuie-toi sur moi, suggéra Glenna en lui présentant son bras. Tu es blanche comme un linge.

— Je peux me débrouiller seule. Il vaut mieux que personne ne me voie flancher. C'est juste une nausée. Ça va aller.

Tandis qu'elle traversait le camp aux côtés de Glenna et Hoyt, Cian tourna les talons sans les attendre et rentra dans la maison. Dès qu'ils le retrouvèrent à l'intérieur, il laissa libre cours à sa colère.

— Vous avez décidé de l'achever avant que Lilith n'en ait eu l'occasion ? jeta-t-il sans préambule. À quoi pensiez-vous donc en la mêlant ainsi à un rituel magique assez puissant pour faire se lever une tornade ?

— Nous ne pouvions nous passer de son aide, répondit Hoyt. Ce n'est pas une mince affaire de dresser un bouclier de protection sur une zone aussi vaste. Et comme tu as été retenu à la périphérie du cercle, c'est la preuve que ça a marché !

Cian n'avait pas seulement été « retenu ». Une décharge d'électricité lui avait traversé le corps, si puissante qu'il devait encore en avoir les cheveux dressés sur la tête...

— Ce n'est pas une raison ! répliqua-t-il. Elle n'est pas assez forte pour...

— Assez ! intervint sèchement Moïra. J'ai fait ce qu'il y avait à faire. Je suppose que c'est ce que tu me répondrais si je m'avisais de critiquer ton excursion nocturne à la Vallée. Je me suis laissé dire qu'on m'avait réservé une chambre ici. Où est-elle ?

— À l'étage, première porte à gauche, répondit Cian sans desserrer les dents.

Droite et digne, Moïra monta l'escalier sans se presser. Après l'avoir regardée faire et lâché tout bas une bordée de jurons, Cian la suivit.

En pénétrant dans la chambre, il la découvrit assise sur une chaise près d'un feu éteint, les genoux sur les coudes et la tête entre les mains.

Il alla remplir une coupe d'eau et la lui présenta de manière qu'elle puisse voir ce qu'elle contenait.

— Bois ça ! ordonna-t-il. Tu es pâle comme une morte. Et encore, j'ai vu des mortes plus fraîches que toi.

— Quelle merveilleuse chose à dire à une femme !

— La vérité est rarement jolie.

Moïra se redressa et s'adossa à son siège. Elle but l'eau qu'il lui avait servie tout en le dévisageant avec attention.

— Tu es en colère, constata-t-elle. Eh bien, moi aussi. Tu savais que j'étais arrivée, mais tu n'es pas venu me trouver.

— Non, je ne suis pas venu.

— C'était idiot de ta part. Si tu t'imagines que je vais te laisser m'échapper alors qu'il ne nous reste que quelques jours... Si tu cherches à m'éviter, je te harcèlerai sans répit. Et je t'aurai.

Un frisson la secoua, qu'elle ne put réprimer.

— J'ai froid, murmura-t-elle. Invoquer ce sortilège m'a épuisée. Je n'ai plus aucun pouvoir en moi pour allumer le feu.

Cian fit un pas vers la cheminée, mais avant qu'il ait pu se saisir du briquet à amadou, Moïra lui prit la main et la pressa contre sa joue.

Cian sentit claquer d'un coup en lui, comme une corde trop tendue qui lâche, toutes ses résistances. Il la prit dans ses bras et la souleva sans effort, sa bouche dévorant la sienne de baisers. Nouant ses bras et ses jambes autour de lui, Moïra lui répondit avec passion.

— Voilà qui est mieux, dit-elle dans un souffle. J'ai déjà beaucoup plus chaud. Depuis que tu es parti, les heures m'ont paru interminables. Nous avons eu si peu de temps... si peu de temps, en comparaison de l'éternité.

— Regarde-moi.

Il attendit qu'elle ait capté son regard pour poursuivre :

— Tu as raison, c'est mieux. Enfin, je retrouve ce beau visage devant moi...

— T'a-t-il manqué ?

— Énormément. Tu sais, tu n'auras pas à me harceler. Tu es déjà en moi, gravée dans ma chair, inscrite dans mes sens. Et je ne peux rien faire pour t'oublier.

Moïra soupira, ferma les yeux et blottit sa joue dans le creux de l'épaule de Cian. Lorsqu'elle posa enfin les pieds par terre et accepta de se séparer de lui, elle put constater que le plus gros de son malaise avait disparu.

— J'ai apporté la vielle, dit-elle. J'ai pensé que tu aimerais l'avoir, en jouer. Il nous faudrait de la musique, ainsi que des rires et de la lumière – tout ce qui peut nous rappeler ce pour quoi nous luttons.

Elle se dirigea vers la fenêtre et écarta légèrement les rideaux.

— Le soleil se couche, annonça-t-elle. Iras-tu sur le champ de bataille, cette nuit ?

Comme il ne répondait pas, elle se tourna vers lui et précisa :

— Dans la boule de Glenna, nous t'avons vu t'y rendre avec Larkin, il y a deux nuits de cela. Et tu y es retourné seul la nuit passée.

— Chaque fois que j'y vais, expliqua-t-il, je me sens un peu plus fort. Je ne vous serai pas utile à grand-chose, si ce qui hante cette terre me terrasse au moment critique.

— Tout à fait d'accord. C'est pourquoi je viendrai avec toi cette nuit.

Voyant qu'il s'apprêtait à protester, elle le devança.

— Inutile de perdre du temps à tenter de m'en dissuader. Je n'ai pas mis les pieds dans la Vallée depuis mon enfance et j'ai besoin de voir de nuit ce qui m'y attend. Alors, que cela te plaise ou non, j'irai. Avec ou sans toi.

— Mais je veux y aller ! Je veux y aller ! criait Davey en trépignant. S'il te plaît ! S'il te plaît !

Lilith n'en pouvait plus des jérémiades incessantes de son fils. Au point qu'elle se demandait si sa tête n'allait pas finir par exploser.

— Davey, j'ai dit non ! répondit-elle en s'efforçant de maîtriser sa colère. Si près de la nuit de *Samhain*, il est dangereux pour toi de quitter la base.

— Je suis un soldat ! répliqua le garçonnet d'un air bravache. C'est Lucius qui l'a dit. D'ailleurs, j'ai une épée.

De son fourreau, il tira l'arme miniature que Lilith avait fait réaliser pour lui – ce qu'elle regrettait amèrement, à présent.

— Cette sortie n'a aucun intérêt pour toi, tenta-t-elle d'argumenter. C'est juste une mission de routine.

— Je veux aller en mission ! Je veux combattre !

Davey fit de grands moulinets avec son épée, avant de conclure dans un cri féroce :

— Je veux tuer !

— Assez ! s'écria Lilith. Tu pourras le faire tant que tu le voudras – après *Samhain*. Pour l'instant, plus un mot ! Tu es trop petit pour combattre avec les grands. File dans ta chambre et va jouer avec ce chat que tu m'as réclamé à cor et à cri.

Les yeux de Davey devinrent instantanément d'un rouge flamboyant. Ses lèvres se retroussèrent en un rictus haineux, tandis que toute trace d'innocence s'effaçait de sa face ronde.

— Je ne suis pas petit ! lança-t-il d'une voix grondante. Je déteste ce chat ! Et je te déteste aussi !

Sur ce, il fit volte-face et déguerpit de toute la vitesse de ses petites jambes. Au passage, il transperça d'un coup d'épée le torse d'un serviteur humain qui n'eut pas le temps de se jeter sur le côté.

— Enfer et damnation ! s'écria Lilith, exaspérée, en contemplant les murs éclaboussés de sang. Regarde-moi ce chantier !

— Si vous voulez mon avis, intervint Lora, il aurait besoin d'une correction.

Blême de rage, Lilith bondit vers elle.

— Ferme-la ! Ne me dis pas ce que je dois faire. Je suis sa mère.

— Moi, ce que j'en dis...

Boudeuse, Lora alla s'asseoir au coin de feu. Son visage était presque guéri, mais ses cicatrices continuaient à la faire souffrir.

— Inutile de vous en prendre à moi parce que Davey est insupportable, maugréa-t-elle. Pas difficile de deviner d'où il tient son mauvais caractère...

Lilith serra les poings, sans se soucier des longs ongles vernis de rouge qui perforaient sa chair.

— Méfie-toi ! lança-t-elle. Cette correction, tu pourrais la recevoir à sa place !

Sachant de quoi Lilith était capable, Lora lui adressa un sourire contrit.

— Est-ce moi qui vous exaspère depuis une heure ? J'ai tenté de faire entendre raison à Davey et, à présent, vous vous retournez contre moi... Je sais que nous sommes toutes les deux tendues, mais nous devrions nous soutenir au lieu de nous disputer.

— Tu as raison, évidemment, admit Lilith en remettant d'une main nerveuse un peu d'ordre dans ses cheveux. Il a même réussi à me donner la migraine ! C'est dire...

— Il est tellement fier d'être arrivé à attirer cet humain dehors pour le tuer...

— Je ne pouvais tout de même pas le laisser sortir !

— Non. Bien sûr que non. Vous avez eu raison de le lui refuser. Nous avons perdu deux commandos entiers, et Davey n'a rien à faire dehors. Je persiste à penser que vous devriez le punir de vous avoir parlé avec tant d'insolence.

— Il n'est jamais trop tard pour bien faire.

En désignant le cadavre du serviteur humain d'un geste négligent de la main, Lilith ajouta :

— Tu peux t'occuper de faire nettoyer ça ? Ensuite, va t'assurer que le commando est prêt à partir. J'espère que nos soldats auront plus de chance, cette nuit. Ils commencent à se lasser du sang de mouton.

Alors que Lora s'apprêtait à sortir, Lilith ajouta :

— Une dernière chose... Je mangerais bien un morceau, pour me calmer un peu. Avons-nous encore des enfants ?

— Je vais vérifier.

— Quelque chose de petit. Je n'ai pas beaucoup d'appétit.

Restée seule, Lilith fit les cent pas dans la chambre. Ses nerfs étaient soumis à rude épreuve. La bataille approchait, et il y avait tant de décisions à prendre, tant de détails auxquels il fallait veiller...

Les pertes que subissaient ses troupes étaient alarmantes et l'emplissaient de fureur. Les déserteurs avaient posé un problème, mais elle avait envoyé des patrouilles pour les retrouver et les détruire. La disparition de deux commandos entiers était plus surprenante. Peut-être étaient-ils tombés dans un autre de ces pièges tendus par les humains, et qui lui avaient déjà fait perdre nombre de soldats...

Personne ne soupçonnait la pression qu'elle supportait, jour après jour. Sa destinée la pressait de conquérir les mondes, et elle était environnée d'idiots et d'incapables. Et voilà qu'à présent, son garçon chéri, son adorable petit Davey, se conduisait comme un moutard hystérique et insupportable. Il l'avait insultée, ce qu'elle n'aurait toléré de personne d'autre. En fait, elle ne parvenait pas à savoir si elle devait en éprouver de la fureur ou de la fierté.

Ce qui était certain, c'était qu'il avait un don pour manier l'épée. N'avait-il pas quasiment fendu en deux ce stupide larbin qui avait eu le tort de se trouver sur son chemin ? C'était un peu ennuyeux, bien sûr, mais elle ne pouvait nier que son attitude témoignait d'un caractère bien trempé.

Lilith alla ouvrir la porte et fit un pas à l'extérieur pour s'immerger un instant dans la nuit, la sentir glisser sur elle, en elle. Pauvre Davey ! songea-t-elle. Il ne pouvait que se sentir piégé, enfermé dans cette maison. Tout comme elle. Mais bientôt...

Une idée, soudain, lui traversa l'esprit, lui procurant un soulagement immédiat. Comment se faisait-il qu'elle n'y ait pas pensé plus tôt ? Elle n'avait qu'à organiser une partie de chasse pour Davey ici, autour de la maison, sous le bouclier protecteur de Midir. Elle y participerait avec lui. Cela lui donnerait de l'appétit, lui changerait les idées, et son fils serait fou de joie.

Réjouie par cette idée, Lilith rentra. Après avoir enjambé le corps ensanglanté de l'humain, elle se rendit à l'étage.

— Davey ? fit-elle en arrivant devant la porte de sa chambre. Où est mon méchant petit garçon ? J'ai une surprise pour toi...

Dès qu'elle ouvrit la porte, l'odeur assaillit ses narines. Il y avait sur le sol, sur les murs, sur les draps de soie d'un bleu royal, une quantité considérable de sang. Des morceaux du chat traînaient un peu partout. Un chat qui avait été, se rappela-t-elle, une bête imposante.

Lilith soupira, avant d'étouffer un rire sous sa main. Quel tempérament il avait, son petit prince chéri !

— Davey ! lança-t-elle en simulant la sévérité la plus stricte. Où te caches-tu, espèce de garnement ? Montre-toi, avant que je ne change d'avis pour la surprise...

Évidemment, Davey ne répondit pas. Lilith leva les yeux au plafond. Être mère pouvait être une telle corvée, parfois !

— Je ne suis plus en colère, mon cœur, ajouta-t-elle d'une voix radoucie. J'ai tant de choses en tête que j'avais oublié que nous avons aussi besoin de nous amuser.

Lilith fouillait la pièce tout en parlant. Davey restant introuvable, elle sentit l'inquiétude la gagner. Sur ces entrefaites, Lora la rejoignit. Elle traînait derrière elle une jeune femme enchaînée.

— Nous sommes à court d'enfants, annonça-t-elle. Mais celle-ci est assez fluette.

— Plus besoin ! répondit Lilith, au bord de l'affolement. Davey a disparu.

Du regard, Lora balaya la pièce.

— Vous avez déjà fouillé sa chambre ? Ce garçon est créatif… Il a dû se cacher quelque part parce que vous vous êtes disputés.

Le visage figé, Lilith pressa une main contre son ventre.

— J'ai un mauvais pressentiment, murmura-t-elle. Il faut qu'on le retrouve ! Tout de suite !

L'alerte fut rapidement donnée. On fouilla de fond en comble le manoir et ses alentours. L'appréhension de Lilith se transforma en peur panique quand on découvrit que le poney de Davey manquait à l'écurie.

— Il est parti ! Il s'est enfui ! Oh ! Pourquoi ne l'ai-je pas enfermé dans sa chambre ? Je dois aller le chercher…

— Attendez ! lança Lora en la retenant par le bras. Calmons-nous et réfléchissons. Vous ne pouvez vous aventurer hors de la zone de protection.

— C'est mon fils ! Il a disparu. Je dois aller le chercher.

— Nous allons le retrouver, ne vous inquiétez pas. Lançons sur sa piste nos meilleurs soldats. Utilisons la magie de Midir. Je peux y aller moi-même, si vous voulez.

— Non !

Lilith ferma un instant les yeux, luttant pour retrouver son calme.

— Tu m'es trop précieuse, je ne peux pas risquer de te perdre. Lucius ! Va trouver Lucius et demande-lui de me rejoindre chez Midir.

En pénétrant dans l'antre du magicien, Lilith n'était plus aussi affolée. Une reine devait garder son sang-froid en toute circonstance. Jusqu'à ce que Davey soit de nouveau en sécurité, il lui fallait s'accrocher à cette idée.

— Lucius, je m'en remets à toi, dit-elle quand son lieutenant l'eut rejointe.

— Je le retrouverai, Majesté, assura-t-il en s'inclinant devant elle. Je ferai tout pour que le prince vous revienne, à n'importe quel prix.

— Je le sais, répondit Lilith en posant la main sur son épaule. Il n'y a personne en qui j'aie plus confiance. Ramène-le, et tout ce que tu me demanderas sera à toi.

Pivotant sur ses talons, elle s'emporta contre Midir.

— Trouve-le ! Trouve-le donc, dans ton foutu miroir !

— Je le cherche.

Le grand miroir ovale accroché au mur reflétait l'image du magicien, mais aucun des trois vampires qui l'observaient. De la fumée commença à tourbillonner sous la surface de verre. Peu à peu, tel un nuage de brume, elle se dissipa, laissant apparaître un ciel étoilé. Et sur le ciel nocturne, l'ombre chinoise d'un garçon juché sur un poney.

— Regarde ! s'exclama Lilith en s'agrippant au bras de Lora. Le voilà ! C'est mon Davey... Comme il se tient droit en selle ! Où est-il ? À quel endroit de ce maudit royaume le prince se trouve-t-il ?

— Il s'est lancé à la poursuite du commando qui est parti en mission tout à l'heure, affirma Lucius. Il se dirige vers la Vallée pétrifiée. Je connais cette route, Majesté.

— Rejoins-le tout de suite ! ordonna Lilith. Et ramène-le-moi.

Quand l'officier fut parti, elle vint se serrer contre Lora et posa la joue sur son épaule.

— Maudit gamin ! gémit-elle d'une voix lasse. Je vais suivre ton conseil, cette fois. Il s'en souviendra, de sa fugue.

Puis, à l'adresse du magicien, elle lança :

— Garde-le dans ton miroir, Midir. Peux-tu également me transporter près de lui – du moins en apparence ?

— C'est beaucoup demander simultanément à la magie, Majesté.

Sa robe bruissant autour de ses jambes, Midir se dirigea vers son chaudron, au-dessus duquel il tendit les mains. Une pâle fumée verte s'en éleva et s'enroula autour de ses doigts.

— J'ai besoin de davantage de sang, annonça-t-il d'une voix caverneuse.

— Je vois, fit Lilith. Du sang humain, je présume.

Une lueur de convoitise brilla dans les yeux de Midir.

— Ce serait mieux. Mais je peux me débrouiller avec le sang d'un agneau ou d'un jeune bouc.

— Le sort du prince est en jeu, ne mégotons pas. Lora ? Tu veux bien apporter à Midir la fille que tu me destinais tout à l'heure ?

Dans le noir, Davey chevauchait bon train. Il se sentait fort et fier. Il se sentait bien. Il allait leur montrer, à tous, qu'il était le plus grand guerrier qui ait jamais existé... Le Prince de Sang, songea-t-il en souriant. Ainsi se ferait-il appeler de tous. Même de sa mère.

Sa mère, qui avait osé dire qu'il était petit. Comme elle se trompait !

Il avait tout d'abord pensé rattraper le commando qui se trouvait devant lui et prendre sa tête. Personne n'aurait osé contrarier le Prince de Sang, et le premier humain aurait été pour lui.

Mais quelque chose l'attirait dans une autre direction. Quelque chose de très insidieux, de très puissant et de très tentant. Après tout, rien ne l'obligeait à se traîner derrière un commando de simples vampires dont aucun ne lui arrivait à la cheville. Il préférait suivre cette douce musique qui s'élevait dans sa tête, et le fumet de mort très ancienne qui lui parvenait aux narines.

Le paysage changea et il ralentit l'allure, tandis que grandissait l'excitation qui s'était emparée de lui. Il y avait là, à portée de main, quelque chose de terrible et de magnifique. Quelque chose qui lui était destiné.

En découvrant le champ de bataille sur lequel le clair de lune jetait une lueur glaciale, il se sentit trembler de plaisir, comme quand sa mère se mettait à quatre pattes et le laissait monter sur son dos, en imitant le bruit d'un poney.

Une puissance phénoménale coulait dans ses veines. Il s'aperçut alors qu'il n'était pas seul. En contrebas se trouvaient deux humains et un dragon sur une avancée rocheuse.

Il allait les avoir tous les trois, les massacrer, les vider de leur sang, et ramener leurs têtes pour les jeter aux pieds de sa mère.

Personne ne lui dirait plus jamais qu'il était petit.

18

Un poing de fer s'était refermé dans la poitrine de Moïra et l'empêchait de respirer librement. Debout près de Cian, au bord de la Vallée pétrifiée, elle s'efforçait d'en faire abstraction.

— Que ressens-tu ? lui demanda-t-elle.

— Je me sens attiré. Quoi qu'il arrive, tu ne dois pas me toucher.

— Attiré de quelle façon ?

— Comme si j'avais des chaînes aux pieds et autour du cou et qu'elles me tiraient dans des directions opposées.

— C'est douloureux ?

— Oui. Une douleur à laquelle se mêle une certaine fascination. Ainsi qu'une soif délirante... Ce sol est gorgé de sang. Je peux le sentir, riche et épais. Les battements de ton cœur résonnent à mes oreilles. L'odeur de ta peau m'obsède.

Pourtant, s'étonna Moïra, ses yeux restaient identiques à ce qu'ils étaient habituellement. Ils ne viraient pas au rouge, comme la nuit où il était venu dans la Vallée avec Larkin.

— Dis-moi la vérité, reprit-elle. Ils seront plus forts ici qu'en tout autre lieu, n'est-ce pas ?

Surpris qu'elle l'ait compris, Cian redressa la tête et la regarda dans les yeux.

— Oui, ils seront plus forts ici, répéta-t-il. Galvanisés par ce qui hante cet endroit et par l'ascendant que Lilith possède sur eux. La mort ne leur fait pas peur. Ils monteront à l'assaut encore et encore, sans la moindre considération pour leur survie.

— Tu penses que nous allons perdre. Que nous allons mourir ici, tous.

La vérité lui serait plus utile que des mensonges lénifiants, décida-t-il.

— Je pense que les chances de l'emporter diminuent.

Moïra soupira légèrement et fit courir son regard sur la Vallée pétrifiée.

— Laisse-moi te raconter ce que je sais de cet endroit, dit-elle. Ce que j'ai lu à son sujet et ce que je crois être la vérité.

Un instant encore, elle contempla le paysage sinistre avant de poursuivre :

— Voici très, très longtemps, alors qu'il n'y avait qu'un monde et non une infinité de mondes séparés, seuls existaient les dieux et les démons. L'homme n'avait pas encore fait son apparition pour les combattre ou les tenter. Les dieux, comme les démons, étaient fiers et assoiffés de domination. Mais bien que cruels eux aussi, les dieux, contrairement aux démons, ne chassaient pas leurs semblables pour s'en repaître ou pour s'amuser.

— C'était là la seule frontière entre le bien et le mal.

— Il en fallait bien une, même très ténue. Ce qui devait arriver arriva, et il y eut une guerre entre eux. Une guerre sans merci, qui dura une éternité, et qui culmina en ce lieu. Là fut livrée l'ultime bataille, la plus sanglante, la plus cruelle et la plus inutile de toutes. Il n'y eut ni vainqueur ni vaincu. Seulement un océan de sang, qui se déversa ici, creusant cette terrible vallée, coulant dans le sol, où il se fixa en profondeur.

— Pourquoi faut-il que la bataille contre Lilith ait lieu précisément ici ?

— Les dieux ont voulu que le royaume de Geall connaisse des siècles et des siècles de paix et de prospérité, mais il fallait bien que cette félicité ait un prix. Pour équilibrer les plateaux de la balance, en quelque sorte.

— Et à présent, le temps est venu pour Geall de payer sa dette ?

— Les dieux ont chargé les humains de combattre et de défaire ce démon qui était à l'origine une femme. Ainsi les vampires trouveront-ils en face d'eux ceux dont ils sont issus autant que ceux qu'ils pourchassent. Tout va se jouer ici. Soit l'équilibre sera rétabli, soit tout s'effondrera. Lilith elle-même ne comprend pas ce qui se passera si elle gagne.

Cian, qui était arrivé aux mêmes conclusions, hocha la tête et conclut pour elle :

— Nous disparaîtrons. Ceux de mon espèce également. Dans le chaos, rien ne peut prospérer.

Moïra garda le silence un instant.

— Tu es plus calme, constata-t-elle enfin. Sans doute le fait de réfléchir t'aide-t-il à surmonter tes pulsions.

Cian laissa éclater un rire sans joie.

— Tu as probablement raison. Pourtant, cette vallée est le dernier endroit au monde où j'aurais envie de pique-niquer.

— Après *Samhain*, je t'emmènerai faire un pique-nique au clair de lune, promit Moïra. Il existe au royaume de Geall un endroit enchanteur, que nous aimons beaucoup, Larkin et moi. Il s'appelle...

Oubliant la recommandation qu'il lui avait faite d'éviter tout contact, Cian l'agrippa par le poignet.

— Chut... murmura-t-il. Il y a quelqu'un, là-haut.

Sans rien dire, Moïra tendit le bras dans son dos et tira une flèche de son carquois.

Tapi derrière un rocher, Davey sourit et sortit sa précieuse épée de son fourreau. Maintenant, il allait pouvoir se battre comme un prince se doit de le faire. Enfin, il allait pouvoir frapper, trancher, mordre – et boire, boire, boire...

Penché sur l'encolure de sa monture, un cri de guerre prêt à jaillir de ses lèvres, il se prépara à foncer droit sur ses proies. C'est alors que Lilith apparut devant lui.

— Davey ! s'exclama-t-elle. Fais faire demi-tour à ce poney et rentre à la maison tout de suite !

La déception s'empara de lui. Sur son visage, le rictus guerrier fit place à une moue boudeuse.

— Non ! répondit-il d'un air buté. Je chasse.

— Tu chasseras quand et où je te le dirai ! Je n'ai pas de temps à perdre avec tes enfantillages. J'ai une guerre à mener !

La sévérité de sa mère renforça la détermination de Davey. Ses yeux brillaient dans le noir. Son visage se tordait de fureur rentrée.

— Laisse-moi ! s'exclama-t-il. Je ne vais faire qu'une bouchée de ces humains. Comme ça, tu ne pourras plus me traiter de bébé !

— C'est moi qui ai fait de toi ce que tu es, lança Lilith d'une voix menaçante. Et ce que j'ai fait, je peux aussi le défaire. Tu vas... Quels humains ? De quoi est-ce que tu parles ?

Avec son épée, Davey désigna la Vallée. Lilith tourna la tête lentement, et lorsqu'elle vit ceux qui s'y trouvaient, une terreur sans nom lui noua le ventre.

Paniquée, elle tenta de s'emparer de la bride du poney, mais sa main immatérielle passa au travers du cou de l'animal.

— Écoute-moi bien, Davey, dit-elle en s'efforçant de recouvrer son calme. La femme est humaine. Mais l'autre, c'est Cian. Un vampire très habile, très fort et très, très vieux. Tu dois te sauver ! Fais galoper ce poney aussi vite qu'il le peut ! Tu n'as rien à faire ici.

— J'ai faim...

Les yeux de Davey viraient au rouge. Un bout de langue rose passa sur ses crocs dénudés.

— Je tuerai le vieux ! dit-il d'un ton farouche. Je boirai la femelle jusqu'à la dernière goutte ! Tu ne les auras pas... Ils sont à moi. À moi ! Je suis le Prince de Sang !

— Davey, non !

Mais, d'un violent coup de talon dans le flanc de l'animal, Davey lança son poney en avant.

Moïra eut l'impression que le temps s'emballait, se changeant en une succession d'images figées. L'éclair produit à la lumière de la lune par l'épée de Cian quittant son fourreau. Son corps qui se dressait devant elle en un bouclier improvisé. Le cavalier sorti des ténèbres qui était en train de fondre sur eux. Et sa propre flèche, encochée et prête à partir.

Puis elle vit qu'il s'agissait d'un enfant, un petit garçon juché sur un robuste poney rouan. Son cœur marqua une pause. Son corps tressaillit. Et sa flèche manqua son but.

Le garçonnet criait, hurlait, écumait de rage. Lilith courait derrière lui, diablesse émeraude et or, les doigts recourbés comme des griffes, les crocs luisants et dénudés prêts à mordre. La deuxième flèche de Moïra l'atteignit en plein cœur, mais la traversa de part en part et se perdit dans le noir.

— Elle n'est pas réellement là ! hurla Cian. Mais lui, si ! Prends le dragon et envole-toi !

Alors qu'elle se préparait à tirer une troisième flèche, Cian la repoussa sur le côté et bondit sur le poney.

Un petit garçon, songeait Moïra avec tristesse. Un petit garçon aux yeux rouges et aux crocs menaçants. Il agitait d'une main une courte épée, tout en menant de l'autre sa monture. Les cris de Lilith emplissaient la nuit, se fichaient dans l'esprit de Moïra comme des échardes de glace.

Déstabilisé par l'attaque de Cian, le garçonnet tomba de sa monture et alla rebondir sur le sol rocailleux. Le sang jaillit de ses multiples blessures. Et comme n'importe quel enfant l'aurait fait à sa place, il se mit à verser de grosses larmes de douleur. Incapable de tirer, Moïra secoua la tête et baissa son arc.

Cian se dirigea vers le garçon en pleurs, l'épée brandie, prête à frapper, le fantôme de Lilith essayant de le retenir de ses mains impalpables. Moïra vit alors un deuxième cavalier surgir des ténèbres. Pas un enfant, cette fois, mais un guerrier armé, dont la large épée fendait l'air.

Cian pivota sur ses talons et contra l'attaque juste à temps. Les épées s'entrechoquèrent. Leur musique mortelle et métallique emplit la Vallée. Profitant d'une erreur de son adversaire, Cian bondit et le désarçonna d'un coup de pied en pleine gorge.

Moïra, manquant de visibilité, renonça à tirer une autre flèche et dégaina son épée. Mais avant qu'elle ait eu le temps de se précipiter au secours de Cian, le jeune garçon se remit sur pied et se tourna vers elle. Les yeux rougeoyants, il la regarda d'un air féroce et gronda.

Voyant qu'il s'apprêtait à bondir, Moïra recula d'un pas.

— Ne fais pas ça ! le prévint-elle. Je ne veux pas te blesser.

Davey se mit à tourner autour d'elle, les lèvres retroussées sur deux canines acérées.

— Je vais te déchirer la gorge ! clama-t-il. Je vais me gorger de ton sang ! Qu'attends-tu pour t'enfuir ? J'adore ça, quand vous essayez de fuir.

— Je ne fuirai pas. Mais toi, tu devrais.

— Davey ! hurla Lilith. Cours ! Sauve-toi !

L'enfant tourna la tête vers elle, écumant tel un chien enragé.

— Laisse-moi tranquille ! Je veux jouer... Qu'est-ce que tu attends pour courir, toi ? On joue à chat !

— Je ne veux pas jouer.

Tout en parlant, Moïra tournait sur place pour continuer à lui faire face, donnant de temps à autre des coups d'épée pour l'empêcher d'avancer. Il avait perdu son arme en tombant, mais elle n'hésiterait pas à se servir de la sienne s'il lui sautait dessus. Avec ses crocs, un vampire n'était jamais tout à fait désarmé.

Comme il se faisait trop entreprenant, elle se fendit, visant le ventre. Telle une chatte protégeant son petit, la forme de Lilith, impuissante, se plaça devant la lame.

— Je te tuerai à petit feu ! rugit-elle. J'arracherai la chair de tes os, lambeau après lambeau. Lucius !

Le lieutenant de Lilith se libérait à peine d'une prise que lui avait infligée Cian. Ils étaient tous deux couverts de sang, et leurs yeux luisaient comme des braises.

— Cours, Davey ! Cours ! cria-t-il.

Davey hésita. L'espace d'un instant, Moïra crut voir le visage du petit garçon qu'il avait été sous le masque du démon qui avait pris sa place. On y lisait la peur, l'innocence, la stupéfaction.

Tournant les talons, il se mit à courir, mais ce ne fut pas pour s'enfuir. Prenant rapidement de la vitesse, il se jeta sur les deux combattants qui croisaient le fer de plus belle.

Moïra rengaina son épée et saisit son arc, mais il était trop tard. Déjà, Davey avait bondi sur le dos de Cian. Les crocs solidement plantés dans sa nuque, il le frappait avec ses poings. Si elle tirait maintenant, elle risquait de faire deux victimes avec une seule flèche.

D'une brusque ruade, Cian parvint à se libérer. Le garçon alla voler quelques pas plus loin. Assis sur le sol, les poings serrés sur ses yeux, il se mit à pleurer à gros sanglots en appelant sa mère.

De nouveau, Lilith cria :

— Lucius ! Le prince ! Il faut aider le prince !

Sa loyauté envers sa reine fut fatale au vampire. Il ne tourna la tête qu'une fraction de seconde, mais il n'en fallut pas plus à Cian pour la lui trancher d'un formidable coup d'épée.

Les yeux exorbités, Davey se releva maladroitement, le visage à présent tordu par la panique.

— Tire ! cria Cian à Moïra, tandis que l'enfant fuyait. Vise le cœur !

Le temps, de nouveau, parut se résumer aux yeux de Moïra à une série d'images figées. La silhouette gracile d'un enfant courant de toute la force de ses jambes. Lilith, dressée entre lui et elle, les traits déformés par l'horreur, les bras écartés en un geste de défense ou de supplique.

Leurs regards se croisèrent. Moïra refoula les larmes qui lui montaient aux yeux, fit taire les protestations de son cœur et laissa la flèche s'envoler.

Le cri que poussa Lilith quand la flèche lui traversa le corps parut étrangement humain à Moïra. Il se prolongea et se fit hurlement lorsqu'elle se retourna pour regarder la flèche poursuivre sa course meurtrière. La pointe acérée se ficha en plein cœur de celui qui avait été un petit garçon s'amusant dans les vagues avec son père.

Pour Moïra, le temps reprit son cours. Elle se retrouva seule avec Cian, l'arc encore vibrant au bout de son bras, au bord d'une vallée qui réclamait plus de sang encore.

Cian se pencha pour ramasser les armes éparses.

— Les soldats de Lilith doivent être déjà en route, dit-il. Il nous faut partir.

— Elle l'aimait... murmura Moïra. Elle aimait cet enfant.

— Les humains n'ont pas le privilège de l'amour. Partons.

L'esprit embrumé, Moïra tenta de se concentrer sur lui.

— Tu es blessé...

— Et je n'ai pas l'intention d'abreuver ce sol d'une goutte de sang supplémentaire. Partons !

Moïra acquiesça d'un vague hochement de tête, avant de se diriger d'un pas d'automate vers le dragon.

— Elle l'aimait, répéta-t-elle tandis que Cian montait en selle derrière elle. Elle l'avait tué, mais elle l'aimait.

Cette fois, Cian se garda bien de répondre. Durant tout le voyage du retour, ils n'échangèrent pas une parole.

Glenna prit les choses en main dès qu'ils eurent franchi le seuil de la base. D'une main ferme, elle les guida vers l'arrière-cuisine qui servait d'infirmerie.

— Je ne suis pas blessée, expliqua Moïra en s'asseyant pesamment sur une chaise. Ce n'est pas moi qui me suis battue, mais lui.

— Repose-toi quand même, insista son amie, dont les doigts s'activaient sur les boutons de la chemise de Cian. Retire-moi ça, beau brun, que je puisse constater les dégâts.

— Quelques entailles, une morsure, maugréa Cian. Il était doué à l'épée, et rapide sur ses jambes.

— Mais apparemment, commenta Blair en lui tendant un gobelet de whisky, tu l'étais plus que lui. C'est une vilaine morsure que tu as sur la nuque, dis-moi...

Moïra secoua la tête pour refuser le whisky que Blair lui proposait.

— C'est l'enfant qui a fait ça, dit-elle sans laisser à Cian le temps de réagir. Le fils de Lilith, Davey. Il s'est précipité sur nous, monté sur un poney, armé d'une épée à peine plus grande qu'un jouet.

— Ce n'était pas un enfant, rectifia Cian sèchement.

Moïra ferma les yeux, en un effort manifeste pour garder son calme.

— Je sais parfaitement ce qu'il était !

— C'est un gamin qui a fait tout ça ? s'étonna Blair, les yeux ronds.

— Certainement pas ! répliqua Cian en dardant sur elle un regard noir. Pour qui me prends-tu ? C'est Lucius, le soldat que Lilith a dû envoyer pour récupérer son fils qui a fait tout ça – morsure exceptée.

— Comment vais-je traiter ça ? s'inquiéta Glenna. Quel est le traitement, pour une morsure de vampire sur un vampire ?

— Le même que pour toutes les autres blessures. Tu peux ranger ton flacon d'eau bénite... Elle cicatrisera toute seule.

Hoyt, qui n'avait fait jusqu'alors qu'observer la scène, s'avança et prit la parole.

— Tu peux nous expliquer ce que vous fabriquiez là-bas ?

— Ce que nous avions à y faire, répondit simplement son frère. Et la bonne nouvelle de la nuit, c'est que l'influence que ce lieu a sur moi ne m'empêche pas de réduire d'autres vampires en poussière. Moïra ?

Cian attendit qu'elle rouvre les yeux pour poursuivre :

— Cela devait être fait. Il ne pouvait en être autrement. Davey n'était pas moins notre ennemi que Lilith du fait de sa taille.

— Je sais ce qu'il était, répéta-t-elle posément. Je sais aussi qu'il nous aurait sans hésiter tués tous les deux si nous l'avions laissé faire. Pourtant, j'ai entraperçu fugitivement le petit garçon qu'il avait été derrière le masque du démon. J'ai vu le visage de Lilith, et c'était celui d'une mère terrifiée face au danger qui menaçait son enfant. Je lui ai tiré dessus alors qu'il s'enfuyait en appelant sa mère. Quoi qu'il puisse m'arriver maintenant, je sais que cela ne sera pas pire que cela. Tout comme je sais que je peux vivre avec.

Moïra poussa un profond soupir et conclut :

— Je crois que je vais avoir l'usage de ce whisky, tout compte fait. Je vais l'emporter avec moi, si ça ne vous dérange pas. Je suis fatiguée.

Cian attendit qu'elle ait quitté la pièce pour reprendre la parole.

— Lilith doit être folle de rage. Elle risque de vouloir s'en prendre à Moïra. Elle ne le pourra pas physiquement ici, mais elle a prouvé qu'elle était douée pour s'introduire dans les rêves.

— Je vais m'en occuper, déclara Hoyt. Des protections de ce genre ont déjà été prises, mais je vais m'assurer qu'elles sont suffisantes.

— Elle ne voudra pas que je la console, murmura Larkin d'un air désolé.

Il lança un regard entendu à Cian et ajouta :

— Et tu n'aurais pas plus de succès que moi. Elle a besoin de se rouler en boule et de pleurer tranquillement pour digérer ça. Ensuite, comme elle l'a dit, elle pourra vivre avec.

Saisissant un tabouret, il vint s'asseoir face à Cian, que Glenna continuait à soigner.

— Tu as dit que le soldat de Lilith s'appelait Lucius ?

— Exact. Tu le connais ?

— C'est celui contre qui je me suis battu, sous la forme d'un loup, quand je me suis introduit dans leur base en Irlande. Tu viens d'éliminer un des principaux lieutenants de Lilith. Les temps sont durs, pour Lilith, grâce à Moïra et toi.

Cian grimaça.

— Elle risque de vouloir nous le faire payer plus durement encore.

Blair haussa les épaules.

— Laisse-la essayer...

La douleur de Lilith était telle qu'elle serait venue réclamer vengeance sur-le-champ, si cela n'avait tenu qu'à elle. Il fallut la force de six gardes, combinée à la magie de Midir, pour la retenir lorsque Lora lui administra un puissant somnifère dissous dans une coupe de sang.

— Vous me le paierez ! éructait-elle. Enlevez vos sales pattes de moi avant que je ne les coupe pour les jeter aux loups !

— C'est pour votre bien, assura Lora en faisant couler un peu plus de sang dans la gorge de Lilith. Vous ne pouvez pas les attaquer cette nuit. Tout ce pour quoi vous avez travaillé si dur, tout ce que vous avez préparé durant des siècles serait perdu.

— Tout est déjà perdu ! Elle a transpercé mon Davey d'une flèche...

Lilith tourna un visage écumant de rage vers une des mains qui la tenaient et la mordit cruellement. Ses propres cris se mêlèrent à ceux du blessé.

— Si vous osez la lâcher, prévint Lora d'une voix menaçante, c'est plus qu'une main que vous y laisserez !

Des larmes de sang coulaient sur les joues de Lilith.

— Ce n'est pas possible... gémit-elle. Ce doit être un cauchemar. Il ne peut être parti...

— Voilà, ma chérie... Voilà...

Lora fit signe aux autres de s'éclipser et la prit dans ses bras. Sans la lâcher, elle se laissa glisser sur le sol et la berça contre elle.

— Il était mon trésor, sanglotait Lilith. Mon précieux petit trésor...

— Je sais, ma douce... Il était le mien également.

— Je veux qu'on retrouve ce maudit poney ! Et je veux qu'on l'écartèle !

— Ce sera fait, mon amour. Vous vous faites du mal. Essayez de vous calmer un peu, à présent.

— C'est tellement injuste ! Il voulait simplement jouer.

En quête de réconfort, elle nicha sa joue contre l'épaule de Lora et ajouta entre deux hoquets :

— Dans quelques jours, j'aurais pu tout lui donner. Tout ce qu'il aurait voulu, et plus encore. Et maintenant... Je l'écorcherai vive, cette usurpatrice ! J'emplirai de son sang une baignoire d'argent et je me baignerai dedans !

— Nous le ferons ensemble. Et nous nous régalerons du sang de ce traître qui nous a pris Lucius.

— Lucius... Lucius !

Des larmes fraîches coulèrent en abondance sur les joues de Lilith.

— Il a sacrifié son éternité pour tenter de sauver notre Davey, reprit-elle. Nous lui ferons élever une statue. Nous leur ferons élever une statue à tous les deux. Avec les os moulus de ces maudits humains !

— Je suis sûre que l'idée leur aurait plu. Venez vous coucher, maintenant. Vous avez besoin de vous reposer.

— Je me sens si faible, si fatiguée...

Même avec l'aide de Lora, Lilith parvint difficilement à se remettre sur pied.

— Fais exécuter et vider de leur sang tous les humains qui nous restent en stock ! ordonna-t-elle dans un dernier sursaut d'énergie. Non ! Fais-les d'abord torturer le plus lentement possible... Je veux que leurs cris bercent mon sommeil.

Moïra ne fit pas le moindre rêve.

Au réveil, elle eut l'impression d'avoir dérivé dans un vide bienfaisant et réparateur, qu'aucun visage de démon aux faux airs d'ange n'était venu troubler. Confusément, elle songea qu'il lui faudrait en remercier Hoyt.

À présent, elle avait du pain sur la planche. Bientôt, le temps qu'il leur resterait se compterait en heures. Et pendant que la reine des vampires remâchait son chagrin, la reine de Geall se devait de ne pas relâcher son effort.

Longuement, elle s'étira, avant de s'asseoir dans son lit et de découvrir Cian assis dans un fauteuil près du feu mourant.

— Il ne fait pas encore jour, protesta-t-il sans se tourner vers elle. Tu as besoin de dormir encore.

— J'ai dormi suffisamment. Depuis combien de temps veilles-tu sur mon sommeil ?

— Je ne sais pas.

Cian n'avait pas prêté attention au temps, mais il avait compté chacun de ses battements de cœur, tandis qu'elle dormait d'un sommeil de plomb.

— Tes blessures ? reprit Moïra.

— En voie de cicatrisation.

— Elles auraient pu être moins graves, si je n'avais pas été aussi faible.

— Je t'avais demandé de partir. Tu ne me fais donc pas confiance ? Tu ne me crois pas capable de me débrouiller seul face à deux vampires ? Surtout quand l'un d'eux est deux fois plus petit que moi ?

Moïra prit appui contre la tête de lit et sourit.

— Habile, de ta part, de détourner la conversation en la plaçant sur le terrain de la confiance... Ce n'est pas ton habileté au combat qui est en cause. C'est mon manque de détermination.

— Si tu avais fait preuve de moins de détermination et de davantage de bon sens, tu serais partie quand je te l'ai demandé.

— Jamais je ne t'aurais laissé seul avec eux. Ne serait-ce que parce que je t'aime, si ce n'est pour autre chose ! J'aurais dû l'achever tout de suite, à l'épée, quand j'en avais l'occasion. Au lieu de cela, j'ai tergiversé et j'ai essayé de le faire fuir, pour ne pas avoir à en arriver là. Ce moment de faiblesse aurait pu nous être fatal. Tu peux me croire quand je te dis que je n'ai plus une once de cette faiblesse en moi.

— Et la culpabilité qui l'accompagne ?

— Cela pourrait prendre plus longtemps. Peu importe. Il nous reste deux jours – seulement deux jours...

Lentement, Moïra tourna la tête vers la fenêtre.

— Tout est si calme avant l'aube, murmura-t-elle. Elle avait pris la vie de ce garçon, et elle était parvenue à aimer ce qu'elle avait fait de lui.

— Oui. Cela ne fait pas moins d'eux des monstres.

— Plus que deux jours, répéta-t-elle d'une voix presque inaudible.

À cette idée, elle avait l'impression qu'une part d'elle-même était déjà morte.

— Si nous gagnons, tu partiras, reprit-elle. Et si nous ne gagnons pas, tu partiras aussi. Je ne te reverrai plus jamais, je ne te toucherai plus, je ne te trouverai plus en train de veiller sur mon sommeil à mon réveil.

— Je partirai, confirma-t-il simplement.

— Veux-tu venir, maintenant, me serrer contre toi, avant que ce nouveau jour commence ?

Cian se leva et la rejoignit. Assis sur le lit à côté d'elle, il l'attira doucement dans ses bras, de manière que sa tête repose sur son épaule.

— Dis-moi que tu m'aimes ! supplia-t-elle.

— Comme je n'ai jamais aimé personne d'autre !

Elle lui offrit ses lèvres, et Cian s'en empara.

— Caresse-moi ! demanda-t-elle. Goûte-moi !

D'une brusque détente, elle s'allongea sur lui, le corps tremblant, la bouche gourmande.

— Fais-moi l'amour !

Lui laissait-elle le choix ? Elle le prenait d'assaut, portait son désir à ébullition. Offerte autant qu'exigeante, elle passa une main derrière sa nuque et rapprocha sa bouche de son sein.

— Fais-moi l'amour ! répéta-t-elle d'une voix plaintive. Tant qu'il en est encore temps…

De ses mains tremblantes, elle entreprit de le dépouiller de ses vêtements. Ses lèvres étaient brûlantes. Son souffle, précipité. Du bout des dents, elle lui mordillait la bouche, la mâchoire.

Moïra se sentait plus vivante qu'elle ne l'avait jamais été. Tout en elle vibrait, se soulevait, s'insurgeait. Pourquoi devait-elle renoncer à l'amour, au plaisir ? Si elle était destinée à mourir au cours de la bataille, elle accepterait son sort. Mais dans le cas contraire, comment pourrait-elle vivre, jour après jour, nuit après nuit, avec le cœur en lambeaux ?

Mue par un besoin désespéré de le sentir en elle, Moïra le chevaucha, s'empala sur lui, fit rouler ses hanches, dans un combat sans merci pour ressentir, prendre, apprendre toujours plus. Ses yeux brillants, emplis d'une étincelle de folie, restaient rivés à ceux de Cian. Elle se pencha, et ses longs cheveux tombèrent sur son visage, l'emprisonnant dans leur texture et leur odeur.

— Aime-moi ! supplia-t-elle.

Les doigts de Cian s'enfoncèrent dans la chair tendre de ses hanches tandis qu'elle le conduisait sans merci vers les sommets de la jouissance.

— Goûte-moi ! Prends-moi !

Avec un petit cri étranglé, elle attira la tête de Cian à elle, de façon que ses lèvres se posent contre son cou, à l'endroit où, sous la chair, palpitait son pouls.

— Change-moi !

Cian ne pouvait plus contenir le flot du plaisir. Éperdu, il le sentit sourdre de lui, turbulent et irrésistible, et se déverser en Moïra, dont le corps se cabrait et exultait au-dessus du sien.

— Change-moi ! supplia-t-elle de nouveau, sans relâcher la pression qui maintenait les lèvres de Cian au contact de sa peau. Fais de moi ce que tu es ! Donne-moi l'éternité avec toi !

Le corps convulsé par le dégoût, Cian se dégagea de son emprise en la repoussant sur le lit, si fort qu'elle faillit tomber sur le sol.

— Arrête ! cria-t-il. Comment oses-tu me manipuler ainsi et utiliser contre moi ce que je suis ?

— Je ferais n'importe quoi ! lança-t-elle dans un souffle, des larmes dans la voix. N'importe quoi pour rester près de toi. Pourquoi faut-il que nous devions si vite nous dire adieu ? Deux jours... Plus que deux jours ! Ce n'est pas suffisant. Je veux plus !

— Ce n'est pas possible.

— Cela pourrait l'être ! Lilith aimait ce garçon qu'elle avait transformé en vampire. Je l'ai vu ! Tu m'aimes autant que je t'aime. Cela ne changerait pas si tu acceptais de...

— Arrête ! répéta-t-il sèchement. Tu ne sais pas ce que tu me demandes.

— Je sais tout ce qu'il faut savoir.

Pour éviter qu'il ne quitte le lit, elle prit ses mains dans les siennes et plaida sa cause d'un ton passionné.

— J'ai tout lu, tout appris, tout compris sur le sujet... Pourquoi devrions-nous accepter de nous tourner le dos et de poursuivre nos existences l'un sans l'autre ? Pourquoi devrais-je accepter la mort au combat mais pas celle que tu pourrais me donner ? D'ailleurs, ce ne serait pas vraiment la mort, puisque tu me permettrais de revivre.

Cian libéra ses mains et réprima un soupir. Avec, au fond des yeux, une tendresse qui parut insupportable à Moïra, il lui caressa la joue.

— Jamais ! répondit-il d'un ton sans réplique. Rien au monde ne pourra jamais me décider à faire ça.

— Si tu m'aimais vraiment...

— Si je t'aimais moins, je ferais exactement ce que tu me demandes, répliqua Cian.

Il se leva et marcha jusqu'à la fenêtre. L'aube était là, mais il n'y avait nul besoin de fermer les rideaux. Le jour s'était levé sur un ciel d'un gris de plomb.

— Il m'est arrivé de m'attacher à une femme, reprit-il. Il y a très longtemps de cela. Elle m'aimait, elle aussi. Du moins, elle aimait ce qu'elle croyait que j'étais. Je lui ai fait le don parce que je ne supportais pas l'idée de devoir un jour lui dire adieu.

Il se tourna pour regarder Moïra. Agenouillée sur le lit, elle pleurait silencieusement.

— Elle était belle, amusante, brillante, poursuivit-il. Je me disais que nous serions l'un pour l'autre des compagnons divertissants. Et c'est ce que nous avons été durant une petite décennie. Jusqu'à ce qu'elle croise la route d'une torche adroitement lancée.

— Ce ne serait pas ainsi, entre nous.

— Elle tuait deux fois plus que moi, poursuivit-il sans tenir compte de son commentaire. De préférence des enfants. Elle restait toujours aussi belle, amusante, brillante. Mais, devenue vampire, elle utilisait ses qualités pour piéger ses proies de prédilection.

— Je ne pourrais jamais...

— Tu le pourrais. Et tu le ferais très certainement. Je ne veux pas transformer en monstre l'unique lumière qui ait jamais illuminé mon existence.

— Je ne vois pas un monstre, quand je te regarde.

— J'en serais un, de nouveau, si je faisais ce que tu me demandes. Tu ne serais pas la seule à changer, Moïra. Tu veux que je me damne une deuxième fois ?

Moïra pressa les mains sur ses yeux.

— Non... Non.

Puis, découvrant ses yeux, elle ajouta avec espoir :

— Alors, reste ici... Mieux encore : emmène-moi avec toi. Une fois que Geall sera sauvé, je pourrai abdiquer, laisser le royaume aux mains de mon oncle.

— Pour quoi faire ? objecta-t-il tristement. Pour vivre dans les ténèbres avec moi ? Je ne peux concevoir d'enfant. Je ne peux rien te donner qui ressemble à la vraie vie. Dans dix ans, dans vingt ans, que ressentiras-tu quand tu te verras vieillir, quand tu observeras dans ton miroir ce que tu ne verras jamais sur mon visage ? Nous avons déjà volé ces quelques semaines au destin. Il va falloir t'en contenter.

— Le peux-tu, toi ?

— Elles représentent beaucoup plus pour moi que tout ce que j'ai jamais eu. Beaucoup plus que tout ce que j'aurais pu espérer. Je ne peux être un homme, Moïra. Pas même par amour pour toi. Mais je peux ressentir la souffrance. Comme celle que tu m'infliges en ce moment.

Moïra baissa la tête d'un air découragé.

— Je suis désolée, murmura-t-elle. Vraiment. Je me sens complètement déboussolée. Je n'avais pas le droit de te demander ça, je le sais. Je l'ai su avant même de le faire. J'ai su que c'était mal et égoïste de ma part. Mais je n'ai pas pu m'en empêcher.

Elle redressa la tête et ajouta en cherchant son regard :

— Je sais également que je me suis montrée faible, alors que je venais de promettre de ne plus jamais l'être. Je sais que je t'ai demandé l'impossible. Ce que je ne sais pas, c'est si tu pourras me pardonner.

Cian revint s'asseoir près d'elle.

— La femme à qui j'ai fait partager mon sort... dit-il en la fixant au fond des yeux. Elle ignorait ce que j'étais quand je l'ai changé. Si elle l'avait su, elle se serait enfuie en courant. Toi, tu sais qui je suis. Et tu m'as demandé cela en toute connaissance de cause, parce que tu es humaine avant tout. Je n'ai pas à te demander pardon de ce que je suis. Pas plus que tu n'as à me demander pardon de ce que tu es.

19

Pendant une bonne partie de la journée, Moïra travailla en compagnie de Glenna à former, durcir et ensorceler les bombes incendiaires. Toutes les heures, on venait chercher le fruit de leur travail pour l'entreposer en lieu sûr. Au terme de la quatrième heure, Moïra se surprit à soupirer.

— Je n'aurais jamais imaginé dire une chose pareille, mais la magie peut être ennuyeuse.

Distraitement, Glenna s'essuya le front d'un revers de main et répondit :

— Hoyt te dirait que ce que nous faisons ressemble plus à de la science qu'à de la magie. Mais il est vrai que les deux peuvent être ennuyeuses comme la pluie. Sache tout de même que ton coup de main nous est utile. Hoyt est coincé pour la journée avec Cian. Ils dissèquent les cartes et discutent stratégie.

— Ce qui ne doit guère être plus passionnant.

Comme elle l'avait déjà fait de nombreuses fois, Glenna remonta le long de la ligne de boules de terre qu'elles venaient d'achever, les mains étendues devant elle, en psalmodiant une incantation.

De là où elle se trouvait, Moïra constatait que l'usage intensif de ses pouvoirs commençait à épuiser son amie. Les ombres qui soulignaient ses yeux s'agrandissaient d'heure en heure. Et chaque fois que le rouge dû à la trop grande chaleur s'estompait de ses joues, sa peau paraissait plus pâle, plus terne.

— Tu devrais t'arrêter, conseilla Moïra quand elle eut terminé. Aller prendre l'air. Manger un morceau.

— Je veux en terminer avec cette fournée d'abord, mais je vais suivre ton conseil et aller respirer un peu. Ça pue le soufre, ici !

D'un pas chancelant, Glenna marcha jusqu'à la fenêtre et se pencha pour inspirer longuement.

— Oh, quel beau spectacle ! s'exclama-t-elle en examinant le ciel. Viens voir ça, Moïra. Les dragons donnent une représentation au-dessus du village de tentes.

Moïra la rejoignit et admira avec elle les dragons qui caracolaient en plein ciel, la plupart montés par des cavaliers qui leur apprenaient à manœuvrer. Sur fond de ciel voilé, leurs couleurs vives n'en paraissaient que plus éclatantes.

— Je parie que tu aimerais avoir le temps de les peindre, lança-t-elle.

— Tu serais surprise, répondit Glenna avec un sourire. J'ai passé les dix dernières années à représenter en images tout ce que j'ai vu depuis que les dieux ont décidé de bouleverser ma vie…

— Tu vas tellement me manquer, quand tout sera fini et que tu seras rentrée chez toi.

Glenna passa un bras autour de ses épaules et déposa un baiser sur ses cheveux.

— Si cela nous est possible, dit-elle, nous reviendrons te rendre visite. Nous avons la clé, nous avons le portail, et si ce que nous nous apprêtons à faire ne nous gagne pas la faveur des dieux, alors rien ne le pourra !

— Tu sais, si horribles qu'aient pu être ces derniers mois, de bien des façons, ils m'ont énormément apporté. Toi, Hoyt, Blair…

— Cian.

Moïra acquiesça d'un hochement de tête et prit soin de ne pas quitter les dragons des yeux lorsqu'elle ajouta :

— Lui ne reviendra pas me rendre visite, avec ou sans la bénédiction des dieux.

— Tu en es sûre ? s'enquit prudemment Glenna.

— Certaine. Il me l'a dit. Même si cela lui était possible, il ne reviendrait pas.

Chaque jour sans lui, songea Moïra, et même chaque heure, serait pour elle comme une petite mort.

— Je le savais dès le départ, ajouta-t-elle aussitôt. Et il ne suffit pas de refouler une vérité déplaisante pour la faire disparaître. C'est ce que Morrigan cherchait à m'enseigner en me parlant du temps de la connaissance, en me disant d'utiliser ma tête et mon cœur de concert. Or, tous deux savent que Cian et moi ne pouvons rester ensemble. Et quand bien même nous forcerions le destin, cela finirait par nous séparer de telle façon que nous ne pourrions y survivre ni l'un ni l'autre. J'ai essayé de nier cette vérité. Je me suis abaissée à mes propres yeux. Et j'ai blessé Cian.

— Qu'as-tu fait ?

Avant que Moïra ait eu le temps de répondre, Blair les rejoignit.

— Qu'est-ce qui se passe, ici ? Des messes basses entre filles ? Quel est le sujet ? Mode, nourriture ou mecs ?

En découvrant le visage de ses amies lorsqu'elles se tournèrent vers elle, Blair hocha la tête et maugréa :

— Je vois : mecs. Désolée, je n'ai pas de chocolat à faire tourner, les filles. Alors, je vais vous laisser entre vous. Je venais juste vous annoncer que les dernières troupes sont en vue. Le détachement sera là d'ici une heure.

— Voilà qui fait plaisir à entendre, répondit Moïra. Mais si tu veux, tu peux rester. Après tout, ce que je m'apprêtais à confesser te concerne autant que Glenna.

Blair se rembrunit et fronça les sourcils.

— Je n'aime pas trop ce ton sérieux, Moïra... Qu'as-tu à nous dire ? Tu as finalement opté pour le côté obscur de la force et décidé de passer dans le camp de Lilith ?

— Tu n'es pas si loin de la vérité. J'ai demandé à Cian de me transformer en vampire.

La tête penchée sur le côté, Blair fit mine d'examiner son cou.

— Je ne vois pourtant pas de morsure.

— Vous n'êtes pas surprises ? s'étonna Moïra. Ni même en colère ?

— À ta place, répondit Glenna, je pense que j'aurais fait la même chose. Si nous survivons à *Samhain*, Blair et moi, nous repartirons d'ici au bras de notre homme. Toi, tu ne le pourras pas. Comment veux-tu que nous te reprochions de tenter d'échapper à cette fatalité ?

— Je ne sais pas. Je suppose que ce serait plus facile, si vous m'en vouliez. J'ai utilisé les sentiments que Cian me porte comme des armes contre lui. Je lui ai demandé, je l'ai même supplié, d'exaucer mon vœu alors que nous étions en train de... Enfin, vous voyez.

— Bien tenté, commenta Blair avec un hochement de tête approbateur. Si j'avais dû m'y coller, c'est la méthode que j'aurais choisie. L'essentiel est qu'il t'ait envoyée sur les roses, ce qui prouve bien ses sentiments à ton égard. Moi, à ta place, je serais soulagée de savoir qu'il sera lui aussi malheureux comme les pierres lorsqu'il lui faudra partir.

Moïra laissa échapper un petit rire incrédule.

— Rassure-moi, protesta-t-elle faiblement. Tu ne peux pas penser sincèrement ce que tu viens de dire, n'est-ce pas ?

— Je l'ai dit pour détendre un peu l'atmosphère, mais si l'on y réfléchit bien... Je n'en sais rien.

— Pour faire de l'humour noir, moi aussi, je pourrais dire que j'aurai peut-être la chance d'y rester. Comme ça, il serait le seul à être malheureux comme les pierres !

— Positiver, approuva Blair. Tel est le secret.

À la place du chocolat qu'elle n'avait pas, elle la prit dans ses bras et lui donna une chaleureuse accolade.

Mais par-dessus l'épaule de Moïra, elle échangea avec Glenna un regard soucieux.

Moïra savait qu'il était important qu'elle accueille en personne les dernières troupes arrivées sur place, et qu'elle se montre autant que possible au cours des ultimes heures précédant la bataille.

Aussi marcha-t-elle longuement entre les tentes tandis que tombait le crépuscule. Vêtue en guerrière, sa cape retenue par une simple broche en forme de *claddaugh*, l'Épée des rois pendue à son côté, elle fit de son mieux pour galvaniser le courage des hommes et des femmes qui se pressaient sur son passage.

La nuit était tombée depuis longtemps lorsqu'elle revint à la maison, où les autres membres du Cercle l'attendaient pour une dernière réunion.

À son entrée dans la pièce, elle les trouva tous autour de la grande table, à l'exception de Larkin. Assis devant la cheminée, il paraissait bouder. C'est ainsi qu'elle comprit qu'il devait y avoir du nouveau. Encore une fois.

Tout en dégrafant sa cape, elle scruta les visages de ceux qu'elle avait appris, en seulement quelques semaines, à si bien connaître.

— Quel plan êtes-vous en train de concocter, demanda-t-elle, qui puisse mécontenter Larkin à ce point ?

— Hoyt et moi avons trouvé quelque chose, répondit Glenna en la regardant s'asseoir. Si ça fonctionne, c'est la victoire assurée.

En l'écoutant lui faire part de cette fameuse idée, Moïra sentit son appréhension se transformer en crainte. Il y avait dans ce nouveau plan tant d'impondérables, et il présentait tant de risques... surtout pour Cian.

Mais lorsqu'elle croisa son regard, elle comprit qu'en ce qui le concernait, sa décision était déjà prise.

— Cela repose beaucoup sur toi... commença-t-elle.

— Cela repose sur nous tous, coupa-t-il. En nous lançant dans cette aventure, nous savions tous à quoi nous attendre.

— Aucun d'entre nous ne devrait se mettre plus en danger que les autres ! lança Larkin. Nous ne pouvons lui faire courir ce risque sans...

— Insinuerais-tu que je prends à la légère la sécurité de mon frère ? intervint Hoyt avec indignation. Ce n'est pas de gaieté de cœur que je propose cela. J'ai déjà cru le perdre une fois !

Cian laissa fuser un rire caustique et s'empara du pichet de bière sur la table pour remplir sa chope.

— Je ne sens pas en vous une confiance débordante en mes capacités de survie. Apparemment, à vos yeux, neuf siècles d'ancienneté ne font pas la différence.

— Oh que si ! s'exclama Blair. C'est risqué, mais si ça marche, c'est la victoire par K.-O. assurée !

Après avoir trinqué avec Cian, elle conclut :

— Je vote pour !

— La stratégie n'est pas mon fort, commença Moïra d'un ton hésitant, et je suis novice en matière de magie.

Se tournant vers Hoyt, elle demanda timidement :

— Tu es sûr que vous pouvez faire ça ?

Hoyt saisit sur la table la main de sa femme avant de lui répondre.

— Je crois que c'est faisable.

— Ce qui nous a donné l'idée, précisa Glenna, c'est une remarque que tu as faite quand nous étions encore au château. Ce sera une magie d'autant plus puissante qu'elle utilisera les symboles de Geall. Et bien que scellée dans le sang, je crois pouvoir dire qu'elle sera pure.

Le front plissé de rides d'inquiétude, Moïra s'adressa à Cian pour suggérer :

— Et si tu restais un peu en retrait ? Un signal suffirait, une fois que toutes les étapes auraient été franchies, pour...

Il secoua la tête.

— Verser le sang de Lilith sur ce champ de bataille est essentiel. Et Lilith est à moi. Que je doive y survivre ou pas, c'est moi qui mettrai un terme à son existence. En mémoire de King.

Pour King, songea Moïra, mais également pour lui. Cian avait eu lui aussi sa part d'innocence, autrefois. Comme King, il avait été une victime, et sa vie lui avait été volée. Lilith s'était gorgée de son sang et lui avait fait boire le sien. Mais aujourd'hui, ce qu'ils avaient partagé pouvait se révéler essentiel pour l'avenir de l'humanité.

Résignée, Moïra se leva et alla rejoindre Larkin devant l'âtre.

— La décision est d'ores et déjà prise, constata-t-elle. Vous êtes quatre à être pour, et si Larkin et moi nous y opposions, cela ne ferait que briser notre unité.

Elle prit les mains de son cousin dans les siennes et ajouta :

— Tu dois t'y résoudre. C'est la meilleure solution.

— C'est bon, maugréa-t-il en hochant la tête. Nous sommes tous d'accord, puisqu'il le faut.

— Voyons encore une fois tout cela en détail, suggéra Moïra en revenant s'asseoir à table. Les chefs d'escadrilles devront avoir reçu des instructions précises...

En écoutant attentivement les explications qui lui étaient fournies, elle comprit que ce plan avait la rigueur d'une danse mortelle, la brutalité d'un sacrifice à l'épée orchestré dans la magie et dans le sang.

— Premiers préparatifs dès l'aube ! lança-t-elle lorsque tous les aspects du problème eurent été étudiés.

Elle se leva pour leur servir à chacun une petite tasse de whisky et conclut :

— Ensuite, nous n'aurons plus qu'à jouer chacun notre partie. Et si les dieux le veulent, nous mettrons un point final à cette histoire. Avec d'autant plus de panache que les emblèmes de Geall auront joué un rôle essentiel dans notre victoire. Je bois donc à la défaite de nos ennemis. Qu'ils aillent rôtir en enfer !

Une fois le toast porté, Moïra alla chercher la vielle qu'elle avait apportée et la tendit à Cian.

— Tu veux bien jouer pour nous ? lui demanda-t-elle. J'espère que Lilith t'entendra et qu'elle s'en étranglera de rage !

— Tu sais jouer ? s'étonna Hoyt. Tu ne jouais d'aucun instrument quand...

— Je ne savais pas non plus parler le mandarin, répliqua Cian sans le laisser finir sa phrase. Les choses évoluent, avec le temps.

— Quel est cet instrument ? demanda Blair. On dirait un violon mal dégrossi.

— Pas mal vu. C'est en fait un de ses ancêtres.

Cian se mit à jouer. D'abord mal à l'aise de devoir passer abruptement des préparatifs guerriers à la musique, il se laissa peu à peu envoûter par les notes lancinantes qu'il faisait naître.

— C'est magnifique… murmura Glenna. Un peu triste, mais magnifique.

Sous le coup d'une subite inspiration, elle se saisit de son carnet à dessin, sur lequel elle entreprit de représenter à grands traits de fusain le portrait du musicien.

Dans le village de tentes, à l'extérieur, des harpes et des flûtes commencèrent à résonner, se mêlant en douceur à la musique de Cian. Moïra était subjuguée. Chaque note était comme une larme qui se posait sur son cœur.

— Tu as un don pour faire chanter cette vielle, commenta Larkin dès que Cian cessa de jouer. Et tu sais ce qu'est la musique, c'est certain. Mais que dirais-tu d'un morceau un peu plus enjoué ? Quelque chose de dansant, comme ça…

Portant son pipeau à ses lèvres, Larkin en tira quelques notes joyeuses, qui chassèrent instantanément la mélancolie laissée dans les cœurs par la prestation de Cian. D'autres musiciens, à l'extérieur, y firent écho. Fifres et tambours retentirent tandis que Cian reprenait sa vielle et se mettait au diapason.

Avec un cri d'approbation, Larkin bondit sur ses pieds et passa son pipeau à Blair.

— Allons-y ! lança-t-il en entraînant Moïra par la main. Montrons-leur comment dansent les Gealliens !

Avec un grand éclat de rire, Moïra entra sans difficulté dans ce que Cian reconnut comme une gigue d'inspiration irlandaise. Penché sur sa vielle, le visage illuminé par les flammes de l'âtre, il se surprit à sourire de l'impétuosité et de la résistance des humains.

— Nous n'allons pas les laisser nous donner une leçon sans réagir ! s'exclama Hoyt en tirant sa femme par le bras.

— Je ne sais pas danser ça ! protesta-t-elle en riant.

— Bien sûr que si, tu sais ! Tu n'auras qu'à me suivre.

Les pieds bottés percutaient le parquet avec entrain. Par la porte entrouverte, la musique, la danse, les rires, la joie de l'instant se déversaient dans la nuit. Tout en jouant, Cian songea qu'il n'y avait rien de plus humain, dans les circonstances les plus extrêmes, que cette envie de saisir jusqu'au bout toutes les occasions de bonheur que la vie avait à offrir.

Son frère, ce puissant sorcier soucieux de sa dignité, se déhanchait sans complexe face à son épouse rousse si sexy, qui imitait avec maladresse les pas de la danse. L'implacable chasseuse de vampire mêlait aux siens des bribes de hip-hop pour faire rire son changeforme d'amoureux. Et la loyale et grave reine de Geall, qui portait le poids de cette guerre sur les épaules, avait les joues roses de plaisir.

Peut-être mourraient-ils tous le lendemain. Mais pour l'heure, ils dansaient avec tant d'entrain que les dieux eux-mêmes n'auraient pu résister au désir de les imiter. En dépit de sa puissance, de son ancienneté et de sa soif de pouvoir, Lilith ne pourrait jamais les comprendre. Et la magie, la lumière qui brillaient en eux étaient bien de taille à faire se lever le jour en pleine nuit.

Pour la première fois depuis le début de cette croisade, Cian commençait à se dire que l'humanité pourrait bien triompher. Il y avait sur terre trop d'humains comme ces cinq-là, prêts à se battre, à verser leur sang et leur sueur sur un champ de bataille. Prêts à danser.

Hoyt fit une pause pour boire un peu de bière. Profitant de ce qu'il passait à proximité, Cian lui lança :

— Envoie-lui le message.

Son frère, sans prêter attention à ce qu'il disait, s'exclama :

— Ma Glenna danse comme une jouvencelle !

Puis, fronçant les sourcils, il reprit :

— Quoi ? Qu'est-ce que tu as dit ?

Cian redressa la tête. Il ne souriait plus, même si l'air qu'il continuait à jouer semblait aussi fantasque et gai qu'un ballon rouge agité par le vent.

— Fais en sorte que Lilith puisse entendre la musique, comme Moïra l'a suggéré.

— Tu as raison, approuva Hoyt en posant la main sur son épaule. Il serait dommage qu'elle n'en profite pas aussi.

À travers la main de son frère, Cian sentit un grand pouvoir se déverser en lui tandis qu'il jouait, jouait, jouait encore.

Dans le noir, Lilith regardait ses troupes s'entraîner une dernière fois avant la bataille finale. Aussi loin que portait son regard – et son regard portait très loin –, vampires et demi-vampires formaient les rangs d'une armée qu'elle avait passé des siècles à mettre sur pied.

Dès le lendemain, celle-ci déferlerait sur les humains comme la peste sur le monde, jusqu'à ce que la Vallée pétrifiée se transforme en lac de sang. Un lac, songea-t-elle avec jubilation, dans lequel elle noierait celle qui se prétendait reine, pour venger la mémoire de Davey.

Lora la rejoignit. Elles demeurèrent un long moment enlacées, à admirer le spectacle.

— Les éclaireurs sont de retour, annonça enfin son amante. Ils sont formels. Nous nous battrons à trois contre un. Et Midir est en route pour nous rejoindre, comme vous l'avez demandé.

— Quelle jolie vue on a d'ici… murmura Lilith d'un ton rêveur. Davey aurait aimé voir ça à nos côtés.

— Dès demain, il sera vengé.

— Sans aucun doute. Mais ce ne sera que le début de ma vengeance…

Elle entendit Midir gravir l'escalier menant à la terrasse où elles se tenaient et se retourna pour l'accueillir.

— Si tu échoues, prévint-elle sans préambule, je te déchirerai moi-même la gorge !

— Je n'échouerai pas.

— Demain, quand la bataille commencera, tu seras aux premières loges. Je veux que tu te tiennes sur les hauteurs de la Vallée, à l'ouest, où tout le monde pourra te voir.

— Majesté…

L'éclat glacial qui passa dans les yeux bleus de Lilith suffit à réduire le sorcier au silence.

— Tu t'imaginais que je te laisserais ici, dans ton antre ? fit-elle d'un ton railleur. Bien à l'abri sous ton bouclier magique ? Tu iras où je te l'ordonne, Midir. Et sur cette éminence, tu feras la démonstration de tes pouvoirs, pour intimider les troupes ennemies et encourager les nôtres. Fais en sorte que ta magie soit puissante, sinon tu en paieras le prix, pendant la bataille ou après.

D'un air attristé, le magicien secoua la tête.

— Je vous sers depuis des siècles, Majesté, et vous ne me faites toujours pas confiance ?

— Il ne peut y avoir de confiance entre nous, Midir. Rien que de l'intérêt bien compris. Sois rassuré, pourtant. Je préfère que tu restes en vie.

Un sourire cruel se dessina lentement sur les lèvres de Lilith avant qu'elle ne poursuive :

— J'aurai encore besoin de toi, après ma victoire. Il y a des enfants – beaucoup d'enfants – enfermés dans le château royal de Geall, protégés par une magie puissante. Je les veux tous sans exception. Parmi eux, je choisirai le nouveau prince. Les autres feront un festin délectable.

Lilith se retourna vers le spectacle offert par la parade de ses soldats.

— Tu te tiendras donc sur cette éminence, conclut-elle. Et tu feras planer l'ombre maléfique de tes pouvoirs sur la Vallée pétrifiée. De toute façon, tu n'as aucune inquiétude à avoir. Ne m'as-tu pas montré de nombreuses fois l'issue favorable de la bataille ?

— Je vous serais plus utile ici, Majesté. J'y serais plus...

— Silence !

Levant la main en l'air, Lilith pencha la tête sur le côté, comme à l'écoute d'une voix intérieure.

— Quel est ce bruit ? reprit-elle. Vous l'entendez ?

— On dirait de la musique, fit Lora, les sourcils froncés.

— C'est leur sorcier qui vous l'envoie, expliqua Midir.

Le nez levé, tel un limier flairant une piste, il ferma les yeux et poursuivit, les mains dressées devant lui :

— Ils dansent et ils s'amusent. Ils vous narguent.

— Fais cesser ce bruit insupportable ! ordonna Lilith. Je ne tolérerai pas que ces larves se moquent de moi à la veille de mon triomphe !

Mais Midir, rouvrant les yeux, baissa les bras et croisa les doigts contre les plis de sa robe.

— Je pourrais faire ce que vous me demandez, Majesté, mais ne serait-il pas plus judicieux d'ignorer leur pitoyable tentative pour vous atteindre ? Voyez comme vos troupes manœuvrent avec discipline, affûtent leurs armes, se préparent pour la bataille. Et que font vos ennemis de leurs dernières heures ?

En un geste dédaigneux, il fit claquer ses doigts, au bout desquels s'allumèrent des flammèches.

— Ils jouent comme des enfants, conclut-il, gaspillant le peu de temps qui leur reste avant d'être massacrés. Mais si vous le voulez vraiment, je...

— Inutile ! coupa-t-elle. Qu'ils dansent tout leur soûl. La mort dansera avec eux bien assez tôt. Retourne à ton antre et à ton chaudron. Et prépare-toi à prendre toute ta place dans la victoire. Sinon, c'est avec ton sang que je la fêterai !

— À vos ordres, Majesté.

— Je me demande si Midir n'a pas essayé de se défiler, murmura Lora après le départ du magicien. Ne cherchait-il pas, tout simplement, à éviter de se mesurer à leur sorcier ?

— Aucune importance.

Lilith refusait de se laisser troubler par si peu alors qu'elle était sur le point d'atteindre le but qu'elle s'était fixé depuis si longtemps.

— Quand mon règne sera établi, conclut-elle, que j'aurai écrasé ces maudits humains et bu leurs enfants, Midir ne me sera plus utile, et nous lui dirons adieu.

— Sans compter, ajouta Lora, qu'il pourrait lui venir la mauvaise idée de retourner ses pouvoirs contre vous. Que comptez-vous faire de lui ?

— Un bon petit repas.

— Pourrai-je le partager ?

— Bien sûr...

De nouveau enlacées, elles reportèrent leur attention sur l'entraînement qui se poursuivait en contrebas. Mais la musique – cette satanée musique ! – avait gâché le plaisir que Lilith éprouvait à y assister.

La nuit était bien avancée lorsque Cian vint s'allonger près de Moïra. Pour ces dernières heures avant la bataille, leur cercle se retrouvait scindé en trois duos.

Il avait compris, en voyant les flammes des chandelles augmenter soudainement d'intensité, que Glenna et Hoyt étaient dans les bras l'un de l'autre. Tout comme il imaginait que Blair et Larkin devaient l'être également. Et tout comme il était venu se perdre dans ceux de Moïra.

— Il devait en être ainsi depuis toujours, assura Moïra tranquillement. Six pour former un cercle, chacun d'entre nous nouant avec l'un des autres un lien plus puissant. Pour nous fortifier les uns les autres. Pour aimer. Ce soir, cette maison rayonne d'amour. C'est une autre forme de magie très puissante. Nous aurons connu cela, quoi qu'il puisse nous arriver demain.

Sur l'oreiller, Moïra tourna la tête et lui sourit.

— Ce que je t'ai demandé hier était une trahison.

— Inutile d'en reparler.

— Je ne suis pas de cet avis. Te demander cela était une trahison envers toi, envers moi-même, envers les autres et envers ce pour quoi nous nous battons depuis le début. Heureusement, tu t'es montré plus fort que moi. Je pense l'être de nouveau comme avant. Je t'aime de tout mon être. Tel est le don que je te fais. Rien ni personne ne pourra changer ça.

Entre ses doigts, elle saisit le médaillon qui reposait sur sa poitrine. Il contenait bien plus qu'une mèche de ses cheveux. Il contenait son amour.

— Ne le laisse pas ici quand tu partiras, reprit-elle. Cela me fera du bien de savoir que tu le portes toujours sur toi.

— Il ira où j'irai, promit Cian en soutenant son regard. Je t'en donne ma parole. Moi aussi, je t'aime de tout mon être. Même si mon être n'est pas tel que je le voudrais pour toi.

Moïra reposa le bijou sur son torse, à la place du cœur, et le recouvrit de sa main.

— Aucun regret ? demanda-t-elle doucement.

— Aucun.

— Je n'en ai pas non plus. Aime-moi ! Aime-moi une dernière fois avant l'aube...

Leur étreinte fut tendre et douce. Ils savourèrent chaque instant, chaque caresse. Leurs longs baisers les prémunissaient contre la douleur qui rôdait, déposaient un baume sur les plaies que, bientôt, leur séparation leur infligerait.

— Dis-le-moi, murmura Moïra quand tout fut fini. Dis-le-moi encore.

— Je t'aime. Pour l'éternité.

Ensuite, puisque tout avait été dit, et toutes les caresses échangées, ils demeurèrent étendus dans les bras l'un de l'autre, apaisés.

Ils se levèrent tous les six avant l'aube, pour se préparer à la dernière marche avant la bataille.

L'armée de Geall se mit en route à dos de cheval, à dos de dragon, dans toutes les voitures qui avaient pu être réquisitionnées, ou à pied. Des nuages dérivaient dans le ciel sans masquer le soleil. Tout le long du chemin jusqu'à la Vallée pétrifiée, il accompagna et réchauffa la longue file de soldats qui serpentait sur la route, comme pour leur rappeler ce pour quoi ils luttaient.

Les premiers arrivés commencèrent aussitôt à installer des pièges dans les anfractuosités du terrain, tandis que d'autres montaient la garde au-dessus et autour de la Vallée pour parer à toute attaque éventuelle. C'est ainsi qu'ils tombèrent sur les premiers pièges déposés à leur intention.

Sous les pieds d'un homme apparut une mare de sang dans laquelle il s'enfonça. Une vase noire comme de la poix se mit à suinter du sol, rongeant le cuir des chaussures aussi bien que la chair des pieds.

Dans la débandade qui s'ensuivit, d'autres hommes se prirent aux pièges en cherchant à y échapper.

— Du Midir tout craché ! commenta Hoyt, qui observait la scène.

— Il faut arrêter ça, prévint Cian. Sinon, la panique aura raison de nos troupes avant même qu'on ait commencé.

— Demi-vamps en vue ! hurla Blair, juchée sur le dos d'un dragon. Un kilomètre à l'est. Première ligne, chargez !

Et sans attendre, elle fonça avec sa monture pour mener la charge. Un déluge de flèches s'abattit sur la Vallée. Le choc des épées se répercuta contre les parois. Dès la première heure de combat, les forces gealliennes perdirent quinze hommes, mais l'attaque fut repoussée.

À l'issue des combats, Blair atterrit et descendit de sa monture, le visage et les vêtements maculés de sang.

— Ils ont voulu nous tester, commenta-t-elle, mais ils en ont été pour leurs frais.

Moïra contemplait le sol jonché de corps en s'efforçant de ne pas se laisser décourager par ce spectacle.

— Il va falloir s'occuper des morts et des blessés, dit-elle. Hoyt est en train de combattre les sortilèges de Midir. Je crains que cela ne lui réclame beaucoup d'énergie.

— Il est de taille à y faire face, affirma Blair. Midir est un nain à côté de lui. Je retourne effectuer quelques tours de piste. La reine des garces a peut-être encore un ou deux tours en réserve pour nous.

D'un mouvement souple, Blair se remit en selle sur son dragon.

— Tenez bon ! lança-t-elle avant de décoller.

Rengainant son épée, Larkin rejoignit sa cousine pour contempler à ses côtés l'étendue des dégâts.

— Nous n'étions pas prêts pour ça, constata-t-il. Ni pour les pièges ni pour une attaque de jour. Nous nous sommes quand même bien débrouillés. Et nous ferons mieux la prochaine fois.

Il posa la main sur son bras et l'entraîna à l'écart, afin qu'elle seule puisse l'entendre.

— Selon Glenna, reprit-il, des vampires sont enterrés ici, prêts à surgir à la nuit tombée. Hoyt ne peut l'aider pour l'instant, mais elle pense qu'avec Cian, elle réussira à en retrouver et en détruire un certain nombre.

— Tant mieux. En supprimer quelques-uns serait déjà une victoire. Ne serait-ce qu'une poignée.

Le soleil poursuivit son ascension dans le ciel, avant de commencer à décliner. Par deux fois, la baguette de saule fourchue manipulée par Glenna pointa vers le sol. Et par deux fois, Moïra vit s'entrouvrir la terre et s'enflammer aux rayons du soleil la créature qui s'y tenait tapie.

Combien d'autres en restait-il encore ? se demanda-t-elle avec angoisse. Cent ? Cinq cents ?

Essuyant avec son avant-bras la sueur qui lui couvrait le visage, Hoyt la rejoignit et annonça :

— C'est fait. Tous les pièges de Midir sont neutralisés.

— Tu l'as fait reculer.

— Difficile à dire. Il est peut-être simplement occupé ailleurs, à préparer d'autres mauvais coups. Cette Vallée... Elle semble vraiment maudite. Ce qui s'y cache a de quoi ébranler l'âme la mieux trempée.

Bon, je vais donner un coup de main à Glenna et Cian.

— Non, répliqua Moïra. Tu as besoin de récupérer un peu. C'est moi qui vais y aller.

Sachant qu'elle n'avait pas tort, Hoyt acquiesça d'un hochement de tête. Les yeux plissés, il parcourut du regard la Vallée pétrifiée.

— Vous ne pourrez jamais tous les trouver, dit-il d'un air découragé. Pas dans ce terrain.

— Non, reconnut Moïra. Mais même si nous n'en anéantissons qu'une petite partie, ce sera toujours ça de gagné.

Lorsqu'elle rejoignit Glenna, Moïra devina à la pâleur de son amie et à ses traits tirés ce que lui coûtait l'effort qu'elle fournissait.

— Il est temps que tu te reposes et que tu te restaures un peu, lui dit-elle. Laisse-moi continuer.

— J'ai peur que tes pouvoirs n'y suffisent pas, répondit Glenna. Les miens sont déjà juste suffisants. Nous en avons détruit à peine une douzaine. Encore une heure ou deux…

— Pas question ! intervint Cian en venant la prendre par le bras. Tu es épuisée, et tu le sais. Si tu n'as plus aucune réserve au coucher du soleil, nous serons bien avancés !

— Je sais qu'il y en a encore ! protesta-t-elle. Beaucoup, même.

— Alors, intervint Moïra, nous les aurons au crépuscule, quand ils sortiront. Va retrouver Hoyt. Il a besoin de toi. Il a fourni un gros effort, lui aussi, pour combattre Midir.

— Bien joué ! lança Cian en regardant Glenna s'éloigner pour rejoindre son mari. Habile, d'utiliser Hoyt.

— Ce n'est pas qu'une stratégie. Il est vraiment éprouvé. Nous leur demandons beaucoup. Ainsi qu'à toi… Je sens ta fatigue au son de ta voix. Alors, je ne peux que te répéter ce que tu viens de dire à Glenna : à quoi nous seras-tu utile, cette nuit, si tu n'as plus aucune énergie ?

— J'étouffe sous cette maudite cape, reconnut-il. Mais il est vrai que sans elle, je grillerais sur place. Et je dois aussi avoir besoin de sang.

— Alors, va te mettre à l'ombre et nourris-toi. Nous avons fait à peu près tout ce que nous pouvions faire.

En fin de journée, Moïra alla retrouver les cinq autres membres du Cercle et, ensemble, ils gravirent un petit raidillon pour aller se percher au bord d'une plateforme rocailleuse qui dominait la Vallée. Ébranlée, elle tressaillit violemment en parcourant une nouvelle fois du regard le cirque rocheux dans lequel leur destin allait se jouer. Même débarrassé des noirs sortilèges de Midir, ce sol semblait prêt à s'ouvrir sous leurs pas.

Comme pour se donner du courage, Cian porta à ses lèvres une gourde sans doute emplie de sang.

— Tu vas devoir encore une fois trouver les mots qui font mouche, commença Blair en se tournant vers Moïra. Si près de l'échéance, les hommes ont la trouille.

— Si tu insinues qu'ils ne vont pas...

— Ce que Blair veut dire, intervint Glenna, c'est qu'il te faut galvaniser tes soldats, les inciter à se battre jusqu'à la mort, leur rappeler pourquoi ils sont là, leur donner foi en l'avenir et réveiller leur courage.

— Et c'est moi qui suis censée faire tout ça ?

— Personne ne le fera aussi efficacement que toi, insista Cian en rebouchant sa gourde. Tu es la reine et nous ne sommes que tes généraux.

— Mais je... je ne trouverai jamais les mots !

— Tu trouveras quelque chose, dit-il d'un ton rassurant. Que diriez-vous de la jucher sur un cheval ?

— Excellent ! approuva Blair. Sur le dos de Vlad, elle aura une allure d'enfer.

20

— Ce n'est pas possible, gémit Moïra. J'ai l'impression d'avoir la tête complètement vide !

— Tu ne dois pas faire appel qu'à ton esprit, répondit Glenna en lui plaçant son cercle d'or sur les cheveux. La tête et le cœur, tu te rappelles ? Écoute les deux et, quoi que tu puisses dire, ce sera parfait.

— Puisque tu sais si bien ce qu'il faut faire, plaisanta Moïra avec un sourire crispé, je préférerais que ce soit toi qui t'y colles. C'est curieux que je puisse avoir si peur de leur parler, alors que mourir à leurs côtés ne m'effraie pas...

— Mets ça sur ton dos ! intervint Blair en plaçant sa cape sur ses épaules. Avec un peu de vent pour la faire flotter, ça sera du plus bel effet. Et n'oublie pas de parler fort. On doit t'entendre jusqu'au poulailler.

— Le poulailler ? répéta Moïra. Non, laisse tomber. Je te demanderai plus tard ce que c'est.

Elle prit une profonde inspiration et se mit en selle.

— Allons-y, conclut-elle. Puisqu'il le faut.

Le cœur de Moïra n'avait jamais battu aussi fort que lorsqu'elle s'avança à cheval au-devant de ses troupes. Ils étaient là, ses braves, ses fidèles. Un millier, peut-être plus, avec en toile de fond la Vallée. Tous avaient répondu à son appel. Et tous étaient prêts à donner leur vie. Le soleil, presque au plus bas sur l'horizon, accrochait des éclats de feu à leurs lances, leurs épées, leurs boucliers, et sur leurs visages aux mines farouches.

Dans son cœur et dans sa tête, Moïra entendit alors les paroles qu'ils attendaient.

— Peuple de Geall !

Une explosion de cris de joie salua ses premières paroles, et même ceux qui avaient été blessés au cours de la journée l'acclamèrent. Elle attendit que le calme revienne avant d'enchaîner :

— Je suis Moïra, votre reine guerrière. Et je suis votre sœur et votre servante. Nous sommes venus ici, en cette nuit de *Samhain*, sur ordre des dieux et pour les servir. Je ne connais ni tous vos noms, ni tous vos visages, mais je porte chaque homme et chaque femme qui se trouve ici dans mon cœur.

Un grand silence s'était fait dans l'assemblée.

— Ce soir, poursuivit-elle, quand le soleil sera couché, je vous demande de combattre pour défendre coûte que coûte cette terre ingrate, qui s'est déjà abreuvée de votre sang. C'est moi qui vous le demande, mais ce n'est pas pour moi que vous vous battrez.

— Nous nous battrons pour Moïra ! cria une voix. Pour Moïra la guerrière !

Un tonnerre de cris et d'applaudissements salua cette intervention. Son nom fut repris et scandé par la foule, encore et encore.

— Non ! cria-t-elle en agitant les mains pour ramener le silence. Ce n'est pas pour moi que vous vous battrez. Ce n'est pas non plus pour vous-mêmes ou pour vos enfants. Ce n'est pas pour vos maris, pour vos femmes, pour vos mères ou pour vos pères.

L'assemblée redevint attentive, presque recueillie, alors qu'elle remontait les rangs, fixant un visage après l'autre, sondant chaque regard, chaque expression.

— Ce n'est pas pour eux que vous êtes venus dans cette vallée inhospitalière, sachant que votre sang pourrait y être versé. C'est pour toute l'humanité que vous êtes ici. Vous êtes les élus bénis par les dieux ! Tous les cœurs qui battent dans tous les mondes battent au rythme du vôtre ! Nous, les élus, sommes un seul peuple, un seul cœur, une seule volonté !

Sa cape claquait dans le vent tandis que Vlad piaffait d'impatience. Le soleil couchant faisait étinceler le cercle d'or dans ses cheveux, l'acier de son épée.

— Nous ne faiblirons pas ! reprit-elle d'une voix ferme. Ni cette nuit ni jamais. Quand l'un de nous tombera, il y en aura aussitôt un autre pour ramasser sa lance, son épée, pour combattre avec le poing, avec le pieu, la peste qui menace l'humanité. Et si ce deuxième tombe à son tour, il s'en lèvera toujours un autre pour le remplacer. En nous se défend tout le genre humain depuis le premier homme ! Et c'est cette multitude que l'ennemi devra affronter !

Dans un visage illuminé par la foi, les yeux de Moïra flamboyaient. Sa voix vibrait de passion et d'enthousiasme lorsqu'elle conclut, criant pour se faire entendre de la foule qui l'acclamait et se soulevait comme une vague :

— Cette nuit, sur cette terre, nous repousserons l'ennemi jusqu'en enfer ! Nous ne faillirons pas ! Vous êtes le cœur battant qu'ils ne pourront jamais avoir. Vous êtes le souffle et la lumière qu'ils ne connaîtront plus jamais. Cette nuit restera dans la mémoire des générations à venir comme celle de la bataille pour la vie ! Vos descendants célébreront la gloire de ce que vous vous apprêtez à accomplir ici. Pour eux, cette nuit, nous allons faire naître le soleil de la vie !

Moïra brandit son épée à bout de bras. Une salve de feu en jaillit et alla illuminer le ciel éclaboussé de rouge et d'or par les lumières du couchant.

De nouveaux vivats s'élevèrent des rangs d'hommes et de femmes enthousiastes.

— Pas mal du tout ! commenta Blair à l'intention de Cian. Ta chérie sait y faire avec les mots.

— Brillante... murmura-t-il, incapable de détacher ses yeux de Moïra. Elle a été brillante.

— Elle n'a dit que la vérité, constata Hoyt. C'est pour cela qu'elle a été brillante.

Tandis que les chefs de bataillons commençaient à rassembler leurs troupes pour prendre position sur le terrain, Moïra rejoignit les autres membres du Cercle et mit pied à terre.

— C'est l'heure, dit-elle en leur tendant les mains.

En silence, ils formèrent une ronde pour concrétiser le lien qui les unissait.

Quand ils se séparèrent, Blair alla enfourcher son dragon et lança avec un clin d'œil :

— Allons leur botter les fesses ! En selle, cow-boy !

Larkin l'imita et s'écria avant de décoller à son tour :

— Rendez-vous au pub après la victoire ! Le dernier arrivé paie la tournée.

Glenna emboîta le pas à Hoyt. Ensemble, ils gagnèrent leur poste de combat.

— Dis-moi... commença-t-elle. Et ne me mens pas si près de ce qui pourrait être notre dernière heure. Je t'ai vu échanger des messes basses avec Cian. Qu'est-ce qui se trame ?

— Il m'a demandé quelque chose. Il m'a fait jurer, quoi qu'il arrive, d'aller au bout du sortilège sans nous soucier de savoir s'il est à l'abri ou non.

— Mais nous ne pouvons pas...

— Je n'ai jamais trahi ma parole. Prions pour que nous n'ayons pas à faire ce choix.

Derrière eux, Moïra s'attardait près de Cian.

— Bats-toi comme un lion ! Ce serait trop bête que tu n'entames pas un nouveau siècle.

— Mon vœu le plus cher...

Pour couvrir ce pieux mensonge, il lui prit les mains et lui donna un dernier baiser.

— Longue vie à toi, *mo chroi*...

Sans lui laisser le temps d'ajouter quoi que ce soit, il sauta sur le dos de son cheval et partit au galop.

Depuis les airs, Blair lançait des ordres et scrutait le sol. Le soleil achevait de disparaître à l'horizon, plongeant la Vallée dans le noir. Et à la faveur des ténèbres, la terre s'ouvrit, libérant une armée de vampires.

— C'est parti... murmura-t-elle en virant sur l'aile.

Au sol, Moïra et ses archers faisaient pleuvoir des volées de flèches sur les rangs ennemis. Un regard vers l'arrière lui confirma que Niall et ses hommes attendaient son signal.

Encore un peu de patience, songea-t-elle tandis que les vampires investissaient la Vallée, certains tombant sous les flèches, d'autres passant au travers.

Enfin, son épée crachant une salve de feu, elle fit plonger son dragon. Alors que les hommes se lançaient à l'assaut en hurlant, elle libéra un lien de son harnais et fit tomber sa première bombe. Dans un déluge de flammes et de shrapnels enflammés, elle eut la satisfaction de voir disparaître nombre de soldats de Lilith.

Pourtant, il ne cessait d'en jaillir de partout, encore et encore, en un flot qui menaçait à tout instant d'enfoncer les lignes gealliennes.

Libéré de sa cape, Cian se tenait dressé dans ses étriers, l'épée brandie à bout de bras. Dans son dos, les hommes dont il avait le commandement n'attendaient qu'un signal de sa part pour s'élancer.

Les bombes infligeaient de lourdes pertes à l'ennemi et creusaient de nouveaux cratères dans le sol déjà accidenté de la Vallée. Mais rien ne paraissait en mesure d'endiguer le flot de vampires. Ils surgissaient de tous les côtés à la fois, insaisissables et redoutables.

Avec un cri de guerre venu tout droit de sa lointaine jeunesse irlandaise, Cian abattit son épée et jeta ses troupes dans la mêlée. Leur charge fut si brutale qu'ils enfoncèrent un coin dans les rangs de l'ennemi et réussirent à ralentir sa progression. Mais derrière eux, le flot se referma, et ils se retrouvèrent cernés.

Sur un petit plateau en hauteur, Moïra s'accrochait à sa hache d'armes. Elle entendait son cœur battre dans ses oreilles. En voyant à l'est l'ennemi enfoncer les lignes de son armée, elle poussa un cri de rage et lança ses hommes à l'assaut. Hoyt, de son côté, faisait de même en face d'elle. Ainsi piégèrent-ils un des bataillons ennemis dans un corridor d'épées et de pieux brandis dont la majorité fit mouche.

Par-dessus les hurlements, le bruit des armes, celui du feu, se faisaient entendre les cris des dragons. Sans leur laisser le temps de souffler, la vague suivante de l'armée de Lilith se mit en place.

— Flèches ! cria Moïra en découvrant son carquois vide.

Un autre plein à craquer lui fut aussitôt apporté.

Sans même viser, elle banda son arc et tira, encore et encore, jusqu'à ce que l'air soit tellement saturé de fumée qu'elle n'y vit plus rien. Alors, abandonnant son arc, elle dégaina son épée et se jeta à la tête de ses hommes dans la mêlée.

Ce qui émergeait sous ses yeux du chaos et de la fumée se révélait bien pire que tout ce qu'elle avait pu redouter. Le sol était jonché de cadavres d'hommes et de femmes déjà massacrés. La cendre qu'avait laissée en périssant l'ennemi vaincu recouvrait tout comme une neige fétide. Des ruisseaux de sang repeignaient en rouge la malingre herbe jaune de la Vallée. Des cris, issus de gorges humaines ou inhumaines, résonnaient sans cesse, dans l'odeur âcre de la fumée, sous la lumière fantomatique de la lune.

Moïra bloqua in extremis un coup d'épée qui avait failli la fendre en deux. Mue par un réflexe dû à l'entraînement intensif des dernières semaines, elle se rétablit et pivota sur elle-même pour contrer le coup suivant. Pour éviter le troisième, elle n'eut que le temps de sauter en l'air et sentit la lame effleurer ses semelles. Avec un cri de rage, enfin, elle lança l'Épée des rois à toute volée et trancha net la tête de son adversaire.

Tandis qu'elle reprenait son souffle, elle vit à travers l'écran de fumée qui masquait le ciel le dragon que conduisait Blair plonger vers le sol. Le flanc transpercé de plusieurs flèches, il s'y posa en catastrophe. Ramassant un des pieux qui traînaient à terre, Moïra se rua dans sa direction et arriva juste à temps pour le planter dans le cœur du vampire qui s'apprêtait à sauter sur Blair.

— Merci, dit celle-ci. Attention...

Repoussant son amie sur le côté, elle trancha net le bras armé d'un nouvel agresseur qui arrivait dans son dos, avant d'achever le travail en le décapitant. Puis elle demanda :

— Larkin ?

— Je ne l'ai pas vu. Blair... Il en arrive de partout !

— Rappelle-toi ton petit discours !

Sur ce, elle bondit en avant, un pied jeté devant elle. Le vampire qui tomba à la renverse sous cet assaut n'eut pas le temps de se relever. D'un habile coup de pieu, elle le réduisit en poussière.

Puis elle disparut dans la fumée, et Moïra se retrouva de nouveau occupée à lutter pour sa propre survie.

Blair se battait comme elle ne s'était encore jamais battue, usant de toutes les armes à sa disposition, de toutes les techniques qu'elle avait apprises. Elle n'en finit pas moins par se retrouver en position critique.

Son salut tomba du ciel, de manière inattendue, sous la forme d'une pluie divine. Hurlant sous la morsure de l'eau bénite, ses agresseurs refluèrent en désordre. Larkin, juché sur son dragon, émergea de la fumée, attrapa Blair par le bras et la fit grimper derrière lui.

— Beau boulot, lui dit-elle. Dépose-moi un peu plus loin, sur ce rocher plat, là-bas.

— C'est toi qui vas me déposer, répondit-il d'un ton sans réplique. Je suis à court d'eau bénite, mais il me reste deux bombes et une offensive de l'ennemi est en cours vers le sud.

— Je m'en occupe !

En souplesse, Larkin sauta sur le rocher et Blair prit aussitôt de l'altitude.

Hoyt scrutait le champ de bataille, autant avec ses yeux qu'à l'aide de ses pouvoirs. Il sentait l'influence maléfique de Midir, mais il y avait autour de lui tant de ténèbres, tant de froide cruauté, qu'il ne savait dans quelle direction chercher.

Puis il repéra Glenna, qui luttait pied à pied pour se frayer un chemin vers une éminence située à l'ouest. Perché au sommet, comme une grosse corneille, se tenait Midir. Avec horreur, Hoyt vit une main surgir d'une anfractuosité entre deux rochers et se refermer sur la cheville de sa femme. Il entendit son cri sous son crâne et la vit lutter pour ne pas se laisser entraîner dans la gueule sombre de la crevasse.

Tout en sachant qu'il ne pourrait arriver à temps, Hoyt se lança dans une course éperdue pour la rejoindre. Il continua de courir et de se frayer un chemin à coups d'épée même quand il vit le feu jaillir des doigts de Glenna et faire lâcher prise à la main qui la maintenait prisonnière.

Malade de peur et d'angoisse, Hoyt se battait comme un dément, ignorant les coups qui lui étaient portés. Au prix d'un combat de chaque instant, il gagnait du terrain, mètre après mètre, pour rejoindre Glenna.

Il s'en fallut d'un cheveu que le pieu n'atteigne le cœur de Cian. La douleur le fit basculer en avant. Dans le même mouvement, relevant violemment son épée devant lui, il transperça son adversaire, avant de rouler sur le côté.

Une lance vint se ficher dans le sol rocailleux à côté de lui. Il s'en saisit et la planta dans le cœur d'un autre agresseur qui se jetait sur lui. Puis, l'utilisant comme une béquille, il se remit debout et envoya d'un brusque coup de pied un troisième démon s'empaler sur les forêts de pieux que les soldats gealliens avaient eu le temps de planter en terre.

Au milieu des écharpes de fumée que faisaient naître les flèches enflammées et les bombes incendiaires, Cian vit Blair, à dos de dragon, qui venait dans sa direction. Il parvint à saisir le harnais de sa monture au passage et à bondir derrière elle.

— Désolée, je ne t'avais pas vu ! cria-t-elle par-dessus son épaule.

— Pas grave ! Moïra ?

— Aucune idée. Prends les rênes. Je descends.

Aussi souple qu'un chat, Blair sauta et atterrit sur un grand rocher plat. Cian la vit disparaître dans la fumée, un pieu dans chaque main, avec sur le visage la volonté farouche d'en découdre.

Prenant de l'altitude, il dégaina son épée et fit quelques cartons à coups de salves de flammes. La Vallée continuait à exercer sur lui une sombre fascination. L'odeur du sang et les relents de peur qui en émanaient éveillaient en lui une faim à la morsure aussi cruelle que celle d'un pieu.

Puis il aperçut Glenna, qui luttait pour se hisser au sommet d'une éminence et se battait pour cela contre trois ennemis. Sa hache d'armes crachait des flammes et n'avait pas le temps de refroidir, mais chaque fois qu'elle éliminait un vampire, il en arrivait un autre pour l'assaillir. Il en comprit la raison en découvrant la haute silhouette noire qui se tenait sur l'éminence.

Cian fit plonger son dragon pour se précipiter à son secours. Sa monture, d'un coup de queue, débarrassa Glenna de trois assaillants, qui allèrent achever leur existence dans des pièges garnis de pieux ou d'eau bénite. À coups d'épée, il en élimina deux de plus avant d'arriver jusqu'à Glenna, dont la terrible hache enflammée laissait dans son sillage des nuages de poussière.

— Besoin d'un taxi ?

Cian fit manœuvrer son dragon et lui encercla la taille d'un bras, avant de la soulever sans effort et de l'installer sur sa monture devant lui.

— Midir se protège derrière un cordon de vampires ! lança-t-elle.

— Nous allons passer par-dessus leurs têtes.

Mais lorsque Cian eut franchi l'obstacle formé par les gardes du corps de Midir, la queue de son dragon vint rebondir à quelques centimètres du magicien comme si elle avait heurté un mur.

— Le lâche ! s'écria Glenna, indignée. Il s'est aussi retranché derrière un écran magique.

Le souffle court, elle scruta le champ de bataille, à la recherche de Hoyt. Lorsqu'elle le découvrit en contrebas, luttant comme un beau diable pour accéder à Midir, elle laissa échapper un soupir de soulagement.

— Dépose-moi au sommet et va-t'en ! ordonna-t-elle.

— Des clous !

— Il ne peut pas en être autrement, Cian. Avec Midir, c'est magie contre magie. C'est pour cela que je suis ici. Trouve les autres et préparez-vous. Parce que, par tous les dieux, ce prodige, nous allons l'accomplir !

— OK, Red. Mes vœux t'accompagnent.

Cian s'approcha du sol et resta en vol stationnaire le temps que Glenna saute à terre. Puis, à contrecœur, il prit de l'altitude et la laissa affronter seule son destin, comme elle le lui avait demandé.

— Ainsi, s'exclama Midir, la sorcière rousse a choisi de venir mourir ici !

— Abrège... maugréa-t-elle. Je ne suis pas venue pour rigoler.

Glenna chargea sans attendre, sa hache d'armes brandie devant elle. Midir, le visage figé par la surprise, fut pris de court. Le tranchant enflammé de l'arme entama le bouclier magique, mais le coup n'atteignit pas le sorcier pour autant. Sous la force de l'impact, Glenna fut projetée en arrière et atterrit durement sur le sol.

— Tes pitoyables efforts sont voués à l'échec ! lança Midir, tandis que se reformait autour de lui sa cuirasse protectrice. J'ai vu dans l'éther l'issue de ce combat. Tu vas mourir !

— Tu as vu ce que tu as bien voulu voir ! répliqua-t-elle.

Ses mains tendues braquées sur lui, Glenna fit jaillir un déluge de flammes. Midir s'en protégea d'un simple geste du poignet, mais Glenna comprit qu'il avait goûté à la morsure de ses pouvoirs. Les traits déformés par la fureur, le sorcier de Lilith ouvrit grande la bouche et expulsa une volée d'échardes de glace, qui se plantèrent en elle comme autant de couteaux.

Ils tenaient bon. Blair, soulagée, en faisait le constat, mais à chaque pouce de terrain reconquis par les Gealliens, trois fois plus de vampires qu'auparavant sortaient de la nuit pour les assaillir.

Elle avait perdu le compte de ceux qu'elle avait inscrits à son tableau de chasse. Deux douzaines, au moins, au pieu et à l'épée, et sans doute deux fois plus grâce à ses attaques aériennes. À présent, elle sentait sa résistance atteindre ses limites. Sous peu, songea-t-elle, il allait leur falloir sortir le lapin du chapeau.

Avec un cri de rage, elle mit un terme à l'existence d'un vampire qui faisait une petite pause, en pleine bataille, pour se nourrir sur le dos d'un soldat geallien.

D'un coup d'œil, elle vérifia que le combat des sorciers se déroulait toujours dans les hauteurs, magie noire contre magie blanche. Rassurée sur le sort de Glenna, elle ramassa une lance que tenait encore la main d'un mort et la projeta en direction de deux vampires qui luttaient dos à dos. Elle mit dans le mille : son javelot improvisé retomba dans un nuage de poussière, en cliquetant sur la roche, après avoir perforé les deux cœurs.

L'instant d'après, un signal d'alarme résonna sous son crâne. Sans faire de bruit, quelque chose venait d'atterrir des hauteurs dans son dos. D'instinct, elle pivota sur elle-même, l'épée brandie – juste à temps pour bloquer celle que Lora tentait d'abattre sur elle.

La Française fit glisser son arme contre celle de Blair pour que leurs deux lames forment un V.

— Te voilà enfin... susurra-t-elle. Cela fait un moment que je te cherche.

— J'étais dans le coin, répondit Blair nonchalamment. Tu sais que tu as une vilaine cicatrice sur le visage ? Ô mon Dieu ! Serait-ce ma faute ? Je suis d'une maladresse...

Un grondement de colère échappa à Lora.

— Ne t'inquiète pas pour ça. Bientôt, c'est ton visage que je transformerai en bouillie !

— Tu sais que c'est un vœu pieux, n'est-ce pas ? Et en plus, c'est dégoûtant... Mais ce n'est pas tout ça. Si on passait aux choses sérieuses ?

Les épées chantèrent en se séparant. Puis leur musique alla crescendo tandis que les lames s'entrechoquaient de plus en plus furieusement.

Blair comprit rapidement qu'elle affrontait l'adversaire la plus coriace de toute sa carrière. Dans sa tenue de cuir noir ajustée, Lora avait beau ressembler à une dominatrice de série B, on pouvait dire qu'elle savait croiser le fer. Et encaisser les coups. Car lorsque le poing de Blair parvint à passer sa garde, elle montra les crocs, et ceux-ci gravèrent un sillon brûlant contre ses phalanges.

Déconcentrée l'espace d'un instant, Blair ne put bloquer la lame de Lora, qui lui balafra la joue.

— Ô mon Dieu... minauda son adversaire. Ça va laisser une cicatrice ? Par ma faute ? Je suis d'une maladresse...

Blair serra les dents et assura crânement :

— Ça guérira. Mais il ne restera plus rien de toi quand la blessure aura fini de cicatriser.

Elle répondit à l'affront du premier sang versé par une riposte foudroyante, qui laissa une large entaille au bras de la Française, et qu'elle fit suivre d'une salve de feu.

Celle-ci, cependant, n'atteignit pas son but. Au contact de la lame de Lora, soudain devenue noire, les flammes faiblirent et s'éteignirent.

Les deux adversaires s'observèrent à distance, tournant sur elles-mêmes. Lora découvrit ses crocs en un rictus démoniaque.

— Tu ne t'imaginais tout de même pas que nous ne serions pas préparés à ça ? demanda-t-elle. La magie de vos sorciers n'arrive pas à la cheville de celle de Midir.

— Alors, pourquoi tous vos soldats n'en sont-ils pas équipés ?

Blair bondit en avant et décocha à Lora un coup de pied. Celle-ci, tout en se jetant en arrière pour esquiver l'attaque, abattit son épée. Blair parvint à parer le coup, mais ne vit pas la dague qui s'envolait de l'autre main de Lora pour venir se ficher dans son flanc.

Le choc et la douleur la firent tituber. Lora laissa fuser un rire de pure joie enfantine en la voyant tomber à genoux.

— Regarde-moi tout ce bon sang qui coule... Miam-miam !

L'épée brandie à deux mains, elle s'approcha de Blair pour lui donner le coup de grâce, et ses yeux devinrent rouges de convoitise.

C'est alors qu'un loup au poil doré, surgi de nulle part, s'interposa entre elles en poussant un hurlement à glacer le sang. Les babines retroussées, grondant de colère, il se ramassa sur lui-même, prêt à sauter à la gorge de Lora.

Sur la défensive, celle-ci le tint en respect de la pointe de son épée.

— Non ! protesta Blair, qui s'efforçait de se remettre sur pied, le poignard toujours fiché dans son flanc. Tu m'avais promis qu'elle serait à moi...

Le loup recula pas à pas. Sa silhouette se brouilla dans un halo de lumière. Larkin, un instant plus tard, se dressa de toute sa hauteur, les yeux étincelants de colère.

— Alors, fais le nécessaire, s'écria-t-il. Et vite !

Lora se recula de manière à les garder tous les deux – la femme blessée et l'homme désarmé – en ligne de mire.

— Ton joli toutou a raison, ma belle, railla-t-elle. Assez rigolé. J'ai un emploi du temps chargé.

Sur ce, elle chargea, à la vitesse de l'éclair. Blair parvint à bloquer le coup d'épée, à le contenir, alors même que son bras tremblait et que sa blessure lui faisait souffrir le martyre.

— Je ne rigole pas ! lança-t-elle, le souffle court. Mon homme n'est pas un toutou. Et toi, tu es foutue...

De sa main libre, elle retira la dague de son flanc et la planta jusqu'à la garde dans le ventre de Lora.

— Ça fait mal, reconnut celle-ci avec un sourire indulgent. Mais ce n'est que de l'acier.

— Ça aussi.

Avec le peu de force qui lui restait, Blair repoussa l'épée de Lora sur le côté et plongea la sienne dans sa poitrine, la traversant de part en part.

— Tu commences à devenir ennuyeuse ! minauda la Française en grimaçant. À présent, qui est foutu ?

— Toi ! répliqua Blair, quand la lame plongée dans le corps de Lora s'enflamma brusquement.

Hurlant de douleur, le corps en feu, Lora tenta de se dégager. D'un coup sec, Blair retira son épée, la lança à toute volée et décapita net son ennemie intime.

— La preuve ! conclut-elle rageusement.

Elle se serait écroulée dans la seconde suivante si Larkin ne s'était précipité pour la soutenir.

— Ta blessure... dit-il en tâtant précautionneusement son côté ensanglanté. C'est grave ?

— Plus impressionnant que grave, répondit-elle avec un sourire tremblant. Aucun organe n'a été touché. Une compresse là-dessus pour arrêter le saignement, et je serai bonne pour le service.

— On va s'en occuper. Monte !

Ce fut avec soulagement que Blair grimpa sur son dos quand il se fut métamorphosé en dragon.

Tandis qu'ils s'élevaient au-dessus du champ de bataille, elle vit que Glenna, toujours aux prises avec Midir, se trouvait en mauvaise posture.

— Bon sang, elle est cuite ! Combien de temps te faut-il pour arriver là-haut ?

Trop longtemps, songea Larkin dans les méandres de son esprit de dragon.

Glenna avait le goût du sang dans la bouche. Elle le sentait s'écouler par une dizaine de plaies sur sa peau. Elle savait que son adversaire avait souffert, qu'elle avait percé ses défenses, blessé son corps – et même atteint ses pouvoirs. Hélas, elle sentait les siens s'écouler avec son sang. Elle s'était bien battue. Elle avait fait tout ce qu'elle pouvait. Mais cela n'avait pas été suffisant.

— Ta flamme est en train de s'éteindre, constata Midir avec satisfaction. C'est à peine une braise, à présent.

À petits pas prudents, il s'approcha de l'endroit où elle se trouvait allongée sur le sol.

— Pourtant, reprit-il, tes pouvoirs représentent encore une menace suffisante pour que je me donne la peine de te les prendre, avec le peu de vie qui reste en toi.

Glenna vit qu'il saignait lui aussi abondamment et en tira une maigre consolation. Elle l'avait fait saigner. Elle n'était pas la seule à avoir versé son sang.

— Ils t'étoufferont ! cria-t-elle. Ils te resteront en travers de la gorge, j'en fais le serment !

Midir éclata d'un rire sarcastique.

— Je n'en ferai qu'une bouchée ! Regarde derrière toi... Ceux avec qui j'ai fait alliance sont en train de tailler les tiens en pièces ! Exactement comme je l'avais prédit. Et à chaque humain qui tombe, mes pouvoirs se renforcent. Rien ne pourra m'arrêter, à présent ! Personne ne pourra s'opposer à moi !

— Si, moi ! répliqua Hoyt derrière lui.

Les vêtements en lambeaux, ensanglanté, il venait de se hisser au bord du plateau.

— Voilà mon homme... dit Glenna en lui souriant. Hoyt, je te présente Midir. Je l'ai affaibli un peu en t'attendant.

— Enfin ! fit celui-ci. Enfin quelque chose d'un peu plus solide à me mettre sous la dent !

Il tendit les bras devant lui, et de ses doigts jaillit un déluge de flammes noires. Le choc qui se produisit lorsque celles-ci heurtèrent la tornade lumineuse générée par Hoyt les projeta tous deux en arrière.

En hâte, Glenna s'écarta du ruisseau de flammes qui rampait vers elle. Prostrée au sol, elle rassembla le peu d'énergie qui lui restait pour la communiquer à Hoyt. D'une main tremblante, elle serra la croix de Morrigan qui pendait à son cou.

Le flot de pouvoir maléfique contre lequel Hoyt devait lutter avait la dureté et le tranchant de la glace. Ce pouvoir était assoiffé de son sang, de la puissance qu'il recelait. Il ne demandait qu'à le faire couler et à s'en repaître, dans une soif délirante de domination.

Un déferlement de magie si intense qu'il semblait faire trembler la terre emplissait l'air d'électricité entre Midir et lui. De leur affrontement naissaient des flots de fumée âcre, qui s'en allaient en tourbillonnant masquer la lune. Sous les pieds de Hoyt, le sol se craquelait de fissures tant la pression qu'il avait à supporter était forte.

Même s'il avait le plus grand mal à respirer, même si son cœur lui semblait sur le point d'exploser dans sa poitrine, Hoyt ignorait les faiblesses de son corps, les souffrances nées de ses blessures.

Il n'était plus que pouvoir, dorénavant. Bien loin de cet instant de faiblesse, au début de son aventure, où il avait failli céder aux séductions du Malin.

La croix de Morrigan, sur sa poitrine, scintilla lorsqu'il sentit les pouvoirs de Glenna se mêler aux siens. Il tendit une main vers elle et agrippa fermement ses doigts. De l'autre, il brandit son épée en direction de Midir. À la pointe de celle-ci, une flamme d'un éclat insoutenable, aveuglant, se mit à briller.

— Regarde-nous ! ordonna-t-il d'une voix forte. Nous qui, cette nuit, provoquons ta perte ! Nous qui défendons la pureté de la magie, l'avenir du genre humain. C'est nous qui te détruisons, nous qui t'envoyons pour l'éternité pourrir en enfer !

Le visage tordu par la terreur, Midir tendit les bras vers eux, projetant de nouvelles salves de pouvoir maléfique. Glenna, d'un simple geste, les fit retomber en cendres. L'éclat de lumière pure qui jaillit de l'épée de Hoyt frappa le sorcier en plein cœur. Et à l'endroit où son corps se volatilisa, la terre noircit instantanément.

Moïra voulait gagner les hauteurs, pour regrouper ses archers. Elle avait entendu les cris annonçant que le front était enfoncé vers le nord. Quelques volées de flèches enflammées permettraient de repousser l'ennemi et laisseraient aux troupes gealliennes le temps de se ressaisir.

Du regard, elle chercha dans la mêlée un cheval ou un dragon qui lui permettrait d'arriver rapidement là où elle serait le plus utile. Et c'est ainsi que ses yeux tombèrent sur Glenna et Hoyt, unis pour affronter Midir en un face-à-face brillant et décisif.

Ragaillardie par cette vision, Moïra brandit l'Épée des rois pour stopper l'avance d'un des soldats de Lilith. Sous la violence du choc, celui-ci recula, et ce fut Riddock qui, dans son dos, le décapita.

Il prit à peine le temps d'adresser à sa nièce un sourire empli de fierté. À la tête d'une poignée de ses hommes, il se rua vers le nord pour y colmater la brèche dans leurs rangs.

Galvanisée à l'idée que son oncle était encore en vie, Moïra voulut courir pour le rejoindre. Mais alors qu'elle s'élançait, le sol parut se soulever sous ses pieds pour la faire trébucher. En se redressant sur les coudes, elle tomba nez à nez avec Isleen, dont les yeux morts et vitreux la fixaient.

— Non ! gémit-elle. Non, non, non !

La gorge d'Isleen était lacérée. Sur sa poitrine, la poche de cuir dans laquelle elle avait cousu une croix de bois était vide et ensanglantée.

Éperdue de douleur et de chagrin, Moïra souleva entre ses bras le corps inerte de sa suivante. Elle le trouva encore chaud et sentit le remords l'envahir. Si elle était arrivée quelques instants plus tôt, peut-être aurait-elle pu sauver Isleen.

— Isleen... gémit-elle en la berçant doucement contre elle. Isleen.

— Isleen, Isleen... répéta une voix railleuse.

Celle de Lilith, qui émergeait peu à peu de l'épaisse fumée qui les environnait.

Pour la bataille, elle s'était habillée en rouge et argent. Comme Moïra, elle avait coiffé un diadème qui retenait ses cheveux. L'épée qu'elle tenait à la main était poissée de sang jusqu'à la garde.

En la voyant s'avancer à sa rencontre, une tempête de rage et de peur s'éleva en Moïra. Lâchant le corps d'Isleen, elle se dressa d'un bond sur ses pieds. L'aisance avec laquelle la reine des vampires maniait son arme et tournait autour d'elle avait tout du ballet meurtrier d'une épeire.

— Regarde-toi... lâcha-t-elle d'un air dégoûté. Menue et insignifiante, couverte de boue et de larmes. Je ne sais pas pourquoi j'ai passé tant de temps à comploter ta mort alors qu'il était si simple de l'obtenir...

Moïra bloqua la première et foudroyante attaque de Lilith. Après tout, songea-t-elle en mobilisant ses forces, il était logique que ce combat se termine entre reines. Une lutte à mort. Une lutte pour la vie.

— Tu ne peux pas l'emporter, assura-t-elle d'une voix ferme. Nous t'écraserons. Rien ne nous arrêtera.

— Oh, pitié... minauda Lilith en agitant la main devant elle. Épargne-moi tes salades. Vos lignes s'écroulent les unes après les autres, et j'ai encore des troupes fraîches en réserve. Mais peu importe. Ici, c'est entre toi et moi que cela se joue.

Sans même tourner la tête, elle tendit le bras et stoppa le soldat geallien qui la chargeait. D'une torsion du poignet, elle lui brisa le cou, avant de le rejeter tel un déchet sur le sol.

Dans la foulée, elle bloqua la salve de feu que venait de cracher l'épée de Moïra, et qui s'éteignit au contact de la sienne.

— Midir m'a été bien utile, expliqua-t-elle en souriant. Je veux prendre mon temps avec toi. C'est toi qui as tué mon Davey !

— Non, corrigea Moïra. C'est toi qui l'as tué. J'espère que l'innocent qu'il était avant que tu n'en fasses un monstre te maudit, à présent qu'il repose en paix !

Comme un serpent qui se détend, la main de Lilith jaillit en direction des yeux de Moïra. Celle-ci tourna la tête à temps pour les préserver, mais pas pour éviter la griffure de ses ongles longs, qui lui labourèrent la joue.

— Un millier de blessures ! s'exclama Lilith en léchant avec gourmandise ses doigts ensanglantés. C'est ce que je vais t'infliger, pendant que mon armée réduira la tienne en bouillie !

— Tu ne la toucheras pas !

Cian s'avançait lentement vers elles, sur le dos de son cheval. Tout semblait s'être figé autour de lui, comme si le temps s'était brutalement arrêté.

— Tu ne la toucheras plus, répéta-t-il. Plus jamais.

— Tu viens au secours de ta putain ?

De sa ceinture, Lilith tira un pieu qui semblait en or.

— Chêne doré à la feuille, expliqua-t-elle. Je l'ai fait faire pour toi. Dis-moi, Cian… Tout ce sang répandu autour de toi ne te donne pas soif ? Tous ces corps encore chauds qui ne demandent qu'à être vidés… Je sais que ce qui est en toi y aspire. C'est moi qui t'ai engendré. Je te connais aussi bien que moi-même.

— Tu ne m'as jamais connu.

Puis, se tournant vers Moïra, Cian ajouta :

— Va-t'en.

— Oui, c'est ça ! approuva Lilith. Sauve-toi. Nous nous retrouverons plus tard.

Un combat sans merci, sauvage et titanesque, s'engagea entre les deux vampires. Leurs mouvements étaient si rapides que Moïra distinguait à peine quelques images floues. L'air résonnait du choc incessant de leurs épées. Elle savait que ce combat était celui de Cian, mais elle n'était pas décidée pour autant à le laisser se dérouler sans intervenir.

Bondissant sur le dos de Vlad, Moïra le conduisit au bord d'une grosse roche plate qui dominait la scène. De là, grâce aux flammes crachées par l'Épée des rois, elle put tenir à distance les vampires qui tentaient de venir prêter main-forte à leur reine.

Lilith était douée. Cian ne pouvait que le reconnaître. Après tout, elle avait eu comme lui des siècles et des siècles pour se perfectionner dans les arts de la guerre. Sa force et sa vitesse étaient comparables aux siennes. Peut-être même supérieures.

Toutes ses attaques se heurtaient à un mur sans faille. Nul n'aurait pu prédire l'issue du combat. Cian savait que Lilith avait également l'avantage de se battre sur ce terrain. Elle se nourrissait des forces sombres exhalées par ce sol maudit comme lui n'osait le faire. Les cris des mourants, le sang qu'ils perdaient, venaient la fortifier sans relâche.

Quant à lui, il lui fallait contenir les assauts de Lilith autant que ceux de l'ennemi qu'elle avait introduit dans son sang, dont les attaques n'étaient pas moins sournoises ni redoutables que celles de la reine des vampires.

Au terme d'une série de bottes virtuoses, Lilith parvint à prendre l'avantage. Rejetant violemment l'épée de Cian sur le côté, elle plongea pour lui planter son pieu doré dans le cœur. La force de l'impact le fit bondir en arrière. Mais alors que le cri de triomphe qu'elle avait poussé résonnait encore, elle constata avec stupéfaction que, malgré le coup mortel, il était toujours intact, entier, à défaut d'être vivant.

— Comment as-tu fait ? parvint-elle à murmurer en le fixant, les yeux écarquillés.

Cian sentait contre son cœur l'empreinte du médaillon que Moïra lui avait offert. La douleur qu'il ressentait à cet endroit le fit sourire.

— Un petit tour de magie, répliqua-t-il. Une magie que tu ne connaîtras jamais.

Profitant de sa stupeur, il se fendit et, d'un coup d'épée, lacéra son corsage entre les deux seins. La cicatrice en forme de pentacle apparut, barrée d'une plaie d'où s'écoulèrent des flots de sang noir et poisseux.

Les yeux de Lilith rougeoyèrent comme des braises. Un cri de rage lui échappa, et elle repartit à l'attaque avec deux fois plus de force et d'habileté qu'avant. Cian résista vaillamment. Contre sa poitrine, le médaillon de Moïra semblait battre comme un nouveau cœur. Il parvint même à infliger à Lilith d'autres blessures, à faire couler de nouveau son sang sur ce sol qu'elle prétendait conquérir.

Mais rien ne paraissait de nature à endiguer la soif de vengeance de Lilith. Quand elle lui lacéra le bras d'un coup de lame et envoya valser au loin son épée, elle crut la victoire à portée de main.

— D'abord toi ! cria-t-elle. Ensuite, ta putain…

Elle se rua sur lui, l'épée brandie, mais Cian parvint à bloquer son poignet dans sa main ensanglantée avant que l'arme ne s'abatte sur lui.

— Ça ne fait rien, dit-elle, avant d'ajouter en découvrant ses crocs : De cette manière, ce sera plus poétique.

Au moment où elle avançait la tête pour lui sauter à la gorge, Cian tira de sa ceinture le pieu doré qu'elle avait fait confectionner pour lui et le lui plongea dans le cœur.

— Je te dirais bien d'aller en enfer, rétorqua-t-il, mais même l'enfer ne voudra pas de toi.

À peine eut-elle le temps d'écarquiller les yeux. Cian sentit se dissoudre dans sa main le poignet qu'il retenait. Et pourtant, il vit ce regard d'un bleu si tendre s'attarder devant le sien quelques instants encore. Puis il n'y eut plus à ses pieds qu'un petit tas de cendres.

Cian sentit alors le sol trembler sous ses pieds. Ainsi, songea-t-il, le dernier acte était en train de se jouer.

L'étalon noir surgit à côté de lui. Moïra en descendit et se précipita à sa rencontre.

— Tu l'as fait ! s'exclama-t-elle en s'accrochant à son cou. Tu nous as débarrassés d'elle. Tu nous as sauvés !

— C'est cela qui m'a sauvé.

Plongeant la main sous sa chemise, Cian tira le médaillon au bout de sa chaîne.

— C'est toi, reprit-il. C'est toi qui m'as sauvé.

— Cian...

Alors que le rocher à côté d'elle éclatait comme un fruit trop mûr, Moïra sentit la panique la gagner.

— Dépêche-toi ! cria-t-elle en le fixant avec horreur. Va-t'en ! Ça a commencé ! La fin de Lilith, son sang versé, toutes les conditions sont réunies. Cours te mettre à l'abri !

— C'est toi qui l'as battue, répondit Cian posément. Toi qui as gagné. Ne l'oublie jamais.

Avec violence et passion, il l'attira au creux de ses bras et déposa un dernier baiser sur ses lèvres. L'instant d'après, il s'enfuyait au grand galop sur le dos de Vlad.

Autour de Moïra, tout n'était plus que chaos. La surface de la Vallée pétrifiée était un cimetière à ciel ouvert, dans lequel l'ennemi affolé battait en retraite.

Au-dessus d'elle, parmi les volutes de fumée, apparut un dragon doré que chevauchait Blair. Alors que le sol tremblait de plus belle, Moïra leva les bras pour que Larkin puisse les saisir entre ses serres.

Ainsi survola-t-elle le champ de bataille, suspendue entre ciel et terre, jusqu'au plateau sur lequel le combat des sorciers avait pris fin.

Dès que Larkin l'eut délicatement déposée sur le sol, Hoyt vint lui prendre la main.

— Il faut le faire, dit-il d'un ton pressant. Maintenant. Il n'y a pas d'autre solution pour mettre fin à la bataille.

— Cian ! protesta-t-elle. Nous ne pouvons être sûrs...

— C'est ce qu'il souhaite, coupa-t-il. Je lui ai donné ma parole. Nous n'avons pas une seconde à perdre.

À contrecœur, Moïra laissa sa main dans la sienne. Dressés tous les cinq au bord du vide, ils levèrent leurs visages vers le ciel noir et psalmodièrent d'une seule voix :

— En cet endroit qui fut damné, au nom du sang qui abreuva cette terre, nous suspendons le cours du temps. Magie noire et démons ont été défaits par notre main. Nous en appelons pour parfaire notre victoire aux puissances de l'univers. Qu'ici, sur ce sol reconquis, le soleil se lève sans attendre demain. Que sa lumière terrasse nos ennemis, restaure l'équilibre et la paix, dans ce monde et dans tous les autres. Selon notre volonté, qu'il en soit ainsi !

Instantanément, une violente tempête se mit à souffler. Un tremblement de terre ébranla la Vallée. Le ciel se zébra de gerbes d'éclairs.

— Nous appelons le soleil ! hurla Hoyt. Nous appelons la lumière !

— Nous appelons l'aube radieuse ! lui répondit la voix de Glenna. Qu'elle vainque la nuit !

Dans sa paume, Moïra sentait se fortifier de seconde en seconde le pouvoir qui circulait entre eux.

— Que s'éclaire le divin Orient ! psalmodia-t-elle, les yeux fixés sur l'horizon. Qu'il nous inonde de sa lumière !

— Ça marche ! s'écria Blair d'une voix émerveillée. Le soleil se lève ! Regardez ! Regardez à l'est !

Derrière les silhouettes sombres des montagnes, le ciel effectivement pâlissait. Rapidement, la lumière gagna en intensité, jusqu'à ce qu'il fasse clair comme en plein midi.

Dans la Vallée, le spectacle était dantesque. En l'espace de quelques secondes, ce qui restait de l'armée de Lilith fut réduit en poussière. Et sur le sol brusquement reverdi, un tapis de fleurs se mit à pousser.

— Vous avez vu ça ? s'écria Larkin d'une voix chargée d'émotion. Vous avez vu ?

Moïra acquiesça d'un hochement de tête. Leur triomphe était total, mais elle avait le cœur en cendres.

Sous ses yeux s'étendait la vallée ensoleillée. Parmi les fleurs et l'herbe verte reposaient les corps de tous ceux qui avaient donné leur vie pour que ce miracle puisse s'accomplir.

Mais nulle part elle ne vit Cian.

21

Même si la victoire était acquise, tout n'était pas réglé pour autant.

Tandis que Moïra aidait Glenna à soigner les blessés, Blair et Larkin partirent à la tête d'une escouade débusquer les éventuels vampires survivants. Hoyt aidait à transporter les cas graves à la base la plus proche.

Après avoir rincé une nouvelle fois ses doigts couverts de sang, Moïra se redressa et vit Ceara, hagarde, courir vers elle.

— Laisse-moi te soigner, lui dit-elle en la prenant par le bras. Ton épaule est blessée.

— Mon mari ! gémit Ceara en parcourant du regard les environs. Je n'arrive pas à trouver Eogan !

— Tranquillise-toi, répondit calmement Moïra. Il est ici et il a demandé après toi.

— Blessé ? s'inquiéta sa suivante en se figeant sur place.

— Pas mortellement. Je te le jure. Et le fait de te revoir va l'aider à aller mieux. Regarde, il est là-bas. Il est...

Elle n'eut pas le temps d'achever sa phrase. Ceara, en pleurs, se précipita vers son mari, étendu sur une couche de fortune. Agenouillée près de lui, elle couvrit son visage de caresses et de baisers.

— Voilà qui fait plaisir à voir, dit une voix d'homme derrière Moïra. Et qui justifie bien des sacrifices.

Elle se retourna et adressa un pâle sourire à son oncle Riddock. Le bras en écharpe, la jambe bandée, il assistait à la scène depuis le rocher sur lequel il était assis.

— J'aimerais qu'il puisse en être ainsi cette nuit pour tous les amoureux de ce royaume, dit-elle. Hélas ! Il nous faut déplorer au moins trois cents morts – et le décompte n'est pas terminé.

Riddock hocha la tête d'un air attristé. Les blessures que sa nièce avait à peine pris le temps de panser, et celles qu'il devinait sur son cœur, lui faisaient autant de peine que le bilan macabre.

— Et combien d'autres ont survécu, Moïra ? Combien seront sauvés grâce à ceux qui ont donné leur vie ? Honore les morts, mais réjouis-toi avec les vivants.

— C'est vrai, admit-elle à mi-voix. Vous avez raison. Êtes-vous suffisamment vaillant pour regagner Geall City ? s'enquit-elle. Il faut porter la bonne nouvelle à ceux qui attendent là-bas...

— Je serai le dernier à partir d'ici, déclara Riddock. Je ramènerai nos morts à la maison. Laisse-moi au moins faire ça.

Moïra acquiesça et alla embrasser son oncle avant de retourner à ses devoirs. Elle aidait un blessé à boire un peu d'eau quand Ceara revint la trouver.

— Sa jambe... gémit-elle. La jambe d'Eogan... Lady Glenna dit qu'il ne la perdra pas, mais...

— Si elle le dit, coupa Moïra, c'est qu'il ne la perdra pas. Elle ne te mentirait pas. À lui non plus.

Ceara ferma les yeux, poussa un soupir de soulagement et ajouta avec force :

— Je veux vous aider. Ma blessure n'est pas grave... J'ai croisé Dervil, tout à l'heure. Elle s'en est bien tirée. Quelques plaies et des bleus, principalement.

— Je l'ai vue, moi aussi.

— J'ai aperçu également votre cousin Oran. Il m'a dit que Phelan était déjà en route pour le château. Sinann va être folle de joie... Mais je n'ai pas de nouvelles d'Isleen. Vous l'avez vue ?

Moïra reposa délicatement la tête du blessé avant de se redresser.

— Il faut que tu sois courageuse, Ceara, dit-elle en allant la prendre par les épaules. Isleen n'a pas survécu.

Les yeux écarquillés, Ceara secoua violemment la tête.

— Non, ne dites pas ça, Majesté ! Vous ne l'avez pas vue, mais...

— Je l'ai vue, Ceara. Je l'ai tenue dans mes bras. Elle est morte durant la bataille.

— Non ! Oh, non !

Ceara couvrit son visage de ses mains pour cacher ses larmes.

— Il faut que j'aille prévenir Dervil, gémit-elle. Elle la cherche encore. Je vais aller le lui dire, et nous...

— Moïra ! cria Glenna, à quelques mètres de là. Si tu peux venir, j'ai absolument besoin de toi ici.

— Je vais prévenir Dervil, répéta Ceara en s'éloignant. Notre pauvre Isleen...

Moïra travailla d'arrache-pied sur le champ de bataille jusqu'à ce que le soleil disparaisse de nouveau derrière les montagnes. Puis, épuisée et folle d'inquiétude, elle céda aux sollicitations pressantes de Larkin, qui se métamorphosa en dragon et la transporta jusqu'à la base.

En chemin, elle tenta de se convaincre qu'elle allait trouver Cian là, sain et sauf, à l'abri des murs, en train de donner un coup de main pour l'organisation des secours. Il fallait qu'il y soit. Il ne pouvait qu'y être...

— Il fait presque noir, constata Larkin quand il eut repris forme humaine. Et aucune créature maléfique ne chassera dans les campagnes de Geall cette nuit.

— Vous n'avez vraiment trouvé aucun vampire ? s'étonna Moïra. Aucun ennemi n'a survécu ?

— De la poussière, répondit-il. Même dans les grottes et les failles les plus profondes, nous n'avons rien trouvé d'autre. À croire que le soleil que nous avons fait se lever s'est insinué partout pour calciner nos ennemis.

À ces mots, le visage déjà blême de Moïra devint gris. Larkin la prit doucement par le bras.

— C'est différent en ce qui concerne Cian, assura-t-il en cherchant son regard. Tu le sais bien. Il avait pris sa cape pour se protéger. Et il se sera mis à l'abri à temps. Une magie que nous avons orchestrée nous-mêmes ne peut être fatale à l'un d'entre nous. C'est impossible.

— Bien sûr, tu as raison, admit-elle à mi-voix. Je suis juste épuisée, c'est tout.

— Alors, tu vas aller manger un morceau, puis tu iras poser ta tête sur l'oreiller.

À l'intérieur, Hoyt se tenait près de la cheminée, en compagnie de Blair et Glenna. En voyant leur expression gênée, Moïra sentit ses jambes faiblir.

— Il est mort ?

— Non ! assura Hoyt en se précipitant pour lui prendre les mains. Non, il a survécu.

Les larmes que Moïra retenait depuis des heures jaillirent de ses yeux et inondèrent ses joues.

— Tu me le jures ? insista-t-elle. Il n'est pas mort ? Tu l'as vu, tu lui as parlé ?

— Je te le jure.

— Assieds-toi, intervint Glenna. Tu es exténuée.

Mais Moïra secoua la tête, sans quitter du regard le visage de Hoyt.

— Là-haut ? demanda-t-elle. Il est là-haut ?

Un frisson la secoua tout entière quand elle comprit ce que lui disaient ses yeux.

— Non... gémit-elle, effondrée. Il n'est pas là-haut. Ni dans la maison. Il a quitté Geall. Il est parti. Il est rentré.

— Il s'est senti... commença Hoyt. Bon sang ! Je suis désolé, Moïra. Il était décidé à partir tout de suite. Je lui ai donné ma clé, et il s'est rendu à dos de dragon jusqu'à la Ronde. Il m'a dit...

De sa poche, Hoyt tira une lettre scellée et la lui tendit gauchement.

— Il m'a demandé de te remettre ça.

Moïra baissa les yeux et contempla un instant la missive, avant de hocher tristement la tête.

— Je te remercie.

Les autres n'ajoutèrent rien quand elle prit l'enveloppe et monta seule l'escalier.

Moïra s'enferma dans la chambre qu'elle avait partagée avec Cian et alluma le chandelier. Puis elle s'assit sur le lit et pressa longuement la lettre contre son cœur, avant de trouver le courage de briser le sceau.

Moïra,

C'est mieux ainsi. La femme raisonnable qui est en toi le comprendra. Rester plus longtemps n'aurait servi qu'à prolonger notre souffrance, et nous avons déjà souffert tous les deux suffisamment pour remplir une dizaine de vies.

Je conserve tant d'images de toi... Toi, assise sur le tapis de ma bibliothèque, entourée de livres. Toi, riant avec Larkin ou King, comme tu ne le faisais jamais avec moi au cours des premières semaines. Toi, volontaire au combat ou perdue dans tes pensées. Tu ne sauras jamais combien de temps j'ai passé à t'épier. Et à te désirer.

Je te vois dans le petit matin brumeux, tirant une épée de sa gangue de pierre, ou décochant des flèches avec une habileté d'Amazone depuis le dos d'un dragon.

Je te vois éclairée par les chandelles, les bras tendus vers moi, pour m'attirer dans une lumière comme je n'en avais jamais connu auparavant. Une lumière que je ne connaîtrai jamais plus.

Tu as sauvé ton monde et le mien, ainsi que tous ceux qui existent. Je pense que tu avais raison de dire que nous étions destinés à nous trouver, à nous unir pour avoir la force de sauver tous ces mondes.

À présent, le temps est venu de nous séparer.

Je te demande d'être heureuse, d'œuvrer de tout ton cœur à la reconstruction de ton royaume, de faire de ta vie un chef-d'œuvre. Avoir moins d'ambition serait une trahison au regard de ce que nous avons partagé, de ce que tu m'as offert.

Avec toi, près de toi, le temps que cela a duré, je me suis senti de nouveau un homme.

Cet homme t'a aimée au-delà de toute mesure. Et ce qui en moi n'est pas humain continuera de t'aimer dans les siècles à venir. Et puisque tu m'aimes toi aussi, tu feras ce que je te demande.

Vis pour moi. Par-delà l'abîme qui nous sépare, je le sentirai, et j'en serai heureux.

Cian

En achevant sa lecture, Moïra pleurait sans retenue. Allongée sur le lit où ils s'étaient aimés pour la dernière fois, la lettre d'adieu de Cian serrée contre elle, elle laissa son cœur se vider.

New York, huit semaines plus tard

Cian passait énormément de temps dans le noir. Et plus de temps encore à s'imbiber de whisky. Quand on avait devant soi l'éternité, songeait-il, on pouvait se permettre de perdre une décennie à broyer du noir. Voire un siècle.

Il s'en remettrait, naturellement. Tôt ou tard, il finirait par retourner à sa vie antérieure. Peut-être voyagerait-il. Mais pas avant d'avoir passé un peu de temps à noyer son chagrin dans l'alcool. Un an ou deux de cuite continue n'avait jamais fait de mal à un mort vivant.

Il savait que Moïra allait bien et qu'elle ne manquait pas d'occupations pour se changer les idées. Il lui fallait panser les plaies de son peuple, planifier la reconstruction, songer à ce monument commémoratif qu'elle voulait voir s'élever dans la Vallée dès le printemps suivant. Les Gealliens avaient enterré leurs morts, et elle avait tenu à en lire elle-même la liste – près de cinq cents noms – lors des funérailles.

Il savait tout cela parce que les autres étaient rentrés et qu'ils avaient insisté pour lui donner les détails qu'il n'avait pas demandés.

Au moins Blair et Larkin étaient-ils à Chicago et ne le harcelaient-ils pas pour prendre de ses nouvelles ou passer un peu de temps avec lui. Comment se faisait-il que ces humains n'aient pas encore compris qu'il n'était pas quelqu'un de très sociable ? Ce n'était pourtant pas faute de l'avoir côtoyé. De toute façon, aucun d'eux ne réussirait à l'empêcher de ruminer son chagrin à sa guise. Ils seraient tous morts depuis longtemps, selon toute vraisemblance, qu'il n'aurait pas fini de le remâcher.

Sans même y penser, Cian remplit son verre de whisky. Au moins avait-il encore suffisamment de dignité pour ne pas boire directement à la bouteille…

Et à présent, Glenna et Hoyt s'étaient mis en tête de lui faire passer les fêtes de Noël avec eux. Noël…

Mais il se moquait pas mal de Noël ! S'ils voulaient vraiment lui faire plaisir, ils n'avaient qu'à rentrer en Irlande, dans la maison qu'il leur avait offerte, et lui ficher la paix !

Fêtait-on Noël, au royaume de Geall ? Cian retourna cette question quelques instants sous son crâne. Machinalement, ses doigts s'étaient refermés sur le médaillon d'argent qui ne le quittait jamais. Lors de son séjour là-bas, il ne s'était jamais penché sur le sujet. Mais pour quelle raison l'aurait-il fait ? Plus vraisemblablement, dans la tradition celtique, y célébrait-on la fête de *Yule*, avec de la musique et de grands feux dans les cheminées. De toute façon, conclut-il pour lui-même, que lui importait, dorénavant ?

Hélas, il était trop tard. Son imagination s'était déjà emballée. Il voyait Moïra mettre tout son cœur à préparer la fête, illuminer le château de centaines de chandelles, veiller à la préparation du repas traditionnel, avoir un mot pour chacun...

Quand ce foutu chagrin allait-il enfin s'atténuer ? se demanda-t-il en passant une main lasse sur son visage. Quelle quantité phénoménale de whisky allait-il lui falloir ingurgiter pour l'émousser ?

En entendant l'ascenseur se mettre en marche, Cian fit la grimace. Il avait pourtant demandé à ce bon à rien de portier de ne laisser monter personne. Heureusement, il avait pensé à verrouiller la porte, au cas où. Il était possible de monter, mais pas de pénétrer chez lui.

Aussi n'eut-il même pas la présence d'esprit de proférer un juron bien senti quand les portes coulissèrent à l'arrêt de la cabine et que Glenna en sortit.

— Oh, pour l'amour de Dieu ! s'exclama-t-elle d'une voix impatiente.

Un instant plus tard, toutes les lumières s'allumèrent d'un coup, lui brûlant les yeux. Cette fois, Cian jura à haute et distincte voix.

— Regarde-toi ! protesta Glenna en posant sur une table un paquet élégamment emballé. Assis dans le noir, seul et malheureux comme un...

— Vampire ! coupa-t-il. Glenna, va-t'en.

— Ça empeste le whisky, ici.

Faisant comme chez elle, elle se rendit dans la cuisine, où il l'entendit préparer du café. Pendant qu'il passait, elle le rejoignit et le retrouva exactement tel qu'elle l'avait laissé.

— Joyeux Noël à toi également ! lança-t-elle gaiement, la tête penchée sur le côté. Tu as besoin d'un bon rasage et d'une bonne coupe.

Le nez en l'air, elle renifla un instant avant d'ajouter :

— Et puisque cette pièce n'empeste pas seulement le whisky, d'un bon bain également !

— Tu comptes me passer un savon, Red ?

— Si c'est ce dont tu as besoin, pourquoi pas ? Arrête de bouder, fais un brin de toilette et suis-moi... Hoyt nous attend, à l'appartement, pour partager les restes du repas de Noël.

En réponse au regard noir qu'il lui lançait, elle insista :

— Que tu le veuilles ou non, c'est aujourd'hui Noël, et toutes les familles devraient être réunies ! En fait, puisqu'il est presque 21 heures, le jour de Noël est presque passé et j'ai dû laisser seul à la maison un mari aussi buté que toi, qui refuse de venir ici sans invitation.

— Voilà un homme sensé... Je ne veux pas de tes restes de Noël, Red. Ni du café que tu es en train de préparer.

Levant son verre à sa santé, il conclut :

— J'ai tout ce qu'il me faut, merci !

— Très bien. Reste donc sale, soûl et malheureux. Mais ouvre quand même ceci.

Glenna alla chercher le paquet qu'elle avait apporté et le déposa sur ses genoux. Cian l'examina sans le moindre intérêt et protesta :

— Red… Moi, je n'ai rien prévu pour toi.

Glenna se laissa glisser sur le sol à ses pieds.

— Aucune importance, répondit-elle. Considère que le fait d'ouvrir ce paquet sera mon cadeau. S'il te plaît. Pour moi, c'est important.

— Tu t'en iras, si je l'ouvre ?

— Je m'en irai même si tu ne l'ouvres pas. Tôt ou tard.

Avec un soupir résigné, Cian défit le nœud sophistiqué et déballa le papier argenté. Puis il souleva un couvercle et écarta une feuille de papier de soie.

Derrière, Moïra le regardait.

— Ah… gémit-il d'une voix tremblante d'émotion. Tu tiens vraiment à me planter un pieu dans le cœur, Red ?

Il souleva le portrait encadré et l'admira longuement avant d'ajouter :

— C'est magnifique. Elle est magnifique.

Glenna l'avait représentée en train de brandir vers le ciel l'Épée des rois, après l'avoir tirée de son socle de pierre. Tout y était. La puissance de l'instant, son aspect de rêve éveillé, baigné de brumes vaporeuses, truffé d'éclats de lumière enchâssés dans de profondes ombres vertes.

— Je suis heureuse qu'il te plaise, dit Glenna. J'ai pensé que l'avoir sous les yeux te permettrait de te souvenir de tout ce que tu lui as apporté. Sans toi, elle ne serait jamais arrivée jusqu'à cette épée. Sans toi, il n'y aurait plus de Geall. Sans toi, je ne serais plus de ce monde. Aucun de nous n'aurait survécu sans l'aide de tous les autres.

Tendrement, elle posa la main sur la sienne et conclut :

— Nous formons toujours un cercle, Cian.

— J'ai fait ce que j'avais à faire. Pour elle. Je n'ai rien à regretter.

— Oui, approuva-t-elle en lui serrant la main. Tu as fait ce que tu avais à faire. Un immense et pur acte d'amour. Pourtant, savoir cela ne t'empêche pas de souffrir.

— Rien ne le pourra jamais. Rien.

— Je pourrais dire que toutes les douleurs s'effacent avec le temps, mais je ne sais pas si c'est vrai.

La compassion débordait de ses yeux, de sa voix.

— Alors, laisse-moi te dire simplement que tu as une famille et des amis qui t'aiment. Et qui souffrent avec toi.

Cian la dévisagea un instant, avant de secouer la tête avec découragement.

— Je ne sais que faire de ce que tu viens de me dire, avoua-t-il. Mais ça, ce magnifique cadeau, je veux bien l'accepter. Et je t'en remercie.

— C'est moi qui te remercie de l'accepter. Il y a des photos, également, que j'ai prises en Irlande. J'ai pensé que tu aimerais les avoir aussi.

Cian commença à soulever le dernier papier de soie au fond du paquet, mais suspendit son geste.

— Pour ça, dit-il, j'ai besoin d'être seul.

— Bien sûr. Je vais boire le café, puisque tu n'en veux pas.

Resté seul, Cian s'immergea dans les photos noir et blanc. Il y en avait des douzaines. Il vit Moïra, un livre à la main, avec Larkin en train de faire le pitre à côté d'elle. Il vit King, régnant sur la cuisine, une cuillère en bois en guise de sceptre. Il vit Blair, dans le jardin noyé de brume, le regard intense, figée dans une posture guerrière. Il vit une photo de lui et de

Hoyt, que Glenna avait réussi à prendre sans qu'ils s'en aperçoivent, et bien d'autres encore.

Quand il releva les yeux, Glenna l'observait, appuyée de l'épaule contre le chambranle de la porte, une tasse de café fumant à la main.

— Je te dois plus qu'un cadeau, dit-il d'une voix voilée par l'émotion. Bien plus qu'un cadeau.

— Tu ne me dois rien. Cian... Nous retournons à Geall pour la nouvelle année. Tous.

— Sans moi. Je ne peux pas.

Glenna hocha tristement la tête.

— Oui, murmura-t-elle. Je le sais bien. Mais s'il y a un message...

— Il ne peut y en avoir non plus. J'aurais tant à dire, Glenna. Et en même temps si peu... Êtes-vous sûrs de pouvoir revenir un jour ?

— Oui. Nous avons la clé de Moïra, et une promesse de Morrigan en personne.

Glenna revint s'accroupir près de lui et posa la tasse sur la table basse.

— Si tu changes d'avis, dit-elle, nous ne partons pas avant midi, le jour du Nouvel An. Et si tu ne changes pas d'avis, sache que nous rentrerons ensuite en Irlande, Hoyt et moi. Nous espérons t'y voir bientôt. Quant à Blair et Larkin, ils vont occuper mon appartement.

— Les vampires de New York vont avoir chaud aux fesses.

— Et comment ! À une exception près.

Glenna se pencha pour l'embrasser et murmura :

— Joyeux Noël, Cian.

Il ne but pas le café. Mais il ne se resservit pas non plus de whisky. Ce qui constituait sans doute un premier pas vers... il ne savait quoi. À la place, il étudia le portrait de Moïra, et les heures glissèrent ainsi insensiblement vers le cap d'un nouveau jour.

Un peu avant minuit, un tourbillon de lumière le tira brusquement de ses pensées. Puisqu'il n'avait rien d'autre sous la main, il prit en guise d'arme la bouteille de whisky par le goulot. Quand la lumière eut fini de tourbillonner, une déesse se tenait devant lui. Une déesse qui n'avait rien d'un mirage, conclut-il, estimant qu'il n'était pas assez ivre pour avoir des hallucinations.

— Bonté divine ! lança-t-il d'un ton caustique. C'est un jour à marquer d'une pierre blanche. Ce doit être la première fois qu'un des vôtres rend visite à quelqu'un comme moi.

— Je ne vois pas ce qui t'étonne, répondit posément Morrigan. Tu fais partie des six.

— Faisais.

— Fais. Même si, par orgueil, tu te tiens à l'écart d'eux désormais. Dis-moi, vampire, pourquoi t'es-tu battu ? Par pour moi ou les miens, c'est certain.

— Non, je ne me suis pas battu pour les dieux. Pour qui, alors ? Ou plutôt pourquoi ?

Cian haussa les épaules. Cette fois, par bravade, il but directement au goulot.

— Aucune idée, conclut-il. Sans doute pour passer le temps.

Morrigan eut un sourire amusé.

— Tu es encore plus naïf que je ne le croyais si tu penses pouvoir me tromper. Tu t'es battu pour cette cause parce que tu étais convaincu qu'elle en valait la peine. Au point que tu étais prêt à renoncer à ton existence pour elle. Je connais les tiens depuis le premier mortel qui a eu envie de se gorger de sang. Aucun n'aurait fait ce que tu as fait.

— Vous n'y êtes pas pour rien. C'était habile, d'envoyer mon frère ici pour m'enrôler dans votre armée.

Les sourcils haussés, la déesse le dévisagea sans aménité avant de répondre.

— Personne n'aurait pu te forcer à faire ce que tu ne voulais pas. La décision t'appartenait.

Du regard, Morrigan désigna le portrait.

— Et à présent, reprit-elle, te voilà amoureux de cette mortelle.

— Vous croyez que nous sommes incapables d'aimer ? répliqua-t-il d'une voix furieuse.

— Je sais que vous en êtes capables. Cela n'empêche pourtant pas les tiens d'être des créatures d'un égoïsme forcené. Ce qui n'est pas ton cas.

Sa robe froufroutant autour d'elle, elle alla se planter devant le portrait et ajouta :

— Elle t'a demandé de faire d'elle ce que tu es, mais tu as refusé. Tu aurais pu la garder, si tu avais accepté.

— La garder ? répéta Cian. Comme un foutu animal de compagnie ? La damner – voilà ce que j'aurais fait. Je l'aurais anéantie ! J'aurais éteint cette lumière qui brille en elle !

— Tu lui aurais offert l'éternité.

— Une éternité de ténèbres. Une éternité à convoiter ce qui n'aurait jamais plus été à elle, à vivre une vie qui n'est pas une vie. Elle ne savait pas ce qu'elle me demandait.

— Elle le savait, mais elle a un tel courage, une intelligence si vive, un cœur si grand qu'elle te l'a demandé quand même. Et elle t'aurait donné sa vie sans hésiter.

Morrigan se mit à déambuler dans la pièce en poursuivant :

— Toi non plus, tu ne manques pas d'intelligence ni de courage. Tu as su te cultiver, acquérir de la fortune, de belles maisons.

— Exact. Il faut bien faire quelque chose de sa vie éternelle, pas vrai ?

— Et tu sais en profiter. Sauf quand tu restes dans le noir à ruminer sur ce qui ne peut pas être. Sur ce que tu ne peux pas avoir. Mais enfin, le reste du temps, tu apprécies ta vie éternelle, ta jeunesse, ta force, ton savoir…

— Et alors ? Vous préféreriez que je batte ma coulpe, jour après jour, en maudissant mon sort funeste ? Est-ce ce que les dieux attendent ?

— Les dieux n'attendent rien, répliqua sèchement Morrigan. Ils demandent, et vous donnez ou pas, c'est selon. Toi, tu nous as donné bien plus que ce que nous étions en mesure d'espérer. Si cela n'avait pas été le cas, je ne serais pas là.

— Enchanté de vous avoir vue, maugréa Cian en portant une nouvelle fois le goulot à ses lèvres. Mais je ne vous retiens pas.

— Je ne partirai pas avant de t'avoir placé devant un nouveau choix, répondit Morrigan d'un ton léger. Tu peux continuer à mener cette existence, acquérir encore plus de richesses, de propriétés, de savoir, siècle après siècle, sans vieillir ni tomber malade, avec la bénédiction des dieux.

— J'ai déjà tout ça. Sans votre bénédiction.

Les yeux de la déesse étincelèrent, mais Cian n'aurait su dire si c'était de colère ou de plaisir.

— Certes, admit-elle patiemment. Mais le choix que je te propose, tu ne l'as pas pour le moment. Tu es le premier de ton espèce à qui une telle chose est offerte. Et étant donné que nous en savons tous deux bien plus sur la vie et la mort qu'aucun humain n'en saura jamais, je sais que tu te décideras en toute connaissance de cause. Tu peux mener une existence que rien ne viendra interrompre. Ou tu peux vivre une vie qui prendra fin.

— Ah, oui ? railla Cian. Comment cela ? Condamné à un purgatoire qui purifiera l'âme dont on m'a privé ?

— Nous pouvons te rendre ta vie d'homme. Un homme qui, jour après jour, vieillira, qui tombera malade, qui sera soumis aux outrages du temps. Un homme qui, son heure venue, rendra l'âme et redeviendra poussière, ainsi que le font tous les humains.

La bouteille glissa des doigts de Cian et tomba avec un bruit sourd sur le sol.

— Quoi ?

— Tu m'as parfaitement entendue ! répliqua Morrigan. L'éternité et notre bénédiction pour en profiter à ta guise, ou une vie d'homme de quelques poignées d'années. Que choisis-tu, vampire ?

La neige avait déposé durant la nuit une fine couverture blanche sur le royaume de Geall. Elle brillait dans le soleil matinal, qui faisait étinceler dans les branches des arbres les stalactites de glace.

Moïra se détourna de la fenêtre. Après avoir déposé un dernier baiser sur la joue de sa petite cousine, elle alla rendre son bébé à Sinann.

— Elle est plus belle de jour en jour ! s'émerveilla-t-elle. Je pourrais passer des heures à la regarder. Mais nos invités arrivent cet après-midi, et j'ai encore tant de choses à faire...

Sinann nicha son bébé au creux de ses bras et le regarda avec attendrissement.

— Je te dois tant, dit-elle. Tu m'as ramené vivants tous ceux que j'aime. J'aurais aimé que toi aussi, tu puisses...

— En quelques semaines, coupa Moïra, j'ai vécu toute une vie. Que demander de plus aux dieux ?

Ceara, en se précipitant dans la pièce, le souffle court, mit fin à cette conversation.

— Majesté ! Il y a quelqu'un... en bas. Quelqu'un... qui veut vous parler.

— Qui est-ce ?

— Je... Il m'a juste chargé de vous dire qu'un voyageur arrivait de loin pour vous parler.

Intriguée, Moïra remonta les corridors en direction de l'escalier et de la grande salle. Cela faisait des jours que le château était en ébullition, dans l'attente de la visite de ses hôtes de marque. Il lui tardait de revoir ses amis, de leur parler, et de voir Larkin s'attendrir sur sa nouvelle nièce.

Auraient-ils un message de Cian pour elle ?

Moïra pinça les lèvres et s'efforça de ne plus y penser. Il lui fallait absolument contenir son chagrin en elle, ne pas le laisser transparaître. Elle ne devait pas gâcher cette période de fête et de réjouissances. Pas après les sacrifices qu'ils avaient tous consentis.

Quand elle vit qui l'attendait au bas de l'escalier, un frisson courut sur sa peau, à la base de sa nuque, là où son amant aimait poser ses lèvres. Puis son cœur manqua un battement, avant de s'emballer. Elle descendit les dernières marches en courant. Ce qui lui paraissait inimaginable, ce qu'elle s'était refusée à espérer, ce miracle qu'elle n'avait pas osé demander aux dieux s'était produit. Il était là, devant elle.

— Cian !

Sa voix vibrait d'une joie qu'elle avait cru ne plus jamais connaître.

— Tu es revenu ?

Elle se serait bien jetée dans ses bras, mais son regard posé sur elle était si intense, si étrange qu'elle hésitait.

— Tu es revenu... répéta-t-elle, cette fois sur le ton de la constatation.

— Je me demandais comment tu m'accueillerais, dit-il sans la quitter des yeux. Pouvons-nous parler en privé ?

— Oui, bien sûr !

Moïra rougit et, lançant autour d'elle un regard éperdu, constata d'une voix fêlée :

— Il me semble que nous sommes seuls. Tout le monde est occupé ailleurs.

Elle ne savait comment se comporter avec lui, alors qu'elle avait si ardemment souhaité sa présence durant toutes ces semaines. Que pouvait-elle lui dire ? Et que pouvait-elle faire de ses mains pour les empêcher d'aller d'elles-mêmes le toucher ?

— Comment as-tu fait pour venir ? demanda-t-elle en désespoir de cause. Comment…

— C'est la nouvelle année, coupa-t-il. La fin du monde ancien. Je voulais te voir au seuil de ce renouveau.

— Je voulais te voir aussi. Peu m'importait où et quand. Les autres vont arriver dans quelques heures. Tu restes, n'est-ce pas ? S'il te plaît ! Dis-moi que tu passes les fêtes ici.

— Cela dépend.

Moïra déglutit péniblement. Elle avait la gorge en feu, comme si elle venait d'avaler des flammes.

— Cian, reprit-elle d'un ton de reproche, je sais que ce que tu m'as dit dans ta lettre est vrai. Mais c'était dur, si dur de ne pas te revoir ! Si dur de garder comme dernier souvenir un rapide baiser au milieu d'un charnier… Je voulais…

Les larmes inondèrent les yeux de Moïra. Au prix d'un gros effort, elle réussit à les contenir.

— Je voulais un dernier moment avec toi, conclut-elle avec un pâle sourire. Maintenant, je l'ai.

— Voudrais-tu plus d'un moment avec moi ?

Moïra resta figée un instant. Puis elle bredouilla :

— Je ne… je ne comprends pas.

Cian entrouvrit sa chemise et en tira le médaillon qu'elle lui avait offert.

— Tu le portes toujours ! s'exclama-t-elle joyeusement.

— Oui, il ne me quittera jamais. C'est l'un de mes plus chers trésors. Moi, je ne t'ai rien laissé en partant, à part une lettre. Je suis là pour réparer cela. Moïra… Voudrais-tu passer bien plus qu'un moment avec moi ? Voudrais-tu…

Doucement, il lui prit la main et l'introduisit sous sa chemise. Moïra laissa échapper un soupir de soulagement et se coula contre lui.

— J'avais si peur ! confia-t-elle d'une voix bouleversée. Si peur que tu ne veuilles plus me toucher. Oh, Cian, si tu savais ce que…

Sous la sienne, Cian sentit sa main trembler. Ses yeux gris, rivés aux siens, s'agrandirent démesurément.

— Ton cœur… dit-elle dans un souffle. Ton cœur bat !

Sa surprise le fit sourire.

— Une fois, je t'ai dit que s'il battait, il ne battrait que pour toi. Je peux te le dire, maintenant : il ne bat que pour toi.

— Je le sens battre sous ma main. Comment…

— Un cadeau inattendu des dieux. Dans les dernières minutes de *Yule*. Il semble que je me sois éclipsé trop vite, la nuit de *Samhain*, sans attendre leur reconnaissance. Ils ont voulu rattraper ça.

De sous sa chemise, Cian tira une petite croix d'argent.

— C'est un homme, Moïra, qui se tient devant toi.

— Un homme… répéta-t-elle, incrédule.

— Un homme, confirma-t-il. Un homme qui t'aime.

Il l'entraîna vers les portes, qu'il ouvrit en grand devant eux, laissant pénétrer le soleil à flots. Et parce qu'il n'avait pas encore eu le temps de s'en lasser, il ferma les yeux, rejeta la tête en arrière et se laissa inonder par la lumière de l'astre du jour.

Moïra ne tentait plus de retenir ses pleurs, dorénavant, ni les sanglots qui les accompagnaient.

— C'est un homme qui se tient devant toi ! répéta-t-il encore. Un homme qui t'aime et qui te demande si tu acceptes de partager la vie qui lui a été rendue. Veux-tu être ma femme, Moïra ? Veux-tu m'accepter tel que je suis, fonder une famille avec moi ? Geall sera mon nouveau monde, parce que c'est le tien, et que pour moi il ne peut y avoir de monde sans toi. Ce cœur qui bat, je te l'offre. Si tu en veux.

— Je t'ai aimé dès le premier instant, murmura-t-elle. Et je serai à toi jusqu'à mon dernier souffle. Tu m'es revenu !

Incapable de rester plus longtemps loin de lui, elle jeta les bras autour de son cou. Et quand la reine de Geall embrassa son bien-aimé dans l'éclatante lumière hivernale, tous ceux qui s'étaient rassemblés sans bruit dans la cour du château et sur les marches du perron explosèrent de joie.

— Ainsi vécurent-ils heureux, conclut le vieil homme. Ils s'aimèrent et leur cercle s'agrandit, engendra d'autres cercles, comme ceux qui se forment sur la mare quand on y jette un caillou. La vallée autrefois silencieuse connut le bruit du vent dans l'herbe grasse, les piétinements des troupeaux, ainsi que le chant des pipeaux et les rires des enfants.

Le conteur ébouriffa les cheveux de celui qui était venu se jucher sur ses genoux avant de poursuivre :

— Sous le règne de Moïra, la reine guerrière, et de son chevalier, Geall vécut en paix et connut une prospérité sans pareille. Et en mémoire de tous ceux qui donnèrent leur vie pour qu'un tel miracle s'accomplisse, une lumière continue à briller dans la vallée, même au plus fort de la nuit. Ainsi prend fin le conte du Mage, de la Sorcière, du Bras Armé, de l'Érudite, de Celui qui est plus d'un et de Celui qui n'est plus.

En reposant l'enfant sur le sol, il lui donna une petite tape sur les fesses et conclut :

— Allez jouer dehors, maintenant, tant qu'il reste un peu de soleil.

Tandis que la salle se vidait, il y eut des bousculades, des cris et des disputes pour savoir qui serait la reine, et qui serait le vampire.

En regardant se disperser son auditoire, Cian sourit et recouvrit de sa main celle que Moïra avait posée sur son épaule.

— Tu es un merveilleux conteur, dit-elle.

— Facile de raconter ce qu'on a vécu.

— Facile d'embellir ce qu'on a vécu ! rectifia-t-elle en contournant la chaise pour s'accroupir devant lui. Mais je dois admettre que tu es resté très près de la vérité.

— Inutile de l'embellir. La vérité était déjà assez étrange et magique comme cela...

Les cheveux de Moïra étaient devenus blancs comme neige, et son visage, qui lui souriait, portait les marques du temps. Pourtant, jamais il ne lui avait paru plus beau.

Elle l'aida à se redresser, puis, passant son bras sous le sien, elle l'entraîna vers une porte.

— Viens faire une promenade avec moi dans les jardins, ordonna-t-elle. Les enfants ne sont pas les seuls à avoir besoin d'un peu d'exercice au grand air. Tu es prêt pour l'invasion ?

— Quand les envahisseurs seront là, répondit Cian, au moins, tu auras fini de t'agiter pour préparer leur arrivée !

— Je suis tellement heureuse de les revoir, tous... Notre premier cercle, et tous les cercles qu'ils ont formés autour d'eux. C'est si dur de devoir attendre toute une année ! Surtout quand le talent d'un conteur aide à ressusciter le passé...

Cian s'arrêta et prit sa femme dans ses bras. Tout en caressant doucement ses cheveux, il scruta son regard et demanda :

— Aucun regret ?

— Aucun. Quelle merveilleuse vie nous avons vécue, tous les deux ! Je sais que notre hiver est déjà bien avancé, mais je ne sens pas le froid.

— Ah, oui ? Eh bien, moi, je le sens. Surtout quand tu poses tes pieds glacés sur mes fesses en pleine nuit !

Moïra éclata d'un rire flûté. Elle se hissa sur la pointe des pieds et l'embrassa avec l'amour et la tendresse qui ne leur avaient jamais fait défaut au cours de leurs soixante années de mariage.

— Voilà notre visa pour demain, Moïra... reprit-il en désignant leurs petits-enfants et arrière-petits-enfants qui s'égaillaient dans les jardins. Voilà notre passeport pour l'éternité.

Main dans la main, ils reprirent leur promenade dans le soleil couchant. Leurs pas étaient lents et précautionneux, mais ils les menèrent malgré tout, à travers les terrasses et les jardins, jusqu'aux portes du château.

Au sommet des plus hautes tours flottaient fièrement les trois emblèmes de Geall – le *claddaugh*, le dragon et le soleil.

Glossaire des termes irlandais, des personnages et des lieux

A chroi (ah-REE) : terme gaélique affectueux équivalant à « mon cœur ».

A ghrá (ah-GHRA) : terme gaélique affectueux équivalant à « mon amour ».

Airmed : dans la mythologie celtique irlandaise, fille du dieu médecin, qui est aussi celui de la magie. Elle appartient aux Tuatha Dé Danann.

A stór (ah-STOR) : terme gaélique affectueux équivalant à « mon (ma) chéri(e) ».

Aideen (Ae-DEEN) : une des jeunes cousines de Moïra.

Alice McKenna : descendante de Hoyt, morte au XIXe siècle et enterrée dans le cimetière familial.

An Clar (Ahn-CLAR) : de nos jours, le comté de Clare.

Aye **:** terme gaélique signifiant « oui ».

Blair Nola Bridgit Murphy : l'un des six membres du Cercle, « le Bras Armé ». Chasseuse de vampires, elle est une descendante de Nola Mac Cionaoith, jeune sœur de Cian et Hoyt.

Bridget's Well : cimetière du comté de Clare, du nom de sainte Bridget.

Burren : région calcaire du comté de Clare, riche en cavernes et souterrains.

Cara (karu) : terme gaélique affectueux pour « ami ».

Ceara : l'une des femmes du village sis au pied du château royal de Geall.

Chiarrai (kee-U-ree) : de nos jours, le Kerry. Situé à l'extrémité sud-ouest de l'Irlande.

Cian (KEY-an) Mac Cionaoith/McKenna : l'un des six membres du Cercle, « Celui qui n'est plus ». Frère jumeau de Hoyt, il a été transformé au XIIe siècle en vampire par Lilith.

Cirio : amant humain de Lilith.

Ciunas (CYOON-as) : « silence » en gaélique.

Claddaugh : symbole celtique de l'amour, de l'amitié et de la loyauté.

Cliffs of Mohr (également Moher) : nom donné aux ruines de fortifications situées au sud de l'Irlande, sur une falaise près de Hag's Head (« Moher O'Ruan »).

Conn : le jeune chiot de Larkin dans son enfance.

Davey : jeune garçon transformé en vampire par Lilith et dont elle fait son « fils adoptif » et son héritier.

Deirdre (DAIR-dhra) Riddock : mère de Larkin.

Dervil (DAR-vel) : l'une des femmes du village sis au pied du château royal de Geall.

Eire (AIR-reh) : terme gaélique désignant l'Irlande.

Eogan (O-en) : mari de Ceara.

Eoin (OAN) : beau-frère de Hoyt et Cian.

Éternité, L' : nom du night-club new-yorkais appartenant à Cian.

Faerie Falls : endroit imaginaire de Geall.

Fàilte à Geall (FALL-che ah GY-al) : « Bienvenue à Geall » en gaélique.

Fearghus (FARE-gus) : beau-frère de Hoyt et Cian.

Gaillimh (GALL-yuv) : de nos jours, Galway, capitale de l'ouest de l'Irlande.

Geall (GY-al) : « promesse » en gaélique. Le royaume mythique dont sont originaires Moïra et Larkin, et dont Moïra est destinée à devenir reine.

Glenna Ward : l'un des six membres du Cercle, « la Sorcière », originaire de New York.

Hoyt Mac Cionaoith/McKenna (mac KHEE-nee) : l'un des six membres du Cercle, « le Mage ».

Isleen (Is-LEEN) : une servante du château royal de Geall.

Jarl (Yarl) : le vampire qui dans l'Antiquité a « engendré » Lilith, celui qui a fait d'elle une vampire.

Jeremy Hilton : ex-fiancé de Blair Murphy.

King : le meilleur ami de Cian, manager de *L'Éternité*.

Larkin Riddock : l'un des membres du Cercle, « Celui qui est plus d'un », cousin de Moïra, future reine de Geall.

Lass : « jeune fille » en gaélique.

Lilith : reine autoproclamée des vampires, qui rêve depuis des siècles d'anéantir l'humanité pour régner sur tous les mondes.

Lora : vampire et française d'origine, bras droit et amante de Lilith.

Lucius : vampire, un des « officiers » de Lilith, amant de Lora.

Malvin : l'un des hommes du village sis au pied du château royal de Geall, soldat de l'armée levée à Geall pour combattre Lilith.

Manhattan : quartier de New York où vivent Glenna Ward et Cian McKenna.

Mathair (maahir) : « mère » en gaélique.

Michael Thomas McKenna : descendant de Hoyt, mort au XIXe siècle et enterré dans le cimetière familial.

Mick Murphy : frère cadet de Blair Murphy.

Midir (mee-DEER) : magicien adepte de la magie noire, aux ordres de Lilith.

Miurnin : terme gaélique affectueux, « ma douce ».

Moïra (MWA-ra) : l'un des membres du Cercle, « l'Érudite ». Princesse originaire du royaume mythique de Geall, dont elle doit devenir la reine.

Morrigan (Mo-ree-ghan) : déesse de la guerre.

Niall (Nile) : un combattant de l'armée de Geall.

Nola Mac Cionaoith : la plus jeune sœur de Cian et Hoyth.

Oghamique : alphabet celtique de l'Irlande et du pays de Galles des Ve-VIe siècles de notre ère.

Oiche (EE-heh) : « nuit » en gaélique.

Oran (O-ren) : le plus jeune fils de Riddock, frère de Larkin.

Phelan (Fa-len) : beau-frère de Larkin.

Prince Riddock : père de Larkin et oncle maternel de Moïra. Assure la régence du royaume en son absence.

Rioga : colline sur laquelle se dresse le château royal de Geall.

Ronde des Dieux, La Ronde : cercle de mégalithes qui sert dans cette histoire de portail spatio-temporel. Il permet à Hoyt de rejoindre le XXIe siècle, et au Cercle des six de se transporter de l'Irlande d'aujourd'hui au royaume mythique de Geall.

Samhain (SAM-en) : fête celtique correspondant à Halloween.

Sean (Shawn) **Murphy** : chasseur de vampires, père de Blair Murphy.

Shop Street : quartier culturel et commercial de Galway.

Sinann (shih-NAWN) : sœur de Larkin.

Sláinte (slawn-che) : en gaélique, « À la vôtre ! ».